전야 前夜

前夜 전야

황영치 저 / 한정선 역

보고사
BOGOSA

동국대학교 일본학연구소 번역총서

전야 戰夜

2017년 4월 28일 초판 1쇄 펴냄

지은이 황영치(黃英治)
옮긴이 한정선
펴낸이 김흥국
펴낸곳 보고사

등록 1990년 12월 13일 제6-0429호
주소 경기도 파주시 회동길 337-15 보고사
전화 031)955-9797(代)
02)922-5120~1(편집), 922-2246(영업)
팩스 02)922-6990
메일 kanapub3@naver.com
http://www.bogosabooks.co.kr

ISBN 979-11-5516-674-1 03830

정가 12,000원

아내 최종숙에게 바칩니다.

전야

차례

** 일러두기

* 원문에서는 在日, 在日朝鮮人, 在日韓國人을 문맥에 따라 선택적으로 사용하고 있다. 원문에서 在日朝鮮人, 在日韓國人을 사용한 경우 '재일조선인', '재일한국인'으로 번역하였고 在日로 쓴 경우 '자이니치'로 번역하였다.
* 등장인물의 대화문 속에 나오는 북조선은 일본에서 북한을 가리키는 일반적인 명칭이므로 그대로 북조선으로 번역하였다.
* 원문에서 한국어가 사용된 부분은 고딕체로 표기하였다.

1

바나나 다발들은 공장의 높다란 천장에 매달린 뿌연 수은등 불빛을 받아 윤곽이 모호한 노란색 거대어(巨大魚)와 같은 형상으로 작업대 한가득 누워 있었다. 도모다 히로키는 바나나 한 송이 한 송이가 무수한 비늘 같다고 생각했는데, 각도를 달리해 보니 노란 뱀이 서로 뒤엉켜 있는 것처럼 보여 움찔했다. 그는 눈을 부릅뜨고 노란 물체를 다시 보았다. 바나나가 맞다. 어쨌든 바나나가 아직도 커다란 덩어리 채로 있는 것이 문제다. 이 노란 덩어리가 나를 조급하고 우울하게 만든다. 빌어먹을 바나나! 히로키는 마스크 안에서 나직하게 욕을 하며 혀를 찼다. 그러자 그 박자에 맞춰 위장 깊숙이에서 구역질이 올라왔다. 황급히 마른침을 여러 차례 삼켜 속을 달랬다. 옆에서 키 크고 마른 남자가 판매용 크기로 잘라 놓은 바나나 다발을 알코올에 담가 소독하고 있다. 남자가 다발을 들어 올릴 때마다 분명 〈무취〉임에 틀림없는 알코올 냄새가 덮쳐 온다. 또 다시 구역질이 올라왔다.

히로키가 일하는 9층짜리 Y제빵 구사마키 공장은 건물 외벽이 부자연스러우리만치 하얘서 마치 옆으로 누워있는 거대한 냉장고 같았다. 모든 창문에는 블라인드가 내려져 있었다. 그래서 공장 안으로 햇빛이 비치거나 어둠이 새어 들어오는 일은 없었다.

공장의 시간은 24시간 동안 켜져 있는 인공적이고 무기질적인 수은등 불빛과 끊임없이 옆으로 흘러가는 컨베이어벨트에 의해 지배되었다.

히로키가 오늘 배치된 곳은 5층에 있는 양과자 3과였다. 배당받은 업무는 바나나 한 개가 통째로 들어있는 것이 세일즈 포인트인 〈바나나가 통째로〉의 마지막 공정이었다. 히로키는 소매점에서 미리 주문받은 양만큼의 빵만 공장에서 만든다는 것을 여기에 와서 처음 알았다. 조금씩 변동하는 주문량에 따라 그때그때 필요한 만큼 고용되는 파트타임 노동자. 공장의 인간 톱니바퀴에 불과한 파트타임 노동자들. 그들은 매번 출근할 때마다 그날 어디에 배치되는지를 통보받았다. 그리고 근무 시간도 자주 변경되었다.

좁고 긴 공장 내부에는 빵과 스펀지케이크 반죽을 만들어 굽는 구역이 있고, 그 안쪽에 많은 사람들이 들러붙어 있는 6개의 긴 컨베이어벨트가 있다. 끊임없이 고막을 흔드는 이런저런 기계들의 무겁고 낮은 소음. 빵이 구워지는 구수한 냄새라든가 생크림과 과일의 달콤한 향기가 언뜻 코끝을 스쳐도, 그것은 이내 사라지고 바나나 껍질과 딸기의 풋내, 그리고 소독용 〈무취〉 알코올 냄새가 덮쳐 온다. 오븐의 열기가 소음과 냄새를 집어 삼켜 공장 안을 견디기 힘든 공간으로 만들었다.

히로키는 4개월째 저녁 6시부터 다음 날 아침 5시까지 파트타임으로 일하고 있다. 파트타임 동료들 중 누구도 느낀 적이 없다는 소독용 〈무취〉 알코올 냄새를 히로키는 일을 시작한 지 한참이 지난 지금까지도 매번 역하게 느낀다.

〈무취〉 알코올은 이 공장의 전능한 신이고, 알코올 소독은 공장의 질서였다. 파트타임 노동자들은 작업장에 들어가기 전 손을 씻고, 일하기 전에는 얇은 장갑을 끼고 소독을 하도록 지시받았다. 바나나나 딸기는 살균을 위해 알코올에 잠깐 담갔다가 꺼낸다. 그때마다 히로키는 숨을 참고 재빠르게 손을 움직였다. 신속하게 알코올을 휘발시켜 조금이라도 빨리 〈무취〉 냄새를 날리기 위해서였다. 그러나 히로키는 이 〈식품위생관리〉 의식이 오히려 제품에 화학물질을 부착시켜서 인체에 악영향을 미친다는 결론을 내렸다. 매번 반복되는 구역질이 바로 그 증거라고. 그 후로 거리에 넘쳐나는 빵을 사지 않게 되었다.

그리고 히로키는 구역질의 또 다른 원인이 스스로에 대한 혐오 때문이라는 것을 어렴풋이 느끼고 있었다. 고용보험의 비용 절감을 위해 두 달마다 계약 갱신을 강요당하는 파트타임의 처우에도 불구하고 그런대로 만족하며 한밤중에 바퀴벌레처럼 돌아다니는 스스로를 향한 혐오였다. 히로키는 삼류 대학을 나왔고 성적도 별로 좋지 않았다. 입사 지원서를 내는 족족 퇴짜를 맞았고 몇 군데 간신히 면접까지 간 회사에서도 취업은 되지 않았다. 결국 취직을 못 한 채로 대학을 졸업할 수밖에 없었다. 이제 어쩌나, 하면서 일단 Y제빵에서 파트타임으로 일한 지 4개월째. 이른 아침 집으로 돌아가는 길에 여름이 끝나가고 있음을 느꼈다.

오늘 히로키에게 배당된 일은, 알코올로 소독한 바나나 다발에서 오른손으로 바나나 두 개를 잡아서――“한 개씩 해선 안 돼요.”라고 정규직 직원이 까탈스럽게 지시했다―― 떼어 내고, 왼손으로 딱딱한 꼭지를 꺾어 껍질이 잘 벗겨지도록 살짝 까놓는 공정이었다. 그런 다음, 옆에서 대기하고 있는 또래 여자의 작업대 위에 놓는다. 그녀는 살짝 벗겨진 껍질을 재빨리 까서 컨베이어를 타고 오는 휘핑크림을 바른 카스텔라 반죽 위에 묵묵히 올려놓는다. 헬로 워크 구인란에서 본 대로 시급 천 엔짜리 〈컨베이어벨트를 이용한 전송 작업〉이었다.

오른손뿐만 아니라 왼손의 감각도 점점 둔해졌다. 도대체 몇 개를 깠을까? 반복된 알코올 소독으로 퉁퉁 불은 손. 게다가 착 달라붙는 반투명 고무장갑까지 낀 손가락으로 바나나를 까는 일은 도무지 익숙해지지 않는다. 무릎까지 오는 흰 작업복에 흰 바지. 망사로 머리를 완전히 덮어쓰고, 턱에서 끈을 묶는 흰 모자에 흰 마스크. 모자 정면에는 아르바이트생임을 표시하는 선이 없는 표식 번호와 이름을 새겨 넣은 사각 배지. 이런 똑같은 차림새를 하고 〈바나나가 통째로〉의 최종 공정에 투입된 스무 명쯤 되는 파트타임들은 오로지 눈만이 검은 악센트가 되어 절대군주인 컨베이어벨트를 따르는 가신이자 보조 로봇이 되어갔다.

"거기, 뭐하는 거예요!"

신경질적으로 내지르는 목소리가 히로키의 스위치를 로봇에서 인간으로 되돌려 놓았다. 히로키는 소리가 난 쪽을 살피고는 마스크 안쪽으로 입매를 일그러뜨리며 엷은 미소를 지었다. 건너편 라인에서 새로 들어온 뚱뚱한 중년 여자가 배지에 파란 선이 들어간 젊은 정규직 여직원에게 추궁을 당하고 있었다.

"바나나 방향을 맞춰서 똑바로 케이크 위에 올려야 한다고 아까 얘기했잖아요!"

멈춰선 라인 옆에서 자신의 스트레스를 파트타임한테 푸는 작고 하얀 로봇을 향해서, 그 두 배는 될 것 같은 퉁퉁하고 하얀 로봇이 몇 번이고 머리를 조아려 사죄한다.

마스크를 하기 전 흘끗 보았을 때, 저 아주머니는 우리 엄마와 동년배면 한 쉰 살쯤 됐을까? 라고 생각했다. 무슨 사정인지는 모르지만 이렇게 고된 야간근무 같은 건 안 하는 게 좋은데. 히로키는 여성의 비굴한 모습을 보며 덤덤하게 자신의 예전 모습을 떠올렸다.

아주머니, 라인을 멈춰 세운 게 처음인가요? 나도 처음에는 식은땀을 흘리면서 큰 소리로 '죄송합니다'를 연발하고 라인을 세웠었지요. 그렇게까지 착실하게 할 필요는 없어요. 바나나를 잘못 올린 케이크는 라인에서 빼버리면 되죠. 어차피 파트타임이잖아요. 적당히 하면 되는 거예요.

빵과 케이크를 빼곡히 채워 담을 넓은 판을 들고 온, 안면이 있는 베테랑 파트타임이 히로키 옆에 서서 작은 소리로 말을 걸었다.

"신입의 실수는 심야 단순 작업에 활기도 되고 좋지? 나랑 상관없는 사람이 야단맞는 건 재미도 있고."

"응." 하고 고개를 끄덕이면서 '이 인간 참 별로구나'라고 생각했지만 나도 이 인간과 같은 부류다…….

두 시를 넘겼을 무렵 반장은 주문량이 적어서 세 시면 일이 끝난다고 말했다.

이런! 그럼 다섯 시까지 두 시간 분의 시급은 받지 못한다. 전차도 아직 안 다니는데 어떻게 돌아간담. 나뿐만 아니라 모두 화가 나 있다. 하지만 나를 포함해서 그 누구도 불만을 토로하지 않는다. 반장의 말을 묵묵히 따르는 자신의 비굴함에 더 화가 난다. 바나나를 쳐다보며 속으로 욕을 한다. 빌어먹을! 멍청이! 망할 놈의 바나나!

어떻게도 할 수 없는 현실이 분했다. 그걸 모를 정도로 멍청하지 않은 히로키는 분한 감정이 치미는 것 자체에 화가 났다. 약자는 솔직할 수 없다. 아버지가 히로키에게 했던 말이 머릿속을 어지럽혔다. 광기에 가까운 분노가 압축되어 간다. 짜증이 도를 넘는다. 야단을 맞던 아주머니와 엄마가 겹쳐졌다. 우편함에서 하얀 봉투를 꺼내는 자신의 모습을 상상한다. 계속 기다렸던 편지였다. 이건 틀림없는 사인이다.

모레, 라인을 멈춰주마. 제대로.

히로키의 눈은 바늘처럼 날카롭게 빛나고 있었다.

2

끊임없이 이어지는 욕설이 노트북에 장착된 질 나쁜 스피커 탓에 한층 날카로운 소리로 변해서 6조(疊. 1조는 다다미 한 장으로 크기는 반 평 정도임—옮긴이) 거실을 채웠다.

"일본인을 납치한 조총련 산하의 조선학교, 이건 학교도 아니다!"

"안에 아이들이 있으니까 조용히 하라고? 상관없어. 스파이의 아이들이잖아!"

"북조선의 스파이 양성기관인 조선학교를 일본에서 몰아내라!"

"주민 여러분, 그들은 50년이나 자기들 마음대로 공원을 점거했습니다. 약속은 인간과 인간이 하는 겁니다. 인간과 조선인 사이에는 약속이 성립되지 않습니다."

"우습게 봤다간 큰코다칠 거야! 불만이 있으면 나와!"

외잡스럽고 독기어린, 무질서하게 난무하는 ZT그룹의 욕설은 티끌 하나 없이 말끔하게 정돈된 윤봉창의 방에는 어울리지 않았다. 똑같은 1K(방 하나와 부엌이 있는 주거 형태—옮긴이) 구조로 된 집이 1층과 2층에 네 채씩. 계단과 통로가 한가운데에 배치된 구조의 건물이 세 동. 그 중 길가에서부터 제일 안쪽에 있는 동 2층에 계절과 상관없이 아침 해가 드는 창이 있는 방. 창 쪽으로 붙인 싱글 베드와 그 옆에 컴퓨터 책상이 있고, 2조쯤 되는 폭신한 러그 매트 위에는 나무로 된 타원형 응접 테이블이 있다. 그 위에 티슈 상자가 놓여 있을 뿐, 생활감은 거의 느껴지지 않았다. 주방으로 들어가는 미닫이문과 벽장을 제외한 벽면에는 천장까지 닿는 7단 철제 책장이 다섯 개나 됐다. 책장은 책과 파일, 그리고 CD로 꽉 차 있고 한쪽에는 스테레오 미니컴포넌트가 있었다. 할로겐 스탠드가 비춘 컴퓨터 책상 위에는 노트북과 USB로 연결된 마우스, 책 몇 권, 초록, 노랑, 주황색 형광펜 몇 개가 꽂혀 있는 연필꽂이, 탁상용 디지털 전파시계, 아이폰이 단출하게 놓여 있었다.

컴퓨터 화면에는 철문을 폐쇄한 K시 조선초급학교 앞에 열 명쯤 되는 남자들이 일장기나 욱일기를 들고 욕설에 맞춰 움직이고 있었다. 의자에 앉아 꼼짝 않고 화면을 응시하는 봉창의 얼굴은 창백했고, 당장에라도 왈칵 쏟아질 것 같이 눈물이 차올라 있었다. 욕설은 끝이 없었다. 더 이상 참고 볼 수가 없다. 이만하면 충분히 봤다. 봉창은 몇 번이나 마우스를 움직이려고 했지만, 화석이라도 된 것처럼 몸을 움직일 수가 없었다. 냉랭한 목소리가 들린다. 넌 아직 멀었어. 전혀 충분하지 않아. ZT그룹에 대한 혐오도, 복수하고 싶은 마음도, 분노도 부족해.

잘 봐! 잘 들어! 눈에 새겨 넣어! 귀에 박아 넣어! 확실하게 분노해. 그렇지 않으면 〈그것〉을 못하게 된다고.

구역질을 참으며 보고 있던 영상이 느닷없이 끝났다. 욕설이 사라져 진공 상태가 된 봉창의 귀에는 천장 위 홈통을 달그락거리는 제비의 발소리와 지저귐이 들렸다. 두꺼운 암막커튼 가장자리에는 할로겐램프나 형광등과는 다른 빛이 번져 있었다. 봉창은 컴퓨터를 끄고 스탠드를 껐다. 의자에서 일어나 주방 쪽 벽에 있는 스위치로 형광등도 껐다. 그러자 방 안을 가득 메운 어둠과 커튼 끝자락에서 스며들어오는 아침 햇살이 만나 방 안은 어둑한 회색이 되었다. 봉창은 이렇게 의도적으로 만든 어스레한 새벽빛을 지금까지 셀 수 없이 봤다. 왜 단호하게 커튼을 열고 아침 햇살을 방 안으로 들이지 못하는 걸까. 그러면 더 제대로 살 수 있을지도 모른다……. 그렇게 바랐던 날이 셀 수도 없다.

봉창은 오늘 아침에도 이스턴 유스(eastern youth)의 〈새벽의 노래〉가 머릿속에 맴돌아 입술을 미세하게 움직였다.

날이 밝는다 / 보이지? / 동쪽 하늘이 밝아지는 게

아침이 온다 / 알겠지? / 글썽이는 눈에 해가 비친다

나에게도 / 그 방 창에도 / 아침이 온다 / 눈물이여 멈춰라 지금 당장 / 이제 아침이니까

날이 밝는다 / 슬픔을 웃어넘기고 / 날이 밝는다

아침이 온다 / 달콤한 꿈을 부수고 / 아침이 온다

도망치고 도망치고 또 도망쳐도 / 아침이 온다 / 눈물이여 멈춰라 지금 당장 / 이제 아침이니까

── 도망치고 도망치고 또 도망쳐도 아침이 온다. 고등학교 때 우등생 그룹 놈들이 "일한 합병하자"라며 놀려댔을 때처럼, 어제 아침에도 가슴이 답답하고 호흡이 곤란해졌다. 그래서 오전에 약의 힘을 빌려서 억지로 잠을 청했다. 밤 열 시경에 눈이 떠졌다. 그런데 뭘 먹었더라? 약 부작용인지 어제 일이 선명하게 떠오르지 않는다. 밖에 나가지 않으니까 배도 별로 고프지 않다. 그래도 속이 비어 있으니까…….

어제 뭘 먹었는지 확인하려고 부엌으로 온 봉창은 냉장고를 열어보고 알았다. 식빵 두 장과 슬라이스 치즈 두 장. 양상추 잎 몇 장과 마요네즈, 참치 캔 하나가 줄어 있었다. 사흘 전에 산 여덟 장짜리 식빵이 두 장밖에 안 남았다. 그저께 나순자가 와서 식빵을 같이 먹었던 게 기억났다.

똑같은 매일이 반복된다. 날이 밝으면 아랫집에서 항의가 들어오지 않도록 7시 반이 되기를 기다렸다가 집안 구석구석을 청소한다. 그러고 나서 어쩔 수 없이 잠을 청한다. 밤에 일어나서 뭔가를

먹는다. 빵이나 밥이나 면으로 일일일식(一日一食). 그때도 컴퓨터와 아이폰을 손에서 놓지 않는다. 구글에서 일본과 한국의 주요 뉴스를 보고 SNS를 체크한다. 책은 예전처럼 집중해서 읽지 않았다. ZT그룹을 시작으로 수많은 레이시스트=인종 차별주의 단체의 사이트와 동영상을 훑어보는 사이사이에, 평소에 자주 들어가는 포르노 사이트 몇 군데를 서핑한다. 그리고 자위를 한다. 하루에도 몇 번이나…….

급진적인 페미니스트가 쓴 책에는 포르노가 "표현이 아니라, 행위다"라고 쓰여 있었다. 포르노는 보고 즐기는 행위, 좀 더 정확하게 말하면 포르노는 보고 자위하는 행위라고. 그것이 포르노그래피이고, 거기에는 표현해야 할 내용이 전혀 없다고 했다. 그리고 포르노를 보고 즐기는 남성은 단순히 '보는' 것이 아니라 실제로 여성을 범하는 일에 가담하는 것이라고 결론을 내렸다. 그 책을 읽었을 때, 중학교 3학년 때 처음으로 자위를 했을 때처럼 지금도 생생하게 기억나는 심한 자기혐오가 덮쳐 왔다. 3일 정도 포르노 사이트에 들어가지 않았다. 그러나 봉인은 어이없이 해제됐다. 인터넷을 하는 놈 중에 포르노 사이트에 들어가지 않는 인간은 없다. 아무리 고상한 의견을 개진해도 아무리 어리석고 시시한 글을 올려도 분명 포르노 사이트를 훔쳐보고 이용한다. 인터넷 세계의 중심은 포르노다. 봉창은 평소에 그렇게 생각했다. 더 이상 쾌감이라고도 할 수 없는 가벼운 마비를 거쳐 사정을 하고는, '내가 그렇게 생각한다고 해서 모두가 그렇다는 것은 궤변이지' 하고 정액을 닦아 낸 티슈와 함께 석연치 않은 수치심을 변기에 흘려버렸다.

서른을 바라보는 나이에 고등학생처럼 자위에 빠지는 것은 물론 한순간의 쾌감 때문이었다. 그런데 요즘은 그저 쉽게 시간을 보낼 수 있는 포르노 서핑의 부산물로서 자위를 했다. 순자와 섹스를 하며, 그녀의 마음과 몸의 움직임에 맞추어 같이 절정의 순간으로 올라가는 황홀한 기쁨은 과거의 것이 되었다. 수순을 밟아야 하는 것이 번거로워서 그녀가 집으로 온다고 해도 자위를 했다. 발기가 되어 삽입을 해도 사정까지 못 가는 경우가 많아졌다. 그래서 점차 두 사람은 섹스를 하지 않게 되었다. 그러나 봉창은 순자를 사랑했다. 적(籍)만 남아있는 대학원. 대학원 동기 순자. 둘 다 자이니치이기 때문에 쓸데없는 설명이 필요 없었다. 성별의 차이는 있어도 그녀만큼 이 사회에서 자이니치로 살아가는 아픔과 고민을 나눌 수 있는 사람은 없었다.

그녀도 분명 같은 생각일 것이다. 순자가 이 집에 하루가 멀다 하고 오는 것도 그 때문이겠지.

다시 거실로 온 봉창은 문득 아까 어떤 포르노를 보고 사정을 했는지 떠올려보려고 했지만 생각이 나지 않았다. 오히려 그 뒤에 봤던 레이시스트 그룹의 조선학교 습격 동영상이 머릿속에 되살아났다. 이 동영상을 벌써 몇 번이나 봤는지 모른다.

레이시스트 그룹의 데모와 '항의'. 이것이야말로 '표현'을 가장한 직접적인 폭력 행위가 아닌가! 놈들이 계속해서 올리는 헤이트 동영상은 포르노와 같다. 그것을 보고 갈채하는 놈들은 조선인을 죽이는 일에 가담하고 있다. 진심으로 놈들과 투쟁하기 위해서 나는 이 방에서 나간다.

봉창은 자신이 지속적으로 포르노를 보고 있다는 사실을 의식 밖으로 내던졌다. 그는 정성을 들여 다듬고 있는 계획서를 컴퓨터 화면에 띄웠다. 그리고 벽장에서 다이슨 청소기를 꺼냈다. 디지털 전파시계는 7시 30분을 표시하고 있었다.

3

도모다 히로키는 휴게실 테이블에 푹 엎드려서 잠깐이라도 자려고 했다. 누가 말을 걸어오는 것도 싫었고 말을 걸 생각도 없었기 때문에 그 자세가 딱 좋았다. 몇 번 잠이 들려는 순간이 있었다. 그때마다 누군가가 크게 웃는 바람에 잠이 깼다. 히로키는 웃고 있는 사람에게 살의를 느꼈다. 시급도 못 받는데다가 첫차가 올 때까지 한 시간 반이나 기다려야 한다. 이 상황에 뭐가 좋다고 웃어? 자학인가? 바보 자식아! 내가 오늘 밤에 본때를 보여주마. 오늘 밤에.

히로키는 마음속으로 그렇게 중얼거리면서도 나약한 자신이 누군가를 후려갈기는 일은 있을 수 없다는 것을 알고 있었다. 오늘 한번 마음먹고 갈겨?

어렸을 때부터 말을 잘하고 분위기를 잘 타는 성격이었다. 그런 성격으로 자신의 불안을 감추고 주위 사람들을 속여 왔다. 남들은 익살스럽고 밝은 녀석이라고 생각했다.

그런데 그것이 역효과가 났다. 고등학교 2학년 때 다른 반 불량스러운 놈에게 미움을 샀고, 그놈은 기회를 엿보고 있었다. 같은 반에 그놈이 좋아하는 여자애와 자주 대화를 나눴다. 나중에서야 그것이 이유였다는 걸 알았다. 그놈은 동네에서 불량배로 소문난, 동갑내기 후쿠다한테 부탁을 했다. 토요일 오후에 역으로 나오라는 연락을 받았다. 후쿠타는 조선인이라는 소문이 있었다. 놈은 친구 셋을 데리고 나왔다. 공원 화장실로 끌려갔다. 겁이 나서 다리가 굳었고 심장은 입으로 튀어나올 듯이 방망이질 쳤다. 살짝 웃음을 지은 후쿠다는 가느다란 눈이 더 가늘어졌고 작고 볼품없는 코가 불룩해졌다. 나보다도 작은 사내. 자세히 보니 위압감도 없다. 맘먹고 저항하면 싸워볼 만하겠다는 생각이 머리를 스쳤다. 그러나 상대는 네 명. 도망친다고 해도 뒷일을 생각하면…….

"너 요즘 까부는 거 같더라?

까분다? 후쿠다가 무슨 말을 하는지 도무지 알 수가 없었다. 까분다? 말의 의미를 곱씹는 순간, 후쿠다의 주먹이 날아왔다. 별로 세지 않았다. '센 척한다'라는 말이 번뜩 떠올랐다. 그러고 나서 몇십 번이나 얼굴을 맞았다. 아무런 저항도 하지 않고. 후쿠다의 주먹은 무뎠다. 코피는 줄줄 났어도 의식을 잃지도 않았고, 똑바로 서서 주먹을 다 받아냈다. 고문이었다. 얼굴이 심하게 부었다.

"죄송합니다. 앞으로 잘 하겠습니다."

"너, 담탱이한테 나불거리면 이 정도로 끝나지 않을 거야."

나불거리면? 나불거린다. 이른다는 뜻인 것 같았다.

"알겠습니다. 그럼 이만 실례하겠습니다."

그 순간 히로키 안에 무언가가 망가졌다. 뭔가를 상실했다. 그것이 무엇인지는 아직도 말로 표현할 수 없다. 다만 얻어맞고 난 후, 그전과는 다른 인간이 되었다는 것은 알 수 있었다.

"4시 20분이야. 일어나. 그러다 첫차 못 타겠어." 누군가 어깨를 흔들어 깨웠다. 얼굴을 들어보니 안면이 있는 베테랑 파트타임 동료가 옆에 있었다. "자전거 타고 다니는 사람들은 좋겠네. 일이 일찍 끝나도 바로 집에 갈 수 있으니까. 지하철로 다니면 발이 묶이는데 말이야."

고등학교 때 일을 비몽사몽 간에 떠올리다가 스르륵 잠이 들었던 모양이다. 히로키는 몸을 일으켜서 벽시계로 시간을 확인했다. 휴게실에는 공장에서 같이 온 사람들 말고는 네댓 명밖에 없었다.

"선배, 먼저 가세요. 저는 화장실 좀 들렀다 갈게요."

"서둘러야 해. 4시 35분 첫차를 놓치면 역에서 20분이나 더 기다려야 한다고."

히로키는 속으로 '당신이랑 같이 가는 것보다는 차라리 그게 낫지' 하고 생각했다.

평소보다 빠른 귀가 시간이었는데도 날이 밝아 있었다. 15층짜리 커다란 공단 주택이 질서 없이 늘어서 있는 일대. 구름다리를 겸하고 있는 역사에서 바라보면 건물이 워낙 커서 바로 코앞에 있는 것처럼 보이지만 실제로 걸어가면 10분 정도 걸리는 애매한 거리였다.

히로키의 집은 단지 끝, 역에서 가장 먼 메조넷형 건물 7층이었다. 철이 들 무렵, 같은 단지 내의 2LDK(방 2개와 거실, 식당, 부엌이 갖추어진 주거 형태-옮긴이)의 집에서 이쪽으로 이사를 왔다. 히로키는 역 앞 로터리를 등지고 고층주택 일대로 이어지는, 사람과 자전거만 지나갈 수 있는 길을 따라 집으로 향했다.

현관문이 안 잠겨 있다. 아버지 히로시가 또 밤늦게 술을 마시고 들어와서 문을 잠그는 것을 잊어버렸구나, 하고 생각했다. 조용히 문을 열자 이상한 기운이 엄습해 왔다. 등이 오싹하고 오한이 났다. 부엌에만 불이 켜져 있어 집 안은 어슴푸레하다. 누군가가 있는 것 같다. 심장이 고동친다. 살며시 신발을 벗고 발소리가 들리지 않도록 조심스럽게 주방 쪽으로 간다. 부엌에 가까이 갈수록 누군가의 괴로워하는 숨소리가 들렸다. 당장에라도 도망갈 수 있는 자세를 취하고 과감하게 소리를 질렀다.

"누구 있어요? 누구예요?"

숨소리가 한층 거칠어졌다. 히로키는 마음을 굳게 먹고 부엌을 들여다보았다.

"엄마!"

엄마 기요미가 등을 동그랗게 말고 양손으로 배를 누르며 냉장고 앞에 쓰러져 있었다.

"괜찮아? 어디가 아픈 거야?"

엄마가 쓰러져 있는 것 말고는 부엌은 평소와 다른 점이 없었다. 배를 누르고 있는 엄마의 손 밑으로 자신의 손을 찔러 넣었다. 출혈은 없다. 타박상인 것 같다. 부둥켜안고 가까스로 일으켜 세워 거실 소파에 앉혔다.

"무슨 일이야?"

"아버지……" 눈물과 콧물로 범벅이 된 얼굴을 하고 숨을 헉헉 몰아쉬며 쥐어짜 내듯이 말했다.

약사 자격증을 가지고 상장 제약회사 연구개발부 부장으로 근무하던 히로시가 부서를 옮긴 것은 일 년 전이었다. 현직에서 구조조정 담당 부장으로 자리를 옮겼다. 대우는 조금 더 좋아질 거야, 라고 식탁에서 아버지가 엄마에게 얘기하는 것을 별 관심 없이 들었다. 그 후로 히로시의 귀가 시간은 전보다 더 늦어졌고 만취해서 들어오는 일이 많아졌다. 가끔 집에 일찍 와서 같이 저녁을 먹을 때면 히로키가 취직을 못 하고 있는 것에 대해서 매번 꼬치꼬치 따져가며 잔소리를 했다.

'구조조정을 당하는 데는 이유가 있다'는 것이 아버지의 입버릇이었다. 잔소리는 '그러니까 구조조정을 안 당하는 기술을 익혀라'로 이어졌고, '형 가즈로는 상장기업에 취직이 됐는데 너는 왜 노력을 안 하냐'로 끝났다.

이치를 따지고 드는 말에 아무런 대꾸도 하지 않는다. 그러나 히로키의 대답은 마음속에서 소용돌이친다. '그러면 구조조정 안 당하게 아예 취직을 안 하면 될 거 아니에요.'

히로시가 우울증 약을 먹고 있다는 사실을 안 것은 부서가 바뀌고 반년 정도 지난 후였다. 아버지가 엄마 앞에서 머리를 조아리고 용서를 빌고 있었다.

"우울증 약 때문이야. 그래서 그런 짓을 한 거야. 미안해. 용서해줘."

히로키는 거실로 들어가는 마룻귀틀에 숨어서 그 광경을 훔쳐보았다. 그 전날 밤, 새벽이 다 되어 들어온 히로시는 욕실 바닥에 쓰러져 있는 기요미를 아무 말도 없이 무참하게 발로 걷어찼다. 방에서 자고 있던 히로키는 엄마의 비명 소리와 밖에서 나는 소리를 듣고 욕실로 뛰어가 필사적으로 말렸다. 만약 아버지를 엄마한테서 떨어뜨려 놓지 않았다면 어떻게 되었을까? 아버지는 학창시절에 호신술로 가라테를 조금 배웠다고 했었다. 기요미는 고집이 세서 물러설 줄을 모른다. 생각한 것은 바로 입 밖으로 낸다. 그래서 히로키도 엄마가 굳이 안 해도 될 말을 덧붙인다고 생각할 때가 있다. 그날도 엄마가 한 어떤 말이 아버지의 심기를 건드렸나 보다, 라고 생각했다. 그런데 두 사람을 떼어 놓았을 때 온몸에 술 냄새가 진동했다. 말이 없고 무표정한 히로시의 차가운 얼굴에 오싹해졌다. 히로키는 아무런 설명도 없이 계단을 올라가는 아버지를 지켜보았다.

분홍색 파자마 단추가 두 개 뜯겨 있었다. 그다지 풍만하지 않은 기요미의 가슴이 풀어 헤쳐져서 도토리 같은 연갈색 유두가 보였다.

"아버지가 같이 욕조에 들어가서 등을 씻겨달라고 하길래 나는 이미 다 씻어서 싫다고 했더니 억지로 파자마를 벗기다가……."

아프고 분해서 흥분한 엄마가 히로키에게 말했다. 그 뒷일은 말로 다 할 수 없다. 히로키는 과도한 음주와 폭력 그리고 항우울제가 어떤 인과관계가 있는지 모른다. 부부 사이는 계속 좋지 않았다. 항상 말싸움을 했다. 그러다가 결국은 히로시가 기요미에게 가끔씩 폭력을 휘둘렀다. 그때마다 아버지는 항상 술에 취해 있었다. 그러나 폭력은 히로키가 초등학교 고학년이 되었을 때쯤 끝이 났다. 중학생이 되어 몸이 커진 네 살 위의 형이 몸으로 막고 나서서 아버지를 견제했기 때문이다.

반년 전, 폭력의 재발. 그것이 구조조정 담당 부서로 옮긴 데에서 오는 스트레스와 관련이 있다는 것은 히로키도 짐작할 수 있었다.

또 시작된 거야! 맨날 잘난 척하고 말은 잘하면서!

상황을 보니 폭행은 바로 직전에 일어난 것 같았다. 평소 같으면 엄마를 간호하고 일을 끝냈을 것이다. 히로키는 부부 사이의 말다툼에는 냉정하게 거리를 두었다. 그런데 오늘 아침은 달랐다. 제빵공장에서부터 분노가 부글부글 끓어오르던 터라 아버지의 서재 겸 침실이 있는 2층으로 뛰어 올라갔다. 서재 문은 열려 있었다. 히로시는 침대에 앉아 고개를 숙이고 있다. 히로키는 순간 망설였다. 그러나 다음 순간, 아버지의 비참한 모습에 분노가 폭발했다.

"엄마한테 무슨 짓을 한 거예요!"

소리를 지르며 방으로 들어가서 기를 쓰고 아버지에게 덤볐다. 두 사람은 침대 위로 넘어지면서 그 자세 그대로 얼굴을 마주 대했다. 아버지 눈에 눈물이 고여 있었고 볼에는 눈물 자국이 있었다. 울고 있었구나, 하고 생각할 틈도 없이 천장을 바라보고 누운 히로시가 재빨리 침대 밖으로 빠져나와 일어섰다. 히로키가 엎드린 자세에서 팔꿈치로 몸을 받치고 상반신을 일으키려는 순간, 볼과 머리 측면에 강한 타격을 느꼈다. 눈꼬리 쪽을 겨냥해서 발길질을 한 것 같은 아버지가 균형을 잃고 마룻바닥에 주저앉는 모습을 보면서, 히로키는 온몸에 힘이 빠진다는 것을 처음으로 경험하고 놀랐다. 오늘 밤에는 더는 안 되겠다……. 바늘처럼 날카롭게 빛나던 히로키의 눈빛이 누그러졌다. 그 대신 동굴 같은 눈에 눈물이 고인 히로시를 보고 심한 증오심이 차오르는 것을 느꼈다.

4

계절은 가을에서 겨울로 넘어가고 있었다. 해질녘, 나순자와 슈퍼에서 장을 보고 집으로 돌아가는데 세차게 부는 차가운 바람 속에 미세한 빗방울이 섞여 있었다. 한밤중, 창문 밖 난간을 때리는 빗소리가 빠르고 선명하게 들리더니 갑자기 격하게 창문을 때리기 시작했다. 더 이상 창문은 열어둘 수가 없다. 윤봉창은 비가 얼마나 오는지 확인하려고 현관문을 열었다. 집 안 불빛이 반사될 정도로 촘촘하게 빗방울이 쏟아지고 있었다. 멀리 천둥소리가 들리고, 이따금 번개가 쳤다. 일시적인 호우겠지. 하지만 비가 내일 오후까지 오면 성가시겠네. 그런 생각을 하면서 봉창은 거실로 들어왔다.

"많이 와?" 순자가 컴퓨터 화면에서 눈을 떼지 않고 물었다.

"억수같이 쏟아져. 천둥까지 치고. 비가 낮까지 계속 오려나?"

"인터넷을 찾아보니까, 그런 것 같아. 오늘 오후 강수 확률이 70퍼센트래."

"우산을 쓰고 할 수도 없고, 백엔숍에서 우비라도 살까?"

"그러는 게 좋겠어. 그나저나 너는 안 잘 거지? 난 자려고."

책상에서 일어난 순자는 입고 있던 조끼와 얇은 스웨터, 청바지를 훌훌 벗고, 자기 옷으로 갖다 놓은 추리닝 한 벌을 옷장에서 꺼내 입었다.

늘 그랬던 것처럼 침대 이불 속으로 들어가더니 꼼지락거리며 브래지어를 벗어 개어놓은 옷 위로 던졌다.

"너 요즘 포르노 사이트 안 들어가는 것 같더라."

"뭐야, 지금 그 말. 인터넷 검색 이력을 찾아본 거야? 나쁜 취미네."

"무슨 일 있어? 질린 거야?"

"질렸냐고? 글쎄. 모르겠어. 나는 있잖아, 내가 나한테 설명할 수 없는 걸 남한테 설명하라고 하는 게 제일 괴로워. 어제 어머니한테 전화가 와서, 취직을 할 거면 취업 활동을 제대로 하고, 대학에 남아서 박사과정을 목표로 할 거면 거기에 맞는 준비를 하라고 하는 거야. 어머니는 대학교 교원이라서 그런지 굉장히 논리적이야. 화를 낼 때도 냉정하게, 논리정연하게 따지면서 선택을 하라고 다그쳐. 그런데 나는 아무 말도 못 해. 어느 한쪽을 선택하는 게 맞는 것 같긴 한데 선택을 못 하겠어. 하지만 왜 선택을 못 하는지 설명할 수가 없어. 나는 엄마 눈 밖에 났어. 계속 가만히 있으니까 한숨을 쉬더니, 아버지한테는 비밀인데 돈을 보냈다고, 끊기 직전에 전화한 이유를 말하는 거야. 내가 밖에 잘 안 나가는 걸 알고 있으니까……. 나는 그 돈을 감사하게 받아서 이 아파트를 유지하고 먹고 사는 거야. 한심하지……."

"저기, 얘기가 빗나간 것 같은데? 나는 왜 요즘 포르노를 안 보냐고 물었거든?"

"그러니까 내말은 그걸 설명하기가 어렵다는 얘기야. ZT그룹의 추악한 동영상을 계속 보다 보면 인터넷을 멀리하고 싶어져. 헤이트도 포르노도 그냥 방치잖아. 물론 포르노 사이트의 해악을 의식한 것도 있지만."

"흠. 무슨 얘긴지 잘 모르겠다. 어쨌든 드디어 내일이네." 옆을 보고 베개 위에 뉘인 반듯한 얼굴에는 홑겹의 눈이 촉촉하게 젖어 있다. 순자는 뺨을 타고 어깨까지 내려온 생머리를 귀 뒤로 넘기면서 컴퓨터 앞에 있는 봉창에게 계속 얘기를 했다. "어떻게 될까? 무섭지 않아?"

"무섭지. 그놈들 요즘 상당히 폭력적이야."

"그래도 할 거지?"

"응. 해야지. 하지만 너는 무리할 거 없어. 다칠지도 모르고, 나 혼자 해도 돼."

"나도 해야 할 이유가 있어. 조선학교 출신이잖아. 절대 용서할 수 없어. 가만히 있을 수는 없다고."

"맨날 그렇게 총련이나 조선학교 욕을 하면서……."

"그거랑 이건 다른 문제라고. 나는 당사자니까 비판만 할 게 아니라 책임감을 가져야지. 그리고 조직이나 학교는 필요하다고 생각해. 어떤 것도 완전한 형태로 존재한다는 건 있을 수 없잖아. 존재하는 것은 반드시 문제나 모순을 안고 있는 법이잖아? 모든 것은 불완전해. 모든 것은 변화하고. 변화는 논리나 운동을 통해서 촉진할 수 있어. 그러니까 비판이 필요하고. 비판을 하는 건 조금이라도 좋아지기 위해서야. 그것을 위해서 나는 비판적인 논문을 쓰고 있어. 그러니까 더더욱 ZT그룹이 주장하는 터무니없는 재일 특권이나 말도 안 되는 역사 왜곡을 방관할 수 없어. 용서할 수 없다고."

"그렇지만 말이야, 우리 행동이 얼마나 효과가 있을지는 의문이기도 해."

"효과나 성과 문제가 아니라고 우리 실컷 얘기했잖아. 그런데 그 얘기를 또 하는 거야?" 순자는 상반신을 일으켰다. "정면으로 맞서 항의하는 데 의의가 있다고 먼저 말한 건 너였어. 레이시스트 데모대 정면에서 연좌농성을 한다. 천안문사건 때 전차 앞을 가로막았던 청년처럼 비폭력 항의로. 이건 큰 의미에서 레이시스트들의 헤이트 스피치를 용인하고 있는 일본 정부와 여론에 대한 개인으로서의 저항운동이다. 이게 네가 계획서 첫 부분에 쓴 내용이잖아. 나는 그 부분에 마음깊이 감동했어. 게다가 이 행동을 네가 니트(NEET는 Not in Education, Employment or Training의 줄임말로, 일하지 않고 일할 의지도 없는 청년 무직자를 뜻하는 말—옮긴이) 상태에서 벗어나는 돌파구로 삼겠다는 것. 그것도 중요해. 너한테도 나한테도."

봉창은 방 한쪽에 펼쳐져 있는 모조지를 쳐다봤다. 내일 쓸 배너다. 순자는 글자만 쓰지 말고 꽃이나 새, 나무를 그려 넣자고 의견을 냈다. 내가 그릴 테니까 걱정하지 말라고 하더니, 비가 부슬부슬 오는데도 자전거를 타고 집에 가서 수채화 도구를 가져왔다. 매사에 야무진 그녀였지만 그림 재능은 한층 각별했다. 나는 사실

화가가 되고 싶었어, 라고 하면서 형형색색의 꽃과 나무를 액자처럼 그려 넣고, 날갯짓을 하는 하얀 비둘기 두 마리와 파란 새 여섯 마리를 그렸다. 초록색 때문에 파란 새가 눈에 띄지 않는다고 아쉬워하던 순자가, "맞다! 초여름 비파나무 열매는 초록 바탕에서 눈에 확 띄잖아. 글자는 주황색으로 하고 초록으로 가장자리를 칠하자."라고 했다. 누가 봐도 깜짝 놀랄 만큼 글씨를 못 쓰는 봉창이었지만 그래도 이것이 자신의 행동에 첫걸음이라는 생각에, 형태와 균형이 좋지 않은 글자를 순자가 정해준 색깔로 써넣었다.

인간의 권리, 민족교육의 권리, 조선학교를 존중합시다!

그것은 당신에게도 나에게도 소중한 것♡
역사에서 배워서, 헤이트 스피치는 그만합시다! 말을 소중히♡
사고(思考)에 주의하세요. 그것은 언젠가 말이 되니까.
말에 주의하세요. 그것은 언젠가 행동이 되니까.
행동에 주의하세요. 그것은 언젠가 습관이 되니까.
습관에 주의하세요. 그것은 언젠가 성격이 되니까.
성격에 주의하세요. 그것은 언젠가 운명이 되니까. (마더 테레사)

순자 / 봉창

마더 테레사는 너무 이상적이지 않느냐고 순자가 난색을 표했지만, ZT그룹 광신도가 아닌 참가자들은 느끼는 바가 있을 거라고 봉창이 밀어붙였다. 순자는 봉창이 쓴 삐뚤삐뚤한 글씨를 손보면서 주황색 글자에 초록색으로 테두리를 그려 넣었다. 그러자 글자가 눈에 확 띄고, 말의 의미가 생생하게 전해져 오는 것같이 느껴졌다. 저녁때부터 한밤중까지 짧지 않은 시간을 들여 제작한 두 사람의 작품이었다. 오늘 오후에 쓸 배너는 물감이 거의 말라서 마치 전시회에 출품될 그림인 양 많은 사람에게 선보여질 것을 기다리고 있었다.

"너무 긴장해서 그래. 미안. 결심이 흔들리는 건 아니니까 안심해."

순자는 의심에 찬 눈초리를 누그러뜨리고 풀썩 침대에 누워 천장을 바라보며 말했다.

"나도 불안해……. 하지만 일어나지도 않은 일을 끙끙거리며 이리저리 생각하는 것보다 상황이 흘러가는 대로 두는 게 좋다고 생각해. 일단 행동을 해서 소용돌이 속에 들어가 있으면, 생각보다 남의 일처럼 냉정하게 대처할 수 있을지도 몰라. 나는 잘 건데, 너도 내일, 아니 이제 오늘이구나? 오늘 오후를 위해서 좀 자두는 게 좋아. 잘 때는 이쪽으로 와."

순자는 마지막 말을 웅얼거리고는 창문 쪽으로 돌아누웠다. 봉창은 방 불을 끄고 할로겐 스탠드를 켜고, 컴퓨터로 구글 지도에서 우에노 공원을 검색했다. 그리고 커서를 내려서 우에노 마루이 백화점 근처의 거리뷰를 열었다.

ZT그룹의 〈철거 실현 1주년 기념! 조선학교 해체 데모 행진〉에 관한 정보는 인터넷에서 이미 확인해뒀다. 데모 행진의 출발과 해산 지점은 우에노 공원이고, 코스는 우에노 공원－가스가 거리－

쇼와 거리－JR 우에노 역 앞－시노바즈 거리－우에노 공원이라고 했다.

홈페이지에 쇼와 거리를 지나가는 것은 그 근처에 재일조선인이 운영하는 김치와 반찬, 야키니쿠, 한복 가게가 몰려 있는 통칭 '김치 골목'을 위협하기 위해서라고 설명되어 있었다. 또 게이세이 우에노(게이세이 우에노는 나리타 공항과 연결됨－옮긴이) 앞을 지나가는 것은 한국에서 들어오는 '하나같이 반일적인 한국인'에게 일본인의 분노를 터뜨리기 위함이다, 라고 적혀있었다. 참가자에게는 일장기 깃발이나 데모의 취지에 맞는 플래카드를 준비할 것을 촉구했다.

ZT그룹 데모에 맞서 인종 차별을 포함한 모든 사회적 차별을 반대하는 단체가 항의 시위를 하겠다고 밝히고 참가자를 모집했다. 그들은 게이세이 우에노 앞에 모여서 가두시위를 하고, 데모 코스 곳곳에서 항의를 하기로 계획했다.

봉창과 순자는 개인으로 행동하기로 했다. 지금까지 ZT그룹에 맞서 행동으로 실천해 온 사람들의 노력에 편승하지 않는 게 맞다고 판단했다. 이제껏 분노하면서도 아무런 행동도 하지 않았던 자신들이 처음으로 실천하는 이번 행동은 스스로 모든 책임을 져야 한다고 생각했다.

우에노 마루이 백화점 앞을 행동지점으로 정했다. 우에노 역으로 흘러들어 가는 인파, 우에노 역에서 마루이 백화점이나 아메요코 방면으로 향하는 인파도 있다. 넓은 횡단보도. 가두선전차가 지나간 후 데모대 놈들이 횡단보도 안으로 발을 들여놓으면, 횡단보도가 끝나는 지점에 배너를 걸어놓고 바닥에 주저앉아 데모를 한다.

어제 미리 가서 보고 왔다. 우리가 데모를 하면 과연 어떻게 될까……. 그러고 보니, 낮에 우에노에 갔다 와서 벌써 30시간 가까이 잠을 자지 않았다. 좀 자자. 약은 먹지 말고. 봉창은 희미한 숨소리를 내며 자는 순자 옆으로 들어갔다. 그녀의 달콤한 체취와 녹아내릴 듯한 따스함이 그를 감쌌다.

5

차가운 비가 내리고 있었다. 약하게 난방이 들어오던 지하철역 계단을 올라 출구에 선 도모다 히로키는 얇은 점퍼 목 언저리로 찬 공기가 파고들어 자신도 모르게 목을 움츠렸다. 집에서 막 나왔을 때보다 시간이 갈수록 점점 더 추워졌다. 스웨터를 입고 올 걸 하는 후회를 하면서 비닐우산을 펼쳐 우에노 공원으로 향했다. 같은 방향으로 가는 사람 중에 자신과 같은 냄새가 나는 젊은이가 몇 명이나 있었다. 전방에는 일회용 우비를 입은 대여섯 명이 무리를 지어 걸으며 일장기 깃발을 조립하고 있었다. 젊은이와 나이 든 남자가 섞여 있었고, 마침내 세 개의 깃발이 완성되었다. 무리는 깃발을 들고 자랑스러운 듯이 걷기 시작했다. 공원 입구 근처에서부터 확성기를 통해 나오는 일그러진 연설조의 음성이 들렸는데 무슨 말을 하는지 알아들을 수가 없었다.

조금 더 갔더니 도로 건너편에 경찰의 지휘차와 창문에 철망을 친 세 대의 대형 버스가 서 있는 것이 보였다. 경찰이 공원 입구를 좁혀 놓고 들어가는 사람을 체크하고 있는 것 같다. 근처에는 카메라나 비디오로 사진 찍을 자세를 취하고 있는, 누가 봐도 일반인과는 다른 분위기의 남자들이 의심에 찬 시선으로 주위를 둘러보고 있다. 히로키는 저게 바로 사복경찰인가? 하고 생각했다. 나무숲 너머로 우산이 밀집해 있는 것이 보였고, 일장기와 욱일기 깃발을 줄지어 세워놓은 사람들이 무리 지어 있었다. 공원 여기저기에서 확성기 소리가 들리는 소란스러운 분위기였다. 난생처음 데모라는 것에 참가하려고 여기에 온 히로키는 당치도 않은 곳에 온 것은 아닐까, 하고 뒷걸음치는 마음이 들기 시작했다. 공원으로 이어지는 횡단보도의 신호가 빨간불로 바뀌어서 일장기 그룹, 그리고 젊은 사람 몇 명과 같이 서 있었다.

삐—, 끽—, 끼익—, 귀를 찌르는 하울링 소리에 이어, "레이시스트 집단은 돌아가라!" "차별은 용서하지 않겠다!" "헤이트 스피치를 중단해라!"라는, 확성기를 통해 나오는 갈라진 소리가 들렸다. 소리가 나는 쪽을 보니 스무 명 정도의 무리가 "외국인 배척 반대! 인권 침해는 용서할 수 없다! 친구들에게 손대지 마라!"라고 쓴 현수막을 내걸고 주먹을 치켜들면서 공원을 향해 외치고 있었다.

신호가 바뀌기를 기다리던 일장기 그룹이 "반일 바퀴벌레 좌익, 조선인, 너희들이야말로 돌아가라!"라고 외치며 응수하기 시작한 것과 거의 동시에, 공원 쪽에 서 있던 검은색 밴의 스피커에서 여자의 탁한 목소리가 쩌렁쩌렁하게 뿜어져 나왔다.

"반일 좌익, 반일 조선인의 방해를 용서하지 않겠다!"

"우리는 합법적으로 집회와 데모를 하고 있다. 바퀴벌레 좌익, 바퀴벌레 조선인은 돌아가라!"

주변 분위기는 한층 살벌해졌다. 신호등이 파란불로 바뀌었다. "돌아가라! 돌아가라! 돌아가라!" 히로키 주변에 서 있던 열 명 정도가 여자의 구호를 따라 외치며 공원을 향해 걷기 시작했다.

히로키는 후회하는 마음이 자신의 발걸음을 돌려놓지는 않을 것을 알고 있었다. 어쨌든 참가해 보자. 그러고 나서 다시 생각해 보자. 고개를 숙인 채 그들의 뒤를 따라갔다.

나는 왜 여기에 이끌려왔을까…….

늦여름 새벽, 감정을 주체하지 못하고 아버지한테 덤볐다가 기절을 했다. 움직이지 못하는 나를 보고 놀란 아버지는 곧바로 구급차를 불렀다.

어렴풋하게 의식이 있었다. 도착한 구급대원에게 술에 취해서 말다툼을 하다 이렇게 되었다고 설명하는 아버지의 목소리가 들렸다. 나는 아버지가 주먹으로 엄마의 배를 여러 번 때렸다는 것도 그때 알게 되었다. 엄마도 같이 병원으로 옮겨져 엑스레이를 찍었다. 엄마는 복부에 강한 타격으로 인한 일시적인 호흡 곤란과 쇼크 증상, 나는 머리에 타격으로 인한 뇌진탕이라는 진단을 받았다. 한동안 응급실에 누워 있었다. 일반 환자 접수가 시작되는 분주함 속에 의사로부터 간단한 문진을 받았다.

이상이 발견되지 않으니 집으로 돌아가도 좋다고 했다. 그런데 무표정한 얼굴로 옆에 있던 아버지의 모습이 보이지 않았다. 간호사가 클리어 파일을 건네주며 수납을 하라고 했는데, 엄마도 나도 돈을 갖고 있지 않았다. 어쩌지? 하고 얼굴을 마주 보고 있다가 어쨌든 퇴원 수속을 하자고 현관 로비로 갔는데, 대기실 구석에서 아버지가 경찰 두 명과 선 채로 이야기를 하고 있었다. 아버지가 뒤를 돌아보았고, 우리를 눈치 챈 경찰이 기다렸다는 듯이 물어볼 얘기가 있으니 경찰서로 같이 가자고 했다. 상해 사건의 혐의가 있다는 구급대원의 보고를 받은 병원 측이 경찰에 통보해 왔다고 이유를 설명했다. 한사코 괜찮다고 우기는 엄마에게 경찰은 "아닙니다. 그런 문제가 아닙니다."라고 단호하게 말했다. "아무리 집안 문제라고 말씀을 하셔도 경찰로서는 통보를 받은 이상 조사를 해야 합니다. 남편분도 동의하셨습니다. 이런 사건은 그렇게 시간이 걸리지 않습니다."

순찰차를 타고 경찰서에 도착했다. 나와 엄마는 아버지와 다른 방으로 들어가라고 했다. 잠시 기다리자 생활안전과의 요코야마라는 형사가 사건을 조사하러 왔다. 엄마는 술에 취해 일어난 말싸움이라, 이건 사건이라고 할 것도 없다고 되풀이해서 말했다. 이런 일이 전에도 있었느냐고 묻자, 처음 있는 일이라고 거짓말을 했다. 아드님은 어떠십니까? 엄마가 처음이라고 했기 때문에 나도 입을 맞췄다. 요코야마는 잠깐 기다리라고 하고는 방을 나갔다. 엄마는 나한테 핸드폰을 달라고 하더니 시간제로 일하고 있는 곳에 전화를 걸어 친척이 입원을 해서 오늘 결근한다고 이야기를 했다. 자기가 구급차를 타고 병원에 왔으면서, 라고 나는 마음속으로만 입바른 소리를 했다. 엄마의 바로 이런 점, 남의 눈을 의식해서 어떻게든 좋게 보이려고 하는 것이 항상 참 싫다. 전화를 끊고 나서 경찰서까지 오게 된 것을 자꾸만 한탄한다. 한탄한들 어쩔 수 없는 일인데도 그만둘 줄을 모른다. 아버지와 언성을 높이게 되는 것은 대부분 엄마가 이런 의미 없는 말을 지나치게 많이 하기 때문이다.

십 분쯤 지났을 때 요코야마와 함께 클리어 파일을 든 형사가 방으로 들어왔다. 이 형사는 요코야마와는 분위기가 전혀 달랐다. 눈에 표정이 없다. 이쪽을 뚫어지게 보면서, 자기는 쳐다보지 말라는 듯한 눈빛이었다. "부인, 남편분은 반년 전에도 이런 일이 있었다고 진술하셨거든요." 요코야마가 탐색하듯 천천히 말했다.

순식간에 얼굴이 빨개진 엄마는 초조하게 말을 덧붙였다.

"남편이 그런 말을 했어요? 전혀 대수로운 일이 아니었어요. 그 사람, 그 일을 그렇게까지 신경 쓰고 있었군요. 그때 아들도 같이 있었어요. 그렇지? 히로야, 맞지?"

또 거짓말을 하려고 한다. 진저리가 났지만 형사의 심문도 성가셨다.

"네, 그렇습니다. 다음 날 아버지는 진심으로 어머니한테 사죄했습니다."

엄마가 흠칫 놀라며 나를 봤다. 요코야마는 엄마가 놀라는 모습을 못 본 척하며 말했다.

"뭐, 그런 거라면 좋습니다. 말씀하시는 거로 봐서는 사건이라고 할 건 아닌 것 같고, 남편분도 깊이 반성하시고 두 번 다시 남들한테 폐를 끼치지 않겠다고 진술하셨으니까요."

이제 끝났구나, 하고 안심을 했는데, 새로 온 형사가 기다렸다는 듯이 말을 하기 시작했다.

"좀 확인을 하겠습니다." 표정 없는 눈을 한 형사가 호치키스로 찍은, 군데군데 거뭇한 점이 보이는 종이를 클리어 파일에서 꺼냈다. "이게 말이죠, 한국 호적부입니다."

페이지를 넘겨 손가락으로 한 곳을 가리켰다. "여기 보세요. 히로시(博司) 씨, 남편 이름이죠? 그리고 여기 부인 기요미(清美) 씨, 그리고 여기, 장남 가즈요시(和良) 씨."

"가즈로예요." 정정하는 엄마의 목소리가 예민하게 높아졌다.

"아, 실례했습니다. 가즈로 씨군요."

"어쩔 셈이신 거죠?" 엄마는 화가 난 것 같았다. "이번 일이 한국 호적이랑 무슨 관계가 있나요? 그리고 그건 어디서 입수하셨어요?"

"일한 간에는 여러 루트가 있습니다. 아무튼 그건 됐고요. 좀 신경이 쓰여서 이번 기회에 물어보려고요. 그러니까, 분명히 한국 호적에 기재되어 있는데, 그것도 장남까지요. 우리가 알고 있는 대부분의 경우는 국적은 한국이라도 협정영주권을 취득할 때 호적 정리를 하고, 그 뒤에는 그냥 내버려 두고 귀화하는 것이……."

"귀화를 할 때 본국의 호적을 기재하지 않으면 수리해주지 않아서 그래요." 엄마의 목소리에 분노가 배어났다. "그건 상식이에요. 형사님은 아시면서 모르는 척하시는 건가요? 그리고 나는 자세한 건 몰라요. 수속은 남편이 했으니까요."

"잠깐만 보여주세요." 나도 모르게 말이 튀어나왔다.

"봐서 뭐하게?" 엄마는 막으려 했다.

"보세요." 형사는 살짝 웃는 것처럼 입가가 약간 일그러졌다.

호적부 첫째 장, 호주 난에는 "黃中岩"이라고 쓰여 있다. 할아버지? 도모다(共田)가 아니라 "黃"이었다. 그 뒤에는 "처 · 鄭南順"이라고 쓰여 있다. 할머니인가? 그 옆에 "자 · 히로시(博司)". 다음 페이지에는 가스카베에 사는 고모와 고베 작은 아버지. 또 다음 페이지에 도쿄 외삼촌. 그 옆에 "張春美". 엄마의 조선 성은 '張'이었구나. 마지막 페이지에 "손 · 가즈로(和良)". 아버지, 어머니, 형 난에는 ×표가 쳐있다. 그 외에는 절차와 관련된, 약간씩 한자가 섞인 한글이어서 뭐라고 쓰여 있는지 알 수가 없다.

"거기에 당신이 없는 것은 당신이 태어나기 조금 전에 가족이 모두 귀화했기 때문입니다." 호적부를 보여준 형사가 말했다. "×로 표시한 난에는 1990년 10월 5일부로 국적상실에 의한 제적이라고 쓰여 있습니다. 알고 있었습니까? 도모다(共田)라는 성은 말이죠, 黃이라는 글자를 두 개로 나눈 거죠. 아, 이것을 조선말로 하면 '황'이라고 읽습니다. 황씨 성을 가졌던 사람이 도모다(共田)라고 바꾼 경우가 많아요."

"당신은 도대체 뭣 때문에 그런 말을 하는 거죠? 당신 이름은 뭐예요? 이름을 대요! 서장한테 항의해야겠어요." 엄마가 언성을 높였다.

"뭘 항의하겠다는 거죠? 사실을 사실대로 말한 거요? 서장님도 알고 계십니다. 그리고 이름은 말하지 않겠습니다. 옛날 자료를 찾다 보니까 남편분 이름이 나왔어요. 남편이 호쿠리쿠에 있는 국립 K대학교 약학부 출신이죠? 거기는 옛날에, 벌써 40년도 더 되긴 했지만, 학생운동이 대단했어요."

"이제 조사는 끝났죠? 상관없는 일에는 대답하지 않겠어요." 엄마는 형사의 말을 가로막았다. "히로야 가자. 가도 되죠?"

요코야마가 무표정한 눈을 한 형사를 봤다. 이름을 말하지 않은 형사가 고개를 끄덕였다.

"네, 됐습니다. 수고하셨습니다. 남편분에게는 추후에 연락이 다시 갈 겁니다."

요코야마가 일어서서 방문을 열었다. 현관으로 나가자 아버지가 벤치에서 기다리고 있었다. 엄마는 방금 있었던 호적부에 관한 일을 이야기한다.

"나한테는 그런 얘기는 하지 않던데."

"뭐야, 그럼?"

"가족들을 통해서 이것저것 조사한다는 걸 넌지시 알려주고 싶었던 건가?" 아버지가 담담하게 말했다.

"그 형사는 또 뭐야?"

"공안이거나 외사 경찰이겠지."

"당신이 항의해요."

"쓸데없는 짓이야. 그리고 졸려."

택시를 타고 집으로 돌아온 우리는 서로 아무 말 없이 각자의 방으로 들어갔다.

나는 한국 호적부를 보고 심한 충격을 받았다. 외가 쪽은 조선의 그림자조차 없었다. 친가 쪽 친척들에게는 얼핏 그런 냄새가 났던 것 같기도 하다. 설날 제를 올릴 때 아버지와 친척 어른들을 따라서 손을 머리에 대고 엎드려 절을 했던 기억이 있다. 하지만 친척들은 모두 일본 성을 썼고, 사촌들은 일본 학교에 다녔다. 그런데 내가 태어나기 조금 전까지 아버지와 엄마, 형이 한국 호적에 올라있는 한국인이었던 것이다. 어린이집에 다닐 때 할아버지가 돌아가시고, 할머니가 요양원에 들어가시고는 친척들과 왕래가 없었다. 나는 일본인으로 태어나서 일말의 의심도 없이, 라기보다는 일본인이라는 것을 의식할 것도 없이 이 나라 사람이라고 생각하고 살아왔다. 그런데, 그런데…….

나를 둘러싸고 있던 모든 것이 눈사태처럼 무너져 내렸다. 도모다(共田)라는 성은 자이니치가 많이 쓴다는 것 같다. 아는 사람은 안다고 한다. 시청에서 호적등본을 뗐다. 어디에도 귀화라는 말은 쓰여 있지 않았다. 인터넷을 찾아봤다. 귀화가 허가된 후에 처음 작성한 호적등본에는 「○년○월○일 귀화, ○년○일 신고 입적, 귀화 당시 국적 ○○, 귀화 전 이름 ○○○」라고 기록한다. 그러나 호적을 옮기면 귀화했다는 기록은 사라진다고 나와 있었다. 주도면밀한 아버지 짓이다. 분명 호적을 옮겨 흔적을 없앤 거겠지.

나의 뿌리는 조선이고, 조선의 피가 흐른다. 불안하고 불쾌했다. 모두가 조선인을 싫어한다는 걸 안다. 아버지와 엄마가 납치나 미사일 문제로 뉴스에 북조선이 나올 때마다 온갖 욕을 다 퍼부으며 저런 나라는 망해야 한다고 이야기했던 것을 자주 들었다. 그래도 엄마는 〈겨울연가〉 이후, 한류드라마에 빠져있다. 하지만 기본적으로 조선·한국을 얕본다. 나는 그것을 옆에서 보면서 자연스럽게 일본에 사는 모든 사람이 그렇구나, 하고 생각하게 됐다. 얼마 전까지 나도 무의식적으로 그렇게 생각했으니까. 그래서 나는 내가 일본인이라고 딱 잘라 말할 수 없다는 사실이 불안하고 불쾌해서 참을 수가 없다.

나는, 내가 일본인이고, 조선인이 아닌 근거를 인터넷에서 찾았다. 인터넷에는 조선인의, 자이니치의, 내가 지금껏 전혀 알지 못했던 악행이나 날조된 강제연행, 종군위안부 문제가 알기 쉽게 설명되어 있었다.

틀림없는 일본인인 내가, 일본인으로 존재하기 위해서는 한국을, 조선을 부정하지 않으면 안 된다. 점점 그렇게 생각하게 되었다. 특히 조선인의 특징이라는 난폭함과 폭력의 화신 같은 아버지를…….

유튜브로 계속 찾아봤던 ZT그룹 대표 기쿠하나 모리노부가 마이크를 잡았다. 그를 중심으로 백 명쯤 되는 사람들이 반원을 만들었다. 뒷줄에 선 히로키는 우산에 가려 보였다 안 보였다 하는 기쿠하나를 응시했다. 동영상에서 봤던 당당한 인상은 아니었다. 마른 체형에 큰 키, 은테 안경. 늘 그렇듯 검은 재킷에, 회색 바지, 파란 셔츠, 그리고 흰 바탕에 빨간 물방울무늬 넥타이를 매고 있었다. 아무리 봐도 센스가 좋다고는 할 수 없다.

"우리가 주장하는 재일특권이란 무엇인가? 재일한국·조선인이 차별이라는 구실을 붙여서 획득한, 그리고 획득하려고 하는 부당한 특권을 말하는 것이다!" 또박또박한 첫 번째 발언. 처음에 느꼈던 나약함은 온데간데없다. 목소리에 힘이 있다. 여기까지 또렷하게 전해진다. "제일 큰 문제가 입관특례법입니다. 입관특례법에 의하면 재일한국인은 외국 국적을 가지고 자자손손 일본에 살아도 된다는 것입니다. 이런 특권을 인정하는 것은 세계에서 재일한국·조선인뿐입니다. 외국인이 범죄를 저지르면 나라 밖으로 추방할 수가 있습니다. 어느 나라든 그렇습니다. 그런데 일본에서는 입관특례법이 시행된 이후, 자이니치는 누구 하나 추방당한 사람이 없습니다. 재일한국인, 조선인을 제외한 외국인 중에는 가게에서 물건을 몰래 훔쳤다는 이유로 국외 퇴거 조치가 내려진 예가 있습니다. 그런데 재일한국인, 조선인이라는 이유로 강간, 강도, 살인, 무엇을 해도 강제 퇴거당하지 않습니다. 재일특권은 이게 제일 문젭니다. 게다가 통명(通名) 사용이 인정되기 때문에 통명으로 나쁜 짓을 합니다."

"옳소!"

"바퀴벌레 조선인을 도쿄만으로 쓸어 버려라!"

"범죄자를 강제 퇴거시키자!"

추임새가 여기저기서 들렸다. 달아오른 분위기가 히로키의 기분을 고조시켰다. 기쿠하나의 연설은 점점 열기를 띠었다.

"재일특권이 횡행하는 배경에는 재일한국·조선인이 일본의 침략과 차별로 인한 불쌍한 피해자라는 잘못된 역사 인식이 존재합니다. 그중에서도 가장 큰 오류는 자신들이 강제연행되었다는 재일조선인의 주장인데, 그런 사실은 없습니다. 모두 돈을 벌려고 자진해서 일본에 온 겁니다. 강제연행이라니요! 거짓말도 적당히 하라고!"

"옳소!"

"거짓말쟁이 조선인!"

"특히 오늘의 주제인 조선학교는 문제가 많습니다. K시 조선학교는 일본 아이들이 뛰어놀 공원을 불법으로 점거해서 자기들 마음대로 사용했습니다. 이 문제는 재일특권의 축소판입니다. 그 근처에 사는 사람들이 시청이나 경찰에 호소했지만 아무 소용이 없었고, 그래서 우리 ZT그룹에 도움을 요청해 왔습니다. 우리는 조선인에 대한 공포심 때문에 지금까지 목소리를 내지 못했던 일본인 동포의 염원을 실현하기 위해 행동하는 것뿐입니다."

"옳소! 정의의 투쟁이다!"

기쿠하나는 장단을 맞추는 사람들의 추임새에 만족스러운 듯 웃고는 연설에 힘을 주었다.

"여러분, 예전 남아프리카의 아파르트헤이트 정책을 알고 계시죠? 아파르트헤이트는 외국에서 온 백인들이 흑인 원주민을 차별해서 흑인들이 들어갈 수 없는 구역을 만들었습니다. 재일조선인이 누리는 특권은 현재에도 계속되는 아파르트헤이트인 것입니다. K시 조선학교 앞에 있는 공원이나 전국의 조선학교, 전국의 한국, 조선인 관련 시설은 일본인 출입이 엄격하게 제한된 장소가 되었습니다. 원주인인 일본인이 이용할 수 없습니다. 이것이 아파르트헤이트가 아니고 무엇이란 말입니까! 우리는 그런 아파르트헤이트를 폐지하라고 주장하는 것입니다. 그렇습니다! 공원은 이른바 일본 영토입니다. 일본 영토를 조선인이 자기들 마음대로 몇십 년이

나 불법 점거해서 사용해 왔습니다. 우리는 일 년 전에 K시에서 영토를 탈환하는 투쟁을 했습니다. 그런데 우리 동료가 부당하게 경찰에 체포되었습니다. 그런 일을 허용해서는 안 됩니다. 그렇죠, 여러분? 조선학교는 우리 일본 동포를 몇백 명이나 납치한 북조선과 연결되어 있습니다."

기쿠하나의 연설은 거침없이 이어졌다. 히로키는 연설 내용 중 대부분을 인터넷 동영상에서 반복해서 보고 들었었다. 그러나 동영상에서는 못 느꼈던 현장의 일체감과 고양된 감정이 히로키를 자극했다. 이것이 바로 연대감이자, 불의를 향한 분노의 공유라고 생각되었다. 그것을 위한 자기희생과 사명감……. 일본인으로서.

"이봐요, 이제 비 그쳤어요."

기쿠하나의 연설이 끊긴 바로 그 순간, 다른 목소리가 들렸다. 목소리의 주인은 히로키보다도 조금 연상인 듯한 청년이었다. 연설에 한창 몰입해 있다가 정신을 차리고 주위를 둘러보니 우산을 쓰고 있는 것은 나뿐이었다.

"아, 그렇군요."

"아주 열심히 듣고 있었나 보네요. 데모는 몇 번째예요?"

"오늘이 처음입니다."

아아, 하고 상대가 고개를 끄덕이는데 기쿠하나의 연설이 다시 시작됐고, 두 사람의 대화는 거기서 끊겼다.

기쿠하나 모리노부가 짧은 깃대에 단 일장기를 어깨에 메고 선두에 섰다. 확성기를 든 ZT그룹의 간부들이 데모 대열의 앞과 뒤, 그리고 인도 쪽 가운데쯤에 배치되었다. 히로키는 일장기를 들고 빼곡하게 선 백 명 정도의 대원들 뒤로 거의 맨 뒷줄에 섰다. 조금 전에 말을 걸어 온 청년은 히로키를 보호하듯 히로키 옆에 섰다. 검은 밴과 확성기 부대의 끊임없는 구호 소리가 이어져 청년과 대화를 나눌 수는 없었다.

"조선학교의 일본 영토 점거를 허용할 수 없다!"

"바퀴벌레 조선인은 본국으로 돌아가라!"

"조선학교를 해체하고 일본 영토를 탈환하자!"

"일본의 아파르트헤이트, 재일조선인의 일본 영토 불법 점거를 허용할 수 없다!"

"일본에서 차별받는 불쌍하고 불쌍한 조선인은 일본을 떠나라!"

"따뜻하고 따뜻한 지상 낙원, 북조선으로 돌아가라!"

"조선고등학교의 무상화를 반대한다!"

토요일이라 우에노 마쓰자카야 백화점 쪽으로 갈수록 거리의 인파가 많아졌다. 히로키는 구호를 외치면서 그들을 본다.

모두 얼굴을 돌리고 있다. 누구 하나 이쪽을 주목하지 않는다. 무관심하다. 그때 전방에서 절규가 시작되었다. 우에노 공원 입구에 진을 치고 있던 그룹이 이번에는 마쓰자카야 앞에서 피치를 올리고 있다. 옆에서 걷고 있던 경찰들이 일제히 앞을 향해 뛰기 시작했다. 항의를 하는 우리 쪽에만 규제를 가하고 있다. 경찰은 그 놈들에게는 아무런 제지도 하지 않는다. 무관심과 항의. 고립감이 히로키의 가슴에 분노를 일으켰고, 같이 걸어가는 사람들에게 친근감이 생겼다. 쇼와 거리를 걸으면서 "불법 점거, 김치 골목을 탈환하자!"라는 함성이 높아졌다. 히로키는 '김치 골목'이 어떤 곳인지 모른다. 그러나 그것도 조선학교와 마찬가지일 거라고 생각한다. 구호에 한층 힘을 실었다.

정면에 우에노 역이 보였다. 지나가는 사람들이 점점 많아진다. 빗방울이 한두 방울씩 떨어졌다. 쇼와 거리를 왼쪽으로 돌아 마루이 앞으로 진입했다. 대열은 걸음을 멈췄다. 갑자기 빗줄기가 거세졌고, 가두선전차에서 구호를 외치는 여자의 목소리가 들렸다.

"우리는 정의의 데모대다. 정의의 데모를 방해하는 자는 범죄자다. 범죄자를 체포하라!"

"방해자를 체포하라! 경찰은 뭘 하고 있는가!"

"범죄자 조선인을 체포하라! 체포! 체포! 체포!"

6

윤봉창과 나순자는 JR 우에노 역 공원 쪽 출구로 나와 우에노 공원 안을 통과해서 ZT그룹이 모여 있는 수상음악당 근처 이케노하타 출구로 향했다. 봉창은 어젯밤에 만든 모조지 배너를 접어 배낭 속에 넣어왔다. 차가운 비가 내려 비닐 우비를 입고, 어차피 한번 쓰고 버리게 될 테니까, 하고 둘이 비닐우산 하나를 같이 썼다. 우에노 공원에 많은 느티나무와 은행나무는 조금씩 물들기 시작했다. 벚나무 잎은 꽤 빨개졌지만, 상록의 녹나무 탓에 몸속으로 추위가 스며드는 데도 아직 가을 분위기가 느껴졌다. 시노바즈 연못이 내려다보이는 돌계단에 서서 멀리 바라다보니 하스 연못이 갈색으로 시들어 있었다. 초여름 무렵, 어쩌다 둘이 이 길을 걸었었다. 그때는 초록색 연잎 사이로 수없이 많은 복숭아색 연꽃이 일렁이고 있었다. 바람이 불 때마다 연잎은 앞뒷면을 보이며 정묘한 그러데이션 물결을 만들어, 꽃을 한층 더 아름답게 연출하고 있었다.

"순자야, 하스 연못이 폐허 같아. 마치 황폐한 이 사회 같다. 모든 것을 모조리 집어삼킨 단색, 갈색의 세계……. 기억나? 여름에 여기서 연못을 봤을 때, 네가 연잎을 우주에 비유하면서 꽃을 연꽃별이라고 했었어."

"생각나. 그 이후로 너, 거의 외출을 안 했으니까."

"그때 이후로 이렇게 멀리까지 나오긴 처음인가?" 봉창은 쓴웃음을 지었다.

벤텐도(弁天堂) 옆에서 출발해서 보트 연못과 하스 연못 사이로 난 길을 따라 걸어가는데, 불쾌한 소음이 들리기 시작했다. 둘은 ZT그룹의 상황을 파악하기 위해서 데모대의 출발 지점부터 우에노 마쓰자카야 앞까지 데모 행진을 관찰하기로 했다.

"생각보다 적네." 순자가 손가락으로 ZT그룹의 사람 수를 세면서 말했다. "더 있을 줄 알았는데. 그래도 젊은 사람과 여자들이 꽤 있네."

"요즘은 예전만큼 모이지 않는대. K시 체포사건이 영향을 미쳤다는 이야기도 있고, 점점 도가 지나쳐서 반쯤은 재미로 참가했던 사람들이 빠져나갔다는 분석도 있어."

"무슨 근거로 입관특례법이 특권이라고 말하는 거야! 식민지로 지배해서 자기들 멋대로 조선인을 일본인으로 만들어 놓더니 미국과 협의하에 조선인을 일본에서 추방하려고 했어. 여권이 없는 조선인이 일본에 50만 명, 60만 명이나 있는 건 왜 그런 거냐고!"

순자는 수상음악당 근처 하스 연못의 울타리에 기대어 기쿠하나 모리노부의 연설을 듣다가 흥분하기 시작했다.

"아파르트헤이트라고? 저 사람 머리가 어떻게 된 거 아니야?"

"그런데 봐봐. 모두 다 진지하게 듣고 있잖아. 기쿠하나의 거짓말을 진짜로 믿고, 분위기가 상당히 고조되고 있어."

"그래서 무서운 거지. 사람들 마음속에 기쿠하나 말에 동의하는 조선혐오 감정이 흐르고 있었다는 증거야. 참 말 잘했다, 라는 인터넷 댓글이 엄청나게 달리고, 댓글은 달지 않았어도 갈채를 보내는 훨씬 더 많은 사람들이 있으니까."

데모대와 나란히 걸으면서 봉창은 점점 기분이 나빠졌다. 자신들의 '정의'에 도취되어 있는 데모대였지만, 기쿠하나는 멀쩡하게 진실을 다 알고 있고, 다 계산을 하고 있는 것처럼 보인다. 옆에 있던 순자는 낮은 목소리로, 빌어먹을, 빌어먹을, 하고 욕을 하면서 눈이 시뻘게져서 멈출 줄 모르는 눈물을 계속 흘리고 있다. 데모대의 기세는 점점 고조된다. 그들의 일체감이 기분 나쁜 아우라를 발산한다. 우에노 마쓰자카야에서 레이시즘·차별에 반대하는 단체의 항의를 목도하고 나서 데모대의 단결력은 한층 더 불이 붙은 것 같았다. 비가 그쳐 길에는 인파가 넘쳐났지만, 모두가 보고도 못 본 척을 한다. 항의하는 사람은 고작 저들뿐인가……. 봉창은 심한 고립감을 맛보았다.

계획대로 오카치마치 역에서 데모 행렬에서 빠져 나왔다. ZT그룹의 헤이트 스피치는 오카치마치 역의 굴다리에 메아리쳐져 더욱 추악한 울림으로 주위를 완전히 제압했다. 그러나 둘은 그것에 마음을 쓰고 있을 여유가 없었다. 데모대보다 먼저 우에노 마루이 백화점 앞에 도착해야 한다. 아메요코 골목을 통과하는 지름길을 택했다. 그런데 골목에 사람들의 왕래가 많아 두 사람은 앞으로 빨리 나아갈 수가 없었다. 시간이 지체됐다. 그 사이에도 헤이트 스피치는 계속 들려왔다.

가게를 쳐다보며 천천히 걸어가는 사람들을 좌우로 헤치고 나아갔다. 순자가 뒤처지는 것 같았다. 두 사람이 한 팀이 되어 움직이기로 했기 때문에 같이 현장에 가야 한다. 봉창은 길을 잘못 선택했다는 것을 깨달았다. 몇 블록 떨어진, 쇼와 거리 쪽 골목을 선택했다면 순조롭게 갈 수 있었을 것을. 뒤처진 순자를 기다리면서 그런 생각을 했다. 어쨌든 그들이 마루이 백화점에 도착하기 전에 가능하면 조금 여유 있게 도착해서 준비하고, 마음을 다잡고 싶다. 미안, 미안, 아직 시간 괜찮은 거지? 순자가 좇아왔다. 이제 거의 다 왔으니까 늦지 않을 거야. 간신히 아메요코 골목을 빠져나왔다.

두 사람이 마루이 앞에 도착했을 때, 빗방울이 굵어지더니 비가 세차게 내리기 시작했다. 쇼와 거리 위를 달리는 수도고속도로의 고가에 메아리쳐 울리는 ZT그룹의 고함이 점점 가깝고 크게 들려왔다. 봉창은 쿵쿵거리는 심장의 고동을 의식한다. 순자를 봤다. 반듯한 얼굴에 눈물이 글썽여서 조그맣게 자신이 비쳐 보였다. 등을 돌려, 그녀에게 배낭에서 배너를 꺼내달라고 했다. 비가 점점 더 온다. 지금 펼치면 수채화 도구로 그린 그림과 글자가 번진다.

그리고 주변에 분명히 있을 사복경찰한테 미리부터 들키고 싶지도 않다. ZT그룹의 데모대가 마루이 앞의 횡단보도에 진입하면, 바로 그때 배너를 펼치고 뛰쳐나가 바닥에 앉아야겠다.

“순자야 계획대로, 알지? 다치지 않게, 그것만 조심하자.”

고개를 끄덕일 뿐 말은 없었다. 평소 당찬 그녀도 이제 몇 분 뒤면 일어날 상황을 상상하고, 역시 매우 긴장하고 있는 것 같았다. 그런 순자를 보니 봉창은 오히려 침착해졌다. 상대는 분명 폭력적으로 대응해 올 것이다. 만약 그런 상황이 오면 어떻게든 순자 위로 덮쳐서 반드시 지켜내리라.

데모대가 쇼와 거리에서 주오 거리로 진입했다. 가두선전차 너머로 일장기를 어깨에 멘 기쿠하나 모리노부가 보였다. 그 뒤에 확성기를 안고 있는 간부가 두 명. 현수막을 펼쳐 든 여자가 네 명. 이어서 빽빽하게 일장기를 든 데모대가 온다. 차도 쪽으로 경찰이 드문드문 보였다.

경찰이 신호등을 조작하고 있는 모양이다. 보행자 신호가 계속 빨간 불이다. 경찰 지휘차가 데모대가 지나갈 때까지 잠시 기다리세요, 라고 되풀이하고 있다. 두 사람의 눈앞으로 ZT그룹의 검은색 가두선전차가 지나갔다. 스피커에서 끊임없이 나오는 여자의 탁한 목소리가 시끄럽다. 기쿠하나가 횡단보도에 발을 들여놓았다.

지금이다!

앗——검정으로 맞춰 입은 몸집이 작은 남자가 보도에서 천천히 걸어 나와 데모대를 가로막았다. 기쿠하나가 일장기를 번쩍 치켜들고 검은 옷의 남자에게 덤벼든다. 남자가 가지고 있던 무언가가

도로 위로 떨어졌다. 돌진한 기쿠하나에 맞서 몸을 휙 돌려 피한 남자의 얼굴이 보였다.

검은 별빛? SNS의 반(反) ZT 커뮤니티 관리자. 홀로 싸우는 활동가. 재일조선인 검은 별빛, 안삼열 씨다. 틀림없다. 인터넷에서 그는 유명인이다.

검은 별빛이 몸을 피하는 바람에 돌진한 기쿠하나가 보기 좋게 바닥으로 나가떨어졌다. 확성기를 든 간부들과 대열 여기저기서 빠져나온 사람들이 검은 별빛 주위로 몰려든다. 퍽퍽, 금속으로 사람 몸을 치는 소리가 선명하게 들렸다. 일장기 깃대를 창처럼 들고 찌르는 남자가 있다. 검은 별빛은 ZT그룹 패거리에게 둘러싸여 보이지 않았다. 고함이 난무하는 가운데 하얀 확성기 하나가 공중을 날아 바닥으로 떨어져 찢어질 듯한 하울링 소리를 냈고, 이어서 사이렌이 울리기 시작했다. 검은 별빛을 빙 둘러싼 원에 틈이 생겼다. 엉거주춤하게 일어선 검은 별빛에게 가차 없이 발길질이 가해지고 있었다. 날이 선 호각소리가 났고 경찰들이 밀치고 들어가 검은 별빛을 ZT그룹에서 떼어 놓았다.

"신변 보호, 확보!"

경찰 지휘자의 목소리가 분명하게 들렸다.

ZT그룹의 남자가 소리를 지르며 경찰에게 따지고 덤빈다.

"범죄자를 죽여!"

다른 남자가 소리쳤다.

"죽여!"

또 다른 남자가 확성기에 대고 절규했다.

"조선인, 죽여 버릴 테다! 나한테 넘겨!"

보도에서 경찰에게 둘러싸인 검은 별빛은 눈가와 입에서 피가 흘러 얼굴 전체가 피범벅이 된 채, 이글거리는 눈으로 소리를 쳤다.

"민족교육의 권리를 지킨다! 한신교육투쟁 정신을 계승한다! 조국 통일!"

이 말을 들은 기쿠하나 무리가 다시 돌진하기 시작했다. 경찰들이 제압한다. 격렬한 몸싸움. 전방에 세워 놓은 순찰차에 검은 별빛을 태우는 것이 보였다. 사이렌을 울리며 순찰차가 사라진다. 시끌벅적한 데모대가 다시 행진을 시작했다.

봉창은 움직이지 못하고 그 자리에 서 있었다. 무저항의 인간에게 퍼붓는 작렬한 폭력의 현장을 목도하고 다리가 굳어 꼼짝할 수가 없었다. 극심한 자기혐오가 온몸을 관통했다. 검은 별빛에게 큰 빚을 졌다. 행동에서도, 주장에서도…….

검은 별빛이 우리를 대신했다. 순자는 어깨를 들썩이며 흐느껴 울었다.

봉창은 끝내 펼치지 못한 배너를 우에노 역 쓰레기통에 버렸다. 버리면서 순자를 돌아봤다. 그녀가 고개를 살짝 끄덕였다. 반격, 보복, 복수, 제재……. 비겁함, 겁쟁이, 얼간이, 유약함, 연약함, 패기 없음……. 그런 단어들이 머릿속을 맴돌며 가득 채웠다. 고개를 숙인 두 사람은 서로 쳐다보지도 말을 하지도 않고 봉창의 집으로 돌아왔다. 인터넷에서 정보를 수집했다. 검은 별빛이 폭행 용의자로 현장에서 체포되었다는 것을 알았다.

7

소동으로 데모대가 멈춰 설 때마다, 검정 밴의 대형 스피커에서는 힘주어 발음하는 여자의 탁한 목소리가 알아들을 수 없을 정도로 쩌렁쩌렁하게 뿜어져 나왔다. 도모다 히로키는 우에노 공원 입구에서 처음 여자의 목소리를 들었을 때, 목소리에 어린 막연한 악의에 몸이 떨렸고, ZT그룹의 데모에 온 것을 후회했었다. 그런데 지금 그는 그 주저함을 잊었다. 선두 쪽에서 성난 고함이 이리저리 엇갈려 뒤섞인다. 경찰 홍보차의 고성능 스피커에서 정확한 발음으로 "3중대 앞으로!" "당장 떼어 놔!"라는 지령이 나온다. 경찰들이 전방으로 뛰자 확성기를 안고 있던 ZT그룹 간부도 그 뒤를 따라간다. 행렬의 맨 뒤에 있는 히로키는 무슨 일이 일어났는지 알 수 없다. 이미 귀에 익숙해진 여자의 탁성을 기다린다. 여자는 실로 능숙하게 상황을 설명하고, 데모대를 고무했다.

우에노 마루이 앞에서는 "조선인의 습격으로 기쿠하나 모리노부 대표가 부상을 당했다."라고 절규하고, "체포!"를 연호했다. 그리고 범인은 경찰에게 검거되었다고 자랑스럽게 보고한 후, "범죄자 조선인과 좌익의 방해에 대항해서 마지막까지 투쟁하자!"라고 격렬하게 외쳤다. 게이세이 우에노를 통과할 때는 "우에노 공원 앞과 마쓰자카야에서 방해 행동을 한 반일 좌익이 경찰의 보호를 받아 멀리서 짖고 있다."라고 해설하고, "어디든 나타나는 바퀴벌레, 반일 일본인은―, 범죄자 조선인과 똑같이―, 일본을 떠나라―!" "너희 고향, 이상향, 북조선으로 돌아가―!"라고 외쳤다.

그때마다 히로키의 몸속에는 무언가가 꿈틀거렸다. 그것이 무엇인지는 모른다. 분명한 것은 기분이 좋다는 것이다. 자신이 강해진 기분이 들었다. 이런 온갖 욕설은 들어 본 적도, 말해 본 적도 없었다. 마음속 응어리와 웅크리고 있던 온갖 것들을 조선인과 좌익을 향해 토해낸다. 우울함이 사라지고, 상쾌해졌다. 번쩍 올린 주먹과 함께 하늘에라도 올라갈 것 같다. 문제없다, 같이 행동하는 사람들이 있고, 경찰이 지켜주고 있다.

세차게 내리던 비가 잦아들고 있다. 그것을 알아챈 것은 시노바즈 거리에 도달했을 때였다. 얼마 안 있어 뺨에 닿는 미세한 빗방울의 자극도 사라졌다. 기온은 계속 내려간다. 집회 구호를 외치면 하얀 입김이 힘차게 공중에서 춤을 추다 사라진다. 히로키는 그것을 보면서, 이번에는 불만인지 초조함인지 모를 생각에 사로잡혔다. 구호로 일제히 뿜어져 나온 하얀 연기 같은 숨이 소용돌이친다. 그러나 그 하얀 연기는 압도적인 한기에 부딪혀 순식간에 사라진다. 그렇다. 아무리 마음을 담아서 외쳐 봤댔자 거리의 사람들에게 마음은 전해지지 않는다. 무관심이라는 벽에 부딪혀서 사라져간다…….

고양됐던 기분이 시들기 시작한다. 평소에는 억누르고 있는 감정이 거침없이 흘러나와 소용돌이치면서 오셀로와 같이 교체된다. 왜 그럴까? 히로키는 자문했다. 추위로 머리가 식혀져서 그런가? 아니다. 이유를 찾지 못한 채 기계적으로 구호를 반복했다.

"조선학교를 해체해라－! 일본 영토를 탈환하자－!"

"탈환하자!" "탈환하자!" "탈환하자!"

해산 지점인 우에노 공원 이케노하타 출구가 가까워졌다. 분명 좌익이 숨어서 기다리고 있을 것이다. 이번에는 앞으로 나가 보자. 히로키는 그렇게 생각했다. 가라앉기 시작한 기분에 탄력을 주고 싶다. 소란스러운 일이 있을 때마다 확성기를 안고 있던 몇 명의 간부가 앞으로 달려 나갔다. 원래의 위치로 돌아온 간부가 멋있어 보였다. 공원 입구를 에워싸듯이 세워놓은 경찰 차량이 점점 가까워진다. 검은 밴이 경찰 차량 앞으로 미끄러져 들어가 이제 모습이 보이지 않는다. 구호를 외치는 여자의 탁한 목소리가 작아졌다. 나도 해보자! 그렇게 하기로 마음을 정하니 가슴이 두근거려 걸음걸이가 어색해지는 기분이 들었다. 그러나 이케노하타 출구에는 좌익은 없고, 데모대는 순조롭게 공원으로 들어갔다. 히로키는 맥이 빠져서 자기도 모르게 '뭐야, 없는 거야?'라고 중얼거렸다.

"좌익 놈들은 우리와 다르게 진심이 아닌 거야. 반대한다는 알리바이로 가끔씩 나와서, 길가에서 와－와－ 하는 것뿐이잖아. 별것도 아니야."

출발 집회 때 말을 건 후로 계속 옆에 붙어 있던 청년은 히로키의 혼잣말을 들었는지, 몸을 기울여 말을 걸어왔다.

"아, 그렇습니까? 그럼 마루이 앞에서 난입한 놈은 좀 다른 걸까요?"

"아, 그놈이요."

경찰들이 줄지어 서서 공원으로 들어가는 진입로를 좁혀놓고 있었다. 좁은 진입로를 따라 공원으로 들어가려고 하는데 여자의 목소리가 울려 퍼져서 청년의 말을 덮어버렸다.

"데모에 참가하신 여러분, 수고하셨습니다. 재일특권, 반일 조선인, 바퀴벌레 좌익을 근절하는 활동은 얼마든지 있습니다. 그 현장에서 여러분과 다시 만나기를 기대하겠습니다. 조심히 돌아가십시오."

히로키의 고막을 끊임없이 흔들었던 여자의 탁성이 사라졌다. 갑자기 주위가 적막해지자 왠지 불안한 기분에 사로잡혔다. 시끄럽게 소리를 내던 스피커가 꺼진 검은 밴을 돌아다보니, 베이지색 반코트에 청바지를 입은, 가냘픈 목을 지키기라도 하려는 듯 어깨까지 기른 생머리를 한 호리호리한 여성이 내리는 것이 보였다. 그녀는 이쪽을 향해서 걸어온다. 동글동글한 쌍꺼풀이 있는 큰 눈이 히로키를 지나쳐 전방을 주시한다. 자신도 모르게 넋을 잃고 보았다.

"구호의 여신이에요. 박력 있는 목소리와 고급스러운 용모가 반전이 있어서 팬이 많아요. 안타깝게도 결혼해서 딸이 하나 있지만요." 청년이 킥킥 웃었다.

"딸도 아주 귀여워요. 가끔 남편과 아이를 데리고 데모에 나오거든요. 부부가 둘 다 평범한 회사원이라고 들었어요."

자랑하는 듯한 말투로 이야기를 늘어놓는 것을 보니 넋을 잃고 쳐다본 히로키의 마음을 눈치챈 것 같았다. 마음을 들키고 싶지 않아서 고개를 애매하게 움직였지만 이미 히로키는 여자의 시선을 좇고 있었다. 그녀가 시선을 둔 곳에는 기쿠하나와 출발 집회 때 발언한 간부가 다섯 명쯤, 그리고 확성기를 든 몇 명이 있었고, 그들은 귀에 이어폰을 꽂은 남자 두 명과 이야기를 하고 있었다. 여자가 그 사람들 곁으로 다가갔을 때, 이어폰을 낀 중년의 남자가 천 조각을 기쿠하나에서 건넸다. 히로키는 자석에 이끌리듯 그쪽으로 다가갔다.

"이건 우리 게 아니에요. 보시면 아시잖아요. 〈민족교육의 권리를 지키자! 한신교육투쟁의 정신을 계승하자! 조국 통일! 검은 별빛〉이라니, 당치도 않아요. 아아, 더러워."

기쿠하나는 가로세로 1미터쯤 되는 배너를 몸집이 다부진 간부와 같이 펼치면서 말했다.

"그래요? 마루이 앞에서 관할 경찰이 주웠어요. 플래카드라든가 배너를 가지고 있던 것은 당신들뿐이었고, 항의 그룹은 차도로 들어오지 않았으니까요. 그래서 ZT 쪽에 돌려주라고 해서 가지고 왔는데요. 하지만 내용을 보니 그러네요. 그놈이 가지고 있던 거군요. 기쿠하나 씨, 그놈이 이거 가지고 있는 거 봤어요?"

"확실히 기억나지 않아요. 갑자기 덤벼들었으니까요. 위장용 아닐까요? 배너를 들고 있어서 양손을 다 쓸 수 없었다고 말할 작정으로 말이에요. 검은 별빛은 머리가 이상한 조선인 안삼열이죠? 대학원생이라고 했었죠? 그놈 끈질겨요. 우리를 항상 따라다닌다고요. 스토커예요. 경찰에서는 그놈의 동향을 파악하고 있지 않았어요?"

"견제는 하고 있지만, 설마 혼자 올 거라고는 생각지 못해서요."

"그놈, 이번에야말로 매장시키겠어. 실명으로 인터넷에 동영상과 증거사진을 올리고, 그놈 대학에 범죄 사실을 고발해서 범죄자를 퇴학시키라고 항의해야겠어요. 그런데 형사 양반, 내가 아까 습격을 받아 넘어져서 왼쪽 어깨와 팔꿈치에 타박상을 입었어요. 지금부터 피해자 진술서를 쓰러 갈 생각인데 관할은 우에노 경찰서 맞죠?"

"그렇습니다. 우에노 경찰서. 길은 아세요? 원하시면 같이 갈까요?"

"아닙니다. 바쁘신 분한테 그렇게까지 신세를 질 수는 없지요. 그것보다 저런 이상한 조선인이나 반일 좌익의 단속을 잘 좀 부탁합니다. 그쪽에서 먼저 덤벼오면 상대는 해주겠지만 우리는 비폭력 시민운동이니까요."

이어폰을 낀 남자가 쓴웃음을 지었다. 남자의 표정에 기쿠하나는 헤헷, 하고 경직된 웃음소리를 냈다.

"그럼 이 배너는 어떻게 하실 거예요? 그놈 물건이니까 돌려주실 건가요? 아니시면 저희가 처분하고요."

"어떻게 하든 상관없어요. 마음대로 하세요."

"알겠습니다. 오늘 수고 많으셨습니다."

이어폰을 낀 남자가 사라지자 기쿠하나는 간부를 시켜 땅바닥에 배너를 펼치게 하고는 그 위에 서서 확성기로, 아직 주변에 남아있는 50명 정도의 데모 참가자들을 향해 연설을 시작했다.

"여러분 오늘 수고하셨습니다. 아까 말입니다. 마루이 앞에서 습격해 온 놈의 신원이 밝혀졌습니다. 안삼열이라고 하는 머리가 이상한 조선인입니다. 그놈이 남기고 갔다고 할까, 아무튼 우리 동료들이 빼앗은 배너가 있습니다. 그것은 지금 제 발밑에 있습니다. 여러분 돌아가실 때, 꼭 짓밟고 가십시오." 그리고 절규가 시작되었다. "우리의 정의로운 투쟁을 방해하는 놈들은 모두 짓밟아 부숴버리겠다! 짓밟아 뭉개겠다! 두려울 것은 없습니다! 그 결의를 지금 여기서 보여줍시다! 밟아 부숴버리자! 밟아 뭉개자!"

"옳소! 밟아 버리자! 밟아 버리자!"

간부가 추임새를 넣자 참가자들이 호응했다.

배너 위에 서 있던 기쿠하나가 자리를 내주자 간부들이 앞을 다투어 짓밟기 시작했다. 구호의 여신은 날씬한 허리를 흔들면서 점프를 해서 부츠의 뒤꿈치를 내리꽂았다. 히로키는 기쿠하나의 연설과 여신의 화려한 움직임에 선동되어서, 순서가 오기를 학수고대했던 사람처럼 배너 위로 올라갔다. 검정색과 빨간색으로 써진, 균형도 맞지 않아 볼품없는 글자가 보였다. 두세 번 발바닥으로 뭉개듯이 짓이겼더니 '한신'이라고 써진 부분이 찢겼고 아스팔트가 보였다. 남아있는 참가자 전원이 다 밟고 지나가자 배너는 너덜너덜해졌다. 그것은 마치 고2 때 후쿠다에게 무저항으로 얼굴을 가격당한 자신과 같이 생각되었다. 집단 린치다. 그런 생각이 스치자 느닷없이 역사교과서에서 봤던 '숨은 크리스천'을 찾아내기 위한 '후미에(에도막부가 기독교인을 색출하기 위해서 예수나 성모 마리아가 그려진 그림을 밟고 지나가게 한 것 – 옮긴이)'가 떠올랐다. 배너에서 눈을 뗄 수가 없었다. 누군가가 밟으라고 시킨 것이 아니다. 나는 나의 의지로 밟았다…….

"미안하지만 그것 좀 저쪽에 있는 쓰레기통에 넣어주겠어?"

기쿠하나의 목소리가 들렸다. 배너는 그대로 있었다. 어? 하고 머리를 들었을 때 기쿠하나와 눈이 마주쳤다. 히로키는 손가락으로 자신을 가리켰다.

"응. 미안하지만 부탁 좀 할게."

히로키는 온갖 구두에 밟혀 짓이겨진 너덜너덜한 배너를 집어 올렸다. 비에 젖은 아스팔트의 물기를 빨아들이고 구두의 진흙이 달라붙어 생각보다 무거웠다. 백 미터쯤 앞에 있는 수상음악당 옆 쓰레기통에 버리고 돌아오자 해산 장소에는 아무도 없었다. 공원 밖의 경찰차도, 검은 밴도 사라지고 없었다.

뭐야, 나만 두고 다 간 거야? 결국, 여기서도 그렇구나……. 소리를 치고 싶었다.

"저기……."

등 뒤에서 누군가의 목소리가 들렸다. 뒤돌아보니 히로키 옆에 계속 붙어 있던 청년이었다. 코끝이 찡해졌다. 그러고 보니 그는 기쿠하나 무리가 있는 곳에 가까이 오지 않았고, 배너도 밟지 않은 것 같았다. 어딘가 떨어진 곳에서 계속 나를 보다가 타이밍을 맞춰 가까이 온 것처럼도 생각되었다. 아무래도 상관없었다. 청년이 히로키 옆으로 왔다.

"시간이 괜찮으면 가까운 데서 가볍게 한잔하지 않을래요? 계속 구호를 외쳐서 목마르죠?"

"아, 그랬으면 좋겠네요. 그런데 저가 지금 제빵공장에 야간 근무를 하러 가야 해서요."

"야간 근무요? 힘드시겠네요. 그럼 한잔하기는 어렵겠군요." 아쉬운 듯 말했다. "저는 하자마 미쓰오라고 해요. 그쪽은요?"

"도모다 히로키입니다."

히로키는 하자마와 핸드폰 번호와 메일 주소를 교환하고 가까운 시일 내에 만나자고 약속했다.

8

성난 목소리에 반응하여 플래시가 터지고, 그 순간 어떤 장면이 펼쳐졌다. 어디선가 본 것 같은 광경인데 확실히 보이지 않는다. 성난 목소리가 끊임없이 이어진다. 누군가를 욕하고 있는 것 같은데 잘 들리지 않는다. 대사도 장면도 단색이다. 그런데 한 명이 아니다. 여러 사람의 다양한 목소리가 엇갈리고 뒤섞였는데, 하나같이 증오심에 가득 차 있다. 다시 번쩍하더니 다음 장면으로 넘어간다. 무슨 얘기를 하는지 귀를 기울였다. "순자야, 이게 뭐야? 이게 도대체 뭐야?" "봉창아, 나 안 되겠어. 나, 목이 아파서……." 잠겨서 곧 꺼져 버릴 것 같은 목소리. "몸 마디마디에서 비명을 지르는 것 같아. 가슴이 조여서 터질 것 같고. 슬프고, 괴롭고, 무섭고, 아파. 아아, 봉창아 살려줘, 살려달라고!" "순자야, 괜찮아? 왜 그래?"

일장기를 죽창처럼 들고 있는 기쿠하나 모리노부가 "조선인은 다 죽여 버리겠어!"라고 외치자, 일장기 무리가 차례로 "죽여!" "죽여!" "죽여!"를 연호한다. 악의와 증오가 가득 찬 가운데, 벽을 찢고 나오듯 포효하는 목소리가 들렸다.

"민족교육의 권리를 지키자! 한신교육투쟁의 정신을 계승하자! 조국 통일!"

눈가와 입에서 피를 흘리는 검은 별빛—안삼열이 주먹을 들어

올리며 외쳤다. 검은 별빛의 뒤를 따르려고 했으나 몸이 단단히 묶여 있다. 움직이려고 발버둥을 치는데 차갑게 번쩍이는 면도칼 비가 내린다. 몸이 베이고 찢어진다. 전신에 피가 흐르고 체온이 떨어진다. 춥다!

극심한 추위와 죽음의 공포에 전율하며 윤봉창은 벌떡 일어났다. 꿈이었다. 아직 동이 트지 않았다. 기진맥진하여 마룻바닥에 타월을 깔고 홑이불만 덮고 누웠다. 등과 허리에 둔한 통증이 느껴진다. 꿈이 수치심을 자극해서 기분이 가라앉았다. 불을 켜면서 무심코 내뱉은 한숨에서 하얀 입김이 나와, 방 안 공기가 밤새 더 차가워진 것을 알았다.

고개를 돌려 침대를 봤다. 겨울 이불과 베개 사이에, 창 쪽을 보고 누워있는 순자의 검은 머리가 보였다. 일어나서 얼굴을 가까이 들여다보니 규칙적인 숨소리가 들렸다. 이마에 손을 올렸다. 조금 열이 있는 듯했지만 어제만큼은 아니었다. 어쨌든 자고 있어 안심했다.

어제 저녁, 비를 맞고 집에 온 봉창은 옷도 안 갈아입고 컴퓨터 앞에 앉아 인터넷에서 검은 별빛에 대한 정보를 계속 찾아봤다. 나순자도 옆에 있는 침대에 앉아 봉창이 아무 말 없이 차례차례 여는 사이트를 계속 지켜봤다. 한 시간 정도 지나서 '속보 · 기쿠하나 대표가 조선인의 습격으로 부상, 범인은 폭행 현장범으로 체포'라는 제목으로 ZT그룹이 촬영한 동영상이 올라왔다. 동영상은 검은 별빛이 몸을 피하는 바람에 기쿠하나가 보기 좋게 나가떨어지는 장면에서 시작하여 ZT그룹 간부가 검은 별빛에게 달려드는 장면이 짧게 이어졌다. 마지막에 경찰차에 탄 검은 별빛이 나왔다. 명백하게 집단폭행을 은폐하기 위해 편집된 영상이었다.

"체포? 왜 삼열 씨가 체포된 거야? 체포돼야 할 사람은 ZT 놈들이잖아."

"저거 진짜야? 조작된 거 아니야? 그놈들이 정보를 조작하는 거 아닐까? 아무리 그래도 그런 일이……."

봉창은 레이시스트, 반(反) 레이시스트 그룹 사이트를 생각나는 대로 모두 찾아보고, 언론 사이트에 계속 들어가 봤다. 확실한 정보는 발견되지 않는다. 한 시간째 사이트를 뒤지다가 다시 우파 계열의 산케이신문 사이트에 들어갔더니, 전자판 기사가 올라왔다.

"데모대에 뛰어들어 방해를 한 혐의로 경시청 우에노 경찰서는 20대 남자를 폭행 현행범으로 체포했다. 남자는 다이토구(區) 노상에서 데모에 참가한 30대 남성에게 달려들어 폭행을 했다고 알려졌다. 동 경찰서에 의하면 한 데모 참가자가 남자를 제압하여 현장에 나와 있던 경찰관에게 인계했다고 한다. 데모에는 약 백 명이 참가했고 조선학교에 대한 항의를 하고 있었다."

봉창은 '아후' 하고 말인지 한숨인지 모를 이상한 소리를 토해냈다. 말로 다 할 수 없이 싫은 느낌이 등줄기를 타고 내려왔다. 이어서 목에서 심장까지 찌르는 듯한 통증을 느꼈고, 심장은 고동쳤다. 비폭력 항의자가 집단폭행을 당했다. 경찰 지휘자가 "신변 보호, 확보!"라고 소리 쳤고, 검은 별빛을 ZT그룹에서 떼어 놓았다. 자신의 눈으로 분명히 보고 들은 광경이 이런 식으로 변질되었다.

항의를 한 사람이 폭행 현행범으로 체포되었다는 사실만이 남았다. 현장에 없었던 몇백만 명에게는 이것이 '사실'로 전해진다. 검은 별빛의 비폭력 항의는 말소되고 레이시스트 집단의 폭력은 정당방위가 되었다. 집단 폭행으로 피를 흘린 피해자는 가해자로 체포되고, 여럿이 달라붙어 때리고 발로 찬 가해자는 피해자랍시고 의기양양하다. 거짓말은 이제 혼자 걸어가기 시작한다. 거짓말에 거짓말이 덧칠해진다. '기쿠하나 대표 부상, 조선인이 습격' '범죄자 조선인의 만행' '습격한 조선인을 국외추방해라' 등 인터넷 게시판에 댓글이 쏟아지기 시작했다.

"왜 이러지? 이건 뭐야? 어떻게 된 거야? 왜 이렇게 된 거야?"

이렇게 겁에 질린 순자의 목소리는 처음이었다. 가느다란 눈은 휘둥그레졌고, 초점을 잃은 눈동자에 눈물이 차오르더니 순식간에 쏟아져 내렸다. 몸을 떨며 격렬하게 흐느껴 울기 시작했다. 힘없이 떨군 양 볼에는 비를 맞고 그대로 말라서 윤기를 잃어버린 머리카락이 무너진 표정을 감쌌다.

"왜? 왜……."

옥죄이는 흐느낌과 허스키한 목소리가 뒤섞이고 곧 이가 부딪히는 소리가 났다.

"순자야, 괜찮은 거야?"

어깨에 손이 닿았는데 아직 옷이 젖어있다. 손으로 이마를 짚어봤다. 뜨겁다! 이가 덜덜 떨리기 시작했다. 이제 보니 방 안이 냉기로 가득했다. 봉창은 곧 쓰러질 듯한 순자를 조심조심 침대에 눕히고 얇은 이불을 덮어주었다. 욕실로 가서 샤워기를 틀었다.

더운물이 나오기까지는 조금 시간이 걸린다. 옷장에서 그녀의 추리닝을 꺼냈다. 떨면서 흐느끼고 있는 순자를 안아서 일으켜 휘청거리는 몸을 부축이며 욕실로 데리고 갔다. 샤워기에서 온수가 나와 욕실은 수증기로 가득 차 있었다. 빨리 젖은 옷을 벗고 언 몸을 녹이라고 말했다. 힘없이 고개를 끄덕이는 순자에게 머리는 적시지 말라고 얘기하고 거실로 돌아와 옷장에 넣어 둔 모포와 겨울이불을 침대 위에 깔았다. 그리고는 석유스토브를 꺼내어 싸두었던 비닐을 벗겼다. 석유가 없다. 무거운 폴리에틸렌 통을 자전거에 싣고 오기가 귀찮아서 구입을 미뤘던 것이 후회됐다. 내일 일어나자마자 사러 가야겠다고 다짐했다.

욕실 앞에 벗어놓은 덜 마른 티셔츠와 청바지를 옷걸이에 걸고, 뭐라도 먹여야겠다 싶어 주방으로 가서 라면을 끓이려고 물을 올렸는데, 샤워기 소리가 멈췄다. 가스 불을 끄고 욕실로 가서 문을 살짝 열고 타월과 추리닝은 문 앞에 있다고 일러주고 거실로 왔다. 책상에 앉아서 순자가 오기를 기다렸다. 오지 않는다. 부엌에 가있나 하고 들여다봤다. 희미한 목소리가 들렸다. 미닫이문을 열어보니 타월과 추리닝이 그대로 있었다.

"……봉창아."

욕실에서 들리는 가느다란 목소리. 순간 망설이다가 욕실 문을 열었다. 순자는 좁은 욕조 안에 들어가 앉아 있었다. 어깨에 손을 대보니 젖은 몸이 여전히 차가웠다. 샤워기를 틀었지만 미지근한 물이 나오다가 다시 찬물이 나왔다. 더운물이 나올 때까지 기다릴 수가 없었다. 타월로 앉아있는 순자를 손이 닿는 대로 닦아주었다. 타월을 어깨에 덮어주고 겨드랑이에 손을 찔러 넣어 억지로 일으켜 침대까지 데리고 왔다. 침대에 풀썩 쓰러진 순자는 온몸에 소름이 돋아 있다. 새 타월을 가져와 마른 수건으로 마사지를 하듯이 전신을 닦는다. 순자는 나에게 몸을 맡긴 채 가만히 있었다. 가슴을 수건으로 닦았더니 그다지 풍만하지 않은 가슴 위로 연갈색 유두가 딱딱하게 솟았다. 봉창은 자신의 성기의 변화에 당황해서 배 아래쪽은 가볍게 훑기만 했다. 고개 들어 봐, 팔 뻗어 봐, 허리 들어 봐, 하고 어르듯이 말하면서 흐느적거리는 순자에게 추리닝을 입히고 모포와 겨울 이불을 덮어주었다. 자신이 이불 속으로 들어가서 그녀의 싸늘한 몸을 녹여줄까 하는 생각이 잠시 머리를 스쳤다. 눈을 꼭 감은 채 괴로운 듯 숨을 쉬고 있는 순자가 방어하듯이 몸을 둥글게 말고 반대쪽으로 돌아누웠다. 그것을 보고 봉창은 체온이 떨어지지 않도록 치솟은 이불을 평평하게 펴서 덮어주기만 했다.

국도변에 있는 주유소에서 등유를 사서 돌아오는 길에, 감기약보다 영양이 우선이라는 생각이 들어 역 뒤편에 있는 한국 식료품점에서 팩에 든 즉석 삼계탕과 배추김치, 휴대용 가스버너의 봄베를 샀다. 식료품점에서 장을 보고 무거운 폴리에틸렌 통을 다시 한 번 자전거의 짐받이에 올리면서, 여기 먼저 왔으면 한 번으로 끝났을 것을, 하고 언제나 순자가 놀리는 자신의 어눌한 일처리를 자책했다. 어떤 일도 겁내지 않고 척척 해내는 총명하고 당찬 순자가 왜 이번에는 저렇게까지 심신이 무너졌을까? 지금 생각해보니 ZT그룹의 데모를 보면서 걸을 때, 그녀가 흘린 눈물은 분노 때문이라기보다는 뭔가 겁에 질린 듯한 느낌이었다. 봉창은 무거운 폴리에틸렌 통을 받치느라 한 손으로 운전을 해야 했기에 자전거의 중심을 잡으려고 애를 쓰면서 어제의 순자의 모습을 반추했다.

방은 조용했다. 아직 자니? 대낮이 다 됐는데, 정말 몸이 많이 안 좋은 모양이네, 라고 생각하면서 소리가 나지 않도록 조심조심 미닫이문을 열고 침대 쪽으로 다가갔는데, 순자가 온화한 시선으로 이쪽을 쳐다봤다.

"일어나 있었어? 언제 일어난 거야?"

"네가 나갔을 때였나? 문이 닫히고 열쇠 잠그는 소리를 들었거든."

목소리는 조금 잠겨있었지만 기력은 돌아온 것 같았다.

"괜찮아? 어디 아픈 데 없어?"

"아직 몸이 좀 무겁긴 한데 어제처럼 관절이 다 떨어져 나갈 것 같고 못 일어날 정도는 아니야. 아까 화장실도 혼자 갔다 왔고……. 그래도 누워있는 게 편해서 이러고 있었어. 그런데 나 어떻게 한 거 아니야? 일어나 보니까 브래지어는커녕 팬티도 안 입고 있던데."

가지런한 하얀 이를 드러내면서 말했다.

"그럴 상황이 아니었어. 보통일이 아니었다고. 반쯤 넋이 나간 너를 침대로 옮겨서 추리닝을 입히고 겨울 이불을 꺼내서 재우고. 덕분에 허리가 삐끗한 거 같다고."

후후 하고 순자가 웃었다. 평소의 순자로 돌아왔다. 봉창은 잠시 그대로 있으라고 하고 현관에 놓아둔 폴리에틸렌 통 쪽으로 석유스토브를 가지고 가서 기름을 넣었다. 거실로 스토브를 가져와서 점화버튼을 누르자 타닥, 하고 불이 돌아가는 소리와 함께 등유가 탄다. 어쩐지 그리운 냄새가 났다. 근심도 슬픔도 고뇌도 깊이 알지 못했던 어린 시절, 엄마 아빠와 같이 있던 방에서도 이 소리와 냄새가 나면 방 안이 점점 따뜻해졌다. 그런 기억이 가슴을 찔렀다. 침대에서 자는 숨소리가 조그맣게 들렸다. 아아, 순자도 안심했구나…….

좁은 거실은 스토브 덕분에 순식간에 따뜻해졌다. 거실 가운데에 둔 테이블에 휴대용 버너를 놓고 뚝배기에 삼계탕을 데우고 있었는데, 순자가 상반신을 일으켰다.

"좋은 냄새가 난다 했더니 삼계탕이네. 그러고 보니 우리 어제 저녁부터 아무 것도 안 먹은 거 아니야?"

"난 네가 잠들고 나서 라면 먹었어."

"그랬구나. 나는 배고파. 이 냄새가 식욕을 확 당기네. 그래도 먹기 전에 샤워하고 싶어. 머리카락이 뻿뻿해. 내 속옷 어딨어?"

"욕실에 그대로 있지 않을까? 난 건드리지 않았어."

"아 그래? 아까 화장실 갔을 때 못 봤거든."

"방이 따뜻해졌네. 쾌적하다. 어제는 정말 추웠어."라고 말하면서 일어서던 순자가 약간 휘청거렸다. 부축해주려는 봉창을 괜찮다며 마다하고 순자는 욕실로 걸어갔다.

"삼계탕은 먹는다기보다 닭 한 마리를 해체하는 느낌이야."

봉창은 데지 않게 조심하면서 손으로 닭의 양쪽 다리를 들어 넓적다리 살을 발라내고, 몸통은 숟가락으로 먹기 좋은 크기로 찢었다. 살이 잔뜩 붙어있는 다리를 순자의 앞 접시에 놓아주고 찹쌀, 인삼, 밤, 대추 등의 건더기와 국물을 그 위에 얹었다.

그녀는 닭다리를 손으로 들고 한 입 베어 물었다.

"요즘 즉석식품은 꽤 잘 나와. 고기가 잘 익어서 부드럽고, 살이 푸석푸석하지 않고 촉촉해. 맛있다."

그렇게 말하면서 왕성한 식욕을 보였다. 김치는 젓가락으로 집어서 입에 넣었다. 그릇에 입을 대고 국물을 마신다. 숟가락으로 건더기를 뜨길래 봉창이 그 위에 김치를 얹어주었다.

"아아, 고마워." 하고 입으로 가져간다. "우와, 최고다." 코로 숨을 내쉬면서 탄성을 지른다. "너도 먹어. 진짜 맛있어."

발라낸 뼈를 담으려고 준비해 둔 사발이 순식간에 가득 찼다.

"이 방에서 참 오랜만에 제대로 된 음식을 먹는다. 네가 집밖을 거의 안 나가고부터 요리도 안 해서 냄비 요리를 해먹는 일도 없었지. 아아, 영양가가 있는 음식을 먹었더니 몸 안에서 열이 난다. 덥다. 스토브 꺼줘."

"강철 위장, 나순자 여사의 부활이구나. 어젯밤에는 진짜 어떻게 되는 줄 알았어. 이런저런 일들이 너무 많아서 몸도 마음도 극도로 지친 데다 계속 추위에 떨어서 그렇게 됐겠지만……."

"플래시백은 아니었겠지……."

순자의 목소리가 갑자기 낮아졌다. 그녀는 시선을 떨구더니 다시 얼굴을 들어 봉창을 똑바로 보고 이야기를 시작했다.

너 말이야, 그런 얘기 들어본 적 있어? 일본군 성노예였던 〈위안부〉 할머니가 일장기나 욱일기를 보고는, 과거의 괴로웠던 일들이 덮쳐 와서 그 자리에서 한 걸음도 발을 뗄 수가 없었다는 얘기. 나는 〈위안부〉 할머니가 증언 집회에서 막 이야기를 시작하려는 순간 정신을 잃고 쓰러지는 걸 눈앞에서 본 적이 있어. 그게 나한테도 일어난 모양이야.

고급부 2학년 때니까 11년 전이 되는 건가? 이 얘기 너한테 처음 하는 거지? 기억에서 지웠었어. 떠올리기도 싫을 만큼 괴로운 일이었으니까……. 응, 아무튼, 한 해 전이었던 1학년 2학기가 시작될 때, 공화국이 인공위성을 쏘아 올린 〈대포동 소동〉이 있었어. 그래서 그때 우리 학교(조선학교) 학생들을 폭행하고 협박하는 사건이 자주 있었어. 폭행과 협박은 지금도 계속되고 있지만 말이야. 특히 치마저고리 교복을 입은 중급부 이상의 여자 학생을 표적으로 하는 사건이 많았어. 내가 다닌 학교 선배도 치마저고리가 찢기는 사고를 당했었어. 자칫 잘못했으면 몸에 상처를 입었을지도 몰라. 그래서 학교에서 치마저고리 교복을 못 입게 해서 얼마 동안은 체육복을 입고 통학을 했어. 그 4년 전에도 〈핵의혹〉이 있어서, 그때 나는 중1이었는데, 그때도 폭행과 협박이 심했어. 치마저고리 교복으로 등교하는 건 도저히 불가능했어. 남자도 사복을 입고 집단 등교를 했거든. 학교 전체가.

나는 그런 경험이 있었기 때문에 왜 여자만 민족의상 교복을 입어야 하냐고 심하게 반발했었어. 치마저고리 교복은 '민족의 자랑, 민족의 상징'이라고 하면서, 그러면 남자도 민족의상인 바지저고리를 입어야 하는 거 아니냐고. 그렇다고 내가 치마저고리 교복을 싫어했던 건 아니야. 아주 좋아했어. 귀엽기도 했고, 또 내가 조선인이라고 자신 있게 밝히고 싶었으니까 교복을 입는 게 좋았어. 오히려 남자들아, 분하면 너희도 바지저고리를 입어 봐, 하는 느낌이었다고 할까. 그러니까 그 부분은 전혀 앞뒤가 맞지 않는 감정이야. 지금 생각해보면 원래 교복이란 무엇인지에 대해 골똘히 생각해 본 적이 없었던 것 같아…….

그런데 사실은 치마저고리 교복을 입은 아이들을 노린 게 아니야. 치마저고리가 조선의 상징인 거지. 제재하고 정복할 대상. 더구나 치마저고리를 입고 있는 것은 여자잖아. 거기에 식민지주의에서 비롯된 강간의 논리와 행동이, 그리고 민족정화의 의미도 있었다고 생각해. 그러니까 반격의 위험이 없는 약자 중의 약자를 집중적으로 공격하는 거야. 우리 엄마도 우리 학교 출신이니까 치마저고리 교복을 절대 반대하는 사람이 아니었어. 하지만 아이들의 안전을 생각해서 한눈에 우리 학교 학생이라는 것을 알 수 있는 치마저고리 교복보다는 보통 여고생처럼 표적이 되지 않을 교복으로 바꾸더라도, 그건 어쩔 수 없는 선택이라는 입장.

엄마한테 들었는데 교복 문제를 의논하는 학부모회의에서 학교 측이 '민족성의 고수'라든가, '민족교육의 일환', 그리고 '차별에 굴복해서는 안 된다'라는 논리로 치마저고리 교복을 계속 입히자고 주장했을 때, 일부 엄마들이 '여성의 억압 · 차별의 상징'이라는 논리로 되받아쳤대. 급기야는 말이야, 학교 여자 선생님들은 치마저고리를 입고 수업을 하는데, 통근은 사복이었어. 그래서 이렇게 말했대.

"그렇게 민족의 자랑이라든가 고수해야 할 것이라고 말씀하시면 선생님도 내일부터 지금 입고 계신 치마저고리를 입고 출근하세요. 하실 수 있겠어요?"

그런데 말을 한 사람도 들은 사람들도 모두 통곡을 했대. 무엇 때문에, 누구 탓으로 사랑하는 엄마들과 선생님들이 서로 으르렁대고 이렇게도 슬프고 괴로운 언쟁을 해야 하나 싶어서, 나도 얘기를 듣고 울고 또 울었어…….

하지만 점점 사태가 악화돼서, 절충안이라고 해야 할까, 현실적인 판단으로 고2 신학기부터 여자는 재킷, 블라우스, 스커트를 제2교복으로 정했어. 등교는 제2교복으로 해도 되지만 학교에 와서는 제1교복인 치마저고리로 갈아입고 학교생활을 하기로. 겨울방학이 되기 전이었던가, 제2교복을 주문했어. 싸지 않아, 6만 엔 정도였던가? 나는 심통을 부리려는 게 아니었어. 엄마들과 선생님의 언쟁도 있었고, 쓸데없는 돈을 쓰고 싶지도 않았어. 여자 학생만의 문자가 아니라 전체 학생의 문제니까 남자 학생 집도 인원수대로 나눠서 여자 학생의 제2교복의 반값을 부담해야 한다고 생각했어. 애초에 치마저고리 교복으로 등교할 수 없는 건 이 사회의 차별과 박해가 나쁜 거니까 제2교복 따위 필요 없다고 투정을 부렸어. 아빠는 내말이 맞지만 만일의 경우를 생각해서 준비는 해 두라고 했어. 치마저고리 교복으로 다녀도 별로 상관없다고. 재밌지? 본심과 명분, 이념과 실리가 뒤엉켜서 소용돌이치는 거야.

그러는 사이에 고2 신학기가 됐어. 학교에서 아주 가까이 사는 동무 외에는 대부분 제2교복으로 학교에 왔어. 물론 그건 어쩔 수 없는 일이었지만 난 좀 놀랐어. 나는 학교까지 전철로 1시간 정도 걸렸는데, 치마저고리를 입고 갔어. 교복이라는 게 원래 내 의지로 입는 건 아니지만, 이건 치마저고리잖아. 차별과 폭력 때문에 치마저고리를 벗어야 하는 게 싫었고, 그건 잘못된 거라고 생각했어. 누구한테도 그런 말은 하지 않았지만. 왜냐하면, 그 얘기는 제2교복으로 통학하는 동무한테 차별과 폭력에 굴복한 인간이라고 말하는 것처럼 느껴지지 않을까 해서. 친한 친구가 괜찮냐고 걱정을 해서 주변에 얘기하지 말라고, 난 무섭지 않다고 대답했던 게 기억이 나.

당분간은 아무 일도 없었어. 그런데…… 5월 연휴 전이었어. 전철을 타고 몇 정거장을 갔는데, 정장차림을 한 20대 남자 두 명이 탔어. 그 중 한 명과 눈이 마주쳤어. 나는 눈을 피했어. 상대방의 주의를 끌지 않으려고. 그런데 그 남자가 계속 나를 보고 있는 게 느껴졌어. 슬쩍 보니까 아니나 다를까 내 쪽을 보고 있는 거야. 다음 역에서 내리는 사람이 거의 없어서 전철 안은 더 혼잡해졌어. 그런데도 굳이 그들은 칸 구석에 서있는 나에게 다가왔지. 두 사람이 내 뒤 가까이로 와서 말없이 섰는데 불길한 예감이 들었어. 꺼림칙하고 무서웠어. 그러다가 갈아타는 역에 도착해서 급히 내리려고 하는데 오른팔을 못 움직이겠는 거야. 이상해서 뒤를 돌아봤는데 남자 한 명이 저고리 소매를 잡고, 또 한 남자가 가위로 자르고 있었어. 너무 무서워서 소리도 낼 수가 없었어. 싹둑싹둑 잘리는 감촉이 점점 올라와서 팔꿈치 근처까지 왔어. 팔이 잘리겠다! 그런 생각이 들어서 힘껏 팔을 당겨 문을 향해 뛰었어. 간신히

문이 닫히기 전에 전철에서 내렸어. 계단을 뛰어 올라가서 화장실로 갔어. 저고리 소매가 갈기갈기 찢어져 있더라. 거울로 확인해 봤더니 등도 끝단에서 어깨까지 잘려있었고. 무섭고 슬프고 분해서…….

역무원한테 말을 할까도 생각했는데, 하지 않았어. 전철 안에서 저고리 소매가 갈기갈기 잘린 모습을 아무도 못 봤을 리가 없잖아. 적어도 내 주변에 있던 사람들, 남자, 여자, 회사원, 학생, 모두 그걸 봤을 거라고. 그런데도 아무도 도와주지 않았어. 아무도, 단 한 마디도 하지 않았어. 그래서 역무원한테도 신고하지 않았어.

그때는 휴대폰을 갖고 다니지 않았잖아. 찢어진 등을 가방으로 가리고 공중전화까지 가서 엄마한테 역까지 데리러 와 달라고 부탁했어. 다시 화장실로 가서 칸 안에 들어가 떨면서 엄마를 기다렸어. 그 시간이 얼마나 길게 느껴졌는지. 온 세상으로부터 버림을 받아 미아가 된 것 같은 고독감. 화장실로 들어오는 사람들의 발소리와 목소리에 계속 귀를 기울였어.

"순자야, 어디 있니?"

마침내 나를 부르는 엄마의 울먹이는 목소리가 들렸어.

"엄마! 나 여기."

그렇게 고함을 치고 문을 박차고 뛰쳐나와 엄마에게 안겼어. 그 순간 눈물이 터졌고. 아이 참, 눈물 나네. 제길, 아아, 정말…….

그런데 그게 끝이 아니었어. 엄마는 "네가 괜한 고집을 부려서 그런 거잖아. 이제는 치마저고리를 입고 통학할 수 있는 사회가 아니야. 망가졌어. 옛날에도 그랬지만 지금은 더 망가졌다고. 그러니까 네 몸은 너 스스로 지켜야지, 어쩌려고 그래."라고 내 어깨를 때리면서 울면서 야단을 쳤어. 그리고 끌어안고 둘이서 울고, 울고, 또 울었어…….

트라우마가 됐어. 내가 도대체 뭘 잘못한 거야? 잘못을 한 건 우리를 칼로 베려고 달려든 놈들이고, 보고도 못 본 척하는 일본인들, 그리고 이 사회의 박해와 차별이잖아. 치마저고리 교복을 입든 안 입든 그건 내가 결정할 일이잖아! 피해자가 주눅이 들어서 굽신거리고 비굴해져야 한다니!

그런데 공포가 너무 심하면 스스로가 사태를 합리화하려고 하지. 엄마 얘기가 그거야. 제2교복을 입었으면 별일 없었을 텐데. 치마저고리에 집착을 하니까 이런 일을 당한 거라고. 스스로를 책망하고 그러다가 자기혐오에 빠지는 거야. 나는 그 다음날부터 제2교복을 입고 통학을 했어. 전철 타는 시간도, 타는 칸도, 문도, 서있는 장소도 매일 바꿨어. 다만 일을 당했던 6호차에는 절대 타지 않았어. 탈 수가 없었어. 겁을 먹고 주위 시선을 신경 썼고, 떨면서 학교에 다녔어. 그때부터 줄곧…….

졸업식 전날 밤, 여동무 세 명이 우리 집에서 잤어. 치마저고리를 입고 졸업식에 가는 게 전통이었거든. 그래서 같이 치마저고리를 입고 졸업식에 가려고. 정체가 시작되기 전에 전철을 타려고 일찍 일어나서. 추억을 만들려고 가는 길 곳곳에서 사진을 찍었어. 일부러 6호차에 탔어. 여기저기서 브이를 하고 웃으면서 포즈를 취하기도 했고. 내일부터는 등하굣길에 벌벌 떨지 않아도 된다는 생각이 마음을 쿡쿡 찔렀어.

이런 트라우마와 플래시백 때문 아니었을까, 내가 움직일 수 없었던 것은……. 검은 별빛 안 씨는 이 두 눈으로 똑똑히 본 대로 차별을 선동한 집단폭력의 피해자였고, 집단린치의 부상자였어. 그런데 체포된 거야. 이 믿을 수 없는 사실에 큰 충격을 받았어. 안 씨 체포 기사를 읽고, 괴로웠던 과거의 일이 나를 덮쳤어. 지워버린 기억이었는데. 두 남자의 얼굴은 기억하지 못하지만 남색과 회색 정장이었어. 파란색과 흰색 스트라이프 셔츠를 입은 남자가 가위를 들고 있었고, 겨자색 페이즐리 무늬 넥타이를 한 남자가 저고리 소매를 붙잡았었어. 그 색깔이 생생하게 되살아났어. 그리고 슬픔으로 일그러진 엄마의 얼굴도…….

우리는 계속 이런 식으로 당해 온 거야. 저고리가 찢기는 공포와 아픔, 그 상처 내부에 있는 피고름을 가까스로 덮어 두고 기억을 지우면서. 그런데 동영상으로 보는 게 아니고 현장에서, 그래, 현장에서, 나를 죽이려고 큰소리로 떠들어대는 ZT그룹 놈들의 욕설을 들은 거야. 보란 듯이 의기양양한 얼굴로 웃으면서, 그것도 경찰의 호위를 받아 으스대며 걸어가는 추악한 모습을 보고, 꽁꽁 얼려 두었던 기억이 녹기 시작했어. 봉인했던 부스럼 딱지가 그 기사를 읽고 강제로 떼어졌어. 그리고 안 씨와 함께 싸우지 않은 죄. 어물어물 배너를 버리고 집으로 돌아온 수치심…….

순자의 긴 독백은 참지 못하고 터져 나온 오열과 함께 끝이 났다.

'순자야, 그래, 그랬구나. 이 상황을 어떻게 돌파하면 좋을까? 게다가 적을 앞에 두고 도망친 나의 책임은—.'

봉창은 가슴 속에 자라나기 시작한 살의를 동반한 생각이 입 밖으로 튀어나올 것 같아 입을 다물고 있었다. 순자는 고개를 숙이고는 조용히 눈물을 닦고 산더미처럼 수북한 닭 뼈를 응시하고 있었다.

9

"저, 저기 잠깐만요! 라인을 멈춰주세요!"

그 소리에 잠이 깼다. 혈관을 따라 피가 도는 소리가 귀속으로 들어왔다. 혈관의 수축을 관자놀이 근처에서 느꼈다. 격한 고동이 가슴에 물결친다. 도모다 히로키는 여기가 자기 방 침대라는 것을 알고 크게 숨을 내뱉었다. 야근의 피로가 몸 마디마디마다 쌓여 있다. 납이 흘러 들어간 것처럼 무거워진 몸을 움직여보려고 했다. 등이 뻐근하고 허리가 무거웠다. 둔한 통증을 느꼈다. 천장을 보고 누운 자세로는 일어날 수 없을 것 같다. 오른쪽 무릎을 세우고 발바닥과 팔꿈치를 써서 천천히 몸을 옆으로 뉘었다. 허리가 욱신거린다. 윽, 자기도 모르게 낮은 신음소리가 흘러나왔다. 잠깐, 무리하게 움직이면 안 되지. 삐끗하면 큰일이다. 아르바이트 주제에 산재라니 말도 안 된다. 침대 옆 책상 위에 올려놓은 디지털시계가 보였다. 14시 10분. 침대에 들어간 것은 7시 반이 조금 넘어서였다. 눕자마자 잠이 들어, 기억나는 것은 조금 전의 꿈뿐. 아직 시간 여유가 있다. 조금만 더 이대로 있자.

어제 천황탄생일(12월 23일—옮긴이) 밤, 히로키는 Y제빵 구사마키 공장에서 크리스마스 케이크를 만드는 톱니바퀴가 되어 온 힘을 다 쏟았다. 그야말로 살인적인 노동이었다. 히로키는 모로 누워 눈을 감고 생각한다. 도모다 군은 이제 베테랑이니까, 라며 공장의 인사부에서 어제 이 시간에 휴대폰으로 연락이 왔었다. 오늘, 내일은 시급을 100엔 올려줄 생각인데, 1시간 일찍 출근하고 1시간 잔업을 해주면 100엔을 더 올려주겠다고 한다. 어떻게 생각해요? 하고 지나칠 정도로 정중하게 말한다. 좋아요, 라는 말을 그렇게 경솔하게 하는 게 아니었다. 10시간 야간 근무는 너무 힘들다. 12월에 들어 크리스마스를 앞두고 평소와 비교할 수 없이 일이 많았지만 어젯밤은 정말 어디에도 비할 바가 아니었다. 이 시즌에는 단발 아르바이트를 대량으로 채용하고 있는데도 소용이 없었다. 게다가 그들은 실수를 한다. 실수를 만회하는 것은 정사원만으로는 손이 부족하기 때문에 베테랑 아르바이트가 이리 뛰고 저리 뛰어야 한다.

처음 4시간은 냉장고만큼 추운 과실처리장에서 딸기 꼭지를 땄다. 손가락으로 꼭지를 잡아 떼어내기만 하면 되는 일. 너무나도 단순한 작업이라 열 대여섯 명의 신참 아르바이트라도 실수할 수가 없는 일이다. 하지만 판 위에 빽빽하게 채워진 딸기에 스프레이로 알코올 소독액을 뿌리는 일은 참기가 힘들었다. 여느 때처럼 몇 번이나 구역질이 올라왔다. 그러나 혹독한 추위와 끝이 보이지 않는 반복 작업이 더 괴로웠다. 그 상황은 인간을 점점 비굴하게 만들었다. 이 일만 그만하게 해준다면, 다른 일은 뭐라도 하겠어요, 라고 작업반장에게 애원하고 싶은 기분이 들었다. 다른 아르바이트생들도 모두 그런 눈치였다. 다른 곳으로 교대 배치되었을 때 그들의 환성이란…….

그것보다 더 힘들었던 일은 각종 케이크의 토핑용 딸기를 개별 케이스에 넣는 작업이었다. 이 작업은 세 단계 공정을 거쳐 완결된다. 계약 농가에서 들여온, 빼곡하게 들어 찬 4개들이 팩에서 딸기를 꺼내 판 위에 고르게 올려놓는 작업. 올려놓은 딸기에 스프레이로 알코올을 분사하고 컨베이어 라인 옆에 쌓아 올리는 작업. 그리고 컨베이어 라인을 타고 오는, 3개에서 8개까지 6종류의 케이스에 딸기를 집어넣는 작업. 누구도 다급하게 라인에 쫓기는 작업은 하고 싶어 하지 않는다. 베테랑은 작업 내용을 알고 있기 때문에 눈치껏 팩에서 딸기를 꺼내는 일이나 판을 쌓아올리는 일을 맡는다. 보통 때라면 나도 그렇게 한다. 그런데 교대 배치 때, 팀장이 직접 와서 라인을 잘 부탁한다고 얘기하고 갔다. 속으로는 뭐요? 이런 젠장, 이라고 생각했지만, 네, 하고 대답하고 라인 앞으로 갔다. 팀장은 나 말고도 세 명의 베테랑을 지명했다. 아무도 반발하지 않았다. 케이스는 네 개의 컨베이어벨트를 타고 흘러 들어온다. 라인 하나에 서른 명 가까운 사람들이 매달린다. 라인 앞에 선 사람들은 딸기에 상처가 나지는 않았는지, 깨끗한지를 체크하면서 담아야 한다. 컨베이어벨트가 상당히 빠르게 움직이기 때문에 신참 아르바이트생은 잘못 집어넣고는 패닉이 된다. 그때마다 라인을 세워주세요! 라고 외치고 전력을 다해 뛴다. 정사원들은 더 복잡한 케이크 작업 공정에 동원되었기 때문에 이 역할이 나에게 돌아왔다. 작업이 끝나고 낮 근무를 하는 사람들과 교대를 하는데, 허리가 비명을 지르고 무릎이 바들바들 떨렸다——.

책상 위에 올려놓은 휴대폰이 울렸고, 진동으로 회전하기 시작했다. 이 시간에 오는 전화는 틀림없이 공장 인사부다. 인사부에서 오는 연락은 반가운 소식이 없다. 최악은 발주가 생각보다 적어서 일이 없다는 소식. 그보다는 낫다고 해도 시간이 단축되었다든가, 어제처럼 회사 사정을 우선으로 한 부탁이다. 기분은 처지지만 인사 담당자는 한 번에 몇십 건씩 전화를 돌리기 때문에 빨리 받지 않으면 전화 연결이 잘 안 된다. 연락이 안 되면 곤혹스러운 건 이쪽이다. 허리의 위화감이 사라지지 않는다. 살짝 몸을 돌려본다. 괜찮은 것 같다. 조심조심 일어나서 휴대폰을 잡았더니 진동이 멈췄다. 젠장! 이제 통화가 될 때까지 초조한 시간을 보내야 한다.

휴대폰을 확인해보니 전화를 한 사람은 공장 인사부가 아니라 하자마 미쓰오였다. 20일쯤 전에 ZT그룹 데모에서 만나, 가까운 시일 내에 만나자고 약속을 했었다. 소식통인 것 같은 그 남자에게 이런저런 것을 물어보고 싶은 생각은 있었지만 내 쪽에서 먼저 만나자고 한 것이 아니라서 연락을 주저하고 있었다. 그쪽에서 연락이 와서 다행이다. 하자마에게 전화를 걸었다. 벨이 세 번 울렸을 때 하자마 목소리가 들렸다.

"아, 도모다 군? 다행이야. 바로 전화를 줘서. 지금 막 나가려던 참인데 타이밍이 좋았어. 잘 지냈어? 만나기로 한 약속은 잊지 않고 있었는데 우에노 데모 후에 일이 바빠져서 연락을 못 했네. 그 후에 가두선전 하는 곳에는 안 갔어?"

"못 갔어요. 저도 그 후에 야간 근무가 계속 있어서 그럴 여유가 없었어요."

"그랬구나. 나는 그래도 한 번, 한국문화원에 항의하는 가두선전에 나갔었어. 혹시 도모다 군을 만나면 어디 가서 한잔해야지 하고 생각했는데. 어때? 해를 넘기기 전에 만날 수 있을까? 내가 살게."

히로키는 27일까지 계속 아르바이트가 있었다. 사정을 얘기하자 상대는 30일은 어떠냐고 한다. 장소는 서로 확실하게 아는 장소가 좋겠다고 해서, 지난 번 데모의 출발-해산 지점이었던 우에노 공원의 이케노하타 출구 근처에서 만나기로 했다.

다섯 시 반에 만나기로 했다. 히로키는 도쿄메트로 역을 나와 이케노하타 출구를 향해 갔다. 약속 시간 15분 전. 해가 완전히 저문 공원에는 외등이 우두커니 쓸쓸하게 서 있고, 희미한 빛이 힘없이 어둠을 밀어내고 있었다. 시노바즈 연못에서 이쪽으로 어둠을 흘려보내는 것 같은 기분이 들어 황량한 느낌이 더해졌다. 그런데 어디쯤에서 기다리면 좋을까? 전에 기쿠하나가 조선인 아무개의 배너를 밟으라고 소리쳤던 근처에서 기다리자. 바람은 그다지 세지 않았지만 추위는 다운점퍼의 목덜미로 파고들었다. 우연이지만 그 배너를 밟았던 날 입었던 스니커즈와 청바지를 입고 왔다. 그렇게 열광했던 그날의 자신이 어쩐지 다른 사람이었던 것 같이 생각됐다. 아주 먼 옛날 일처럼도 느껴졌지만, 하자마를 만나러 왔다고 생각하니 아직 끝나지 않은 꿈인 것 같은 기분도 들었다.

"도모다 군."

등지고 있던 시노바즈 연못 쪽에서 목소리가 들렸다. 틀림없이 우에노의 넓은 길 쪽에서 올 거라고 생각했는데 예상이 빗나갔다.

"기다렸어? 아직 10분 전인데 꽤 빨리 와 있었네. 자 그럼 갈까?"

하자마 마쓰오는 "저도 방금 왔어요."라는 나의 대답을 제대로 듣지도 않고 시노바즈 거리를 앞장서서 걸었고, 술집이 늘어선 나카마치를 가로질러 가스가 거리 직전 골목에 있는 〈유메시치〉라는 꼬치구이집에 들어갔다. 가게는 꽤 넓었고 손님은 적었다. "회사 망년회도 이제 거의 끝나서 가게가 조용하군. 여기 싸고 맛있어." 하자마는 히로키의 기분을 살피는 듯 말을 했다. 집회나 데모 때도 느꼈지만 하자마는 상당히 눈치가 빠른 듯했다.

"어서 오세요."

억양이 특이한 젊은 여종업원이 벽 쪽에 붙은 4인 테이블로 안내했고, 바로 오토오시(주문한 요리가 나오기 전에 나오는 간단한 음식－옮긴이)를 내왔다.

"술은 뭘로 하시겠어요?"

"나는 우선 생맥주. 도모다 군은?"

"저는……" 메뉴에서 달짝지근한 술을 찾았다. "거봉사와."

"도모다 군, 못 먹는 건? 아아, 락교뿐인가? 자 그럼, 두부 스지찜(스지는 고기의 힘줄 부분－옮긴이), 양배추 된장찜, 모둠 꼬치구이. 사시미 먹을래? 자, 주방장 특선 모둠으로 하지. 우선 그렇게 줘요."

종업원이 주문을 확인한다. 다시 들어도 억양과 악센트가 이상하다. 명찰을 보니 '장 메이란'이라고 쓰여 있다.

"한국에서 왔어요?" 하자마가 물었다.

"아니오. 중국 길림성이요."

"일본어 잘하네. 유학생?"

"네, 일본어학교에 다닙니다."

그녀는 친밀감이 없는 기계적인 말투로 대답했다. 그렇구나, 열심히 해요, 라고 하자마가 붙임성 있게 응대했다. 우에노 데모 때에는 쓰지 않았던 검은 테 안경을 쓴 하자마는 오른쪽 볼에 콩알만 한 점이 있다. 그러고 보니 이 사람 얼굴을 정면에서 똑바로 본 것은 오늘이 처음이었다. 겨우 그 정도의 사이인데 이렇게 술을 같이 마시는 건가? 나는 분명 무언가에 이끌리고 있다.

술이 나왔다. 잔을 가볍게 부딪쳤다. 하자마가 반잔 가까이 한 번에 들이키는 것을 보고 놀랐다. 히로키는 한 모금을 홀짝 마셨다. 술이 약한 것을 스스로 알고 있다. 배가 고파서 오토오시로 나온 유부와 데친 채소를 먹어 치웠다.

"배가 고팠구나. 괜찮으면 내 것도 먹어. 아까 그 종업원 있잖아. 길림성이라 그랬지? 분명 조선족일 거야. 국적은 중국이지만 조선 민족. 북조선과도 관계가 깊으니까 요주의 인물이야."

하아, 그래요? 라고 맞장구를 쳤다. 아까와는 다른 여종업원이 두부 스지찜과 양배추 된장찜을 들고 왔다. "실례합니다."라며 테이블 위에 놓는다. 이 사람도 악센트가 미묘하게 다르다. 명찰에는 '임료나'라고 적혀있다. 하자마는 "이 사람도 중국인인 것 같은

데, 신경 쓰지 말고 먹읍시다. 이거 맛있어요." 하고 두부 스지찜의 파 위에 시치미(향미료의 일종-옮긴이)를 뿌린 후, 두부를 으깨어 스지와 함께 앞 접시에 담아 히로키에게 건넨다. "고맙습니다. 이제부터는 제가 할게요."라고 하고 맛을 본다. 맛있다! 매콤하게 쪄낸 스지의 진한 맛과 부드러운 식감, 맛이 잘 밴 두부, 거기에 고명으로 얹은 파가 어우러졌다. 단숨에 먹어버렸다.

"봐, 맛있지? 맛은 좀 한국풍이라고 해야 할까? 실은 이 가게 오너가 자이니치야. 북조선 쪽인 거 같아. 그래서 메뉴에 그쪽 풍 음식이 많아. 이 근처에 〈유메시치〉라는 이름으로 여섯 개 정도 점포를 냈어. 이 집 양배추 된장찜도 다른 곳과 다르게 일본식이 아니야. 먹어보라고."

진짜 다르다. 된장에 마늘이 약간 들어갔는지 깊은 풍미를 냈고, 자꾸 먹고 싶어지는 맛이었다.

"아아, 맛있어요."

뒤이어 나온 사시미도 꼬치구이도 학창시절에 자주 갔던 비슷한 가격대의 주점과는 비교가 안 되게 맛이 좋았다.

"이 가게, 음식이 다 맛있네요. 다음에 친구들과 이 근처에서 만날 일이 생기면 여기로 와야겠어요."

"그러면 좋지. 자이니치의 돈벌이를 도와줄 일은 없지만, 어차피 돈을 쓰는 거라면 싸고 맛있는 집이 최고니까. 종업원은 거의가 중국인이지만 교육을 잘 시켰는지 응대도 그렇게 나쁘지는 않고 말이야."

"하자마 씨는 어떤 일을 하세요?"

"컴퓨터 쪽이야. 파견사원이지만. 이것저것 다 하지. 프로바이더의 안내 데스크에서 고객들의 문의를 상담해주기도 하고, 대량판매점에서 컴퓨터 초기 설정을 해주기도 하고, 수리를 하기도 하고, 여러 가지. 안정적으로 한 가지 일을 하는 건 아니야."

"그러시군요. 저는 스물두 살인데, 하자마 씨는 나이가 어떻게 되세요?"

"나는 서른. 젊어 보인다고? 에이, 무슨. 그렇지 않아. 응, 물론 미혼이고. 파견사원에다 간신히 15만 엔이 될까 말까 한 수입으로 결혼을 어떻게 해. 그런데 자이니치는 일도 안하고 특권을 욕심내고 뻔뻔하게 살고 있어. 맞다, 이거 본 적 있어?"

하자마는 두 번째 잔 생맥주를 한 모금 마시고 나서, 배낭에서 〈일본인을 차별하지 맙시다〉라는 표제가 검은 바탕에 흰색 고딕체로 써진 전단지를 꺼냈다.

"아, 이거 인터넷에서 봤습니다. 재일특권 리스트죠? 여기저기 사이트나 개인 블로그에 올라와 있고, 링크가 되어있지요?"

"맞아, 봐봐, 여기 있잖아, 〈인구비(人口比) 0.5%, 64만 명의 재일조선인 중 46만 명이 무직이고, 연 2조3천억 엔이 재일조선인 생활보조금으로 쓰이는 것을 알고 계십니까? 차별 피해자를 가장한 특권계급. 재일특권으로 연간 600만 엔 지급. 일을 안 하고도 생활이 가능하고, 각종 세금이나 상속세 면제, 의료 및 광열비, 주거비를 5만 엔까지 보조받는다. 강제연행은 허위다. 특권계급의 지위를 잃고 싶지 않아서 귀화를 안 하고 귀국도 하지 않는다.〉"

"그런데 이건, 너무 엉터리 아닌가요? 강제연행이 허위라는 건 그렇다 치더라도. 저도 좀 찾아봤어요. 틀림없이 작년 일본 전체 생활보조 지급액이 3조억이 조금 넘잖아요. 그 중에 2조3천억 엔이 46만 명 자이니치에게 지급되었으면 일인당 500만 엔이 되는 셈이에요. 그렇지 않아도 연금 부정수령으로 연예인들이 문제가 되고 있는데, 이게 만약 진짜라면 국회에서 크게 문제가 되었을 거예요. 그리고 의료, 수도, 여러 가지가 무료라니."

히로키는 하자마의 표정이 갑자기 굳어진 것을 보고 입을 다물었다. 아니, 이 사람은 내가 봐도 알 수 있는 거짓과 과장투성이 전단지를 전부 진짜라고 믿고 있는 건가? 하고 걱정이 되었다.

"그렇지?" 잠시 후, 굳어진 표정이 풀어지고, 어딘가 불안한 미소가 번졌다. "이 전단지는 우리들 애국활동에 역효과라는 생각이 들어서 너한테 보여준 건데, 제대로 알고 있었구만."

아니다. 이 사람은 거짓이라는 것을 알고 있으면서도 이 전단지를 전부 진짜라고 말하려고 했다. 그 기대가 빗나갔다. 히로키는 자신의 표정이 굳어지는 것을 느꼈다. 어색한 공기가 흘렀다. 하자마는 허겁지겁 꼬치구이를 먹고 맥주잔을 비우고는 종업원에게 하이볼을 주문했다.

"도모다 군은 안 마셔? 다 마셔 가는데."

"칼피스사와 주세요."

히로키는 술을 들고 온 남자 종업원에게 주문을 했다.

"도모다 군은 빈틈이 없는 사람이니까, 진지한 얘기를 할 수 있을 것 같군."

하이볼을 꿀꺽 마신 하자마가 톤을 낮추고 말했다. 히로키는 마음의 준비를 했다.

"아까 말이야, '친구들이랑 만날 일이 있으면'이라고 했는데, 마지막으로 친구와 만난 게 언제야?"

그 말을 듣고 히로키는 바로 대답을 못 했다. 생각해보면 고등학교와 대학교를 다니는 동안, 안면이 있는 사람은 적지 않았지만 친구로 생각하는 사람은 없었다.

아는 사람들한테 가끔 메일이 오기는 한다. 만나자는 말에 만나러 나간 것은 5월 연휴 전 한 번뿐. 그 뒤로는 만나자고 해도, 취직이 안 된 열등감과 야간 근무의 피로감으로 마음이 내키지 않아 만나지 않았다.

"으음, 반년 전쯤 되나 봐요."

"친구들은 다 취직이 됐어?"

"아는 놈 몇 명은 내정이 됐었는데요, 반반 정도일 거예요. 그 뒤로는 어떻게 됐는지 모르겠어요. 제 앞가림하기도 힘들어서요. 아마 아르바이트나 파견사원을 하면서 취업활동을 계속하고 있지 않을까요?"

"그렇겠지. 파견사원도 아르바이트도 비정규직이고, 요즘은 비정규직이 많으니까. 나는 말이야, 내 경우도 포함해서 여러 가지를 생각해보고 싶어서 과거의 비정규직들이 모였던 곳, '도야가(街)'라고도 불리는 곳에 관한 책을 읽어봤어. 그리고 끔찍한 것을 알게 됐어."

"네……." 히로키는 또 아까처럼 말도 안 되는 얘기를 듣게 되는 건가? 하고 마음의 준비를 했다.

"'도야'라는 건 여관이라는 의미의 '야도'를 거꾸로 한 건데, 간이 숙박소를 가리키는 말이야. 도쿄에는 여기서 가까운 산야, 요코하마에는 고토부키초, 오사카에는 가마가사키, 나고야에는 사사시마. 이런 곳들은 과거에 간이숙박소가 밀집되어 있던 곳인데, 지금은 깨끗해져서 옛날 모습은 남아 있지 않다고 할까, 거의 사라져버린 것 같아. 그런데 '도야가'는 없어졌지만 '도야'는 있어. 어디인 거 같아?"

"'도야가'는 사라졌지만, '도야'는 있다……. 흠, 어디에요? 짐작이 안 가요."

히로키가 이렇게 말하자, 기분이 좋아졌는지 하자마는 후훗 하고 얕보는 듯한 웃음소리를 흘렸다.

"응, 우선 말이야, 인터넷카페나 비디오방, 그리고 내가 살고 있는 싼 아파트, 그리고 너희 집 네 방. 이게 현대판 도야가 되었다는 거야. '파견' 말인데, 너는 등록 안 했어? 회사 입장에서 보면 나나 너의 휴대폰 번호를 등록해 두면, 필요할 때 필요한 인원만큼만 부른다고 할까? 모을 수 있는 거지."

"아, 그렇구나. 진짜 그러네요."

"진짜 그렇지? 그래서 현장에 나가면 전부 다 모르는 사람들. 그러니까 얘기도 안 하고 사람을 사귀지도 않아. 나는 그런데, 도모다 군도 그렇지 않아? Y제빵공장에서 아르바이트를 하는 사람이랑 술을 마시러 가는 일은 없지? 성가신 일이지 뭐."

"맞는 말이네요."

"그래서 뿔뿔이, 혼자 있게 되는 거라고. 그러니까 우리한테는

'가(街)'가 없는 거야. 생길 수가 없는 거지. 그런데 옛날 '도야가'는 문자 그대로 '가(街)'가 있었던 거지. 거기에 모여서 밥을 먹고 술을 마시고 싸우기도 하고 노름을 하기도 하고. '가(街)'라는 장소가 있었어. 그래서 노동자는 부당한 브로커의 압력으로 돈을 떼이거나 사회의 차별과 부정에 대해서 뭔가 발화점이 있으면 단번에 모여서 행동으로 옮겼고, 폭동을 일으켜 봉기를 했지. 투쟁하는 거지."

히로키는 Y제빵 인사부에서 걸려온 전화를 떠올렸다. 내 방은 '도야'. 잠자기 위해서만 들어가는 장소. 일어나서 인터넷을 보고 엄마가 차려놓은 밥을 먹고, 야간 근무를 하러 간다. 가끔씩 취업을 위한 면접. 보는 족족 떨어지고. 쉬는 날은 하루 종일 방에 있다. 밖에 나갈 기력도 없다. 하자마의 이야기에 빨려 들었다. 그와 눈이 마주쳤다. 조금 고개를 끄덕였더니, 그의 검은 테 안경 너머의 눈동자가 커지고 표정에는 자신감이 되살아난다.

"거봐, 우리는 뿔뿔이 흩어지게 됐고 한데 모일 장소를 빼앗긴 거야. 그런 우리한테 ZT그룹은 장(場)이고, 가(街)인 거야. 재일특권 문제를 시작으로 해서 전반적인 외국인 문제, 올바른 역사관의 확립, 영토 문제의 본질, 안전보장 문제에 관심을 가진 사람들이 모여.

거의 모든 활동이 영상으로 업로드되니까 현장의 일부를 공유할 수 있고. 이게 가(街)의 첫걸음인 거지."

"가(街)의 첫걸음이요……."

히로키는 ZT그룹이 가(街)라는 하자마의 말에는 곧바로 수긍이 되지 않았다.

"맞아. 가(街). 그리고 중요한 문제에 대해서 어디어디에서 모여서 데모를 한다고 인터넷에 올리지. 모두 그것을 보고 일이 있어도 어떻게든 짬을 내서 모이는 거야. 그렇게 해서 자이니치를 시작으로 외국인과 반일 좌익에게 지배되고 있는 이 사회의 부정이나 불의에 분노하고, 우리들의 미래를 되찾는 가(街)가 생기는 거라고."

"흠……."

"파견의 현장은 그냥 한 군데에 모아 놓은 장(場)이지만, ZT그룹의 가두선전, 집회, 데모는 부름에 응해 모인, 그러니까 자유롭고 자립된 장인 거지. 마음만 있으면 누구나 참가할 수 있어. 매스컴이 보도를 안 하는 것으로도 모자라서 심지어는 왜곡하고 있는 심각한 문제를 올바르게 세상에 알려서 개선을 요구하지. 필요하다면 직접 행동에 옮기고. 그건 결국 자이니치나 반일 좌익들 때문에 희망이 사라져버린 우리들의 미래를 개척하는 투쟁이야. 가두선전이나 데모가 끝난 후에 모인 사람들과 함께 하는 뒤풀이 자리는 정말이지 최고야. 한 가지 일을 같이 해낸 동지들이지. 그거야말로 가(街)고, 집인 거야. 그러니까 자기의 고민이나 어려움을 솔직하게 털어놓을 수 있지. 그걸 들어주는 동지들은 같이 고민하고 가족처럼 어드바이스를 해줘. 그 근본에는 일본을 살기 좋게 만들고 싶다는 애국심이 있어. 그리고 자기의 문제를 해결하기 위해서라도 이 활동을 열심히 하게 되니까 적극적인 방향으로 향하게 되는 거지."

히로키는 자기 방 침대가 '도야'라는 것에는 눈을 떴지만, ZT그룹이 가(街)라는 하자마의 정의는 잘 이해할 수 없었다. 하지만 ZT 그룹 활동에 한 번 밖에 참가하지 않았기 때문일지도 모른다는 생각이 들었다.

"도모다 군은 ZT그룹의 어떤 점에 공감하고, 뭘 원해서 참가한 거야? 현장에 나가는 일은 인터넷으로 동영상을 보는 것과는 또 다른 용기가 필요한 일이라고 생각하거든. 물론 ZT그룹은 구속도 없고 본인이 원할 때 참가할 수 있긴 하지만."

"그건……."

히로키는 어디까지 얘기를 해야 할지 주저하다 결국 입을 다물었다.

10

어둠 속에 아이폰 화면이 희미한 빛을 내고, 진동이 시작됐다. 조금 전에 잠에서 깬 윤봉창은 어머니한테 온 전화면 받지 말아야겠다는 생각을 하면서 침대에 누운 채로 컴퓨터 책상에 손을 뻗었다. 겨드랑이 밑을 타고 들어온 냉기가 이불 틈새로 들어와 옆구리를 어루만졌다. 시간은 오전 10시 18분, 나순자의 전화였다. 다행이다, 하고 화면에 뜬 응답 표시를 오른쪽으로 밀었다.

"새해 복 많이 받으세요!"

"어, 순자야, 새해 복 많이 받으세요. 집에서 맞는 설날은 어때?"

"지금 막 제사가 끝났어. 여기서는 젠더를 외쳐봤자 소용이 없으니까. 얌전히 있어. 얌전히 있지 않으면 '너 벌써 서른이지? 결혼은 어떻게 할 거야?' 하고 바로 질문이 들어오니까. 얌전히 있었는데도 집에 오니까 엄마의 첫 마디가 그거였거든. 그거랑 '취직은 어떻게 할 거야?' 였다니까. 집에 안 간 네가 정답이었을지도 몰라. 나는 같은 도쿄에 사니까 집에 안 왔으면 성화가 더 심했을 거고, 그래서 어쩔 수 없었지만. 넌 지금 뭐해? 자고 있었어?"

"일어나 있었어. 아직 이불 속이지만. 3시 좀 넘어서 잤나? 보통 때보다는 빨랐어. 그래서 잠에서 깨서, 문득 오늘부터 커튼을 열어볼까, 하고 생각했어."

"아, 정말? 꿈에서 신의 계시라도 받은 거야?"

"아니, 우에노 일 이후에 계속 생각하는 게 있는데, 그걸 하려면 집에 틀어박혀 있어서는 아무 것도 안 되겠다는 생각이 들기 시작했어. 그래서 오늘이 1월 1일이니까 한번 시작해볼까, 하던 참에 아가씨께서 전화를 하신 거죠. 타이밍이 좋았어."

"좋아, 해 봐, 봉창아. 빨리 일어나! 일어나! 일어나! 일어나! 커튼 열어라! 열어라! 열어라! 열어라!"

"알았어, 알았어. 알았다고."

봉창은 일어나서 암막 커튼을 열었다. 빛이 방으로 확 들어온다. 창문을 열었다. 하늘에는 태양이 눈부시게 빛난다. 태양이 뿜어내는 열기가 느껴졌다. 빛의 근원을 똑바로 응시했다. 둥근 윤곽이 보였다. 방사형으로 무수한 빛줄기가 일렁이고 있다——보고 있었더니 눈앞이 깜깜해졌다. 시선을 돌린다. 시야에 검은 색이 번져 옆집 정원에 있는 초록색 나무에 잘 보이지 않는다.

"순자야, 구름 한 점 없는 쾌청한 날이네."

"오, 진짜 창문을 열었구나. 뭔지는 모르겠지만 너의 첫걸음이구나. 모레 갈게. 그럼 안녕."

순자의 성화에 커튼을 열었지만 내일도 열지는 모르겠다. "태양도 죽음도 가만히 응시할 수는 없다"라는 라 로슈푸코의 잠언이 머리를 스쳤다. 그리고 격렬한 증오나 악의도 나무랄 데 없는 선의도 똑바로 쳐다볼 수 없는 죄수의 이미지가 순간적으로 떠올랐다. 동굴 속 죄수. "죄수를 해방시켜서 위로(태양 아래로) 데리고 올라가려고 애쓰는 자가 있다면, 죄수들은 아마 그 사람을 붙잡아 죽이고 싶어 할 것이다"라는 일절이 생각났다. 나는 사지를 향해 가려는 것일까?

연말에 어머니가 몇 번이나 집으로 내려오라는 전화를 했지만 애초부터 그럴 생각은 없었다. 언제나 어머니 쪽 친지들을 방문하면 위축되는 1세대 아버지. 그래서 괜스레 화살은 나에게 돌아온다. 너는 앞으로 어떻게 할 생각이냐? 이 나이까지 실업자나 진배없는 대학원생. 그렇다고 착실하게 공부하고 연구 실적을 내고 있는 순자와 달리, 내가 하고 있는 '연구'는 통용될 리가 없다. 한국어 강사라면 못할 것도 없겠지. 그런데 나는 그것이 정말 하고 싶은 것일까? 교직 이수는 했지만, 가령 교원채용시험에 붙어도 공립학교에서는 일장기 · 기미가요 문제에 부딪히게 된다. 사립학교의 사회과목, 한국어 강사…….

봉창은 혹독한 추위에 몸을 떨며 창문을 닫았다. 우에노 사건 이후, 머릿속에서 떠나지 않는 검은 별빛=안삼열의 외침이 또 다시 소용돌이친다.

“민족학교의 권리를 지키자! 한신교육투쟁 정신을 계승하자! 조국 통일!”

1948년에 오사카와 효고에서 있었던 민족교육을 지키기 위한 투쟁. 그것이 한신교육투쟁이다. 계기가 된 것은 그해에 발표된 조선학교 폐쇄령이었다. 문부성은 조선인 아이들도 일본 학교에 다니라고 지시했다. 일본 학교는 일본인을 만드는 곳. 거기에 다니라는 것은 황민화교육의 부활이다. 무장경찰이 조선학교를 습격해서 아이들을 학교에서 쫓아내고 학교를 부쉈다. 이에 항의한 데모대가 오사카부 청사를 포위했다. 무장경찰은 호스로 물을 뿌리며, 무차별적으로 발포했다. 그러던 중 16세 김태일 소년이 사살되었다. 조선학교는 짓밟혔지만 끈질기게 살아남는다. 민족교육을 지켜낸 투쟁 정신을 계승하는 것. 그렇다. 조선학교를 짓밟는 것은 과거의 문제가 아니다. 현재의 문제다. 조선고등학교만 무상화에서 배제되어 있다. 동화를 강요하는 것을 차별이라고 생각하지 않는 이 사회의 끔찍한 ‘상식’. ZT그룹은 국가권력의 뜻에 따라 조선인 차별을 부추기고 있다. 대다수의 일본인은 이를 용인하고 있다. 왜냐하면 일본인과 일본 사회가 가장 불편해하는 식민지주의에 대해 이의를 제기하는 성가신 존재가 바로 재일조선인이니까. 조국 통일은 분단의 극복이다. 조선인들이 분단을 극복해서 일본 식민지주의에 대해 격렬하게 항의하는 힘을 회복하는 것이다…….

검은 별빛의 외침은 나의 바람이다. 그것을 구현하는 도정이 얼마나 힘들고 험난한지 알고 있다. 봉창은 자신의 무력감이 용기와 결단력 부족 때문이라고 생각했다. 적이 누군지는 똑똑히 알고 있다. 이미 피해를 받고 희생을 강요당하고 있는 사람이 나를 부르고 있다. 우연이었다. 해설서밖에 읽어 본 적이 없는 자크 데리다를 인터넷에서 검색하다가 발견한 충격적인 말. 『죽음을 부여한다(donner la mort)』라는 책에 나오는 구절.

"나는 타자 혹은 타자들을 희생시키지 않고서는, 누군가의 부름, 요청, 책무, 심지어 사랑에도 응할 수 없다."

데리다의 본의는 달랐을 테지만 나는 이 말에 끌렸다. 이 말의 표층적인 의미에 끌렸다. 누군가의 부름에 응답하여 책임을 다한다. 최악의 희생을 가져오지 않기 위해 '죽음을 부여한다'는 망상──. 봉창은 몸이 떨렸다.

11

오래된 낮은 빌딩들 사이에 난 고양이밖에 지날 수 없는 좁은 틈새로, 고가를 달리는 소부본선(도쿄도와 지바현을 잇는 철도 노선-옮긴이) 전차의 불꽃이 어둠에 익숙해진 도모다 히로키의 눈을 찔렀다. 방향은 틀림없었다. 찾고 있는 빌딩은 이 근처가 틀림없는데…….

아키하바라 역 쇼와 거리 출구에서 횡단보도를 건너, 고가를 따라 왼쪽 길로 가다가, 세 번째 골목에서 좌회전. 그러고 나서 좀 더 좁은 길이 나오면 오른쪽으로 돌아 안쪽에 있는 4층짜리 건물이라고 하자마 미쓰오가 전화로 설명해 주었다. 메일로 주소를 보내줘서, 구글 지도를 프린트해서 가지고 왔다. 그런데 그런 건물은 보이지 않는다. 길모퉁이에 있는 외등 불빛은 희미했다. 집들이 늘어선 주택가에도 셔터가 내려진 좁은 빌딩에도 외등이 없다. 지도를 확인할 수조차 없었다. 일본 최대의 전기 제품 판매점과 역 안쪽 상점가로 통하는 중앙 홀에는 불빛들이 넘쳐났다. 그러나 빛의 홍수가 쓰나미처럼 이곳까지 덮쳐오지는 않는다. 걸어서 채 5분도 되지 않는 이 골목에는 낡은 목조가옥의 곰팡이 냄새와 쓸쓸한 어둠이 느껴졌다. 그 대비가 미아가 된 것 같은 히로키를 더욱 불안하게 했다.

세상의 빛과 그림자, 정확하게 말하면 불평등과 격차는 낮보다도 밤에 더욱 선명해진다. 세계 최대의 전기 제품 거리, 늘어선 오피스 빌딩. 그 옆 번화가에서 겨우 한 블록 안쪽. 인적이 끊긴 길. 토라진 듯이 서있는 외등의 움츠러든 빛이 만들어내는 명암. 희미한 빛을 집요하게 잠식하려고 하는 어둠은 짙고 깊고 무한한 것처럼도 생각되었다. 그렇지, 밤이구나. 야간 근무를 하는 제빵공장의 수은등. 그 수은등이 만드는 무기질의 빛은 백색의 어둠이다. 그런 생각이 들어 히로키는 몸이 떨렸다.

"제2 기스케 빌딩이라는 곳이야. 거기서 금요일 밤 8시 반부터 ZT그룹의 정례회가 있어. 도모다 군이 참석할 수 있게 내가 얘기를 해놓았으니까 공부도 할 겸 가보는 게 어때? 나는 다른 일이 있어서 못 가지만……."

전화를 한 하자마는 오늘도 또 쓸데없이 말이 많았다.

"한 달에 한 번 있는 정례회는 말이야, 기쿠하나 모리노부 대표가 재일특권이나 시사문제에 대해서 강의를 하고, 참가자들의 질문에 답을 해줘. 일종의 연구회 같은 거지. 도움이 돼. 이노우에 히사시가 얘기했잖아. '어려운 것을 쉽게 / 쉬운 것을 깊게 / 깊은 것을 재밌게 / 재미있는 것을 진지하게 / 진지한 것을 유쾌하게 / 유쾌한 것은 어디까지나 유쾌하다'라고. 기쿠하나 대표는 진짜 그래. 대단해. 분명 빠져든다니까. 참가비? 필요 없어. 내가 말이지, 연회비를 내는 ZT그룹의 V회원—아, VIP회원의 줄임말—이거든. 그런데 V회원은 추천회원을 등록할 수 있어. 추천회원은 반 년 동안, V회원과 똑같은 권리와 자격이 주어져. 그래서 총회나 정례회에 참가할 수 있고, 강연회 같은 것은 무료야. 도모다 군을 내 추천회원으로 등록해 놨어."

"네? 저한테 물어보지도 않고요? 그런 부탁한 적 없는데요."

왜 자기 마음대로 하는 거지. 초조한 마음에 퉁명스러운 말투가 튀어나왔다. 빨리 등록을 취소해주세요, 라고 말하려는 찰나에 하자마의 태연한 목소리가 들려왔다.

"후훗, 도모다 군에게 나쁠 건 아무 것도 없잖아. 돈이 드는 것도 아니고, 추천회원이라고 해서 의무가 생기는 것도 아니고. 권리만 행사하면 되는 거야. 그러니까 권리를 챙겨서 기쿠하나 대표의 얘기를 들어보는 건 어떨까 하고. 단지 그뿐이야. 정례회에 가보고 탐탁지 않으면, 거리를 두든가 연을 끊든가 하면 되잖아."

"그건 그렇지만요……." 하자마의 얘기에 말려들어 맞장구를 치고 말았다.

"그렇다니까. ZT그룹이 재미있는 건 바로 그런 점이야. 누구나 환영하고 참가자를 붙잡거나 귀찮게 하지 않아. 자발적인 참여가 기본이기 때문에 각자의 의사를 최우선으로 하지. 그래서 투쟁만 하는 사람, 회원이 되는 사람, 가두선전이나 데모에 참가하는 사람, 동영상만 보는 사람이 있지. 어떤 식으로 관계를 맺든 상관하지 않아. 그러니까 걱정하지 마. 도모다 군을 추천회원으로 등록할 때 휴대폰 번호와 이메일 주소를 그쪽에 알려줬지만 ZT그룹이 개인 정보를 악용하는 일은 절대 없어."

히로키의 망설임과 반발심을 예상하고 애초에 싹을 자르려는 치밀함이 목소리 톤과 이야기의 전개에서 느껴졌다. 하아, 그래요? 라고 개인 정보가 안전하다는 말에만 대답을 할 생각이었는데 반쯤은 설득을 당했다. 그래도 석연치는 않았다.

"가벼운 마음으로 한번 가 봐. 혹시 야간 근무야?"

절묘하게 밀고 들어온다.

"아니오, 이제 그 아르바이트는 일주일에 두 번만 하기로 해서 시간은 괜찮은데요……."

히로키는 그렇게 대답하고, '뭐야, 갈 생각인 거잖아?' 하고 남의 일처럼 생각했다.

"참석한다고 연락할게. 괜찮지?"

"그럼 그렇게 해주세요."

우에노 데모에서 슬쩍 본 기쿠하나 모리노부를 가까이서 좀 더 자세히 보고 싶은 마음이 점점 커졌다.

제2 기스케 빌딩이 도대체 어디 있다는 거야, 하고 히로키는 혼잣말을 했다. 일찌감치 아키하바라 역에서 내렸는데 휴대폰으로 시간을 확인해보니 8시 반이 지나있었다. '다시 한 번 지도를 확인하고 그래도 못 찾으면 돌아가야지. 이제 귀찮다. 못 찾아도 그만이지 뭐.' 슬슬 포기하는 심정으로 길모퉁이 쪽으로 되돌아갔다. 잿빛이 섞여있는 성긴 외등 불빛이 안개비처럼 보였다. 그 희미한 불빛 사이로 화이트 계열 체크무늬 더플코트에 무릎까지 오는 블루 스커트를 입고, 작은 숄더백을 맨 여성이 보였다. 이곳에 어울리지 않는 화려함이 외등을 스포트라이트로 바꾼 것처럼 보였다. 어깨까지 내려오는 생머리에 또렷한 얼굴, 동글동글한 눈.

구호의 여신! 그녀와의 거리가 가까워지고, 하프 부츠의 힐 소리가 점점 커진다. 그녀가 이쪽을 똑바로 보고 있다. 히로키는 뒤에 누가 있나 하고 뒤돌아보았지만 아무도 없다.

"못 찾은 거예요? 기스케 빌딩."

"예?" 뜨끔해서 여신을 뚫어지게 봤다. "어떻게 아세요?"

희미한 어둠 속에 짙은 빨간색 입술 사이로 하얀 이가 드러났다.

"금요일 이 시간에 지도를 들고 이 길에서 서성이는 사람이 찾는 곳은 제2 기스케 빌딩이죠. 게다가 당신은 본 기억이 나요. 우에노 데모에 왔었죠?"

"네, 갔었어요……. 저를 기억하시나요?"

"맞구나. 어렴풋이 기억이 나요. 바로 저기니까 같이 가요."

아까 창고인 줄 알고 지나쳤던 셔터가 내려진 좁다란 빌딩 옆에, 검은 알루미늄 문이 있었다. 이런 곳에? 하고 의아해했는데, 그녀가 주저 없이 문을 열었다. 안쪽은 어둠이 밖으로 흘러나올 듯이 깜깜한 공간이었다. 그녀가 벽을 더듬는다. 스위치를 올렸다 내렸다 했지만 어둠은 꿈쩍하지 않았다. 휴, 하고 한숨을 내뱉은 구호의 여신이 숄더백에서 아이폰을 꺼내어 LED라이트를 켰다. 의외로 강한 빛줄기가 좁은 통로를 비췄다. 5미터 정도 앞, 통로가 꺾어지는 지점에 빛이 닿지 않는 공간이 입을 벌리고 있었다. 거기가 계단인 것 같았다.

"전등을 고치라고 얘기한 지가 1년은 된 것 같아요. 이런 일에 무심해요, 본부 사람들이."

히로키는 딱히 대답할 말이 없어 하아, 하고 바보같이 숨을 내뱉었다. 그녀가 풍기는 로즈향과 낡은 빌딩의 먼지 냄새가 번갈아 코를 간지럽혔다. 어두운 골목의 검은 문, 그 안쪽에 있는 어두운 통로와 계단. 히로키는 이 깊숙한 어둠이 ZT그룹을 상징하는 것 같은 기분이 들었다. 그렇다면 그곳을 향해가는 나는 도대체 뭘까? 구호의 여신이 비추는 라이트에 의지해서 3층까지 계단을 올라가자 불투명 유리문에서 빛이 새어 나왔다. 그녀가 라이트를 껐다.

"여기가 ZT그룹 사무실이에요. 정례회는 아직 시작하지 않았으니 안심해요." 그녀는 노크도 하지 않고 문을 열었다." 새로 온 분을 모시고 왔어요. 예상대로 길을 못 찾고 있었어요."

사무실 안쪽을 향해 말을 한 후에, 뒤를 돌아 "자, 어서 들어오세요."라고 히로키에게 말했다.

히로키는 입구에 서서 안을 들여다보고, 사무실이 고작 자신의 집 12조 거실 넓이밖에 되지 않는 것, 그리고 기쿠하나와 구호의 여신을 포함해서 사람이 6명밖에 없는 것에 놀랐다. 순간 잘못 왔다는 생각이 덮쳐왔다.

"도모다 히로키 군이지요? 하자마 씨한테 연락받았어요. 어서 와요. 아무 데나 빈 의자에 앉으세요. 아, 저기밖에 비어 있는 곳이 없네. 헤헷."

책상 세 개를 붙여서 만든 회의 테이블에 앉아 있던 기쿠하나가 앉은 채로 말했다. 긴 얼굴에 은테 안경, 검은 재킷에 파란 셔츠를 입은 기쿠하나는 입구를 향해 혼자 화이트보드를 등지고 앉아 있었다. 화이트보드 위로는 액자에 넣은 일장기가 걸려 있었다. 히로키는 입구에서 가까운 쪽에 구호의 여신과 나란히 앉았다. 회의 테이블 양쪽 측면에 앉은 남자들은 우에노 데모 때 연설을 했던 간부였고, 나머지 두 명은 처음 보는 사람들이었다. 자리에 앉아 다시 사무실을 둘러보니 벽 쪽에 컴퓨터 책상이 있다. 그 옆에 사각형으로 튀어나온 곳은 화장실과 세면대가 있는 것 같았다. ZT그룹의 깃발이 열네댓 개 세워져 있고, 거치형의 대형 확성기와 휴대용 중형 확성기가 보였다. 어수선해 보이지만 이 이상 정리할 수도 없겠다 싶은 살풍경한 사무실. 여기서 매일, 매시간 인터넷을 시끄럽게 하고, 주말마다 전국 각지에서 데모와 가두선전을 한다. 이곳이 만 수천 명의 회원이 있는 ZT그룹의 본거지라는 사실을 대번에 믿기는 어려웠다.

"헤헷, 처음 온 사람들은 반응이 다 똑같구만. 스가이 군."

기쿠하나가 오른쪽 옆에 있는 동년배로 보이는 통통한 남자에게 쓴웃음을 지으며 말했다.

"그러네요. 이렇게 작은 사무실이 강력한 우리 그룹의 거점인가? 라는 반응이죠."

"도모다 군, 그렇게 생각했죠? 알아요." 기쿠하나가 스가이의 말을 받았다. "하지만 ZT 활동에 큰 사무실 같은 건 필요 없어요. 연락은 이메일로 하고, 회비는 은행으로 입금하면 되고, 동영상 업로드는 집에서도 할 수 있고. 회의도 화상으로 하면 되니까요. 그리고 회의는 거의 하지 않으니까. 사무실은 한 달에 한 번 있는 정례회 외에는 짐을 보관하는 창고로 쓰니까, 이 공간으로도 충분해요."

"기쿠하나 씨, 그래도 통로와 계단의 전등은 좀 켜요. 그리고 처음 오는 사람이 있을 때는 길을 헤매지 않게 정례회 날만이라도 입구에 안내문을 붙이는 게 어때요?"

"전등은 건물주한테 고쳐달라고 부탁할게. 하지만 안내문은 필요 없어!" 기쿠하나가 화들짝 놀랄 만큼 강한 어조로 말했다. "가이아 씨, 최대한 보안에 주의를 해야 한다고. 자이니치나 좌익의 습격이 없다고 누가 보장해. 그리고 공안이나 매스컴에도 틈을 보여선 안 돼. 그러니까 여기는 특별 V회원 이상인 사람 중에서 꼭 희망하는 사람한테만 알려 줘야 해. 추천회원이라도 특별 V회원의 보증이 없으면 오게 할 수 없어. 그리고 웬만하면 주소로 찾아올 수 있어. 주소를 알려줘도 못 찾으면 그냥 돌아가면 돼."

구호의 여신은 기분이 상한 듯 시선을 떨구며 히로키를 봤다. 히로키는 자신 때문에 그녀가 무안을 당한 것이 미안했지만 그렇다고 어떻게 해 볼 수 있는 것도 아니었다. 기쿠하나는 이 상황이 만족스러웠는지 엷은 미소를 띠고 있었다.

"실은 정례회를 재검토하려고 해요." 기쿠하나가 무거워진 분위기를 바꿔보려는 듯이 가벼운 어조로 말했다. "이따가 다시 얘기하겠지만, 우리 활동을 한 단계 레벨 업 할 생각이거든요. 아무튼 그건 나중에 자세하게 얘기하기로 하고, 도모다 군은 본명이죠? 닉네임은? 서로를 위한 보안의 일환이니까 자기소개는 닉네임으로 해요. 불필요한 것은 말하지 않아도 돼요."

히로키는 놀라서 말문이 막혔다. 하자마가 놓은 덫에 걸려든 기분이었다. 하자마가 특별 V회원이라고? 정례회는 하자마가 말한 편한 모임이 아닌 것 같다. 보안? 도대체 뭐가 환영이라는 거야! 비밀 조직 같은 분위기에 당황하고 있는데, "다른 사람 닉네임을 참고로 해서 적당한 걸로 정해요." 하고 기쿠하나가 아까보다 더 가벼운 말투로 말했다.

"나는 아시는 대로 대표 기쿠하나 모리노부입니다. 잘 부탁합니다."

말문을 연 기쿠하나가 오른쪽으로 시선을 돌렸다. 젊은 축에 속하는 간부는 스가이, 40대 중반으로 보이는 또 다른 한 명은 모가미라고 했다. 몸집이 좋은 청년은 한자라고 나직하게 말했고, 50대인 것 같은 또 한 명의 처음 보는 사람은 다케지마라고 웃으며 말했다. 히로키는 긴장한 채 한 명 한 명에게 인사했다.

"저는 가이아, 대지의 여신이라는 의미예요."

낮은 목소리가 들렸고, 동시에 로즈향이 진하게 났다. 말을 해서 체온이 올라간 건가? 그런 생각을 하며 가이아를 훔쳐보는데 그녀와 눈이 마주쳤다.

"아, 저기." 적절한 이름이 떠오르지 않는다. "저……. 음……. 센카쿠입니다."

"아아, 그건 너무 많으니까 다른 걸로 하는 게 좋겠어요. 내가 기억하는 것만도 열다섯 명은 되거든." 기쿠하나가 얕보듯이 말했다. "다케지마 씨는 최고참이고, 우리 그룹에서 처음으로 그 이름을 썼으니까 상관없지만 새로 온 사람이 그런 이름을 쓰는 건 좀."

관자놀이에 경련이 일고 귀가 확 뜨거워졌다. 히로키는 가이아를 훔쳐봤다.

가이아는 책망하듯 기쿠하나를 노려봤다. 상대는 헤헤헷, 하고 일그러진 웃음을 지으며 어깨를 움츠렸다. 가이아가 위로하듯 말했다.

"간단한 걸로 하면 돼요. 무리할 필요 없어요. 자기가 끌리는 걸로 하면 되죠."

"아, 그래요? 자 그럼, 도모히로로 하겠습니다."

"본명을 줄여서 도모히로구만. 좋네. 자네도 외우기 쉬울 거고, 발음하기도 쉽고. 여러분, 도모히로 군입니다. 본명은 잊어 주세요. 헤헷."

가이아가 노려보자 무안해 하던 기쿠하나가 유독 밝게 찬성했다. 히로키는 기쿠하나가 연신 내뱉는 조롱하는 듯한 웃음소리에 반감을 느꼈다.

"자, 이제 시작할까요? 시간도 별로 없고요." 스가이가 기쿠하나를 재촉했다.

"아, 그러네요."

기쿠하나는 스가이 말을 받아 표정을 다잡고 이야기를 시작했다.

저……, 우선 정례회를 재검토하자고 아까 말씀드렸죠. 이 모임은 이름은 정례회지만 실질적으로는 최고 결정기관이자 집행기관입니다. 대표인 저와 두 부대표 스가이, 모가미, 사무국장인 한자, 그리고 랜덤으로 특별 회원 두 명을 지명해서 참여시키고, 특별 회원이 신원을 보증하는 추천회원을 받아 모임을 구성합니다. 이 자리는 정세에 대한 인식을 합의하고 앞으로의 방침을 확정하는 자리입니다. 회의의 개요와 결정 사항은 홈페이지에 올려서 회원에게 알립니다. 저는 우리가 여기서 회의한 것 중에서 공개할 수 있는 부분을 프리토크 동영상으로 유튜브에 올려서, 사항을 결정하게 된 배경을 보여줍니다. 지금까지 그런 방식으로 해왔습니다. 매번 회의에 추천회원을 초대하는 것은 외부의 의견을 듣고, 그것을 활동에 반영하기 위해서입니다. 동시에 추천회원들에게 간부로 성장할 수 있는 기회를 주기 위한 목적도 있습니다. 그런데 최근에 추천회원이 간부가 되는 일은 거의 없었죠. 그냥 한번 와서 앉았다가 가는 것이 고작이고, 이후의 활동에도 참가하지 않는 사람이 대부분이었습니다. 그래서 추천회원을 회의에 참석시키는 것은 오늘로 끝내고 싶습니다. 어떻습니까? 찬성하십니까?

반대는 없는 것 같네요. 자, 그렇게 하기로 하겠습니다.

그럼 다음으로 넘어가겠습니다. 아까 잠깐 얘기를 했는데요, ZT그룹의 활동을 한 단계 올릴 생각입니다. 그러기 위해서는, 물론 지금까지도 여러 번 얘기했습니다만, ZT그룹 활동의 본질과 특징을 다시 한 번 확인해 둘 필요가 있다고 생각합니다. 다시 말해서 기존의 보수운동이나 좌익의 가두선전과 우리의 보수 시민운동의 차이는 무엇인가? 하는 것입니다. 그것은 엄연히 다릅니다. 우리들의 무사무상(無私無償)의 행위와 활동은 구속과 이해관계로 점철된 기존의 좌익과는 확연한 차이가 있는 것입니다. 하늘과 땅, 황금과 똥 정도의 차이라고 할까요? 아, 가이아 씨 미안합니다. 헤헤헷. 어쨌든 무상 행위가 우리들의 애국 운동인 것입니다. 남들이 어떻게 평가하느냐가 중요한 게 아닙니다.

결국 일본인이라는 아이덴티티를 위해서 목숨을 바치는 거지요. 우리 같은 애국자들은 예를 들어 조선인이나 중국인들이 천황폐하의 사진이나 일장기를 찢고 불태우는 현장을 목격했다면 어떻게든 막으려고 자신도 모르게 현장으로 뛰어 들어가겠지요. 진정한 일본인이라면 무의식적으로 앞뒤 생각하지 않고 그 현장에서 자살행위와도 같은 위험한 행동도 불사할 겁니다. 그것은 바보 같은 행동이고 자멸 행위인 것처럼 보이지만 실은 그것이 바로 자유입니다. 그야말로 크나큰 자유인 거지요. 순수하게 자신의 생각을 행동으로 실천하는 것이기 때문에 분명 다른 것과 비교할 수 없는 기쁨을 얻을 수 있습니다. 쾌락까지도 느낄 수 있는 것입니다. 자기가 하고 싶은 일이니까요. 하지만 주변 사람들은 그런 일을 무엇 때문에 하냐고 하지요. 세상 사람들도 이상한 놈 취급을 하고요. 우리는 그것을 누구보다 잘 알고 있습니다. 우리가 데모를 할 때, 아무 생각도 없이 매스컴에 속고 있는 바보들의 시선을 진저리가 날 정도로 받았으니까요. 하지만 곰곰이 잘 생각해 보세요.

남들에게 좋은 평가를 받고, 쓸만한 놈이라고 인정받는 것보다 자기 스스로가 납득이 가고, 스스로가 대단하다고 느껴지고, 기분이 좋아지는 것이 더 중요하지 않습니까? 거기에 중점을 두고 활동에 참여하면 너무 즐거워서 어쩔 줄을 모르게 됩니다. 왜냐하면 본인만 즐거운 일이 아니라 일본과 일본인을 위한 일이기도 하니까요. 그렇죠? 우리의 활동은 올바른 것이니까 두려울 것은 아무 것도 없어요.

지금 제가 한 이 이야기는 의외라고 생각하실지 모르지만 아나키스트 오스기 사카에(大杉榮)의 말을 응용한 겁니다. 오스기는 〈상호부조(相互扶助)〉를 중시했습니다. 그것은 '사람이 서로 돕는다'라는 지극히 단순한 무의식이자 무상의 행위입니다. 누구라도 쓰러져 있는 사람이 있으면 손을 내밀지요? 그것은 이해를 따져서가 아니라 인간이라면 누구나 무의식적으로 그렇게 하게 되는 것입니다. 그것과 똑같은 이치입니다. 자이니치에게 특권을 주는 바람에 일본인이 차별을 당하고 불평등 때문에 괴로워하고 있습니다. 그래서 우리는 차별당하는 사람들끼리 서로 불평등을 괴로워하고 피해자인 일본인끼리 서로 돕는 무상의 행위를 하고 있는 겁니다. 또 오스기의 사상 중에는 〈생의 확충〉이라는 것이 있습니다. 그것은 〈상호부조〉 〈생의 무상성〉을 기쁨으로 삼는 것입니다. 세상 사람들이 뭐라고 하든 일본인 차별을 고발하고 차별받는 일본인에게 손을 내민다. 그것은 하고 싶은 일이고, 하고 싶은 일만 하겠다, 라는 것을 철저히 관철하면 그것은 삶의 기쁨이 되고 인생이 충실해지고 본인이 즐거워지는 최고의 자유를 누리는 것입니다. 하고 싶은 것만 하는 것. 이것이 자유가 아니면 무엇이겠습니까? 기쁨이 아니고 무엇이겠습니까? 이것이야말로 생의 확충인 것이지요. 그러니까, 보세요. 우리의 가두선전이나 데모에 참가하는 사람들은 모두 생기가 넘치고 진정으로 즐거워 보이지요? 비장함 따위는 없지요. 모두 웃고 있어요. 그렇죠?

자 그럼 여기서, 우리 활동의 레벨 업에 대해서 말씀드리겠습니다. 먼저 현 정세에 관한 얘기입니다. 얼마 전 중의원선거에서 민자당이 압승을 해서 안신 마스조 정권이 부활했습니다. 주민당은 당을 해체해야 할 정도로 참패를 맛보았습니다. 우리들도 아키하바라 역 앞에 일장기와 욱일기를 들고 나가 "안신 정권을 만들자! 민자당 파이팅!" 하고 응원했습니다. 왜냐? 그것이 ZT그룹 활동에 순풍이 되기 때문입니다. 안신 수상은 전부터 '전후체제——체제로부터의 탈각'을 주장해 왔습니다. 그것은 쉽게 말해서 '일본을 되돌리자!'라는 것입니다. 점령군이 밀어붙인 현행 헌법을 전면적으로 개정해서 천황 중심의 국가를 만들자는 것입니다. 자위대를 정식 국방군으로 해서 북조선이나 중국의 침략에 맞서 미군과 함께 선제공격을 포함한 집단적 자위권을 행사하자는 것이죠.

물론 징병제를 부활시켜 국가를 지키는 체제를 굳건히 하고요. 일본의 남아는 군대에서 실시하는 철저한 훈련과 교육을 통해 반일의식을 정화하고 진정한 애국자로 개조할 수 있을 것입니다. 나아가 반일교육에 무방비상태였던 교육기본법을 근본적으로 개정하여 전 국민에게 '군비를 근본으로 하는 애국심'을 갖게 한다, 야스쿠니 신사를 국영화하고 국가를 위해서 목숨을 바친 사람들을 국가가 신으로 모신다, 그렇게 하면 국가를 위해서 목숨을 바치는 의미도 한층 깊어질 것입니다.

유사시에 일본에 충성을 맹세하지 않는, 맹세는커녕 이적행위를 하는 조선인, 중국인 등 외국인은 추방한다. 그 시작은 우리가 문제 삼아 온 재일특권, 즉 입관특례법의 특별영주자격을 폐지하는 것입니다. 그리고 반일교육을 하고 있는 조선학교와 한국학교, 대륙계의 중화학교도 폐교한다. 이런 것들은 모두 우리들이 지향하는 방향과 일치하는 것이지요. 그러니까 본격적인 ZT그룹의 활동, 나아가서 애국 운동을 펼칠 수 있는 조건이 성숙하고 있다는 것입니다. 저는 이런 유리한 정세 속에서 안신 정권에 한 걸음 앞서서 활동하고 싶습니다. 그것은 결과적으로 안신 수상을 돕는 일입니다. 일한 단교를 주장하고, 중국을 철저하게 배격하는 우리들이 있기 때문에 안신 수상과 그 내각이 중도로 보이는 거니까요.

이 활동의 힌트는 이미 있습니다. 나누어드린 자료를 봐 주세요. 제가 ZT그룹을 결성한 것은 기이하게도 안신 마스조 내각 시절이었습니다. 당시 안신 수상은 '아름다운 국가 일본' '전후체제로부터의 탈각'을 내걸고 등장했고, 북조선에 의한 일본인 납치문제의 해결에 있어서는 압력으로 상대를 굴복시키는 방침이었습니다. 저를 비롯한 창립 멤버들은 이에 호응하고자 했던 마음이 있었습니다. 그래서 이 자료 말인데요, 제1차 안신 내각 시절 관방부 부(副)장관이었던 우루시바라 이와오 씨가 경찰청 장관이었을 때 했던 발언입니다. 읽겠습니다.

"정부는 북조선에 대화와 압력으로 대응한다고 말해 왔다. 그

압력 부분을 담당하는 것이 경찰이라고 인식하고 있다. 북조선이 이제는 대화를 할 수밖에 없겠다는 생각이 들게끔 하는 것이 경찰청의 일이다. 북조선의 자금원에 대해서 '이렇게까지 하나?' 싶을 정도로 철저하게 문제 삼고 적발한다. 납치와 직접적으로 관련되지 않는 사건을 적발하는 것도 납치문제의 해결에 도움이 된다."

바로 이겁니다. 대단한 힌트입니다. 다시 말해서 조선인이 싫어하는 것을 '이렇게까지 하나?' 싶을 정도로 강도 높게 하는 겁니다. 그것은 분명 ZT그룹의 존재를 사회에 더 널리 알릴 수 있는 방법이고, 그렇게 하면 재일특권 문제에 관심을 집중시킬 수 있습니다. 나아가 납치 문제, 다케시마 문제, 강제연행과 종군위안부의 유언비어 문제도 부상시킬 수 있습니다. 우루시바라의 발언으로 또 한 가지 확실히 알 수 있는 것은 정부의 본심이에요. 북조선, 그리고 북조선과 연결되어 있는 조총련, 조선학교에 대해서 우리가 거칠게 해도 비난하지 않는다는 것. 오히려 더 해달라고 하지 않을까요? 지금까지도 공안형사가 살짝 알려주는 정보, 익명의 메일로 오는 밀고 같은 것이 있었습니다. 기본적으로 경찰은 조선인과 반일 좌익의 공격에서 우리를 지켜줄 거예요.

아, 그리고 말이 나온 김에 조금 더 얘기하자면, 주민당 정권이 이룬 몇 안 되는 공적 중에 하나는 고교 무상화 제도에서 조선학교를 제외시킨 것입니다. 그것이 있었기 때문에 도쿄도, 오사카부, 오사카시, 사이타마현, 지바현, 3·11 동일본 대지진으로 조선학교가 무너진 미야기현, 그리고 히로시마현 등이 모두 조선고교뿐만 아니라 초등학교, 중학교도 포함한 조선학교 전체에 대한 보조금 지원을 정지했잖아요. 여론도 이것을 지지하고 있습니다. 말하자면 정부와 자치 단체가 조선학교를 공격하라고 사인을 보내고 있는 겁니다. 이것도 우리들에게는 순풍이지요. 그리고 또 하나 주민당 정권의 공적은 3 · 11 대지진으로 정지된 원자력발전소를 후쿠이의 오이 원자력발전소에서 일시적이라도 재가동시킨 것을 들 수 있겠네요. 아니, 또 있어요. 주민당 정권이 한심한 꼴이 된 덕분에 민자당 안신 정권을 부활시켰지요. 그것도 헌법을 개정할 수 있을 정도의 압도적인 다수를 확보하면서요.

자, 그래서 구체적으로는 신오쿠보나 쓰루하시 같은 조선인과 한국인이 불법점거를 해서 위법으로 장사를 하고 있는 곳에서 대대적인 데모를 연속적으로 하는 거예요. 그때의 슬로건은 이런 것을 생각할 수 있을 것 같습니다.

"풍기를 문란하게 하는 5만 명 한국인 매춘부를 일본에서 몰아내자!" "한류에 빠져 있는 일본의 오물=한류 바보도 나가라!" "심지어 쓰레기 분리수거조차도 제대로 안 하는 한국인 가게 따위 필요 없다!" "신오쿠보를 코리아타운으로 한 자이니치를 도쿄만에 몰아넣자!" "불령선인 추방!" "한류 말살!" "반일이 무죄인 한국을 묵사발 내자!" "일한단교!"

어때요? 그리고 조선학교의 크고 작은 행사에 지속적으로 가두선전을 하는 것도 생각할 수 있지요.

두려워할 건 없어요. 표현의 자유가 있으니까요. 무슨 말을 해도 괜찮아요. 우리들의 정치적 주장과 언론 활동은 완전한 합법입니다. "조선인을 죽여라"라든가 "도쿄만으로 몰아넣어라"라든가

"변태 민족 박멸"이라든가 "조선인 제거"라는 말은 저도 했습니다. 하지만 그것은 특정 개인을 향해서 하는 말이 아니고 자이니치나 불법으로 입국한 한국인에 대한 정치적 주장이니까요. 그리고 사실 과격하게 행동하는 ZT그룹이 무섭다, 두렵다는 말을 듣지 않으면 우리들의 활동은 의미가 없는 것이거든요.

한국 사람들은 서울에서 "일본인 죽어라!"라고 외치고 있습니다. 거기에 대해서 우리들의 분노를 표현하는 것이니까 전혀 문제가 없습니다. 일본에는 언론의 자유를 규제하는 법률은 없습니다. 그러니까 경찰은 우리들의 정당한 활동을 지켜 줍니다. 신청만 하면 가두선전도 데모도 자유롭게 할 수 있습니다. 경찰이 보호를 해줍니다. 당당하게, 활기차게 활동하면 됩니다. 다만 공안을 신용해서는 안 됩니다. 그놈들, 정말 무서워요……. 저, 아니, 그건 일단 놔둡시다.

여기서 확인해 두어야 할 것은 말이죠, 일본인이라면 자연스럽게 발로(發露)되는 무상 행위는 머지않아 사람들의 마음을 움직일 거라는 점입니다. 지금은 비록 소수지만 그걸 두려워하거나 슬퍼하지 않아도 됩니다. 왜냐하면 '차별은 해서는 안 된다'라든가 '한국이나 조선, 중국과 사이좋게 지냅시다'라든가 그런 말들을 떠들어 대잖아요. 그런데 그것은 표면적인 명분이고 순 거짓말입니다. 남들 앞에서 좋은 사람인 척하고 좋은 사람이라는 소리를 듣고 싶어 하는 놈들이 그런 말을 하는 거지요. 학교에서 일교조(일본교직원조합)가 아이들한테 시시한 평등론을 강제로 주입시키고 있기 때문에 그런 생각을 하는 겁니다. 그렇지만 말입니다, 일본과 일본인에게 도움이 되지 않는 자는 배제되어야 마땅하죠? 자이니치나 불법 체류하고 있는 한국인과 중국인, 그뿐만이 아니라 장애자, 생활보호대상자 같은 국가에 도움이 되지 않는 자는 그에 걸맞은 대우를 받아야 마땅합니다. 모두 그렇게 생각하고 있어요.

전철에서 젊은 사람이 노인에게 자리를 양보하지 않으면 한탄을 합니다. 잠깐만요! 요즘 시대는 젊은이들이 더 피곤합니다. 일은 외국인에게 빼앗기고, 간신히 일을 얻어도 기껏해야 비정규직이고, 정규직은 못 됩니다. 쥐꼬리만 한 월급에서 가차 없이 세금을 원천 징수당하고, 건강보험료, 국민연금으로 갈취당하고, 연애를 하려고 해도 돈도 시간도 없고, 결혼은 꿈같은 이야기죠. 그렇게 젊은이들은 할아버지, 할머니들에게 조공을 바치고 있습니다. 그런 거 아닙니까? 노인들은 젊은이들이 낸 연금으로 한가하게 살고 있으면서 전철 자리까지 양보하라는 말입니까! 이거 참, 얘기가 좀 빗나갔군요. 헤헤헷.

어쨌든 일본인들은 본심으로는 열등한 조선인, 중국인이 싫은 겁니다. 열등한 주제에 일본에서 제 세상인 양 굴고 있습니다. 일본의 치안을 망치고 있습니다. 일본의 아름다운 문화를 더럽히고 있습니다. 일본 영토를 빼앗으려고 합니다. 그러니까 일본에서 나가줬으면 좋겠다고 생각합니다. 그 본심을 우리가 대변하고 있는 거잖아요.

외국인이 일본에서, 일본인과 동등한 권리를 누린다니 애초부터 이상한 일입니다. 국민이 아닌 자가 국민의 권리를 바란다니 뻔뻔한 것도 정도가 있어야지요. 수치를 모르는 자이니치가 일본인의 권리를 침해하고 있습니다. 그러니까 모두 본심으로는 외국인에 대한 구별, 차별은 당연하다고 생각하고 있는 거지요. 우리들은 절대적 다수의 일본인들의 생각을 끄집어내 주고 있습니다. 무상 행위로서 말이죠. 그래서 ZT그룹이 급속하게 확장되었습니다. 동영상을 올리면 순식간에 만 명이 보고, 성원을 보내줍니다. 재일 특권에 대한 이해와 인식은 확실하게 퍼졌고 사람들의 마음을 잡고 있습니다. 자신감을 가져도 된다고 생각해요.

하나만 더 말하면 말입니다, 세상에서 '정의'라고 불리는 것의 거짓, 위선, 모순을 날카롭게 찌르는 '악'에는 기가 막힌 매력이 있어요. '늘 악을 바라고, 오히려 선을 얻는다……. 늘 부정하는 정신' 그것이 ZT그룹과 저 기쿠하나의 신조입니다. '자신이 행하는 악을 모두 다 알고 있는 지혜를 가진 인간은 없다'라는 잠언이 있습니다. 하지만 저 기쿠하나는 '악'으로 불리는 저의 행동의 의미를 모두 다 알고 있을 만큼 지혜롭습니다. 물론 저의 행동은 절대선이지만요.

어쨌든 가까운 시일 내에 신오쿠보에서 게릴라 활동과 대규모 데모를 조직하겠습니다.

이상으로 저의 발언을 마치겠습니다. 질문이나 의견 있으십니까?

12

멀리서 서서히 소리가 몰려온다. 귀마개를 뚫고 들어오는 알람 소리. 잠에서 강제로 끌려나오는 순간에 느끼는, 어찌할 수 없는 불쾌감이 덮쳐온다. 의식인지 무의식인지 가늠할 수 없는 몽환의 세계를 떠다니며 시간과 공간 심지어 나 자신으로부터도 자유롭던 '나'가, 시계로 나누어진 시간과 내 방 침대라는 공간으로 다시 끌려와서 현실의 내가 되는 고통. 왜 잠에서 깼을까 하는 후회가 들었다. 그리고 이대로 내가 아닌 '나'로 있고 싶은 바람과 일어나야 할 시간에 일어나지 않았다가 결국 나중에 눈이 떠졌을 때 내게 찾아올 격렬한 자기혐오에 대한 공포가 서로 맞서 싸운다. 신경을 자극하는 전파시계 알람 소리가 빨라졌다. 오전 6시 33분이다. 울리기 시작한 지 3분이 되면 템포가 빨라지게 설정되어 있다. 윤봉창은 누운 채로 알람을 끌 것인가, 일어나서 알람을 끌 것인가를 망설이면서 눈을 떴다. 커튼을 통과한 연분홍빛이 천장을 엷게 물들이고 있다. 에잇, 하고 양쪽 귀마개를 빼고, 힘차게 상체를 일으킨다. 어깨에서 등을 따라 냉기가 전해진다. 알람을 끈다. 위잉 하는 '소리'가 귓가에 들리는 것 같은 일순간의 정적이 흐른 후, 근처를 달리는 신문배달부인 것 같은 오토바이 소리가 들린다.

약을 먹지 않고 자기로 결심한 것은 연말부터였고, 침대 옆 암막커튼을 열고 창문을 열어젖힌 것은 1월 1일이었다. 그래, 일어나자. 오늘은 일어났다, 하고 불그스름한 아침 햇살이 스며든 커튼을 보고, 거참, 하고 몇 번을 혼자 웃었다.

창문을 열고 이틀 후, 나순자가 길쭉한 꾸러미를 들고 씩씩하게 집으로 들어왔다. 선물 사왔어, 라는 말이 떨어지기가 무섭게 철거를 외치며 창문의 암막커튼을 떼어내고 핑크색 바탕에 키티와 딸기, 빨간 하트가 그려진 커튼을 달았다.

"뭐야 이거, 싫어. 하지 마."

"괜찮아. 내가 키티짱 좋아하니까. 봐봐, 사막 같던 방이 귀여워졌잖아. 뭐야? 내 호의를 무시할 작정이야?"

"아니……. 그래, 고마워."

"뭐야, 싫어하는 거 같네. 그래도 고맙다는 인사를 했으니까 됐어. 그것보다 봉창아, 저 지저분한 암막커튼, 지금 당장 끈으로 묶어서 내다 버리고 와."

그날 밤 자고 가기로 한 순자와 얘기를 나누면서 봉창은 밤낮이 바뀐 삶을 원래대로 되돌리기 위해 몇 가지 규칙을 정했다. 늦어도 새벽 1시에는 침대로 들어가기. 잠이 안 와도 책을 읽거나 인터넷을 하지 않기. 아침까지 잠을 못 자도 6시 반에 기상하기. 앞으로의 계획에 대해서도 생각했다. 뻔뻔스러운 생각이지만 비싼 학비는 부모님께 도움을 받아서 해결하고, 1년을 유급하면서 생활비는 아르바이트로 벌기. 지금은 취직할 생각도 없으니까 부모님과의 관계를 악화시키지 않기 위해서라도 학생 신분을 유지하기. 그렇게 지내면서 ZT그룹에 대한 투쟁을 본격적으로 시작하기.

이건 너무 안일한 거 아닌가? 도망갈 길을 만들어 놓고 ZT와 본격적인 투쟁을 한다고?

마음 깊은 곳에서 그런 소리가 들렸다. 시선이 허공을 헤맨다. 순자는 봉창의 동요에 덩달아 흥분하여 물었다.

"본격적인 투쟁이라면 뭘 할 생각인데?"

"아니, 아직 구체적인 아이디어나 특별한 생각이 있는 건 아니야."

봉창은 적당히 얼버무렸다. 막연히 생각하고 있는 게 있었지만 정말 실행에 옮길 수 있을지는 자신도 알 수 없었다.

일어나자마자 집에 가서 학교 갈 준비를 해서 나갈 거라고 했던 순자는 6시 반 기상과 동시에, "열심히 해. 나도 응원할 테니까."라고 말하고 뛰어나갔다. 그녀를 현관까지 배웅하면서 문득 떠오른 것이 아침 조깅이었다. 아침에 일어나기만 할 게 아니라 한 가지 더 스스로에게 부담을 주는 루틴을 만들자. 그러면 반년 가까이 은둔 상태로 지내면서 둔해진 다리와 허리를 조금은 단련할 수 있을 거라는 생각이 들었다.

바로 운동복으로 갈아입고, 아파트에서 500미터쯤 앞에 있는 아라카와 제방을 목표로 했다. 산책로와 자전거 도로가 정비된 제방. 초봄이나 초여름 저녁녘에 순자와 자주 산책을 했던 곳이었다. 250미터마다 '바다에서 ○○킬로'라는 표지판이 있다. 거기서 1킬로를 달리면 아파트까지 왕복 2킬로가 된다는 계산을 했다. 그런데 200미터 쯤 뛰어있을 때 숨이 찼다. 중고등학교 때 유도를 했었기 때문에 나름대로 체력에는 자신이 있었는데 앞쪽에 약간 높은 제방이 보이기 시작했을 때 무릎과 아킬레스건에 통증이 느껴졌다. 제방에 올라갔을 때는 구역질이 날 만큼 숨이 차올라 달리기를 멈추고 숨을 고르며 걸었다. 결국 제방까지는 걷고, 제방에서부터 달리는 거리를 조금씩 늘려가기로 했다.

그렇게 정하기는 했지만 잠이 안 와서 뒤척이다가 결국 새벽에 잠이 들어 일어나지 못한 날, 일부러 빼먹은 날, 귀마개를 뺐을 때

밖에 빗소리가 들리면 오늘은 조깅을 안 해도 되겠구나 하고 다시 잠을 잔 날을 합해 뛰지 않은 날이 한 달 사이에 족히 다섯 번은 넘었다. 그런 날 낮에 인터넷으로 ZT그룹의 활동을 들여다보고 있으면 일어나지도 않고 달리지도 않았다는 죄책감 때문에 심한 자기혐오에 빠졌다.

오늘 아침에는 제방에서 1킬로를 완주했다. 숨도 별로 차지 않았다. 꾸준히 했더니 체력과 근력이 회복되는 것 같다. H대교의 서쪽 끝에서 제방을 내려오다가 새파랗게 활짝 갠 하늘을 올려다보니 백로인 것 같은 하얗고 커다란 새가 유유한 날갯짓을 하면서 남쪽으로 날아가는 것이 보였다. 봉창은 그다지 희귀한 새도 아니라고 생각하면서도, 한편으로는 오후에 있을 아르바이트 면접이 잘 될지도 모르겠다는 생각을 했다. 지원한 아르바이트는 신오쿠보에 있는 24시간 대형 할인마트의 계산대 업무였다. 레지메이트라는 용역회사와 계약을 하는 고용형태였다. 신오쿠보를 희망한 것은 최근에 ZT그룹이 신오쿠보와 쓰루하시 등지의 코리아타운에서 활동을 강화하겠다고 예고했기 때문이었다. 시급은 50시간 연수 기간 동안은 850엔, 그 후에는 1,050엔이다. 교통비로 왕복 800엔까지 지급되기 때문에 집 근처 역에서 신오쿠보까지 정기권을 끊을 수 있는 것이 매력적이었다. 일주일에 4일에서 5일, 한 달에 20일 정도 일하고 15만 엔 정도를 벌면 그럭저럭 살 수 있겠다는 계산이 섰다.

닛포리에서 야마노테 선으로 갈아타고 신오쿠보로 갔다. 개찰구를 빠져나오자 거리는 몹시 들떠 있었다. 개찰구 앞에는 한류팬으로 보이는 사람들이 몇 그룹이나 있었다. 한국 음식을 먹으러 가는지 중년여성들이 원을 그리고 서 있고, K팝 인기를 반영하는 듯 젊은 여성 그룹도 있다. 그러나 봉창이 일 년 전에 왔을 때 느꼈던 만큼의 활기는 아니었다. 그러고 보니 호객행위를 하던 꽃미남 점원들의 모습도 보이지 않는다.

봉창은 변화를 실감하면서 지도에서 확인한 오쿠보 거리를 따라 면접장으로 향했다. 위로 야마노테 선과 세이부신주쿠 선이 지나가는 굴다리를 빠져나갈 때 반대편에서 걸어오던 세 명의 여자가 “무서웠지? 뭐야 저 사람들은?” 하고 얼굴을 찌푸리며 지나갔다. 굴다리를 빠져나와 한류 가게들이 늘어선 곳에 접어들었을 때 봉창은 깜짝 놀랐다. 가게 밖에 놓아둔 가판대가 뒤집혀 있다. 점원들이 바닥에 내동댕이쳐진 화장품과 건강식품, 조미료, 라면 등을 정리하고 있었다. 한국 음식점 간판들도 여러 군데 쓰러져 있다. 상황이 그런데도 경찰은 보이지 않는다. 뭔가 사건이 있었던 것은 분명한데 왜 순찰차 한 대, 경찰 한 사람이 없는 것인가. 봉창은 신라면과 각종 식품들이 어질러져 엉망이 된 ‘한국시장’이라는 슈퍼 여직원들에게 서툰 한국말로 말을 걸었다.

“왜 그렇게 돼 버렸어요?”

무릎 사이에 머리를 파묻듯이 웅크리고 앉아 고개를 숙이고 뒤처리를 하고 있던 한 여자가 얼굴을 들었다. 아르바이트 학생인 것 같은 여자는 빨간 안경테 너머로 눈물을 글썽였다.

“뭐가 어떻게 된 건지……. 일장기를 등에 멘 스무 명쯤 되는 사람들이 가게로 밀고 들어와서 ‘다케시마는 일본 영토다! 일한 단교!' 이렇게 외치면서 매장을 한 바퀴 돌고 손님을 쫓아내더니 가게 앞에서 '일본인은 조선인 가게에서 물건을 사지 마라!'라고 손님을 위협하는 거예요. 그리고는 상품을 올려놓은 선반이 가게 밖으로 조금 나와 있다고 트집을 잡고 선반을 막 발로 차고……."

"그만해." 나이가 조금 더 들어 보이는 점원이 그녀의 말을 막았다. "아무 일도 아닙니다. 괜찮아요. 이제 그만 가세요."

홍미 위주의 호기심은 필요 없다는 듯 완강하게 거부했다. 봉창은 더는 말을 걸 수가 없어서 그냥 갈 수밖에 없었다. 인터넷으로 예고했던 대로 ZT그룹이 소동을 일으킨 것이 분명하다. 시간을 확인해보니 면접 시간까지 20분밖에 남지 않았다. 가까이 온 것은 틀림없지만 면접장까지 얼마나 걸릴지는 모른다. 일찍 도착해서 면접 준비를 하고 싶었다. 그런데 마음이 어수선해서 안정이 되지 않는다. 쇼쿠안 거리로 연결되는, 최근에는 꽃미남 거리로 불린다는 골목으로 들어서자 한류 아이돌 상품을 사러 온 것 같은 10대 여자아이들이 많이 보였다. 조금 더 가다 보니 모여있던 네 명의 여자아이들 중 한 명이 길바닥에 쓰러져서 정신없이 울고 있고, 다른 아이들도 울면서 열심히 위로를 해주고 있었다. 발밑에는 한류 아이돌 얼굴이 프린트된 종이봉투가 찢겨있고, 안에 들어있던 상품이 바닥에 떨어져 있었다. ZT그룹의 피해자인 것 같았다. 지나가는 사람들은 보고도 못 본 척했다. 봉창도 흘깃거리며 보는 것이 아이들에게 더 상처를 주는 것 같은 생각이 들었다.

이대로 그냥 지나치는 것이 좋을까? 너희들에게 상처를 준 무리가 얼마나 비열하고 어리석고 품격이라고는 손톱만큼도 없는 놈들인지, 그놈들이 얼마나 말도 안 되는 범죄 집단인지 설명하고 다독여 주어야 하지 않을까? 하지만 그런 게 아이들에게 도움이 될까? 땅바닥에 내동댕이쳐져 망가진 물건과 상처 난 아이들의 마음이 원상태로 되돌려질 리가 없다. ZT그룹의 폭력은 돌이킬 수가 없다. 그들의 폭력을 미연에 방지하는 것 밖에 방법이 없다.

면접 시간이 가까워 오고 있다는 생각도 들었다. 봉창이 멈춰 서지 않고 아이들 옆을 지나려던 순간, 멀리서 "……를 죽여라!"라는 고함 소리가 희미하게 들려왔다. 봉창은 뛰기 시작했다. 인파가 몰려 앞쪽으로 빨리 나아갈 수가 없었다. 간신히 쇼쿠안 거리로 나갔지만 ZT그룹인 것 같은 사람들의 모습은 보이지 않았고 욕설도 들리지 않았다.

13

하자마 미쓰오는 '게릴라 보복전 〈기쿠하나 산책〉를 결행한다——현장 책임자 · 기쿠하나 모리노부(ZT그룹대표)'라는 메일을 도모다 히로키에게 보냈다.

"한국 대통령 박명이가 일본 영토인 다케시마에 상륙을 강행하고 천황폐하에게는 한국에 오고 싶으면 사죄를 하라고까지 했습니다. 이런 만행과 폭언은 일본에 대한 선전포고입니다. 특히 천황폐하에 대한 모욕은 국체(國體)의 훼손입니다. 즉시 일한 단교를 하고 무력으로 응분의 조치를 취해야 합니다. 정세가 이런데도 불구하고 신오쿠보에는 불법으로 입국한 한국인과 자이니치가 태연하게 장사를 하고 있습니다. 또, 한류 아줌마와 한류 바보들이 조선인 가게에서 물건을 사면서 한국과 북조선의 불법행위에 쓰이는 자금에 보탬이 되고 있습니다. 지금이야말로 이 사태를 극적으로 바꿔야 할 때입니다. 신오쿠보를 자기들 마음대로 코리아타운으로 만든 조선인들을 몰아낼 수 있는 가장 효과적인 투쟁은 그들에게 공포심을 심어주는 일입니다. 일본인의 분노를 직접적으로 표출해서 일본인을 얕보는 조선인을 공포에 떨게 하고 동시에 한류 바보들을 신오쿠보에서 몰아내야 합니다. 이를 실행하는 제1탄의 행사로 게릴라 보복전을 결행합니다. 기쿠하나 모리노부가 선두에 서서 신오쿠보를 산책하려고 합니다. 어슬렁어슬렁 걷겠습니다. 같이 싸웁시다!"

정례회에서 기쿠하나 대표가 역설했던 새로운 단계의 활동의 제1탄이 이건가? 그렇게 생각했지만 신오쿠보에 가 본 적이 없는 히로키는 게릴라 보복전과 '어슬렁어슬렁 걷는다'가 도무지 연결이 되지 않았다. 히로키는 평소에 메일을 보낸 후에는 반드시 확인을 하는 하자마에게 물어봐야겠다고 생각하고, 그의 전화를 기다렸다. 그런데 이번에는 어쩐 일인지 하자마에게 전화가 오지 않는다. 연락주세요, 라고 몇 번이나 문자를 보냈는데도 응답이 없다. 문자에 반응이 없어서 전화하기가 망설여졌다.

〈기쿠하나 산책〉날 아침, 히로키는 망설였다. 분명 정례회에서 기쿠하나의 이야기를 듣고 마음이 동요되었다. '일본인이라는 중

명' '무상 행위' '생의 확충'. 이런 말들에 마음이 끌렸다. 자신 안에 계속해서 쌓이고 있는 폭발 직전의 불만이나 불안, 번민을 털어버리고 생을 확충시키고 싶다. 그러나 '게릴라 보복전'이라는 체질에는 맞지 않는 활동에 대한 두려움이 있었다. 폭력에 대한 두려움이 생긴 것은 고등학교 2학년 때 후쿠다한테 맞았던 것이 결정적이었다. 그 후 아버지한테 머리를 맞아 뇌진탕을 일으키고 나서 두려움이 증폭되어 의식과 신체 깊숙이 자리하고 있었다. 하지만 히로키는 메일을 받고 가야겠다고 결심을 했었다. 어떤 일이라도 누군가가 자신을 부르는 일은 기뻤다.

휴대폰이 울렸다. 엄마한테 걸려온 전화였다. "히로야, 오후에 아파트 화재경보기 점검이 있어. 엄마가 까맣게 잊고 일을 하러 왔으니까 외출하지 말고 집에 있을래?" 히로키는 약속이 있어서 안 된다고 일언지하에 거절했다. 엄마가 다시 무슨 말을 했는데, 전화를 그냥 끊었다.

신오쿠보 역 앞 오후 2시 집합. 집합하는 즉시 행동을 개시한다. 참가자는 기쿠하나 모리노부와 같이 산책=어슬렁어슬렁 걷는다, 라는 것이 행동지침이었다. "데모 허가는 받지 않았습니다. 확성기는 사용하지 않고, 육성으로 외치면서 걷습니다."라는 주의사항을 덧붙였다.

2시 10분 전에 개찰구를 나온 히로키는 대번에 일장기와 욱일기를 세워놓은 무리를 찾았다. 개찰구를 같이 나온 적지 않은 사람들은 무리 쪽을 쳐다보지 않았고 보고도 못 본 척을 했다. 일장기와 욱일기로 결의를 다진 무리는 주위 사람들을 거부하는 듯한 기운을 뿜어내고 있었고, 역 앞에는 긴장감이 감돌았다. 결계(結界)의 중심에는 키가 크고 은테 안경을 낀, 검은 재킷에 회색 바지와 파란 셔츠, 흰 바탕에 빨간 물방울무늬 넥타이를 맨 정장 차림의 기쿠하나 모리노부가 있었다.

그 옆에는 스가이와 모가미, 그리고 무리들 중에 유달리 굳건해 보이는 한자가 있었다. 가이아가 보였다. 다케지마도 있다. 25명쯤 될까? 생각보다 적다. 하자마는 보이지 않는다. 오늘은 안 오나, 하고 두리번거리고 있는데 왜 여기 있냐는 표정으로 한자가 다가왔다.

"도모히로 씨, 오늘 일은 어떻게 알았어?"

한자 말로는 신오쿠보에서 하는 첫 번째 활동이고 향후의 리서치 목적도 있어서 멤버를 추려서 수도권 지역 특별 회원에게만 '전송금지, 비밀엄수'를 전제로 안내했다는 것이다. 하자마한테 메일을 받았다고 하자 혀를 차며 "하자마 씨였구만, 어쩔 수 없네, 잠깐 기다려 봐."라는 말을 남기고 기쿠하나에게 가서 귀엣말을 했다. 기쿠하나가 웃으면서 이쪽으로 다가왔다.

"도모히로 씨, 괜찮아요, 괜찮아. 같이 하자고. 지난번 정례회에도 왔었고 다른 사람도 아니고 하자마 씨의 의도적인 실수로, 헤헤헷, 이왕 여기까지 왔으니까. 내 옆이 제일 안전하니까 내 옆에 붙어 있어요. 아무 일도 없겠지만 말이야. 저기 좀 보라고. 비밀엄수라고 했는데 어떻게 된 건지 관할 경찰이 사복을 입고 와 있고 공안 형사도 열 명 가까이 있으니까 조선인과 싸움이 나면 바퀴벌레를 살충해 주지 않겠어? 자, 한자, 가 볼까?"

기쿠하나는 일장기 무리의 한가운데로 들어가서 돌연 큰 소리로 외치기 시작했다.

"자, 갑시다. 신오쿠보가 생긴 이래 첫 번째 시도입니다. 다케시마를 불법점거하고, 천황폐하에게 황송하게도 사죄하라고 폭언을 내뱉은 조선인. 뻔뻔스러운 조선인에게 일본인의 격한 분노를 보여주고 공포심을 심어줍시다!"

"옳소! 갑시다!" "갑시다!" "와—" "와—"

기쿠하나가 걸음을 내디뎠다. 지나가던 사람들이 두려운 듯 길을 비켰다. 일장기 무리가 뒤따른다. 히로키 앞에서 기쿠하나가 쉴 새 없이 외친다.

"나와라, 조선인! 때려죽여 줄 테니 나와! 남자건 여자건 상관없어! 조선인은 다 죽여라!"

"한국은 다케시마를 훔치고 천황폐하를 모욕하는 형편없는 나라다. 그게 전쟁이 아니면 도대체 뭐냐."

"일본인은 진짜로 화가 났다. 그래서 이렇게 보답을 하러 왔다. 불만이 있는 조선인은 나와! 한국을 위해서 죽으라고! 맞아 죽어보라고!"

한국 화장품점에서 샘플을 발라보고 있는 여성들을 향해 기쿠하나가 소리쳤다.

"조선인 가게에서 물건을 사는 건 일본인이 아니지!" "일본에서 나가라! 뻔뻔한 조선인과 같이!" "한류 아줌마도 일본에서 나가라! 부끄러운 줄 알아라!"

입구가 넓은 한국식품점에 기쿠하나가 들어간다. 히로키와 일행도 같이 따라 들어갔다.

"농약, 화학 물질로 오염된 한국 제품은 위험합니다. 일본 국민이라면 일본 식품을 먹으라고."

꽤 많던 손님들이 황급히 가게를 빠져 나간다. 점원들이 저지하기에는 사람 수가 너무 많다. 밖으로 나온 기쿠하나가 가게 앞에 있는 가판대를 가리키며 외친다. "길에까지 나와 있잖아. 도로교통법 위반이야." 기쿠하나가 선반을 힘껏 걷어차자, 한자를 비롯한 일행들도 발로 차기 시작했다. 상품이 사방으로 떨어진다. 경시청 완장을 찬 사복경찰이 "저, 잠시만요, 기쿠하나 씨" 하고 끼어들어 말린다. "뭐야, 이거 도로교통법 위반 맞잖아! 이 가게 영업 정지시키라고!" "저기요, 기쿠하나 씨. 여기서 더 하시면 저희도 대응을 할 수밖에 없으니까 적당히 하세요."

히로키의 두려움과 나약함이 기쿠하나에 대한 놀라움과 부러움으로 변한다. 뭐든지 해도 되는 거구나!

"천황폐하에게 사죄해라!" "뻔뻔한 조선인은 일본에서 나가라!" "모두 죽여!" "죽여!" "태워버려!" "종코(조선인을 칭하는 비속어-옮긴이), 여기서 장사하지 마!" "일본인이라면 조선인 가게에서 사지 마!" "부끄러운 줄 알아!"

기쿠하나가 한국음식점의 한글 간판을 후려 갈겼다.

"더러운 한글 따위 쓰지 말라고! 여기는 일본이다! 일본을 모욕하지 마!"

히로키는 웃음을 내뿜었다. 그럼 Mac Donald는 괜찮은 거야? 하고. 그러고 나서 바로 '열등 민족의 문자. 식민지 시대에 아름다운 일본어를 가르쳐 줬는데도 은혜를 모르고. 조선인은 감사해라.' 라는 인터넷 기사가 떠올랐다. 히로키도 외쳤다.

"모욕하지 마!"

앞에서 걸어가는 기쿠하나의 끊임없는 외침. 두려워하는 점원들과 위축된 손님들의 모습이 히로키를 흥분시켰다. 조금 전 기쿠하나의 말. 그것이 히로키의 심장을 꽉 움켜쥐었다. 히로키는 크게 외쳤다.

"좋은 조선인도 나쁜 조선인도 없다! 조선인을 모두 죽여라!"

기쿠하나가 뒤를 돌아 히로키를 보고 씨익 웃으면서 "모두 죽여라!" 하고 외쳤다. 히로키는 기쿠하나에게 강한 애정을 느끼고 강렬한 환희에 휩싸였다.

"자, 이제 꽃미남 골목이다. 가이아 씨가 나설 차례야."

기쿠하나가 가이아를 부른다. 이어서 가이아의 탁한 목소리가 울렸다.

"한국 여행을 간 여성이 얼마나 많은 강간을 당했는지 여러분은 알고 있습니까? 매년 그 숫자는 엄청납니다. 비디오를 찍히고는 어쩔 수 없이 참고 단념하는 것이 현실입니다. 일본인은 한국에 가지 마세요! 한류 바보는 일본에서 나가라!"

"도모히로, 거기 한류 바보 여자애가 들고 있는 물건 검사해!"

기쿠하나가 가리킨 곳에는 중학생으로 보이는 네 명의 여자아이들이 있었다. 한류 아이돌의 얼굴이 프린트 된 종이 가방을 들고 있다. 히로키는 한 명의 가방을 빼앗아 바닥에 모조리 털어냈다. 일행들의 환성과 갈채에 몹시 상기되었다. 형사는 저지하려고도 하지 않았다. 괜찮구나! 허용하고 있다. 경찰은 우리 편이다. 여자아이 한 명이 얼굴을 새빨갛게 붉히며 히로키에게 달려든다.

"뭐하는 거예요! 변상하세요!"

겁먹은 히로키를 대신해 가이아가 나서서 여자아이의 어깨를 밀쳤다. 여자아이는 휘청거렸고 다른 멤버들은 "오오오-"라고 요란하게 부추긴다. 가이아의 탁한 목소리가 쐐기를 박았다.

"한류 바보, 정신 차려! 조선인의 돈벌이를 도와줘서 어쩔 셈이야. 한국인한테 강간당하고 싶은 건가, 아가씨! 왜 그렇게 됐는지 잘 생각해!"

"그렇지, 바로 그거야! 조선인도 한류 바보도 일본에서 나가!"

울고 있는 소녀를 비웃던 기쿠하나가 "갑시다" 하고 재촉한다. 한류 가게가 더 이상 없었다.

어? 가게가 없잖아, 하고 기쿠하나가 중얼거린다. 모가미가 이 주변은 일본인 주택지예요. 원래 한국인 매춘부가 많이 모여 있던 호텔 거리에 한국인들이 가게를 연 것이 신오쿠보 코리아타운이라고 설명했다. 아아, 그래? 하고 응대한 기쿠하나가 희롱하는 어조로 소리를 높였다.

"매번 소란스럽게 해서 죄송합니다. 이쪽은 일본 사회의 쓰레기, 진드기, 구더기, 재일한국인, 조선인의 구제(驅除) 처리 담당입니다. 일본을 매도하고 있는 뻔뻔스러운 조선인들을 더 이상 살려 둘 수는 없습니다. 실력을 행사해서 조선인의 횡포에 대항해야 합니다. 일본인 여러분, 지지해주셔서 감사합니다."

태어나서 처음 느껴보는 쾌감이 히로키의 온몸을 자극했다. 이

쾌감은 자위를 하다 사정을 하는 순간에 느끼는 해방감보다 더 짜릿했다. 저 사람들이 내 앞에서 떨고 있다. 나를 무서워하고 있다. 나를 두려워하고 있다. 야간 근무 파트타임의 무력감. 히스테릭한 여직원의 분풀이. 인사부의 횡포. 비굴한 구직활동. 아버지의 조소. 엄마의 푸념. 그런 것은 무의미하다! 잊자! 내가 살려면 저 인간들을 죽여라! 때려 죽여라! 모두 죽여라!

'살(殺)'이라는 글자가 '쾌(快)'라는 글자와 서로 뒤엉켜 뭐라 말할 수 없는 형태가 되어 머릿속을 휘젓고 전신을 자극하면서 돌아다닌다. 그렇다. 나는 일본인이다! 그러니까 조선인을 증오한다! 정의로운 행동! 생의 확충! 쾌감!

14

인터넷과 유튜브에서 계속 ZT그룹의 정보와 동영상을 검색하던 윤봉창은 갑자기 들린 진동 소리에 아이폰을 확인했다. 문자 2개와 전화 1통이 와 있었다. 휴대폰에 표시된 시간은 오후 6시 47분. 첫 번째 문자가 온 것은 3시간 전이었다. 어지간히 집중하고 있었나 보네, 하고 쓴웃음을 지었다.

봉창은 최근에 ZT그룹의 동영상을 보지 않았다. 그들의 주장과 유언비어는 비열하고 허무하기 그지없었고, 새로운 것은 아무 것도 없었다. 자신들만의 '정의'에 취해 있는 옅은 웃음과 황홀한 표정을 보고 토사물과 같은 헤이트 스피치를 들으면 기쿠하나를 중심으로 한 집단의 독선에 구역질이 나는 것을 참을 수가 없었기 때문이다.

그러나 이틀 전 아르바이트 면접을 보러 간 신오쿠보에서 자신이 목격한 광경이 도대체 무엇이었는지는 확인하고 싶었다. K시 조선학교에서 일어났던 것과 비슷한 습격이 코리아타운에서 백주대낮에 벌어졌다. 우에노 데모의 검은 별빛 안삼열 씨와 같은 피해자가 나왔다. 그렇지만 같은 피해자라고 해도 검은 별빛은 그들에게 항의하는 능동적인 입장이었고, 그 나름대로 각오가 있었을 것이다. 그런데 봉창이 신오쿠보에서 본 피해자들은 왜 자신이 공격을 당했는지조차 모르는 것 같았다.

본 적도 없고 아무 인연도 어떤 관계도 없는 집단에게 당한 폭행. 그들이 받은 피해는 신라면이 상품으로 못 쓰게 되었다든가 가게의 간판이 부서졌다든가 한류 아이돌 상품이 망가졌다든가 하는 숫자로 셀 수 있는 문제가 아니라 그것을 넘어서는 엄청난 피해였음에 틀림없다. 코리아타운 전체가 얼어붙었다. 거기서 일하는 사람과 잠시 동안 그곳에서 즐거움을 찾으러 온 사람들이 상처를 받았다. ZT그룹의 동영상이 보기 싫다고 해서 그냥 덮어둘 문제가 아니다. 그날 무슨 일이 있었는지를 알고 나름의 대항수단으로 투쟁을 시작해야 한다.

봉창은 면접에서 돌아온 후 ZT그룹의 동영상을 시시각각으로 체크했다. 그들은 부끄러운 줄도 모르고 자신들의 만행과 범죄행위를 '동영상 전략'이라며 일일이 인터넷에 올린다. 대부분의 동영상을 찍은 당일이나 늦어도 다음날에는 편집해서 올렸다. 그런데 예상과 다르게 신오쿠보 동영상은 올라오지 않았다.

첫 번째 문자는 레지메이트에서 온 것이었다. 채용이 되었다는 통보와 함께 3일 후 오후부터 연수를 시작할 수 있는지 회신을 해달라는 내용이었다. 잘 됐다, 이제 신오쿠보까지 정기권이 확보되었다. 정기권이 있으면 만만치 않은 교통비를 절약할 수 있고 행동반경을 넓힐 수 있다. 봉창은 연수가 가능하다고 바로 답을 했다. 두 번째 문자는 나순자가 보낸 것이었다. 고베 학회에 왔다가 돌아가는 길인데 신칸센을 탔고 밤에 집으로 온다는 내용이었다. 학회일로 신경을 썼을 테고 일정도 빡빡했을 순자를 생각해서 신오쿠보에서 목격한 광경은 전하지 않았다.

ZT에서 발신한 정보도 없고 순자와 얘기도 못 해봤기 때문에 봉창은 그 사태에 대해서 단순한 추측과 애매한 의견만을 가지고 있을 뿐이었다. 그래서 봉창은 3일 만에 순자와 얘기할 수 있게 된 것이 내심 기뻤다. 맥주를 준비해놨다고 답장한 뒤, 못 받은 전화를 확인해보니 그것도 순자한테 온 것이었다. 급히 전화를 걸었다. 신호는 가는데 받지 않는다. 현관 벨이 울렸다. 다시 전화를 걸면서 "누구세요?"라고 묻자, 밖에서 "나야. 시끄러우니까 전화 끊어."라는 순자의 목소리가 들렸다.

"자, 이거 선물." 집 안으로 들어온 순자가 작은 스티로폼 상자를 내밀었다. "도쿄 조고(조선고등학교) 동창생이 고베 조고에서 선생님을 하거든. 학교 선생님은 무지하게 바쁘니까 학회에 가기로 결정하자마자 연락을 했었어. 일정을 조정해서 같이 밥을 먹었는데 그 친구가 선물이라고 준 거야. 진짜 맛있는 거래. 나는 장거리

여행을 해서 지쳤으니까 네가 만들어."

순자가 가지고 온 냉동팩 '고베 나가타 봇카케 야키소바'는 끓는 물에서 10분만 데우면 된다. 음식을 접시에 옮겨 담고 맥주 큰 캔과 잔을 챙겨서 거실로 갔더니 순자는 편한 옷으로 갈아입고 쉬고 있었다.

"우와, 좋은 냄새. 자, 먹자."

차지게 탄력이 있는 굵은 면에 얼얼하게 매운 진한 국물과 규스지(소고기 힘줄 부분-옮긴이)를 진하게 졸인 '봇카케'가 들어있다.

"이야, 맛있다!" 봉창은 탄성을 질렀다.

"이게 자이니치가 처음 만든 거래. 스지나 내장 계통의 호르몬(버리는 것)을 맛있게 먹는 지혜는 자이니치한테서 나온 거지?" 순자도 크게 한 입을 먹었다. "역시 맥주랑 잘 어울려. 평소에 집에 없는 맥주를 내와서 깜짝 놀랐어."

순자는 꿀꺽꿀꺽 맥주잔을 비웠다.

"학회가 끝나면 집으로 올 거라고 생각했거든. 맥주 공주를 위해서 어제 사다뒀지. 센스 있지?"

"어머, 웬일이래? 아, 맞다. 너 아르바이트 면접은 어떻게 됐어?"

"네가 신칸센에서 문자 보내기 바로 전에 채용 통보가 왔어."

"잘됐다. 너 나이도 많고 어두워 보이는데 말이야."

"쓸데없는 소리." 조금 웃은 후 바로 말투를 바꿨다. "아니, 그것보다 면접 보러 간 날 신오쿠보에서 ZT그룹이 일을 저지른 것 같아."

"무슨? 심한 일이었어?"

봉창은 신오쿠보에서 목격한 상황을 자세하게 얘기했다. 순자는 표정이 어두워졌고 겁먹은 눈은 눈물이 차올라 반짝였다.

“그런 일이 벌어지는데도 길에 경찰이 한 명도 없었던 거야? 너는 ZT 놈들이 외치는 소리를 멀리서 들은 게 전부고? 그놈들 동영상도 올리지 않았다는 건…….”

“어쨌든 이거 먹고 나서 다시 정보 수집을 할 생각이야.”

컴퓨터 앞에 앉은 봉창은 찾고 있던 동영상을 발견하고 그대로 손을 멈췄다. 피곤해서 누워야겠다고 침대로 들어가면서 찾으면 깨우라며 금세 잠이 든 순자의 어깨를 가볍게 흔들었다. 전파시계는 밤 9시 28분을 표시하고 있었다. 으응 하고 콧소리를 낸 후, 하아 하고 숨을 내쉬면서 눈을 뜬 순자에게 “동영상 찾았어. 지금 막 올린 것 같아.”라고 말했다.

“봤어?”

“아니 아직. 같이 보는 게 좋을 것 같아서. 두 개가 연달아 올라왔어.”

자리에서 일어난 순자의 몸에서 희미한 온기와 달콤한 향기가 감돌았다. 그래서 봉창은 방 공기가 차다는 것을 알았다. 순자는 추운 듯 어깨를 움츠리고 겁먹은 눈으로 봉창을 봤다.

“스토브 켤까? 좀 춥지?”

“응, 그래 줄래?”

봉창은 구석에 있는 석유스토브를 침대 가까이로 가져와서 불을 붙인 후, 동영상을 재생했다. 첫 번째 동영상은 ‘게릴라 보복전 = 〈기쿠하나 산책〉 결행’이라는 제목이었다. 일장기와 욱일기를 늘어세운 스무 명 정도의 남녀가 신오쿠보 역에 모여 있는 장면으로 시작된 동영상은 이어서 기쿠하나 모리노부가 클로즈업되었고, 그가 "자, 갑시다."라고 외치고 난 후 줄곧 헤이트 스피치의 홍수였다. 간간이 '경시청' 완장을 두른 사복형사가 프레임 안으로 들어왔다. 기쿠하나와 스가이, 한자, 가이아가 길가의 가게나 통행인에게 덤벼들어 상대방과 충돌이 생길 만하면 형사가 비집고 들어와 소동을 막았다. 마지막으로 쇼쿠안 거리 건너편에 있는 높은 울타리에 둘러싸인 공원에서 해산집회를 하는 기쿠하나의 연설 장면이 나왔다.

"천황폐하를 모욕하는 조선인은 모조리 죽여도 이상할 게 없습니다. 오늘 우리는 역사상 처음으로 신오쿠보의 한국인 거리에 들어와서 불타는 일본인의 분노를 보여주고 놈들을 공포에 떨게 했습니다. 오늘 우리의 행동이 변화의 계기를 만들었다고 생각합니다. 앞으로도 분노를 보여주는 행동을 계속하겠습니다. 여러분, 어차피 조선인과는 살육전이 될 것입니다. 아무쪼록 마지막까지 투쟁심을 잃지 않도록 부탁드립니다!"

연설이 끝나자 많은 참가자들이 기쿠하나와 기념촬영을 하는 장면이 이어졌고, 그것으로 동영상은 끝이 났다. 오물 같은 말의 홍수와 안하무인의 행동은 ZT그룹의 동영상에서 반복되던 것이지만 불특정다수를 향한 무차별 공격은 처음이었다. 일부러 소동을 일으켜서 이목을 끌고 경찰의 묵인하에 소동을 즐기고 있었다.

"'죽여'의 홍수네. 이 사람들은 그 말이 무슨 뜻인지 정말 알고 있기는 한 걸까? 신오쿠보 거리는 게임 속 공간이 아니야. 거기 있는 사람들한테 '죽여'를 연호하다니…….”

“이거였구나. 나는 놈들이 지나간 경로를 그대로 따라간 것 같아.”

“말……. 말이라서 더 상처를 받고 상처를 주는 거지. 누군가를 때리면 때린 사람 손도 아프잖아. 폭언은 기껏해야 말하는 사람의 목이 쉬는 정도지. 하지만 들은 사람은 회복할 수 없는 상처로 마음에 남아. 있잖아, 봉창아, 말을 주고받는 건 사람들만 할 수 있는 거잖아. 그런데 '죽어! 죽여!'라는 말을 들은 사람은 기가 막혀서 그냥 침묵해 버려.”

새파랗게 질린 순자는 참을 수 없는 기침을 내뱉듯 말했다. “쉽고 단순한 말. 그래서 더 잔혹한 상처를 입혀. 피해자는 그 자리에 멈춰 설 수밖에 없어. 조선인을 미워하고, 폄하하고, 굴욕을 주고, 멸시하고, 살인을 예고하는 말. '불령선인(不逞鮮人)'이라는 식민지 시대의 말이 되살아나서 다시 살아 움직이고 있어. 인간이 인간한테 '너는 인간이 아니야'라는 말을 해서 칼로 찌르는 거야…….”

“게다가 일장기와 욱일기를 메고 침공하는 건 상징적이지. 대일본제국 군대가 타이완, 조선, 중국, 아시아에서 저지른 것과 똑같은 그림이야. 일장기만 등에 메면 무슨 말을 해도 용서된다는 구도. 실제로 경찰이 허락하고 있고…….”

“그러니까 우리 자이니치들은 깊은 침묵의 굴속으로 들어가는 거지. 할아버지, 할머니, 아빠, 엄마, 삼촌, 이모 그리고 우리들과 아이들. 지금까지 계속 '너희들을 죽이겠다'는 말을 들어왔으니까.”

“응……, 그런데 이 동영상은 교묘하게 편집되어 있어. 내가 두 눈으로 똑똑히 본 가게 습격 장면이라든가 중학교 여학생들에 대한 폭력 장면은 동영상에 없어."

"K시 조선학교 습격사건 범죄동영상이 체포 · 기소의 증거가 되어 자신들의 목을 졸랐기 때문일까? K시 조선학교 습격사건을 취재한 나카무라 일성(中村一成)이 얘기한 것처럼 놈들의 동영상은 '차별을 엔터테인먼트로 소비시키는' 거잖아. 지금까지 그걸로 지지자들을 모았고. 최대한 권력의 비호를 받으려고 증거를 남기지 않으려는 거지."

"어쨌든 선을 넘었어." 봉창은 동영상을 조금 앞으로 돌리며 말했다. "그리고 이 사람. 기쿠하나의 슬로건에 넘어간 이 젊은 놈 말이야. "좋은 조선인도 나쁜 조선인도 없다! 조선인을 모두 죽여라!"라고 하잖아. 이건 정말……."

"아아, 정말. 위험해, 이 사람."

"게다가 기쿠하나가 귀여워죽겠다는 표정으로 이놈을 쳐다보며 섬뜩하게 웃고는, 이놈이 내뱉은 구호를 따라 외치고 있잖아. 기쿠하나가 이러는 건 본 적이 없어. 나는 그게 놀라웠어. 기쿠하나는 말이야, 공안형사나 경찰을 제외한 다른 사람한테 지시를 받거나 항의를 들으면 심하게 격앙된다고. 그런 성격이라 남이 외친 슬로건을 따라 외치는 일 따위는 하지 않거든."

"정말 그러네. 이런 기쿠하나의 동영상은 본 적이 없어."

"그렇지? 기쿠하나는 냉정한데다 모든 것이 계산적이야. 미친 듯이 날뛸 때도 비디오에 찍힌다는 걸 의식해. 현장이 중요한 게 아니라 동영상을 볼 넷우익들을 의식한 퍼포먼스라고."

"이놈은 기쿠하나한테 마인드 컨트롤을 당해서 진짜 진심이 된 것 같아. 분명 뭔가 마음속에 고민을 떠안고 있어서 이렇게 되었을 텐데, 거기서 도망치려고 차별과 증오에 전념하게 되었고, 슬퍼하고 고통 받고 분개하는 상대방의 모습에서 쾌감을 느끼는 것 같아. 그것이 인종차별주의자들의 '연대'겠지만……."

"자기들한테 유리하게 편집되긴 했지만 그날 일의 윤곽은 알겠어. 이제는 위기감을 가져야 해. 신오쿠보에만 공격을 하지는 않을 테니까. 어쩌면 K시같이 조선학교로 쳐들어갈지도 몰라. 그렇게 생각 안 해?"

"가능성은 얼마든지 있지. 학교만이 아니라 예를 들면 공공시설을 빌려서 일반인에게 개방하는 조선학교 학예회에 쳐들어간다든가……."

봉창은 순자의 말에 몸이 굳어졌다. 그렇게 되면 ZT그룹의 행동에 격분한 아버지들이 그놈들에게 덤벼들 수도 있다. 그러면 그 다음은 경찰의 개입. 지금까지 이용했던 공공시설은 더 이상 빌릴 수 없게 되고, 학교 행사는 중지……. 순자도 같은 상상을 했는지 후우 하고 깊은 한숨을 뱉었다. 봉창은 퍼뜩 정신을 차리고 마음을 다잡았다. 어쨌든 정보를 얻어 그놈들이 앞으로 어떤 태도를 취할지 정확하게 파악할 필요가 있다. 봉창은 가라앉는 공기를 환기하려는 듯이 말했다.

"다음 동영상은 기쿠하나의 프리토크야. 신오쿠보에서 있었던 일에 대해서 힌트를 얻을 수 있을지도 몰라."

두 번째 동영상은 '우리 활동의 레벨 업을 위한 기쿠하나의 결의'라는 제목이었다. 기쿠하나는 집에서 쉬고 있는지 파란색 트레이닝복 차림으로 데모나 가두선전 때와는 달리 담담하게 말을 이어갔다.

"오스기 사카에를 표절해서 단번에 파시즘으로 끌고 가네. 파시즘에는 자기애와 자기혐오라는 상반되는 병적인 성질을 번갈아 불러일으키는 무언가가 있다고 어딘가에서 읽은 적이 있어. 기쿠하나는 일본인이 차별을 당한다고 선동해서 피해자 의식을 부추겨. 그리고 조선인, 외국인, 심지어는 같은 일본인이라도 생활보호대상자나 노인 같은 사회적 약자를 적으로 설정해서 공격하는 거지. 그렇게 해서 피해자의 자기애와 자기혐오를 양쪽 다 만족시키는 거지. 참 교활해, 기쿠하나는."

"오스기 사카에를 표절하다니 기쿠하나는 정말 뻔뻔스럽다. 수치라고는 모르는 것 같아."

"오스기 사카에는 관동대지진의 혼란 속에서 권력에 학살당한 거지?"

"맞아, 이토 노에(伊藤野枝)와 당시 6살이었던 조카와 함께 헌병대 아마카스 마사히코(甘粕正彦) 대위한테 납치되어 교살당했어." 순자는 으스스한 어조로 말을 하고 숨을 깊이 들이마셨다. 그리고 잠시 조용히 있다가 말을 이었다. "그 전에는 '조선인이 방화를 했다', '우물에 독을 넣었다'라는 유언비어를 퍼뜨려서 민간자경단, 경찰, 군이 일본도와 죽창, 곤봉, 갈고리, 총검, 총으로 조선인과 중국인을 수천 명이나 무차별 학살했지……."

"아아, 오스기 학살에 관한 책이 분명 있었는데 말이야."

봉창은 그 책을 생각해 내고 책장을 둘러봤다. 그리고 한 권의 책을 꺼내 읽기 시작했다.

—아마카스와 그 무리들은 (1923년 9월) 18일 밤에 세 사람을 목 졸라 죽인 후 벌거벗겨 헌병대 구내에 있는 오래되어 못 쓰게 된 우물에 시체를 던져 넣고 범죄의 흔적을 숨겼다. 오스기와 이토는 죽기 전에 발로 차이고 짓밟혀 갈비뼈가 조각조각 부서졌다. 다시 말해 집단린치를 당한 후 빈사 상태에서 목이 졸려 죽은 것이다. 20일에 우물에서 발견된 세 구의 유해는 해부 후에 미야케자카의 위수병원으로 옮겨졌다. 25일 유족에게 넘긴다고 해서 관계자가 찾으러 갔다. 세 사람의 유해는 부패가 심해 전신이 붕대로 칭칭 감겨 석회로 칠해져 있었다…….

"6살 난 아이는 '어쩌다 오스기와 이토에게 맡겨졌는데 아들로 오해를 받아 살해되었다.'라고 쓰여 있어. 아마카스로 대표되는 권력은 소위 '주의자'의 근절을 지향했다고……."

봉창은 이전에 읽었던 때와는 확실히 다른 절박한 공포를 느꼈지만 애써 냉정하게 말했다. 순자가 숨을 삼켰다.

—저는 국체국정(國體國情)의 입장에서 볼 때, 사회주의자의 언동이 국가의 질서를 파괴하고 훌륭한 국가를 망가뜨리는, 다시 말해 야마토 민족의 특성에 반한다고 굳게 믿습니다. 그런데 이들 주의자들이 이번 변재를 맞이하여 과격한 불온 선전을 한다는 사실을 알고 무슨 일이라도 해야겠다고 생각했습니다…….

"아마카스가 군법회의에서 진술한 말이야. 오스기 사카에는 철저하게 권력에 저항했고, 국가나 체제로부터 자주자립해서 '하고 싶은 일만 하고', '모든 권력에 대한 반역'을 통해 인간의 자유를 추구하다가 이런 식으로 참살당한 거야. 그런 오스기를 기쿠하나가 표절하다니. 권력에 비호받고 권력을 이용하면서, 국가와 자신을 동일시하는 기쿠하나가 말이야. 기쿠하나는 오스기 사카에가 어떤 사람인지, 그리고 어떤 투쟁을 했고 어떤 식으로 살해당했는지를 모르고 그냥 인터넷에서 정보를 가져온 게 틀림없어."

"그러네, 정말 일본인이라는 일원론으로 오스기의 핵심사상을 도치시켜 무상 행위, 자유, 생의 확충을 신오쿠보에서의 활동과 연결시키고 있는 거네." 순자는 이불을 끌어당겨 어깨에 덮고, 몸을 떨었다. "나는 지금이 관동대지진의 조선인대학살과 오스키 사카에의 참살이 재현되기 바로 직전의 전야라는 생각이 너무나도 들어. '불령선인을 죽여라!' '반일 좌익을 박살내자!'라고 ZT 놈들이 계속해서 외치고 있고, 그게 그대로 방치되고 있어. 말은 반드시 행동으로 귀결되지."

봉창은 점점 새파랗게 질려가는 순자를 보고, 결심이 더욱 굳어지고 있음을 의식하면서 말했다.

"그래, 그놈들은 반격할 수 없는 약자를 공격함으로써 살아있다는 착각을 하게 하고, 마치 자기실현이 가능할 것 같은 기분을 들게 해서 사람들을 ZT그룹으로 끌어 모아. 상처받는 타자를 향한 상상력을 차단해서 정당화하지."

"하지만 좀 더 냉정하게 생각해보면, 인간은 다 거기서 거기라서 유일한 아이덴티티 같은 건 환상이야. 나는 조선인이라는 아이덴티티를 중요하게 생각하지만 그것만이 나의 전부는 아니거든. 그런데 그렇게 단순화시키는 것이 차별과 헤이트 스피치의 테크

닉. 너무 완벽하게 들어맞아서 무섭다."

맞아, 두려워, 나도……. 그래서 이대로 방치할 수 없다. 봉창은 순자의 말에 깊이 공감하고 그녀의 두려움을 공유하고 있음을 전했다.

"있잖아, 봉창아, 남을 증오하는 건 굉장히 에너지가 필요한 일이잖아. 그런데 최근에는 증오가 쉬워진 것 같아. 불황이 장기화돼서 사회가 몹시 불안정해졌잖아. 자신들이 보호받지 못한다는 불안감이 바로 증오의 온상인 거지. 그 불안감을 일본인 차별이라든가, 반일이라든가, 오히려 국가에 더 의지해서 일본인이라는 단일 아이덴티티로 끌고 가. 조선학교, 조총련, 민단, 자이니치, 코리아타운을 적으로 삼아서 원시적인 폭력 본능을 자극해. 인간은 말이야, 나쁜 일은 지속하지 못해. 그러니까 선행이다, 정의다, 하면서 신념을 갖게 하는 거지."

"그들이 등에 메고 있는 일장기가 그 상징이야. 학교에서는 일장기와 기미가요가 침략의 깃발이자 노래였던 역사를 무시하고 국기와 국가를 사랑하라고 세뇌해. 거기에 반대하는 교사는 처분하고. 축구 시합이나 올림픽 때, 침략의 깃발과 노래는 없었던 일로 하고 일장기를 게양하고 기미가요를 부르는 것이 당연해졌지. 그런 강요가 ZT그룹을 비대하게 만들었어. 그래서 권력에 보증을 받고, 거기에 언론의 자유까지 동원해서 ZT그룹은 합법을 주장할 수 있는 거지."

순자는 또 다시 후우 하고 깊은 한숨을 몰아쉬었다.

"기쿠하나는 알고 있어. 안신 정권과 경찰이 ZT그룹을 원하고 있다는 것을. 그래서 재일특권이 선동적인 유언비어라는 걸 알고 있으면서도 유포하지. 유언비어로 증오를 불타오르게 할 수 있다는 걸 알고 있으니까." 봉창의 말에 열기가 가득 차 있다. "어쨌든 안신 정권과 지자체가 솔선해서 조선학교를 차별하고 제재하고 있으니까……. 기쿠하나는 무슨 말을 해도 무슨 행동을 해도 안전해. 그놈은 유일무이한 카리스마야. 그래서 놈의 안전을 위협할 필요가 있다고 생각해."

"무슨 말이야? 어떻게 할 셈이야?"

순자가 겁먹은 목소리를 간신히 내며 봉창의 표정을 살피듯 응시했다.

15

세 방향에서 언덕을 내려와서 기다리고 서 있던 사람들은 신호등에 파란불이 들어올 때마다 스크램블 교차로로 우르르 밀어닥친다. 늦겨울 저녁녘. 아스팔트에서 냉기가 올라왔다. 멀리서 먼저 복장으로 남녀를 구분한다. 슈트 차림의 샐러리맨이 7할 정도. 좀 더 가까이 오면 머리모양이나 얼굴로 나이를 대강 구별할 수 있다. 정말 다양한 사람이 있다. 도모다 히로키는 시부야 역 도큐 선의 낡은 전철 앞에서 한자의 모습이 나타나기를 기다리며 가슴에 차오르는 감정을 음미했다. 다양한 색과 디자인의 옷, 백과 머리모양. 드문드문 귀에 들어오는 각양각색의 목소리. 걸음에 드러나는 나이. 무표정이거나 웃고 있는 얼굴. 그러고 보니 울면서 걷고 있는 사람, 화내며 걷고 있는 사람은 보이지 않는다. 누구나 슬픔이나 분노, 불안을 갖고 있지만 길에서는 감춰야 하는 것인가 보다. 아무튼, 사람이 이렇게 많다니, 하고 히로키는 벌써 몇 번째인지 모를 한숨을 쉬었다. 약속 시간은 이미 지났다. 그런데 연락은 없다. 히로키는 사무국장이 먼저 만나자고 했으면서 하고 원망을 했지만 그래도 계속 기다릴 작정이었다.

한자. ZT그룹 사무국장. 기쿠하나 모리노부 대표의 심복으로, 실무를 전부 혼자 도맡아 하고, 대표의 신변보호를 맡고 있는 남자. 가두선전과 데모, 신오쿠보에서 있었던 〈기쿠하나 산책〉에서도 기쿠하나 대표 옆에 바짝 붙어서 경찰의 규제와 반일좌익의 방해로부터 대표를 지킨다. 한자는 연설은 하지 않는다. 데모에서 확성기를 드는 일도 없다. 그러나 그가 육성으로 외치는 소리는 확성기보다 크게 울려 퍼진다. 그리고 방해자를 향한 폭발. 그 기백과 돌진이 상대를 기죽게 하고 때로는 상대를 때려눕힌다. 180센티가 넘는 신장과 가늘고 길게 찢어진 눈이 반짝이는 단정한 얼굴. 굵은 목과 넓은 어깨, 옷 위로도 탄탄함이 느껴지는 두꺼운 가슴과 탄탄한 팔뚝. 입고 있는 옷은 수수했지만, 가이아는 사무국장이 옷 입는 센스가 뛰어나다고 칭찬했었다. 그가 차고 있는 시계, 구두, 벨트와 지갑은 전부 명품인 것 같다.

자신에게는 없는 모든 것을 갖추고 있는 한자. 그것이 히로키가 한자에게 느끼는, 기쿠하나에게 느끼는 것과는 다른 동경이었다.

한자가 히로키에게 식사를 하자고 한 것은 〈기쿠하나 산책II〉

가 끝난 후였다. 늘 그렇듯 기쿠하나는 집회가 끝나자 참가자들과 기념촬영을 하고, 쏜살같이 신주쿠의 혼잡함 속으로 모습을 감추었다. 참가자들은 삼삼오오 마음이 맞는 사람끼리 뒤풀이를 하러 간다고 이동하기 시작했다. 히로키는 첫 번째 〈산책〉 때, 기쿠하나 옆에 서 있었기 때문에 인터넷에 올린 동영상에서 꽤 눈에 띄었다. 그 때문인지 "동영상에서 봤어요. 열심히 하세요."라고 말을 걸어 온 사람이 몇 명이나 있었다. "모두 죽이라고 외치는 소리에 감동했어요."라는 말을 들었을 때는 심하게 주눅이 들었다. 지금은 진심으로 그렇게 생각하지는 않는다. 〈산책〉 때 흥분한 상태에서 한 말이었다……. 말을 걸어오는 사람들을 향해서 억지웃음을 지어보였다. 말을 건 남자가 "뒤풀이 같이 가는 거 어때요?"라고 했지만, 일이 있다고 하고 거절했다. 술을 좋아하지 않고 주머니 사정도 좋지 않았다. 그리고 또 하나의 이유는 우에노 술집에서 하자마 미쓰오가 왜 ZT그룹에 참가하게 됐냐고 물었던 것이 마음에 걸렸기 때문이다. 하자마의 질문에 히로키는 우물거리며 식은땀을 흘렸다. 허공을 바라보던 자신을 하자마가 유심히 관찰했다. 서둘러 인터넷을 찾아서 일본인으로서 분노를 느꼈기 때문이라고 대답하고는 적당히 넘겼다. '실은―'이라는 말이 목까지 올라왔지만 참았다.

ZT그룹의 뒤풀이는 즐겁다고 하자마가 말했었다. 고민을 털어놓을 수도 있고, 가족처럼 조언을 해 준다고도 했다. 그러나 그것은 '순수한' 일본인들 사이에서만 가능할 것이다. 저렇게 격렬하게 철저하게 자이니치와 한국, 북조선을 매도하고 공격하는 사람들에게 나의 부모는 원래 자이니치라고 입을 잘못 놀리면 바로 그 순간 화살이 이쪽을 향해 날아온다. 자이니치 스파이라고 할지도 모른다. 내 마음을 어떻게 설명해도 〈재일인정〉(특정 인물을 사실과 관계없이 재일조선인, 재일한국인으로 단정하는 것－옮긴이)되면 그걸로 끝이다. ZT그룹 내에서 더욱 실적을 쌓아야 한다. 확고한 평가와 신뢰가 있어야 한다. 그러면 귀화한 한국인의 아들이라고 해도 내가 일본인이라는 것을 부정할 수 없을 것이다. 그렇게 되기까지는 시간이 더 필요하다. ZT 멤버와의 술자리는 피하는 것이 현명하다. 히로키는 그렇게 결심했다. 뒤풀이를 거절하고 신오쿠보 역으로 가려고 무리 사이를 빠져나왔을 때, 한자가 쓱 다가왔다.

"내가 도모히로 씨 시간에 맞출 테니까 식사 한번 하지 않을래요?"

그가 말을 걸어온 것은 첫 번째 〈산책〉 이후, 두 번째였다. 갑작스러운 제안에, 한자를 향한 복잡한 감정이 솟구쳐 현기증이 났다.

"네? 왜 저한테?"

"아아, 도모히로 씨는 지난번에도 그렇고 오늘도 열심히 했잖아요. 그래서 천천히 얘기 나누고 싶어서. 내가 살게요. 뭐 먹고 싶은 거 있어요?"

히로키는 하자마와의 일이 떠올라 거절하는 방향으로 저울의 바늘이 기울었다. 한자가 꼼짝 않고 대답을 기다리고 있다. 분명 승낙할 거라는 여유 있는 표정. 조금 아니꼽지만 거절하기는 아깝다. 그와 식사를 하고 천천히 이야기할 수 있다면…….

"아무거나 괜찮아요. 사무국장님과 식사할 수 있다면 영광입니다."

약속 시간이 15분쯤 지났을 때부터 히로키는 한자를 기다리는 것보다 군중의 움직임에 더 정신이 팔렸다. 스크램블 교차로 건너편에서 몰려오는 인파가, 이쪽에서 언덕 쪽으로 향해가는 사람들과 교차로 한가운데에서 무질서하게 엇갈리며 뒤섞인다. 신호등의 파란불이 깜빡이기 시작하면 사람들의 발걸음은 빨라지고, 빨간불로 바뀌면 종종걸음을 친다. 자동차 신호는 아직 빨간불이라는 시간 계산을 해서 매번 열 몇 명쯤은 뒤늦게 교차로로 뛰어 들어가고, 건너편에서도 뛰어 들어온다. 이런 상황이 반복된다.

정밀기계와 같은 인간의 움직임. 이쪽으로 건너온 사람들은 제각각 어수선하게 움직이다가 결국은 텔레비전에서 본 육식성 어류나 해조에게 쫓겨 습격당하는 정어리 무리같이 역 입구로 몰려가 개찰구로 빨려 들어간다. 이 정연한 질서. 신호를 안 지키면 교통사고를 당하고 개찰구를 통과하지 않으면 전차를 탈 수 없다는 사실을 넘어서는 더욱 강력한 무언가가 작용하고 있다. 신호가 파란불이 된다. 사람들이 움직이기 시작한다. 군중의 움직임을 응시한다. 그렇다, 역시 저절로 움직여지고 있다…….

"도모히로 씨, 뭘 그렇게 열심히 보고 있어?"

아직 익숙하지 않은 자신의 닉네임. 깜짝 놀라 뒤를 돌아보니 한자가 있다.

"아아, 사무국장님을 찾고 있었어요." 기다렸다는 것을 슬며시 드러낸다.

"그래?" 한자는 싱긋도 하지 않는다. "그럼, 갈까?"

아무 일도 없었다는 듯이 앞장서서 걷기 시작했다. 스크램블 교차로 신호가 파란불이 되었다. 히로키는 30분 이상 관찰했던 군중 속의 한 사람이 되어 한자의 뒷모습을 쫓았다. 한자는 다가가기 어려운 아우라를 뿜으며 큰 보폭으로 도겐자카 언덕을 빠르게 걸어갔다. 언덕 위에서 내려오는 사람들은 한자가 뿜어내는 살기와 기운에 압도되어 길을 비킨다. 그 탓에 뒤를 따라가던 히로키는 몇 사람과 부딪힐 뻔했다. 한자와 조금 거리가 벌어졌다. 히로키는 한자가 신오쿠보를 걷는 기분으로 도겐자카를 걷고 있다고 생각했다. 무언가에 화가 나 있고, 누군가를 증오하고, 말없이 욕을 하며 걷고 있다. 그런 한자와 이제부터 마주해야 한다. 어떤 질문을 받고, 무슨 말을 들을까…….

도큐백화점 바로 앞 골목에서 한자가 사라졌다. 다급하게 골목으로 들어가니 작은 빌딩 격자문 앞에서 한자가 기다리고 있다. 한자와 눈을 마주치자 그는 입술을 살짝 움직여 '여기'라고 하고, 〈도겐자카 나가세〉라고 쓰여 있는 마로 된 발을 들추고 들어갔다. "기다리고 있었습니다." 히로키가 가게에 들어가자 기모노를 품위 있게 차려입은 여주인인 것 같은 사람이 한자에게 정중히 인사를 했다. "늘 앉으시는 자리로 준비해 두었습니다." 여주인이 앞장선다. 가게 안쪽에 위치한 미닫이문이 있는 방으로 들어갔다. 넓이는 8조 정도였다. 통유리로 된 벽 쪽으로 나무테이블이 있고, 그 앞에 음영으로 넓이를 연출한 가레산스이(물을 사용하지 않고 돌이나 모래로 산수의 풍경을 표현한 정원-옮긴이)풍의 정원이 보였다. 어딘가에서 피우고 있는 향냄새가 은은하게 풍겨 온다. 상석에 앉은 한자는 히로키에게 앉으라고 말하고, 술은 무엇으로 준비할지 묻는 여주인에게 우선은 맥주를 달라고 이야기했다.

히로키는 이런 고급요릿집 별실에서 식사를 해 본 적이 없었다. 안절부절못하며 주위를 둘러보고 있는데, 한자가 "이거" 하고 테이블 위에 있는 〈오늘의 요리〉라고 쓰여 있는 두꺼운 종이를 들어 읽어보라는 눈짓을 보냈다.

1. 효고산 농어 튀김과 샐러리, 오이, 양하에 생강 소스
2. 이바라기산 밤으로 끓인 스프
3. 신선한 참치, 넙치, 성게
4. 바삭바삭한 전병으로 감싼 백합 뿌리와 시금치
5. 제철 야채 모둠 볶음
6. 홋카이도산 홍살치 조림
7. 간장으로 간을 한 연어 알을 얹은 밥과 가지 된장소스
8. 달콤한 디저트와 유기농 커피, 또는 일본산 허브티

메뉴를 끝까지 읽은 히로키에게 한자가 물었다.

"못 먹는 거 있어?" 도겐자카를 설치며 걸어가던 살기와 험악한 표정이 사라진 차분한 목소리였다. "못 먹는 게 있으면 다른 요리로 바꿔달라고 할게."

"없어요. 이런 대단한 요리는 처음 먹어 봐요." '굉장히 비싸죠?'라는 말을 하려다가 말았다. 비굴해질 필요는 없다. "기대돼요. 고맙습니다."

앗, 한자의 비위를 맞추고 있다…….

"좋아해 줘서 기뻐. 젊으니까 많이 먹을 수 있지? 코스로 주문하고 모자라면 추가로 더 시키면 돼. 부담 갖지 말고 많이 먹어요."

실례하겠습니다, 라는 말과 함께 방문이 열리고, 기모노를 입은 젊은 종업원이 큼지막한 글라스에 부드러운 거품이 봉긋하게 올라온 맥주를 들고 왔다. "자, 건배합시다." 한자의 말에 잔을 부딪쳤다. 맥주는 써서 좋아하지 않는데, 라고 생각하면서 입에 댔다. 가이아한테 났던 은은한 로즈향이 났다. 어? 하며 벨벳 같은 거품을 윗입술로 느끼면서 황금빛 맥주를 마셨더니, 순연하고 산뜻한 쓴맛이 입안에 퍼지고, 기분 좋은 발포감이 목을 자극하며 위로 넘어간다. 그리고 보리의 향이 코로 빠져 나가고 나니 한 모금 더 마시고 싶은 기분이 들었다. 맥주가 이렇게 맛있는 건가? 하고 연속으로 두 모금을 마셨다. 그 모습을 만족스러운 듯이 보고 있던 한자가 말했다.

"맛있지? 스가산 맥주인데, '도단노모리'라고 해. 나는 요즘 이것밖에 안 마셔."

맥주가 그랬던 것처럼 그 뒤로 나온 요리도 모두 히로키가 처음 맛보는 훌륭한 맛이었다. 재료 본연의 맛을 끌어 올리는 절제된 양념은 히로키에게 익숙한 라멘이나 규동처럼 무턱대고 혀를 자극해서 '맛있다'는 느낌을 강요하지 않았다. 그래서 맛의 여운은 혀와 코, 목, 그리고 아름다운 그릇과 플레이팅으로 눈에까지 오래 남았다. 한자는 중간부터 보리소주 유와리(소주, 위스키 등에 더운물을 타서 묽게 함—옮긴이)로 바꿨지만 히로키는 계속 맥주를 마셨다. 히로키의 기분은 살며시 오른 취기를 타고 나긋하게 흔들렸다. 한자는 밥과 된장국이 나올 때까지 ZT그룹이나 자기 자신, 히로키에 관한 얘기를 화제에 올리지 않았다. 그는 능란한 화술로 식재료와 조리법에 관한 풍부한 지식을 구사하며 요리에 대해 설명했고, 즐겁고 활기차게 분위기를 이끌었다.

"유와리와 맥주를 한 잔씩 더 마실까? 도모히로 씨, 배불러? 더 시킬까? 괜찮아?" 한자가 인터폰을 들었다. "저기, 디저트는 우리가 달라고 할 때까지 좀 기다려주겠어?"

종업원이 들고 온 술을 놓고 나가자, 그의 표정이 심각해졌다. 방 안 공기의 변화에 마음이 조급해진 히로키는 취기를 느끼며 벌써 세 잔째인 맥주를 마셨다. 이제 첫 잔에서 느꼈던 맛은 느낄 수 없었다. 쓴맛이 강해졌다. 한자도 유와리를 입에 머금고, 천천히 삼켰다.

"음식은 어땠어? 그치? 여기 정말 맛있지? 아버지라고 해야 할까, 우리 회사에서 출자한 가게라서 좀 무리한 부탁을 해도 들어줘. 그리고 이 별실은 식사뿐만 아니라, 은밀한 얘기도 나눌 수 있으니까. 나는 특별한 사람만 여기로 안내해."

내가 특별한 사람? 히로키는 경계했다. 이유를 묻고 싶은 기분을 억누르고 다른 질문을 던졌다.

"아버님은 어떤 일을 하세요?"

"부동산 중개업. 버블 때 악독한 짓을 한 거 아닐까 싶어. 나는 잘 모르지만, 철이 들었을 때부터 나름대로 유복하게 자랐어. 야마노테 선 안에 맨션이 네 동 있고, 음식점에 출자하고 있고. 토지거래 사업은 형님이 대를 이어 열심히 하고 있어. 나도 이사직을 맡고는 있는데, 그냥 이름뿐이야. 맨션 관리부장인데 베테랑 보좌관이 책임지고 관리를 해줘서 잔업도 없고 휴일에 출근하는 일도 없어. 덕분에 ZT그룹 활동에 참가할 수 있고."

금전적으로도 시간적으로도 부족함이 없는 남자가 왜? 라는 의문이 들었다. 히로키는 자신이 갖고 있는 불만이나 불안과는 아무런 상관없이 살고 있는 것 같은 한자와 자리를 마주하고 있는 것이 이상했다. 히로키는 자신에게 닥쳐올 위기를 의식하며 물었다.

"사무국장님은 왜 이 활동을 하게 되셨습니까?"

"나는 말이야, ZT그룹이 결성될 때부터 집회에 참가했어. 고등학교 때 처음 자학사관을 비판하는 자유주의사관을 접하고, 이거다! 싶었지. 그리고는 인터넷으로 정보를 수집해서 진실을 알게 됐어."

"역시 인터넷이었나요?"

"매스컴은 진실을 보도하지 않아. 인터넷을 뒤져서 실제로 일어나고 있는 일의 진실을 알게 됐지. 너도 그렇지?"

"네, 맞습니다."

"결정적인 계기는 2002년 일한 월드컵과 북조선의 일본인 납치였지. 한국의 추악한 반일 내셔널리즘과 북조선의 잔혹한 국가범죄. 강제연행과 종군위안부의 허위, 그리고 재일특권. 외국인에 대한 참정권 부여라는 망국의 움직임도 나왔잖아. 일본의 복권, 일본의 재건, 일본의 사수를 위해서 뭔가를 하지 않으면 안 되겠다는 초조함이 들었어."

"……"

"그러던 차에 기쿠하나 대표가 혜성처럼 등장해서 ZT그룹을 구성했어. 두 번째로 이거다! 싶었지. 나는 말이야, 일본을 폄하하는 자이니치를 진심으로 말살하고 싶거든. 그렇지 않으면 일본은 오욕의 역사를 살아가야 해."

한자의 몸에서 불꽃이 뿜어져 나오는 것 같았다. 가늘고 길게 찢어진 눈을 더욱 가늘게 뜨며 이쪽을 응시한다.

"앗, 저 사무국장님."

히로키는 자신도 모르게 한심한 목소리를 냈다. 한자가 후우 하고 숨을 내뱉는다.

"아아, 미안. 이 얘기만 하면 매번 흥분을 해서. 다른 사람들도 다 그렇게 말해. 무섭다고." 살기는 가셨지만, 탐색하는 듯한 시선이 히로키를 따라다녔다.

"그건 그렇고, 도모히로 씨, 요즘 하자마 씨랑 연락해?"

"하자마 씨 말씀이세요?"

느닷없이 나온 하자마의 이름에 어떻게 대답하면 좋을지 망설여졌다.

"도모히로 씨는 하자마 씨의 추천회원이었잖아. 그래서 각별한 사이가 아닌가 하고 말이야."

"특별히 친하지는…… 그리고 최근에는 전혀 연락이 없어요. 그러고 보니 하자마 씨는 〈기쿠하나 산책〉에 두 번 다 안 나왔네요."

"그러네. 작년 여름쯤부터 그는 가두선전이나 데모에 한 번도 빠지지 않았는데, 올해 들어서는 발길을 뚝 끊었어. 그래서 말이야 도모히로 씨, 우리끼리 얘긴데 하자마 씨는 조심하는 게 좋아."

"네? 무슨 말씀이세요?"

"그 사람, 열심히 활동에 참가했었고 특별V회원이 내는 회비뿐만 아니라 가끔씩 거액의 자금도 냈어. 우리 멤버 중에 회비를 내고 자금까지 내는 사람은 별로 없어. 언젠가 가두선전이 끝나고 찻집에서 하자마 씨랑 얘기를 했는데 공부도 열심히 하고 신념도 있는 것 같아 보였어. 그래서 작년 연말에 여기서 식사를 했거든. ZT그룹의 임원직을 해 줄 수 있는지 타진해 보려고. 그런데 내가 그 얘기를 하기 전에 그 사람이 도모히로 씨 얘기를 꺼내서."

"하자마 씨가 제 얘기를요?"

"응, 쓸모가 있고 유망하다는 둥 활동에 참여하게 된 동기가 좋다는 둥." 한자는 말을 끊고 히로키를 살폈다. "이유를 물었더니 네가 자이니치라서 그렇다는 거야. 그래서 더더욱 네가 자이니치가 누리는 특권의 부당함을 깨닫고 분노하는 것은 진짜라고. 나는 무엇을 근거로 도모히로 씨를 자이니치라고 하는 거냐고 재차 물었지만, 틀림없다고만 하더라고."

"……"

한자가 '네가 자이니치'라고 말한 순간부터 히로키의 심장은 고동치기 시작했다. 피가 머리로 쏠려 숨이 막혔다.

"그래서 내가 크게 화를 냈어. 근거도 대지 않고 동료를 '재일인정'하는 건 명예훼손이라고. 식사를 하던 중이었는데 돌아가라고 했어. 그런데 그 후에 하자마 씨가 도모히로 씨를 추천회원으로 추천했고, 전송하지 말라고 당부한 메일을 보내서 〈기쿠하나 산책〉에 나오게 했잖아."

무슨 말이라도 해야 한다. 무슨 말을, 무슨 말을? 말을 해보려고 해도 이가 덜덜 떨린다. 정신 차려, 하고 오른쪽 무릎을 꼬집었다.

"여, 여기에서 식사를 하신 것이 정확히 언제예요?" 목소리가 떨렸다.

"분명 내 기억으로는 한국문화원에 대한 항의가 있던 날이었으니까, 아마 12월 18일이었을 거야."

"저, 저기, 저는 30일에 우에노에서 하자마 씨와 술을 마셨어요. 그게 두 번째 만남이었고요. 12월 초에 우에노 데모가 끝난 후에 잠깐 얘기를 나눈 게 처음이었고, 얼굴을 본 건 그 두 번이 전부였는데요……. 그 후에는 메일이나 전화로만 이야기했고요……."

하자마가 내 비밀을 알고 있었다. 연말에 만났을 때 나에게는 내색도 하지 않았던 하자마 미쓰오가 이미 그 전에 한자한테 말을 한 것이다. 그 사람은 도대체……. 하자마의 오른쪽 볼에 있던 콩알만 한 점이 점점 커져서 시커먼 구멍이 된다. 그 안으로 빨려 들어가는 공포가 덮쳐왔다. 목에서 꿀꺽 소리가 났다. 마른 침이 식도를 내려간다. 그 감촉은 하자마라는 존재 없이 자신과 ZT그룹의 결속이 이만큼 강해질 수 없었음을 알려주는 듯했다.

"그럼 우에노 데모 때 처음 본 거야? 그런데 그 후에 도모히로 씨를 찾아내서 '재일인정'을 한 거야? 아니, 잠깐만. 도모히로 씨를 전부터 알고 접근한 건가?"

"아니오, 만난 것은 우연이었다고 생각해요."

히로키는 덜덜 떨며 그렇게 말했지만 어쩌면 그렇지 않을지도 모르겠다는 생각이 들기 시작했다.

"점점 더 이상하네. 전에 기쿠하나 대표한테 하자마 씨가 좀 이상하다고 얘기한 적이 있어. 대표는 도량이 넓은 사람이라, 내가 너무 신경을 써서 그런 거라며 내 얘기를 진지하게 들어주지 않았어. 하지만 나는 은연중에 그 사람을 주시했거든. 그걸 알아채고 안 오는 걸까? 물론 그를 심문할 생각은 없어. ZT그룹은 오는 사람을 막지 않고, 가는 사람을 잡지 않으니까. 하지만 실질적인 손해를 입히는 사람은 제명을 하든 출입을 금지하든 단호하게 처리하지. 도모히로 씨, 하자마 씨 때문에 피해를 본 건 없어? 인터넷에 도모히로 씨를 '재일인정'하는 듯한 글을 썼다던가."

"제가 아는 바로는 없었어요."

"나도 확인을 하긴 했는데 그런 일은 없었던 것 같지? 뭐 그건 그렇다고 치고……." 한자는 선뜻 말 꺼내기가 어려웠는지 뒷말을 흐렸다. "물론 나는 도모히로 씨가 〈기쿠하나 산책〉이나 가두선전에서 활약한 것을 높이 평가해. 그래서 오늘 이렇게 식사도 같이 하는 거고. 하지만 하자마 씨가 나한테 네가 자이니치라고 얘기를 했잖아. 근거를 밝히지는 않았지만. 물론 어떤 의도로 그랬는지는 모르지만 말이야. 실은 내가 성격이 좀 예민하고 소심해서……. 그래서 직접 본인한테 확인을 해봐야겠다는 생각이 들었어."

한자의 목소리가 마치 전파가 좋지 않은 휴대폰 음성처럼 띄엄띄엄 끊겨서 들렸다. 하자 · 마상 · 이 한 · 말이 도대 · 체 무슨 말인 · 지── 시야가 일그러졌다. 길게 찢어진 한자의 눈이 휘둥그레졌다. 양 볼이 달아오른다.

"도모히로 씨──"

"사실…… 제 부모님은 한국인이었어요. 제가 태어나기 전에 일본으로 귀화했지만요. 그래서 저한테는 한국인의 피가 흐르고 있어요. 한국인의 피가……. 하지만 저는, 계속 일본인으로 살아왔고, 일본어밖에 할 줄 모르고, 일본에서밖에 살 수 없는 일본인이에요. 그러니까 일본과 일본인을 위해서 활동하는 ZT그룹에 참가한 거예요. 일본인이라는 것을 증명하고 일본인으로서 자부심을 갖기 위해서요. 그리고 아버지에 대한 분노랄까……."

16

윤봉창은 신오쿠보에 있는 대형할인마트에 아르바이트를 하러 가고 있었다. 집에서 역으로 가는 익숙한 길이 왠지 낯설게 느껴졌다. 늦을 것 같아서 빠른 걸음으로 걷는데, 마치 스펀지 위를 걷는 것처럼 불안했다. 오늘 아침에는 푹 잔 것 같기도 하고 한숨도 못 잔 것 같기도 한 묘한 기분으로 눈을 떴다. 현실감이 없이 붕 떠있는 것 같은 이 기분은 머릿속에서 사라지지 않는 꿈 때문일까? 아니면 오후에 예정된 일에 대한 두려움과 긴장 때문일까? 오늘 근무는 오전 10시부터 오후 7시까지.

봉창은 어제 저녁에 ZT그룹의 일정을 확인했다. 그래서 그들이 신주쿠에서 일한단교 데모를 하고, 이어서 두 번째 〈기쿠하나 산책〉을 할 예정이라는 것을 알고 있었다. 신주쿠 데모는 오후 2시부터 3시경까지. 그 후에 오후 4시쯤부터 신오쿠보에서 소동을 일으킨다. 놈들이 또 신오쿠보에 온다. 이번에는 예고를 하고. 그 시간에 나는 거기에 있다…….

불을 끄고 침대에 모로 누워 눈을 감았다. 어떻게 하면 좋을까? 어떻게 하지? 머릿속 상념들이 반딧불처럼 깜빡였다. 옆으로 누워 베개를 끌어안았다가 머리를 들어 팔베개를 했다. 엎드려서 베개에 머리를 파묻었을 때, 차라리 이대로 숨이 멈췄으면 좋겠다는 생각이, 위장 깊숙한 곳에서부터 마치 구토가 나듯 솟구쳐 머리까지 치고 올라갔다. 이런저런 생각으로 괴로울 때면 매번 밀려오는 허무를 향한 동경. 침대에서 뒤척이다가 눈을 꽉 감았다. 지금 일어나면 잠을 못 자던 예전 생활로 돌아갈 것 같은 공포감. 이리저리 몸을 뒤척이면서 어떻게 해야 할지 고민을 했지만 확신은 서지 않고, 나순자라면 어떻게 했을까 하는 궁금증이 더해졌다. 그 탓일까? 물속에서 숨이 헐떡이며 발버둥을 치는 꿈을 꾸다가 탁상용 전파시계의 알람소리에 잠에서 깼다.

작은 신사 옆으로 난 길을 따라 역으로 이어지는 상점가로 진입하려는 순간, 엄청난 기세로 달려오던 자전거와 충돌할 뻔했다. 우왓 하고 소리를 지르며 몸을 피했는데, 때마침 걸어오던 여고생과 부딪혔고, 여고생은 꺄악 하고 비명을 질렀다. 역으로 향하던 사람들의 시선이 집중됐다. "죄송합니다. 갑자기 자전거가." 하고 사과를 했고, 여고생은 "괜찮아요. 깜짝 놀랐을 뿐이에요."라고 말했다. 먼저 자리를 피해주려고 했지만 심장이 고동쳐서 무릎이 떨렸고, 힘이 쭉 빠져서 그 자리에 그대로 서 있었다. 빨리 가도 지각인데……. 전방으로 도로를 가로지르는 사철선 고가선로가 보인다. 거기가 역이다. 토요일이라서 서둘러 역으로 가는 사람이 많지는 않다. 오도가도 못 하고 서있는 봉창의 눈에서 사람들의 등이 점점 멀어져 간다. 봉창은 점점 작아지는 사람들의 뒷모습에서 신오쿠보로부터 도망치고 싶은 자신의 본심을 발견했다.

전차에는 승객이 적어 자리가 있었지만, 봉창은 문 옆에 서서 차창 밖으로 흘러가는 경치를 멍하게 바라보면서 머릿속에 소용돌이치는 꿈을 반추했다.

철조망 너머에 순자가 서 있었다. 더럽고 너덜너덜한 굵은 세로줄 무늬 스커트의 죄수복을 입고 있었다.

"우리가 죽어갈 때, 동포인 너는 어디서 뭘 하고 있었던 거야?"

낮게 내리깐 목소리로 그녀가 말했다. 어딘가에서 본 기억이 있는 광경이었다. 그런데 왜 순자가 저기 있지? 라고 생각하는 사이에 장면이 빠른 속도로 흘러가기 시작했다. 언젠가 텔레비전 다큐멘터리에서 본 아우슈비츠 수용소의, 환하게 조명이 비친 넓은 플랫폼인 것 같았다. 그 건너편에 줄지어 선 트럭. 12량의 화물 열차에서 내린 600명 정도의 사람들이 그림자를 만들며 말없이 걷기 시작했다. 어떻게 된 일인지 그 중에 적지 않은 여성들이 이제는 길에서 볼 수 없는 조선학교 치마저고리 교복을 입고 있다. 아우슈비츠의 조선인? 이건 꿈이다. 꿈이니까……. 꿈속에서 이건 꿈이라고 납득을 한다. 꿈.

총을 든 군인과 긴 칼을 뽑아 든 경관들. 그리고 갈고리, 일본도, 곤봉, 죽창을 손에 든 소방단과 자경단, 청년단원들이 그림자 무리를 빙 둘러싸고 걸음을 멈춰 세웠다.

"그래그래, 걱정하지 마."

"조선학교 학생은 이쪽으로 나와."

"한국학교와 일본학교에 다니는 학생은, 저쪽으로."

"그 외의 어른과 아이들은 우측으로 가."

"자, 한국 국적은 앞에, 일본 국적은 그 뒤에 서."

"조선적은 조선학교 학생 뒤로 가."

"거짓말을 해도 소용없어. 다 조사할 거야."

"정직함이 너희들을 자유롭게 해."

여러 사람이 제각기 명령을 하고, 대열을 만든다. 호통이 아니라 사무적인 말투. 어쩐지 그게 더 기분 나빴다. 그렇게 사람들을 '선별'했다.

"급정차합니다! 조심하세요!"

전차 안에는 테이프에서 나오는 기계적인 여자의 목소리로 안내방송이 울려 퍼졌고, 쿵 하는 소리가 나더니 전차가 급정차했다. 여기저기서 비명이 들렸다. 봉창은 넘어질 뻔하다가 간신히 손잡이를 붙잡고 바로 섰다. 꿈이 튕겨 나가 어딘가로 사라졌다. 잠시 후 남자 차장의 목소리.

"곧 도착할 역에서 비상정지 버튼을 눌렀습니다. 안전 확인을 하고 있으니까 잠시 기다려주세요."

전차는 아라카와 철교 위에 정차했다. 수면 위로 아침 해가 비추어 반짝거렸다. 꿈의 잔상은 수면의 반짝임에서 나치스의 반(反)유대인 폭동, '수정의 밤'을 연상시켰다.

"안전 확인이 끝났습니다. 출발하겠습니다."

차장의 안내 방송이 나온 후, 전차는 천천히 움직이기 시작했다.

사철선에서 JR 조반 선으로, 그리고 닛포리에서 야마노테 선으로 갈아탔다. 문 쪽에는 사람들이 몰려 있었지만, 안쪽으로 들어가면 다른 사람과 몸이 닿지 않고 서 있을 수 있었다. 봉창은 죄송합니다, 라고 낮은 목소리로 말하면서 손잡이 세 개가 연달아 비어있는 곳으로 가서, 가운데 손잡이를 잡았다. 서 있을 자리를 정하고 나니, 다시 꿈이 생각났다.

가스실 아니면 강제노동으로 '선별'되기 전이었다. 봉창은 순자와 손을 잡고 줄을 서 있었다. 그랬다. 지독한 냄새를 맡은 것처럼 얼굴을 찌푸렸다. 선명하게 기억이 났다. 조선적을 갖고 있는 순자는 조선학교 학생들 쪽으로 걸어갔다.

"봉창아, 나는 갈게. 너는 한국 국적이니까 이쪽으로 오면 안 돼."

담담한 목소리. 순자는 잡고 있던 손을 매몰차게 놓는다. 나는 그쪽의 '선별' 의미를 알고 있었다. 이쪽에 남을 수 있어서 안도하고 있었다……. 부끄러워서 얼굴이 빨개졌다. 관자놀이에서 맥이 뛰는 소리가 들렸다. 그리고 다음 순간, 끼익하는 확성기의 하울링 소리가 들리더니 기쿠하나와 ZT그룹이 우르르 몰려왔다.

"좋은 조선인도 나쁜 조선인도 없다! 조선인을 모두 죽여라!"

이 성난 고함을 들었을 때 마음에 분노가 일었던 것은, '좋은 조선인'까지 죽이라고 했기 때문일까? '나쁜 조선인'이 아니라서 다행이라는 생각이 마음속 어딘가에 자리 잡고 있었던 건 아닐까…….

수용소를 만든 놈들도 ZT그룹도 그런 것쯤은 훤히 알고 있다. 놈들은 나를 비웃으면서 재밌다는 듯이 모두 죽이라고 소리친다. 수용소의 목적은 전멸이다. 꿈은 아직 끝나지 않았다. 순자는 아직 살아 있었다. 언제라도 죽을 수 있는 상태로. 결코 희생이라고 할 수 없는 죽음에 직면해서……. 그런 상태로 살아야 하는 존재로서, 철조망 건너편에서 외치고 있었다.

"우리가 죽어갈 때, 동포인 너는 어디서 뭘 하고 있었던 거야?"

꿈은 입구도 출구도 없었다. 이송과 '선별'과 죽음만이 영구운동을 하고 있었다. 철조망 건너편에서 외치는 순자 옆에 자신은 없었다. 살아남은 자들이 자결하는 이미지가 머리에서 떠나지 않는다.

신오쿠보 역을 나온 봉창은 늘 다니던 오쿠보 거리로 가지 않고 굴다리를 지나자마자 오른쪽으로 난 골목으로 들어가 잰걸음으로 쇼쿠안 거리로 향했다. ZT그룹이 신주쿠에서 데모를 마치고 코리아타운으로 오려면 햐쿠닌초 교차로 쪽에서 들어오게 된다. 그 주변을 봐 둘 생각이었다. 쇼쿠안 거리 방향으로 향하는 일방통행의 좁은 길. 오른쪽 선로로 노란색 세이부 열차가 연신 지나다닌다. 상행선과 하행선이 교차할 때 나는 소음이 주변의 소리를 감쪽같이 지웠다. 쇼쿠안 거리가 보인다. 조금 더 내려가면 굴다리 지점에서 302번 도로와 만난다. ZT그룹은 여기로 온다. 보도에서 연결된 12개쯤 되는 계단을 올라가니, 코리아타운이다. 여기서 놈들의 침입을 막는 것이 가장 효과적이다. 그렇긴 하지만 나 혼자서는……. 뒤로 돌아서 마트로 걸음을 재촉했다. 24시간 대형할인마트. 빠른 걸음으로 5분 정도. 여기서부터 오쿠보 거리 사이에 난 몇 갈래의 골목이 코리아타운의 중심지다.

10시 10분 전, 사무실과 휴게실을 겸하는 탈의실로 살짝 들어갔다. 봉창은 매몰차게 쳐다보는 동년배의 총괄 매니저 모리카와에게 "죄송합니다. 사고가 나서 전철이 서 있었어요."라고 미리 생각해 온 핑계를 댔다. 동료의 모습은 보이지 않았다. 교대 시간에 맞춰 대기하고 있을 터였다. 앞 시간에 근무한 사람과 차질 없이 교대하기 위해서, 일을 시작하기 30분 전에 탈의실에서 옷을 갈아입고, 15분 전에는 대기하고 있는 것이 관례였다. 물론 30분 전에 왔다고 해서 시급을 받는 건 아니다.

"윤 군, 늦을 때는 미리 연락해. 그리고 항상 하는 말인데 웃는 얼굴로 손님을 맞아야 한다는 걸 명심하라고. 매번 하는 얘기지만, 윤 군이 잘 웃지 않는다는 얘기가 들려." 모리카와가 유니폼으로 갈아입고 있는 봉창을 향해 책망하듯 말했다. "그리고 또 한 가지 전달 사항이 있는데, 오늘 오후 3시 반부터 5시 반 정도까지는 특별체제로 진행할 거야."

"특별체제라고요?"

"그래, ZT그룹이라고 알아? 아아, 아는구나. 그럼 얘기하기 편하겠네. 그래 윤 군이 면접을 본 날부터 한 달 반쯤 전에, 그 사람들이 이 주변 골목으로 들어와서 한류 가게와 한류 음식점에 난입하고, 지나가는 사람들한테 폭언을 퍼부으며 난동을 부렸어. 정말 말도 안 되는 영업 방해지. 우리도 그놈들이 난동을 부리는 바람에 가게 앞에서 호떡을 팔던 점원이 겁을 먹고 아르바이트를 그만뒀어. 그놈들 오늘 또 신오쿠보에 온다는 것 같아. 그래서 그 시간에 경비원을 늘려서 놈들이 가게로 못 들어오게 막을 생각인데, 혹시 무슨 일이 있으면 같이 대응을 부탁해."

"어떻게 대응하면 되죠?"

"우선은 손님들의 안전을 확보해야지. 그리고 소란스러운 틈에 금품이 분실되지 않도록 잘 봐줘. 그런 일은 없겠지만, 만약 놈들이 가게에 들어오려고 하면 경비원과 같이 저지해줘."

"그럼, 모리카와 씨" 봉창은 어제 저녁에 생각한 일을 뜻밖에 실행할 수 있겠다고 생각했다. "ZT의 접근을 가능한 빨리 알 필요가 있겠네요. 이미 오고 나서는 늦잖아요. 제가 망을 볼게요."

"응, 정말 그렇겠네. 그럼, 어떻게?"

"사실은 제가 ZT그룹이 너무 심한 짓을 해서 놈들의 행적을 조사하고 있어요. 그놈들 오늘 신주쿠에서 데모하고 나서 이쪽으로 올 거예요. 데모 해산 지점에서 오는 길은 햐쿠닌초 교차로에서 쇼쿠안 거리의 굴다리를 통과하는 게 가장 짧은 코스예요. 그러니까 굴다리 쪽에서 망을 보고 있다가 놈들이 오면 모리카와 씨에게 전화를 드리는 건 어떨까요?"

모리카와에게 허락을 받은 봉창은 계산대 앞에 섰다. 매뉴얼대로 미소를 지으며 손님을 맞는다. 어서 오세요, 안녕하세요. 1,280

엔입니다. 1,500엔 받았습니다. 거스름돈 220엔입니다. 감사합니다. 또 오세요……. 억지웃음이 불러오는 연쇄적인 고통. 그래도 오늘은 나은 편이라고 생각한다. 망을 보러 나가게 된 것은 잘된 일이다. 결정 못 하고 있던 일을 실행할 조건이 하나 생겼으니까. 이제는 나한테 얼마만큼의 진정성과 용기가 있는지가 관건이다. 한마디라도 항의를 한다. 가능하면 놈들의 침입을 저지하고 싶다. 진짜 하는 건가? 할 수 있을까? 우에노에서 적을 앞에 두고 도망간 것이 이걸로 상쇄되지는 않겠지만. 그래도…….”

봉창은 점심시간이 지나면서 몹시 붐비는 계산대를 지키고 서서 같은 생각을 반복하고 있었다. 윤 군, 웃어! 라는 리더의 말에 정신이 돌아왔다.

오후 2시 반, 점심 휴식 시간이라 탈의실로 올라갔다. 휴식 시간은 40분이었는데 오늘은 3시 반부터 망을 보러 가기로 했기 때문에 조금 길게 쉴 수 있다. 그런 생각을 하면서 습관대로 로커에 넣어 둔 아이폰을 확인했다. 순자한테 문자가 와 있다.

“아르바이트 중일 것 같아서 문자 보내. 오늘 ZT그룹이 두 번째로 신오쿠보 〈기쿠하나 산책〉을 한다는 걸 아까 확인했어. 너 아르바이트 때문에 지금 신오쿠보에 있지? 나 너무 걱정돼. 너 요즘 부쩍 ZT그룹과 본격적으로 싸운다든가, 기쿠하나의 안전을 위협한다든가 그런 말을 했었잖아. 엉뚱한 일은 절대 하지 마! 이 문자 읽으면 전화해. 꼭!”

봉창은 순자의 문자에 오히려 결심이 굳어졌다. 그래, 오늘은 시작에 불과하다. 우에노 때처럼 배너도 아무것도 준비하지 못했지만, 시작이니까 이대로도 괜찮다. 좀 얻어맞더라도 죽지는 않겠지. 도리어 그렇게 해서 놈들이 경찰에 붙잡히면 좋은 일이 아닌가. 순자에게는 연락하지 않기로 했다. 매장에서 사 온 주먹밥과 컵라면을 먹었는데, 긴장한 탓에 맛을 느낄 수도 없었다.

사복으로 갈아입은 봉창은 모리카와에게 아직 좀 시간이 이르지만 가서 ZT그룹의 동향을 살피고 오겠다고 말하고 거리로 나왔다.

항상 다니는 통근 코스로 걸어갔다. 봄이 가까워진 토요일 오후, 하늘은 구름 한 점 없이 맑았다. 이삼 년 전 한류 버블 때처럼 인파가 몰리지는 않았지만, 모리카와 말로는 확실한 단골이 생겨서 오히려 견실한 가게들이 자리를 잡았다고 했다. 통행인은 끊임없이 이어졌고 화장품 가게나 K팝 가게에는 사람들이 몰려 있었다. 포장마차에 차려놓은 부침개, 떡볶이, 김밥, 호떡 등을 파는 가게에서는 '이랏샤이마세(어서 오세요)'라는 우렁찬 목소리가 들린다. 아직 점심 시간대라서 인기 있는 한국 음식점 앞에는 순번을 기다리는 사람들이 줄을 서 있다.

오쿠보 거리의 보도는 똑바로 걸어갈 수 없을 정도로 사람이 많았다. 봉창은 밀려오는 인파를 피해 어깨를 움츠리고, 몸을 뒤틀며 앞으로 나갔다. 역이 가까워지자 사람들은 더 밀집되어 있었다. ZT그룹과는 어울리지 않는 공간. 휴우 하고 안도의 한숨을 내쉰 봉창은 다음 골목으로 들어가 쇼쿠안 거리의 굴다리로 향했다.

굴다리 앞 계단에 도착한 것은 정확히 3시 반이었다. 봉창은 모리카와에게 도착했다는 연락을 해서 ZT그룹이 굴다리를 지나면 다시 전화하겠다고 말했다. 계단에 앉아 있다가 기다리기가 지루

해서 햐쿠닌초 교차로까지 가보기로 했다.

교차로에서 ZT그룹이 오는 방향을 응시했다. ZT그룹인 것 같은 집단은 아직 보이지 않는다. 신호를 기다리고 있는 차 중에 창문이 철망으로 덮인 경찰 버스가 있는 것이 보였다. 이제 곧 도착한다. 찌릿한 긴장감이 목덜미를 스친다. 신호가 바뀌자 경찰 버스는 굴다리 쪽으로 다가오기 시작했다. 경찰이 헤이트 데모를 제대로 규제하면 헛된 수고와 세금을 쓰지 않아도 될 텐데 하고 욕을 하고 있을 때 멀리서 일장기와 욱일기를 내세운 거무스름한 집단이 보였다. 심장이 덜컥했다.

장신에 은테 안경을 낀 기쿠하나가 보였다. 사람 수는 50명이 조금 안 되는 것 같았다. 기쿠하나의 대각선 앞에 서 있는 다부져 보이는 남자가 한자. 기쿠하나 옆이 가이아, 그 뒤가 애송이. 이놈 오늘도 왔구나. 시각은 3시 55분. 굴다리 반대쪽 계단으로 돌아가자.

봉창이 계단에 발을 디뎠을 때, 굴다리 안에서 "일한" "단교" "한국" "분쇄" "다케시마" "탈환"이라는 함성이 들렸다. 계단에 서서 아이폰을 꺼내 모리카와에게 전화를 걸었다.

"지금 ZT그룹이 굴다리를 지나가고 있습니다. 인원은 50명이 좀 안 되는 것 같습니다. 10분 안에 그쪽에 도착할 것 같습니다."

"알았어. 윤 군도 빨리 와."

모리카와의 말에 대답하지 않고 전화를 끊었다. '지금 당장은 못 가요'라고 혼잣말을 했다. 경찰 버스들이 할인점 근처에 한 줄로 차를 세우는 것이 보였다. 보도 한쪽에는 경시청 완장을 찬 사복형사가 모이기 시작했다. 제복을 입은 경찰도 계단 앞 보도에 정렬하고 있다. 봉창은 계단 위에서 뒷짐을 지고 준비 태세를 갖췄다.

"일한" "단교" "한국" "분쇄"를 외치는 함성이 가까워졌다. 계단은 좁다. 놈들이 일렬로 섰다. 기쿠하나가 선두다. 계단으로 발을 내디딘다. 올라오기 시작했다. 이쪽을 봤다. 시선이 마주친다. '누구?' 하고 발음하는 기쿠하나의 입 모양이 보였다.

"기쿠하나 씨, 헤이트 데모는 그만둬요. 신오쿠보 골목에 이렇게 많은 인원이 몰려와서 '조선인은 돌아가라'라든가 '죽인다'라든가, 그 말을 들은 사람들이 얼마나 상처를 받을지 생각해 봤어요? 그런 말을 내뱉는 당신들은 인간이라고 할 수도 없어요."

"뭐야, 너는! 너 조선인이야? 내가 어디를 가든 무슨 말을 하든 자유라고. 꺼져! 어서 비켜! 조센!"

"기쿠하나 씨, 이런 일은 하면 안 돼요. 그만둬야 해요."

"비켜! 한자, 이놈 치워버려."

한자가 뛰어올라 왔다. 순식간에 한 손으로 히로키의 목을 움켜쥐고는 보도 옆 빈 가게의 셔터 앞으로 내동댕이쳤다. 셔터가 삐걱거리며 흔들리는 소리가 들렸다. 서너 명의 남자가 배, 팔, 정강이에 주먹질과 발길질을 해댔다.

"얼굴은 때리지 마." 한자의 침착한 목소리.

"지금 비디오 찍고 있어? 이놈 꼭 찍어둬." 기쿠하나의 목소리가 들린다.

"아, 죄송합니다. 비디오는 한참 뒤쪽에 있습니다." 멀리서 들리는 누군가의 목소리.

"뭐하는 거야, 홍보부는! 아주 좋은 그림인데 말이지! 헤헤헷."

"해치워." 여자의 탁성.

"꺄악! 뭐하는 거야. 그 사람한테서 떨어져. 레이시스트들! 경찰은 뭐하는 거야. 이 사람들을 안 말리고!"

순자의 목소리였다. 목이 졸린 상황에서 필사적으로 고개를 틀어 소리가 나는 쪽을 봤다. 그녀가 이쪽을 향해 달려온다. 엷은 미소를 띤 기쿠하나가 발을 걸었다. 순자는 비명을 지르고 팔꿈치와 무릎을 아스팔트에 찧는 소리를 내며 옆으로 쓰러졌다. 냉정했던 머릿속에 살기 어린 분노가 솟구쳤다.

"이 레이시스트 새끼! 떨어져! 떨어지라고! 어서 떨어져! 죽여버린다!"

목을 조르고 있던 손이 떨어졌다. 상반신이 자유로워졌다. 한자가 정면에 있다. 한자의 눈을 보고 말을 하려고 숨을 들이쉰 바로 그 순간, 얇게 찢어진 놈의 눈이 더 가늘어졌다. 명치에 심한 충격이 가해졌다. 숨을 쉴 수 없었고 몸에 경련이 일었다. 곧바로 가슴에 충격이 느껴졌다.

"떨어져!" 한자의 목소리.

그들이 몸에서 손을 떼자마자 양손과 양쪽 무릎을 땅에 찧으며 넘어졌다. 그 순간 위 안에 있는 것들이 식도를 역류해서 입과 코로 흘러나왔다. 목구멍과 코에서 강한 위산이 느껴졌고 자신의 토사물을 눈앞에서 보며 눈물을 흘렸다.

17

제빵공장에서 야간 근무를 마친 도모다 히로키는 플랫폼 대합실에서 5시 반에 출발하는 전차를 기다리고 있었다. 이 시간대에 전차는 약 20분에 한 대씩 온다. 5시에 일을 마친 후 재빨리 옷을 갈아입고 역까지 뛰어오면 10분에 출발하는 전차를 탈 수 있다. 두세 번 그렇게 해 본 적은 있지만 그렇게까지 해서 빨리 돌아가고 싶은 집도 아니었고, 피로한 몸을 이끌고 서두르게 되지도 않았다. 하지만 준비를 천천히 해서 공장 문을 나서도 역에서 10분 이상 전차를 기다리게 된다. 한겨울에는 공장 휴게실에서 시간을 때우다가 역으로 갔다. 히로키는 동료들의 쓸데없는 얘기가 듣기 싫었고, 누군가가 말을 걸어오는 것도 싫었다. 추위가 좀 누그러진 듯하여 다시 대합실에서 전차를 기다렸다.

오늘 야근에 히로키가 배치된 곳은 제2공장이었다. 파트타임들이 '강제수용소'라고 떠들어 대는, 다들 기피하는 빵 굽는 공정이 있는 곳이다. 히로키는 제2공장의 일 중에서도 가장 힘들다는, 바움쿠헨과 카스텔라의 빵틀에 솔로 기름을 바르는 일에 배정되었다. 고온의 방에서 무거운 철제 빵틀을 꺼내서 반죽이 달라붙지 않도록 솔로 기름을 바르고 또 다시 반복해서 바른다. 헛수고와 같은, 절대 익숙해지는 법도 없는 단순한 작업을 장장 8시간. 피로가 온몸을 짓눌렀다. 특히 허리와 장딴지가 저려오는 느낌은 사라지지 않는다. 내가 아니어도 누군가가 하지 않으면 바움쿠헨과 카스텔라는 편의점 매대에 올라오지 않는다. 하지만 나는 하고 싶지 않다. 하고 싶지 않다고…….

멀리서 열차 바퀴 소리가 점점 가까워져 왔다. 새까만 이중 복선 위로 전조등 불빛이 비쳐 선로가 길게 보인다. 그 위를 전기기관차가 거대한 컨테이너 차량을 끌고 지나갔다. 그 진동으로 대기실 유리문과 벤치가 흔들렸고 히로키의 생각도 흔들렸다. 히로키의 머릿속에 상념의 불이 확 붙는다. 대학을 졸업하고 일 년이 다 되어 가는데도 여전히 앞날은 불투명하다. 우선 4월부터 시에서 주관하는 초급 간병인 연수과정을 수강하기로 했다. 그게 도움이 될까? 그것보다 나는 ZT그룹에서…….

일그러진 시야 속으로 한자의 가느다란 눈이 휘둥그레진 것이 보였다.

"도모히로……."

한자의 말이 끊겼다. 나는 다음 말을 기다렸다. 간신히 찾아낸 내 자리를 과연 확보할 수 있을 것인가, 아니면 빼앗길 것인가.

"……너는 지금 진짜 일본인이 되려고 열심히 투쟁하고 있구나……."

한자의 목소리에서 위로를 들었다. 안도했지만 그래도 역시 떨렸다. 한자는 '너는 일본인이다'라고는 말해 주지 않았다. 한자에게 나는 아직 일본인이 아닌 건가?

"투쟁하는 너의 모습에 감탄한 내 마음이 달라질 일은 없어. 울지 마. 눈물 닦아. 그런데 하자마는 도대체……."

한자가 말을 삼켰다. 그의 시선은 허공을 헤맨다. 그리고 바로 생각이 났다는 듯이 술잔을 내밀었다. 나는 쭈뼛쭈뼛 맥주잔을 들어 올렸다. 그가 잔을 가볍게 부딪치고, "자, 마시자."라고 재촉했다. 이제는 쓰기만 한 액체를 삼켰다. 나는 부탁했다.

"사무국장님, 부탁드려요…… 오늘 제가 말씀드린 건…… 비밀로 해주세요."

"알았어. 그런 말 안 해도 돼. 나도 그럴 생각이었어."

그 말이 얼마나 고마웠던지…….

히로키는 막 도착한 텅 빈 전차에 탔다. 난방이 아주 잘 들어오는 건 아니었지만 전차 안의 적당한 온기에 안도했다. 그러자 히로키의 가슴에 얼어붙어 있던 수치심이 녹기 시작했다. 울면서 한 자에게 매달려 간청했던 비참함. 왜 나는……. 전차가 멈춰 설 때마다 차 안 승객이 늘었다. 세 번째 역에서 내린다. 동쪽 하늘이 밝아오기 시작했지만 히로키의 집이 있는 공단 주택지는 아직 까만 밤을 두르고 있어 일정한 간격으로 서 있는 형광등 불빛이 백목요괴(百目妖怪)처럼 보였다. '너희들한테 나는 어떻게 보여?' 히로키는 빠른 걸음으로 집으로 향했다.

현관문 열쇠를 열고 말없이 집으로 들어갔다. 거실 옆 방에서 엄마가 파자마 차림으로 나왔다.

"어서 와. 수고했어. 욕조에 더운물 받아놨어. 들어갈 거지?"

"아니, 됐어. 오늘 근무가 제2공장이었어."

"그럼 아주 힘들었겠구나."

"욕조에 들어갈 기력도 없어."

"그래, 알았어."

"바로 잘 거야. 오늘은 아르바이트가 없으니까 깨우지 마."

히로키는 현관 옆 자기 방으로 들어가서 옷을 갈아입고 침대로 파고들었다. 추위로 굳은 몸이 점점 따뜻해져 온다. 극심한 피로가 눈꺼풀에 내려앉아, 한자의 아련한 눈길을 저 멀리로 밀어낸다. 물 위에 떠 있는 느낌. 등에는 침구의 감촉조차 느껴지지 않는데도 꽉 죄어오는 누군가의 팔의 저항이 생생하게 되살아난다. 얼굴은 때리지 마, 하고 한자가 말했다. 나는 사람을 때릴 용기 같은 건 없다. 달려 들어온 여자가 쓰러지자 아무 저항도 하지 못하던 놈이 호통을 치며 난동을 부렸다.

뭐지, 이건 꿈인가? 한자는 놈의 배를 찌르듯이 쑤셨다. 두 번. 놈의 얼굴을 보지 않았다. 아니, 봤을지도 모르지만, 확실히 기억나지 않는다. 한자의 지시에 따라 그놈에게서 재빨리 떨어지자 경찰이 옆으로 쓰러져 발버둥 치던 여자와 네 발로 엎드려 토하고 있던 그놈을 강제로 연행해갔다. 그러고 보니 여자의 얼굴도 떠오르지 않는다. 가녀린 여자 같았는데 엄청난 기세로 덤벼들었다. 별생각 없이 〈기쿠하나 산책II〉에 참가했는데, 꺼림칙한 느낌이 남았다…….

멀리서 부르는 소리가 들렸다. 누군가 어깨를 흔든다. 몹시 피곤하다. "조금 더 자게 내버려 둬." 매몰차게 돌아눕는다.

"히로야, 일어나. 아버지가 너 부르셔. 어서 일어나."

아버지가 나한테 무슨 용건? 작년 늦여름 아버지가 엄마에게 폭력을 휘둘러 아버지에게 대들었다가 졸도한 사건 후로 히로키는 아버지와 말을 섞지 않았다. 거실에서 마주쳐도 서로 없는 사람 취급을 했다. 무슨 일이지? 순간 잠이 깼다.

"엄마, 지금 몇 시야?"

"3시 반이 좀 넘은 것 같은데. 잘도 잤네. 점심 먹을 때 아버지가 너를 깨우라고 해서 와봤더니 코를 엄청나게 골고 있더라고. 많이 피곤했구나 싶어서 좀 더 자게 두자고 했어. 이제 2시간이 지났으니까 깨워도 된다고 아버지가 그러셔서……."

"그런데 왜 지금 이 시간에 둘 다 집에 있어?"

"무슨 소리야. 오늘 일요일이잖아. 너도 새벽에 오늘 쉬는 날이라고 했었잖아."

"아, 그런가? 그랬지 참." 야간 근무를 하는 탓에 요일 감각이 없었다. "그런데 아버지가 무슨 일이지?"

"잘 모르지만 좀 심각한 얘기인 것 같아. 취직 얘긴가? 그거면 엄마도 같이 얘기하고 싶어."

일어나서 거실로 가자 아버지의 모습은 보이지 않았다.

"여보, 히로 일어났어요." 엄마가 2층에다 대고 말을 했다.

"이쪽으로 올라와." 오랜만에 듣는 아버지 목소리였다.

"히로야, 배 안 고파?"

"괜찮아요. 무슨 일인지 모르지만, 아무튼 아버지 먼저 보고."

히로키가 계단을 올라간다. 기요미도 따라 올라갔다. 침실 겸 서재 문이 열려 있었다. 히로시는 책상 위 노트북을 들여다보며 마우스를 움직이고 있었다.

"아버지, 왜요?"

목소리에 혐오의 가시가 돋아있다. 히로키의 목소리에 뒤를 돌아본 히로시는 무뚝뚝한 눈초리로 기요미를 본다.

"자리 좀 비켜줘."

아무것도 묻지 말라는 눈치였다. 히로키는 불편한 감정을 억누르며 등 뒤로 문을 닫고, 히로시가 앉으라고 가리킨 침대 위에 앉았다.

"이틀 전에 말이야, 외사과(外事課) 형사한테 전화가 왔어." 히로시는 마우스를 계속 움직이면서 말했다. "정말 충격이었어."

노트북에 유튜브 메인 화면이 켜졌고, 이어서 '게릴라 정보전=〈기쿠하나 산책〉을 결행'이라는 제목의 동영상이 흘러나왔다.

"……!" 가슴이 방망이질치고 관자놀이는 욱신거리고 다리도 떨렸다. 동영상 속에 내가 소리를 치고 있다. "좋은 조선인도 나쁜 조선인도 없다! 조선인을 모두 죽여라!"

그 부분에서 히로시는 동영상을 멈췄다. 히로키는 핏발이 선 눈으로 입을 크게 벌린 자신의 얼굴을 노트북 화면으로 봤다. 이게 나란 말인가…….

"히로키, 조선인을 모두 죽여! 라니, 너는 네가 무슨 말을 했는지 알아? 네 어머니를, 네 할머니를, 나를, 너 자신을 죽이라는 말이야?"

"……" 어깨를 움츠리고 고개를 숙였다.

"나는 네가 이러고 다닌다는 얘기를 듣고 처음부터 제대로 말해주지 않은 걸 몹시 후회했다. 지난번에 경찰서에서 본의 아니게 알게 됐지만 네 뿌리는 조선에 있어. 그건 부정할 수 없어. 그렇지?"

"……"

"나도 일본에서 태어난 조선인이라는 운명을 저주했다. 왜 조선인으로 낳았냐고 네 할머니한테 대들고 울기도 했다."

히로키의 떨군 시선 끝에는 무거운 짐을 들고 있는 것처럼 후들거리는 아버지의 무릎이 보였다.

"내가 어렸을 때는 차별이 정말 심했어. 나이가 어려서 주위의 냉담한 시선과 경멸에 더 예민했지. 네 할머니도 자주 얘기했었어. 너는 다른 애들과는 다르니까 뭐든 열심히 해야 한다고. 그렇지만 일본에서 태어나서 일본 소학교에 다닌 당신 자신이 조선인인 나를 긍정할 수 없었다는 것도 알았지. 나는 내면에 자리 잡은 극심한 열등감을 우월감으로 바꿔보려고 안간힘을 써서 공부에 매달렸어. 성적은 늘 학년에서 1등 아니면 2등이었지. 발도 빨랐고 운동도 뭐든 잘했고 싸움을 해도 지는 법이 없었어. 내 얼굴에 대고 '조센'이라고 말할 수 있는 놈은 아무도 없었어."

말이 끊겼다. 히로키는 아버지의 목소리가 가늘게 떨리고 있음을 느꼈다. 그러나 그것을 확인하려고 얼굴을 들 수는 없었다. 아버지는 깊은 한숨을 내뱉고 말을 이어갔다.

"그렇지만 저놈은 공부를 잘해도 조선인이라고 수군거렸어. 그리고 그런 말은 항상 내게 들렸지. 나에게 향해 있는 혐오와 차별은 부모에 대한 반감으로 이어졌어. 술을 마시고 어머니를 때리는 아버지. 일말의 교양도 없는 어머니……. 대학에 들어가서 마르크스, 엥겔스와 함께 조선, 자이니치와 관련된 책을 닥치는 대로 찾아 읽으면서 차차 알게 됐어. 우리들이 차별을 당하는 것은 조선, 중국, 아시아 민족을 열등하다고 침략하고 지배한 식민지주의가 일본인과 일본 사회에 아직 남아있기 때문이라는 것을. 사실, 네 할아버지는 강제연행으로 일본에 끌려왔어. 듣고 있니, 히로키?"

"응……." 고개를 살짝 들어 히로시를 봤다. 표정이 몹시 굳어 있었다.

"당시는 차별이 심해서 취업에 대한 희망 같은 건 가질 수 없었어. 민간 대기업에 취직하는 건 있을 수도 없었고 공무원이나 교사도 국적 조건이 있었거든. 그래서 나는 K대 약학부를 목표로 했어. 공학이나 이과계열 직종은 민족차별이 덜한 분야였으니까. 재수해서 합격했을 때 네 할머니가 정말 좋아했어. 내가 대학에 들어간 해는 1969년이었지. 베트남전 반전운동과 학내문제를 쟁점으로 해서 학생운동이 일어났지. 지금은 생각할 수 없는 일이지? 네가 다닌 대학에서 집회나 데모가 있었던 적은 없었지?"

"응. 없었어. 한 번도……. 인터넷으로 헬멧을 쓴 학생과 기동대가 충돌하는 동영상을 본 적은 있지만. 그런 곳에 갔었어?"

"응, 가끔씩. 나는 지방대학이었으니까 학생운동이 일상적으로 있었던 건 아니지만 도쿄나 산리즈카투쟁(지바현 나리타시 지역주민들과 신좌익운동가들이 나리타국제공항 건설을 반대했던 투쟁－옮긴이)은 그런 상황이었지. 그래, 나는 처음으로 느낀 해방과 축제의 공기를 실컷 들이마셨어. 노동자는 조국이 없다는 말과 그 사상에 매료됐어. 조선인이든 일본인이든 그것과 상관없는, 계급적 단결과 해방. 너는 어떤 느낌일지 모를 거야……. 나는 대학 자치회를 장악하고 있던 정치당파, 섹트와 친밀해졌어. 그리고 또 하나, 연극부 활동에 빠졌어. 벳차쿠 미노루(別役實)를 좋아해서 그를 흉내 낸 희곡을 몇 편 써서 상연한 적도 있어. 하지만 거기서 두 가지 큰 좌절을 맛봤지…….” 히로시는 괴로운 듯이 말을 잇지 못했다. “아, 목마르다. 히로키, 냉장고에서 맥주 좀 꺼내다 줘.”

히로키는 아버지에 대한 반발심이 조금 수그러든 것을 느끼면서 순순히 말을 따랐다. 거실에서 텔레비전을 보고 있던 기요미가 걱정스러운 듯 “무슨 얘기야? 괜찮니?”라고 물었다. “응, 괜찮아.” 하고 얼버무려 대답했다.

큰 캔과 컵을 책상 위에 올려놓자 히로시는 순식간에 캔을 따서 맥주를 따르고 단숨에 잔을 비웠다. 그리고 두 번째 잔을 따라서 반 정도 마시고는 “너도 마실래?” 하고 물었다. “응.” 하고 고개를 끄덕이자 맥주를 채워서 히로키에게 건넸다. 두 모금을 꿀꺽 마셨다. 시부야에서 마신 도단노모리와는 달리 역한 쓴맛이 입안에 남았다. 그리고는 곧 머리에 취기가 돌고 아련한 현기증이 났다. 남은 맥주를 두 모금에 다 마시고 컵을 돌려주자, 아버지는 캔에 남은 맥주를 따랐다. 컵은 3분의 2 정도 밖에 채워지지 않았다. 하나 더 갖다 달라는 아버지 말에 히로키는 아래층으로 내려갔다. “술판이라도 벌였어? 안주 필요해?” 기요미가 물었다. 괜찮다고 대답하고는 큰 캔을 두 개 들고 서재로 돌아갔다. 히로시의 컵은 이미 비어 있었다. 히로키는 캔을 따서 빈 컵에 기울였다. 아버지가 “어.” 하고 컵을 들어 맥주를 받았다.

“너한테 술을 다 받다니…….” 거품만 잔뜩 올라온 맥주를 소리내어 마셨다. "그래, 좌절……이었지. 내가 학부를 마치고 석사과정에 진학했을 때부터 '우치게바'가 심해졌어. 우치게바가 뭔지 알아?"

"……인터넷에서 봤어요. 동료들이 서로 죽이는 거죠?"

"아, 인터넷에서? 당시 조선적이었던 나는 데모를 하다가 체포되면 일본인과는 달리 수용소로 가야 했고 최악의 경우에는 한국으로 강제송환이 될 수도 있었어. 그래서 섹트에는 직접 관여하지 않고 검은 헬멧을 쓰고 자치회활동을 했어. 그렇긴 하지만 섹트가 지배하는 자치회활동이니까 우치게바의 표적이 될 위험성이 높았지. 가까운 현의 대학에서 나와 친밀했던 당파가 대립 당파를 습격했어. 보복이 예상되어 긴장감이 극에 달했어. 우리 대학 섹트의 우두머리는 다니구치라는 녀석이었어. 나랑 동갑이었고 도량이 넓은 놈이었지. 그놈이 나한테 '이제 위험해졌으니까 너는 활동에서 빠져'라고 했어. 당파투쟁에 자이니치를 연루시키는 것은 이상하다, 자이니치는 일본 제국주의, 그 식민지주의와 싸워야 마땅하고 동료를 죽이는 일에는——놈은 우치게바를 확실히 그렇게 이해하고 있었어. 그리고 그놈은 조직의 방침에 충실했고—— 끌어들이고 싶지 않다고. 나는 다니구치의 제안을 받아들였어. 그렇게 합의를 하고 나서 이틀 후 다니구치는 반대파의 습격을 당해서 쇠파이프로 정수리를 맞고 아파트 벽에 머리를 부딪쳐서 머리가 산산조각이 나서 죽었어……."

"……"

"우치게바에는 공안경찰이 관여하고 있었어. 반체제조직이 서로 죽이면 일석이조인 셈이지. 각각의 조직에 스파이를 심고, 그 스파이한테 얻은 정보를 상대편에게 흘려. 우치게바로 인한 살인은 수사도 하지 않아. 그게 권력이야. 그래서 다니구치를 죽인 범인은 아직도 누군지 몰라. 다니구치의 죽음은 나한테 정치에 대한 허무주의를 심어줬지. 정치에 연루된 죽음. 동료를 죽이는 일……. 그게 나의 첫 번째 좌절이었지."

"……" 히로키는 침묵하고 있을 수밖에 없는 이 자리가 점점 거북했다.

"그보다 더 심했던 것은……, 한 여자와의 만남과 이별이었지. 간단하게 말할게. 그 여자와 나는 연극부에서 만나서 서로 사랑했어. 2년 후배였고 물론 일본인이었어. 나는 기숙사를 나와서 아파트를 빌려 그녀와 같이 살았어. 가정교사 아르바이트를 열심히 찾아서 어찌어찌 살림을 꾸려갔어. 교양학부 학생이었던 그녀는 부모님이 두 분 다 교사셨어. 일교조 조합원이고 공산당을 지지하는 리버럴한 분들이라고 했어. 그런데 그녀가 임신한 사실을 알게 됐어. 나는 그녀와 얘기를 해고 결혼을 승낙받으려고 그녀의 부모님을 찾아뵀어. 그런데 그때 그녀의 부모님이 확실하게 말했지. "피가 섞인다"라고. 부모님이 강경하게 반대했어. 아마 조선인과의 사이에 태어날 아이의 장래를 걱정했겠지. 그녀는 아파트를 나가 집으로 갔고 아이를 지우고는 나와 일체 연락을 끊었어." 잔을 들고 거품이 다 사라진 맥주를 제법 쓰다는 표정으로 들이켰다. "그래도 나는 미련이 남아서 그녀의 뒤를 좇았지. 교양학부 교실과 그녀의 집 앞에서 기다렸어. 하지만 그녀의 결심은 확고했어."

"……"

히로키는 아버지의 고백에 압도되었다. 하지만 아버지가 〈기쿠하나 산책〉 동영상에서 신상 얘기로 화제를 돌린 의도는 꿰뚫고 있었다.

"나는 서른여덟 살에 결혼했어. 꽤 늦었지. 엄마는 스물아홉이었어. 민족학교에 안 다니고 일본 이름으로 살아 온 자이니치끼리 한 결혼이었고. 둘 다 자이니치였으니까 차별을 두려워할 필요가 없었고 자존심보다도 열등감에 시달리며 살아온 세월을 서로 설명하지 않아도 됐어. 그러니까 사회에 엄연히 존재하는 차별을 똑똑히 알고 있었기 때문에 나와 엄마는 너의 형 가즈로와 너에게 우리가 당한 괴로운 경험과 쓸데없는 불안을 떠안게 하고 싶지 않았던 거야. 거기에서 도망칠 방법이 있으니까 그렇게 하면 된다고 생각했어. 어차피 일본에서 살다 죽을 거니까……. 애초에 조선에는 아무런 애착도 없었어. 그래서 결심을 하는데 아무런 망설임도 없었고. 번거로움과 굴욕을 감수하고 귀화 신청을 해서 허가를 받았어. 어떻게 생각하면 나는 같이 귀화할 수 있는 상대를 찾아서 엄마랑 결혼한 건지도 몰라……."

"……도대체 무슨 얘기가 하고 싶은 거야?"

"모르겠어?" 히로키를 바라보는 눈이 글썽이는 듯했다. "아까 얘기했잖아. 나랑 엄마는 이 나라에서 조선인으로 태어났다는 이유로 차별 받고 고통을 받았어. 너희들에게는 그런 상처를 짊어지게 하고 싶지 않고, 그런 기억을 갖게 하고 싶지 않아서 귀화했다고. 그런데 너는 ZT그룹이라는 집단에 들어가서 자이니치와 뉴커머를 차별하고, 상처주고, 모욕하고 있잖아! 나는 내 자식이 남을 차별하는 사람이 되라고 일본에 귀화한 게 아니야!"

히로키는 머릿속에서 펑 하고 풍선이 터지는 소리가 들렸다. 맞다, 그렇구나!

아버지 얘기를 듣고 확실히 깨달았다. 그렇지!

"당신들이 나를 어중간한 일본인으로 만들었기 때문이라고. 그냥 조선인으로 살았으면 조선인을 모두 죽이라는 말 따위 하지 않아. 나는 당신이 너무나 싫어하는 조선인의 피가 흐르는 일본인이라서, 진짜 일본인이 되기 위해서 ZT그룹에서 투쟁하고 있는 거라고!"

취기로 빨개진 아버지의 눈이 휘둥그레졌다. 아버지가 몸을 움직이려는 기색을 눈치 챈 히로키는 재빠르게 문 쪽으로 뛰어가서 방문을 닫고 계단을 내려갔다. 등 뒤로 유리잔이 방문에 세차게 부딪혀 깨지는 소리를 들었다.

18

"넌 도대체 기쿠하나나 ZT그룹 같은 잔챙이를 상대로 해서 뭐가 바뀔 거라고 생각해? 우리의 진짜 상대는 그런 시시한 놈들이 아니라고."

"그럼 어떻게 해? 실제로 저렇게 심한 차별과 폭력이 신오쿠보 코리아타운에서 방치되고 있잖아. 기쿠하나나 ZT그룹을 그냥 뒀다간 머지않아 살인과 학살이 일어날 거라고."

"그렇다고 해도 혼자 뛰어 들어가서 뭐가 해결됐는데? 너도 나도 체포될 뻔했잖아."

"나는 너한테 거기로 오라고 말한 적 없어. 자기 맘대로 와서 일을 더 크게 만든 건 너잖아." 아, 지금 무슨 말을 한 거지…….

"바보!"

나순자한테 온 전화는 일방적으로 끊겼다. 저녁 8시까지 아르바이트를 하고 신오쿠보 역을 향해서 골목을 걷던 중이었다. 그 골목 모퉁이는 어둡고 외등 빛이 잘 닿지 않는 곳이었다. 윤봉창은 아이폰을 바라보며 크게 한숨을 내쉬고 그 자리에서 발걸음을 옮기지 못했다. 〈기쿠하나 산책II〉 이래 순자와 싸움이 끊이지 않았다. 방금 온 전화도 봉창의 주말 일정을 확인하려는 것이었다. 순자는 봉창이 주말에 집중되어 있는 ZT그룹의 헤이트 활동과 기쿠하나 모리노부의 강연회를 겨냥해서, 그녀의 표현을 빌리자면 '무모하게 과격한 행동을 하지 않는지'에 신경을 곤두세우고 있었다.

봉창은 그것을 너무나도 잘 알고 있었기 때문에 반드시 한다고도 하지 않는다고도 말하지 않았다. 신오쿠보에서 기쿠하나와 ZT그룹과 접촉을 하고 나서, 집단을 상대로 하는 것보다는 전부터 생각했던 대로 기쿠하나를 표적으로 해야겠다는 결심을 굳혔다. 지난번처럼 충동적으로, 그 자리에서 즉흥적으로 행동해서는 효과가 없다는 것도 깨달았다. 훨씬 더 치밀한 계획을 세워서 타격을 줄 필요가 있다고 생각했다. 그렇다고 해도 언제, 어디서, 어떻게 할지는 아직 확실한 계획이 없다. 그렇다 보니 애매한 대답을 하게 되고 자꾸 말을 바꾸게 된다. 그래서 순자의 울화통을 터지게 했다.

순자의 말처럼 실제로 우리는 위험했다. 봉창은 아이폰을 바지 주머니에 넣고 걸음을 옮기면서 그날의 상황을 반추했다.

일그러진 시야로 자신의 토사물을 확인하고 코를 찌르는 산성 냄새에 또 다시 위가 뒤집어질 것 같았다. 침을 뱉고 침을 억지로 삼키며 참고 있는데 여러 사람의 발소리가 몰려와서 강제로 연행되었다. 제복을 입은 경찰 두 명이 양쪽에 바짝 붙어 팔을 붙잡았다. 또 한 명은 뒤에서 봉창의 벨트를 잡았다. 정면에는 흰색 지휘봉을 든 경찰이 서 있었다.

"괜찮아요? 다친 데는 없어요?"

말투는 부드러웠지만 놓치지 않겠다는 분위기가 느껴졌다. 지휘봉을 든 경찰의 어깨 너머로 순자를 봤더니 그녀도 경찰들이 일으켜 세웠지만 팔을 붙잡지는 않았다. 여자 경찰이 뭔가를 묻고 있다. 순자와 눈이 마주쳤다. 순간 놀라 경직된 표정. 표정이 풀어졌다. 뭐야 재, 방긋거린다. 웃으면서 손을 흔들고, 이제 괜찮다며 헤죽헤죽 웃는다. 왜 저러지? 자존심이 강한 순자가 경찰에게 애교를 떨고 있다.

"자, 이제 가자. 이러다 아르바이트 늦겠어."

밝은 목소리로 그렇게 말하면서 그녀가 이쪽으로 다가와서 오른쪽에 있는 경찰과 나 사이로 파고 들어온다. 내 팔을 붙들고 있는 경찰의 손을 살며시 풀고, 뒤로 돌아가서 마찬가지로 손을 떼어낸다. 왼쪽으로 와서 미소를 지으며 경찰을 손을 떼어놓는다. 순자의 행동에 경찰은 경계를 늦췄다. 그녀가 가방에서 티슈를 꺼내 자유로워진 봉창의 손에 쥐어주고 눈물과 코를 닦으라고 했다. 코를 풀자 머릿속을 자극하는 위액 냄새와 밥풀이 밖으로 밀려 나와 숨쉬기가 한결 수월해졌다. 순자는 몸의 방향을 틀어 지휘봉을 든 경찰에게 정말 곤란하다는 표정을 짓는다.

"지금 바로 안 가면 아르바이트에 늦어서 잘릴 거예요."

"잠시 사정 설명을 듣고 싶은데." 지휘봉을 든 경찰이 말했다.

"진짜로 시간이 없어요." 순자가 대답했다.

"아무 일도 아니에요. 약간 몸싸움이 있었을 뿐이에요."

봉창은 순자의 의도를 눈치 채고 애써 태연한 척하며 말했다. 꽤 멀리서 기쿠하나의 새된 욕설이 들리고 거기에 호응한 구호소리가 빌딩 벽에 굴절되어 이쪽까지 들렸다.

"하지만 맞은 거 아니야? 그리고 구토도 했잖아. 피해신고를 접수하면 우리가 수사할 텐데."

"안 맞았어요. 그냥 좀 밀치다가……."

"또 토했어? 진짜 자주 토하네. 술도 약하고 싸움도 약하다니까. 아무튼 정말."

순자가 웃음 섞인 말투로 말했다.

"두 사람은 어떤 관계지?"

"같은 곳에서 아르바이트하는 동료예요." 순자가 쉴 새 없이 말한다. "저기 한국음식점에서 점심을 먹고 나왔는데 밖에서 뭔가 심한 말을 하고 있어서 얘가 괜히 정의감을 앞세워서 갑자기 몸싸움을 하게 됐거든요. 제가 하지 말라고 말렸는데 말을 안 듣고."

"어디서 아르바이트를 하지?"

"다카다노바바에 있는 이자카야예요. 이 친구는 주방에서, 저는 홀에서 일해요. 아무튼, 또 지각하면 잘려요. 잘리면 경찰 아저씨가 아르바이트 찾아주실 거예요?"

"그럼 곧장 아르바이트 가야 돼. 그 사람들을 뒤쫓아서 가서 또 소동을 일으키는 거 아니지?"

"안 그래요. 진저리가 나요. 이제 가도 되죠? 야, 빨리 가야 돼."

순자가 한심스러운 목소리를 냈다.

"그래, 이제 정말 시간이 다 됐으니까 빨리 가야지." 봉창도 순자의 장단에 맞췄다.

지휘봉을 든 경찰은 의심의 눈초리로, 그럼 조심해서 가, 라고 말한다. 봉창은 ZT그룹의 뒤를 쫓아가는 경찰들을 힐끗거리며 순자의 손에 이끌려 신오쿠보 역 방향으로 황급히 걸었다. 순자는 일단 할인점까지 가야 한다고 했고, 사복경찰이 따라오고 있으니 주의하라고도 했다. 뒤를 돌아봤더니 정말 따라오고 있었다. 숨어서 미행하는 게 아니라 당당하게.

가게로 돌아가는 것을 포기하고 개찰구를 통과해 계단에 숨어서 사복경찰의 동태를 살폈다. 안쪽까지는 오지 않았다. 플랫폼에는 전차가 도착했다는 방송이 나왔다. 계단을 뛰어 올라가서 간신히 전철을 탔다. 모리카와에게는 급한 용무가 생겨서 못 가게 됐다고 양해를 구했다.

순자의 재치로 경찰에 신분이 노출되는 것을 피할 수 있었다. 그때 나 혼자 있었다면 이유를 막론하고 경찰서에 연행되었을지도 모른다. 잘못했다가는 검은 별빛처럼 기쿠하나나 한자가 피해신고를 해서 체포되었을지도 모른다. 그쪽에서 "우리가 폭행을 당했습니다."라고 했으면 내 신변은 완전히 폭로되었을 것이다.

야마노테 선, 조반 선, 사철선. 붐비는 전차 안에는 술 취한 승객이 많았다. 역에서 내려서 편의점과 슈퍼가 늘어선 길을 지나 작은 신사 옆길을 통과해서 아파트로 가는 마지막 골목으로 들어선다.

순자네 집으로 갈까? 아니다, 오늘밤은 그냥 있자. 또 싸우기나 하겠지. 여러 가지 생각이 교차한다. 차가 다니지 않는 막다른 골목. 조금만 더 가면 똑같은 형태의 이층짜리 연립주택이 세 동 서 있다. 역에서 걸어서 15분 정도 되는 거리. 연립주택 반대쪽으로는 이웃집 산호수 울타리가 늘어서 있다.

연립주택 입구 가로등 불빛이 초록색 울타리를 어렴풋이 드러내고 그 주위로 검은 나뭇잎 그림자를 새겼다. 가로등 밑으로는 자전거를 세워두는 곳과 쓰레기통 박스가 놓여 있다. 어느 집인지 예능프로그램인 것 같은 소란스러운 텔레비전 소리가 새어 나오고 여러 명이 같이 웃는 소리가 들린다. 그 소리를 듣고 봉창은 지금 혼자 있다는 불안감을 곱씹었다.

봉창의 집이 있는 가장 안쪽 동의 가로등은 며칠 전부터 불규칙적으로 깜빡거리고 있었다. 한순간의 어둠과 희미한 불빛이 반복됐다. 자전거를 세워놓은 곳에는 지붕이 가로등 불빛을 가로막아 어둠이 한층 깊었다. 멈춰 선 채 어둠을 바라본다. 그 칠흑 같은 어둠 속에서 순자가 나와 주지는 않을까 하고 바라본다. 그렇게 화를 냈던 적은 없었다. 그리움이 사무친다. 2층으로 올라가 문에 열쇠를 꽂았다.

열려 있다! 오싹 소름이 돋았다. 설마 ZT의 짓인가? 아니면 권력?

주방과 거실 사이의 미닫이문이 열리는 소리가 났다. 살짝 연 문틈으로 말을 했다.

"누구야?"

"나."

낮게 가라앉은 순자의 목소리가 들렸다.

19

쿵쾅거리며 황급히 계단을 내려온 도모다 히로키. 엄마는 거실 소파에서 고개를 돌려 겁먹은 눈으로 이쪽을 보고 있었다.

"히로야, 왜 그래? 좀 전에 유리 깨지는 것 같은 소리가 크게 났어. 또 아버지랑 싸운 거야? 다친 데는 없어? 괜찮니?"

다급하게 쏟아내는 질문과 엄마가 보고 있던 한국 사극드라마의 절규가 겹쳐져서 히로키는 엄마가 무슨 말을 하는지 잘 알아들을 수가 없었다. 텔레비전 화면에는 대군의 전투 신이 나오다가 이내 주인공으로 보이는 인물의 액션 신으로 넘어갔다. 히로키는 어깨너머로 보이는 텔레비전 화면과 엄마를 번갈아 보면서 가까스로 그녀의 눈빛과 말의 의미를 알아챘다. 뭔가가 깨지는 큰 소리? 컵이 깨지는 소리 말이구나. 싸움을 했다? 그게 싸움인가. 다쳤냐고? 다치지 않았다.

“괜찮아…….”

갈라진 자신의 목소리가 들렸다. 히로키는 엄마의 말을 듣고 아버지 서재를 뛰쳐 나왔을 때의 긴장감이 풀어져 몸이 심하게 떨리고 있었다. 그 모습에 놀란 기요미가 텔레비전을 끄고 소파에서 히로키에게 다가와 이마와 팔, 어깨와 가슴을 더듬으며 무사를 확인한다.

“어디 아픈 데 없어?”

“없어요. 괜찮다니까…….”

히로키는 엄마의 손을 부드럽게 내려놓고 자기 방으로 가려고 거실 끝 쪽으로 걸음을 옮겼다. 등 뒤로, 엄마가 계단을 올라가는 소리가 들렸다.

“여보, 무슨 일이 있었던 거예요?” 격앙되어 따져 묻는 엄마의 목소리가 들렸다.

“잠깐, 들어오지 마!” 취기가 느껴지는 성난 아버지의 목소리가 들렸다.

방으로 들어와 침대 위에 엎드린 자세로 쓰러졌다. 야간 근무의 피로를 고스란히 안은 채 목욕도 하지 않고 잠을 잔 탓에 베개와 이불에서 땀 냄새와 체취가 섞인 빵공장 특유의 기름 냄새가 났다. 그 공장에서 야간 근무를 하는 한, 계속해서 냄새가 몸에 배어 기름 냄새는 체취가 될 것이다. 구역질이 날 것 같은 ‘무취 알코올’ 냄새와 뒤섞인 기름 냄새. 컨베이어벨트의 보조 기계인 인간에게 부여된 기계기름의 이미지……. 이 냄새를 없애려면 그 공장과 결별하지 않으면 안 된다. 아버지 서재에서 있었던 일이나 엄마와 나눈 요령 없는 대화와 아무 상관없이 냄새에 신경이 쓰였다. 히로키는 방 밖의 소리에 귀를 기울이면서 맥락이 단절된 의식의 흐름을 이상하게 생각했다.

누군가가 계단을 내려온다. 히로키의 심장은 움찔하고 반응했다. 히로키는 아버지가 방으로 들어오는 것을 떨면서 기다리고 있었다. 심장이 심하게 고동쳤다. 그런데 발걸음 소리는 거실 옆에 있는 방으로 사라졌고, 다시 계단을 올라갔다. 온 신경을 귀에 집중시켰다. 서재의 경첩이 삐걱거리는 소리가 길게 들렸다. 엄마가 뭔가를 말하고 있는데, 무슨 말을 하는지까지는 알아들을 수가 없었다. 잠시 후 청소기 모터가 돌아가는 소리. 엄마가 깨진 유리 조각을 치우는 듯했다. 히로키는 엎드린 자세에서 몸을 돌려 똑바로 누워 아버지의 이야기를 반추한다. 가슴이 쑤시듯 아파온다.

"나랑 엄마는 이 나라에서 조선인으로 태어났다는 이유로 차별받고 고통을 받았어. 너희들에게는 그런 상처를 짊어지게 하고 싶지 않고, 그런 기억을 갖게 하고 싶지 않아서 귀화했다고. 나는 내 자식이 남을 차별하는 사람이 되라고 일본에 귀화한 게 아니야!"

그렇구나……. 맥락이 단절됐던 사고의 흐름이 원래의 줄기로 이어졌다. 나에게 배어있는 빵 공장 냄새를 없애기 위해서는 그 공장을 그만두는 것밖에 방법이 없다. 너무나도 단순한 인과관계…….

나에게 배어들려고 하는 ZT그룹의 무언가…… 아니, 벌써 배었기 때문에 아버지에게 그런 말을 한 건가?

"당신들이 나를 어중간한 일본인으로 만들었기 때문이라고. 그냥 조선인으로 살았으면 조선인을 모두 죽이라는 말 따위 하지 않아. 나는 당신이 너무나 싫어하는 조선인의 피가 흐르는 일본인이라서, 진짜 일본인이 되기 위해서 ZT그룹에서 투쟁하고 있는 거라고!"

나는 아버지를 싫어한다. 하지만 그것은 증오와는 다르다. 아버지는 어린 시절 전차를 좋아했던 나를 집 근처 구름다리로 데리고 가서 지나가는 전차를 질리도록 보여주었다. 그때 아버지 손을 잡고 집으로 돌아오는 길에 봤던 석양이 내가 기억하는 석양의 원형이다. 아버지를 너무 좋아했던 사실과 기억은 부정할 수도 지워지지도 않는다. 코가 찡하게 아리고 무릎 안쪽이 간질거렸다. 그런데 어떻게 그런 말을 했을까?

상대방이 싫어하는 것을 찾아내는 촉각, 상대방이 상처받는 것을 냄새 맡는 후각, 상대방의 고통을 맛보는 미각이 나에게 배어 있기 때문일까? 그것을 떼어내기 위해서는 ZT그룹을 멀리하는 수밖에 없다, 라는 지나치게 단순한 인과관계…….

히로키는 아버지에게 서슴지 않고 내뱉은 말에 한기를 느껴 이불을 뒤집어썼다. 옆을 보고 누워 무릎을 90도로 구부린다. 가장 안정적인 자세. 왼쪽 귀를 베개에 대니, 침대의 삐걱거리는 소리가 직접 귀로 들어온다. 삐걱삐걱 소리가 그치지 않는 것은 진정이 되지 않는 심장 때문인가? 오른쪽 귀의 청각을 2층으로 집중시킨다.

청소기 소리는 이제 들리지 않는다. 아버지와 엄마는 무슨 이야기를 하고 있을까? 아버지는 유튜브 동영상을 엄마에게도 보여줬을까? 그랬다면 분명 엄마는 이 방으로 뛰어 들어올 것이다.

아버지가 일부러 정지시킨 화면 속의 나. 그건 내가 아닌 나다. 나는 조선인을 죽이고 싶다는 생각 따위 해 본 적이 없다. 죽일 수도 없다. ZT그룹의 데모나 가두선전에 나온 다른 사람들도 모두 그럴 것이다. 그런데 어째서 "죽여!"라고 외칠 수 있을까?

죽인다, 죽인다, 죽인다, 죽 · 인 · 다.

장난으로 친구한테 죽인다고 했던 적은 셀 수 없이 많았다. 하지만 ZT그룹에 모인 사람들은 장난으로 '죽인다'고 외치는 것은 아니다. 진지하게 외치고 있다. 나도 진지하게 외쳤다…….

죽인다? ……목을 졸라서 숨을 멈추게 한다. 머리를 가격해서 뇌를 부순다. 피부를 찢어 심장과 같은 장기를 손상시킨다. 동맥을 끊어 과다출혈로 숨지게 한다……. 무엇으로? 맨손? 그래, 차로 치어 죽인다. 얼음을 깨는 송곳으로 찌른다. 칼로 난도질한다. 금속 방망이로 얼굴과 머리를 흠씬 가격한다…….

비명을 지른다. 사방으로 피가 튄다. 고2 때 후쿠다에게 맞고 흘렸던 코피 정도가 아니다. 엄청나게 새빨간 피. 피가 흘러 고인 웅덩이.

히로키는 유튜브에서 몇 번이나 본 적이 있는 살인 장면과 전장의 처형 장면을 떠올린다. 내가? 못 한다. 기쿠하나 대표, 한자 사무국장, 가이아, ZT그룹 간부들은 조선인을 죽이고 싶은 걸까? 진짜 죽일 수 있을까? 죽일까?

건국기념일에 있었던 천황제에 반대하는 반일좌익 데모에 맞서서 가두선전을 했던 기쿠하나 대표의 소름끼치는 연설.

"아무리 여자고 아이라고 한들, 배신자는 때려죽여야 마땅합니다! 반일 일본인은 처형해야 합니다! 에밀 시오랑이 말했습니다. '살해자는 반역을 가정하고, 그것을 완수한다. 살해의 욕구를 알지 못하는 자가 세상을 바꾸는 의견을 설파한들 공허하다. 그것은 그저 무사안일주의자일 뿐이다'라고요. 그렇습니다! 다음번에는 반드시 저 반일좌익에게 휘발유를 들이붓고 불을 붙여줍시다. 저는 한다고 말한 것은 반드시 합니다."

오, 그래? 휘발유를 부어서 태워 죽인다고? 가두선전이 끝난 후, 인상적이었기 때문에 에밀 시오랑이 누구예요? 라고 대표에게 물었더니 "나도 몰라. 인터넷에서 찾은 말이야."라고 했다. 조금도 기죽지 않고, "그래도 좋은 말이지? 진리를 꿰뚫고, 내 심정을 딱 대변하는 말이야."라고 말하고는 헤헤헷 하고 웃었다.

기쿠하나 대표에게 조선인과 반일좌익은 동급이다. 조선인은 일본에 해를 끼치는 존재이기 때문에 걸러내야 할 대상이라는 것이다. 대표는 한다고 말한 것은 반드시 할…… 것이다. 그러면 어느 순간부터 ZT그룹은 그것을 실행에 옮길지도 모른다. 그러면 나는 그런 그룹의 멤버가 되는 것이다. 아버지 말처럼 할머니를 죽이는 집단의 일원이 되는 것인가…….

계단이 삐걱거리는 소리가 오른쪽 귀에 들린다. 누군가가 내려온다. 히로키는 바짝 긴장했다. 순식간에 감정적이 되는 엄마보다 아버지가 방으로 들어오기를 바랐다. 그러면 불필요한 설명 없이 얘기를 이어갈 수 있다. 차별에서 나를 지키기 위해서 차별의 근거가 되는 한국 국적을 일본 국적으로 바꾼 것. 나는 작년까지 그 사실을 모르고 살아왔다. 그래서 그것이 고마운 일인지 아닌지 판단할 수도 없었다. 아니, 내가 지금까지 너무나 당연한 듯이 일본인으로 살아올 수 있었으니까 어쩌면 좋았는지도 모른다. 아버지에게 고마워해야 한다. 나는 이제 와서 조선인이라든가 한국인이라고 밝힐 수 없다. 아니, 그런데…… 원래 일본인이란 무엇인가? 조선인을 차별할 수 있으니까 일본인인가? 한국 국적에서 일본 국적이 되었으니 조선인을 차별할 수 있는 자격을 얻은 건가?

인터넷과 ZT그룹에서 배워서 쓰기 시작한 종코, 조센진, 반일, 나가라, 처형, 죽여라, 쫓아내라, 일본인, 애국자……. 일 년 전에는 그런 말을 써본 적도 없다. 사람을 차별하고 증오하는 것은 말을 함으로써 몸에 배는 것인가? 나는 나의 말을 가지고 있지 않다. 그래서 내가 무슨 짓을 하는지 모르는 건가? 아버지가 이 방으로 와서 다시 한 번, 나는 내 자식이 남을 차별하는 사람이 되라고 일본에 귀화한 게 아니야! 라고 말해 준다면……. 지금이라면 솔직하게 아버지에게 사죄할 수 있다. 아니, 그래야만 한다. 그렇게 해서 지금 내 몸에 배고 있는 흉측한 것을 걸러내야 한다.

계단에서 들려오는 발소리는 하나였다. 발소리는 거실 옆에 있는 방으로 사라져 갔다. 다시 들리기 시작한 발소리는 주방으로 옮겨졌고, 주방에서 유리를 달그락거리는 소리가 난 후 거실 소파 주변에서 소리가 끊겼다. 텔레비전 소리가 들린다. 히로키는 꼼짝도 하지 않고 눈을 감은 채로 계단이 삐걱거리는 소리가 들려오길 기다렸다. 아버지는 엄마에게 아무 얘기도 하지 않은 듯했다. 히로키는 버림받은 아이가 된 기분으로 누워있었다.

침대 옆 책상 위에 올려놓은 휴대폰이 울렸다. 한자에게 온 전화였다. 이 타이밍에 사무국장이…….

"도모히로 씨, 갑자기 전화해서 미안한데요, 오늘 시간 있어요?"

"아, 네 괜찮습니다."라고 말해 버렸다. 어떤 이유든 나를 부르고 초청했다.

"그럼, 5시 반에 아키하바라 사무실에서 보죠."

"알겠습니다."

히로키는 나가기 전에 샤워를 하려고 갈아입을 속옷을 챙겨 방을 나왔다.

20

부엌으로 한걸음 내디딘 채 멈춰선 나순자는 거실 불빛을 등지고 서 있어 형체만 보이고 표정은 잘 보이지 않았다. 하지만 윤봉창의 집에 갖다 놓은 자신의 추리닝으로 갈아입지 않고, 파란색 다운점퍼와 청바지를 입고 있다는 것은 알 수 있었다. 밤이 깊어 추워졌는데 거실 석유스토브를 켜지 않은 것 같았다. 스토브를 켜면 6조 거실은 금세 훈훈해지고 미닫이문을 열면 부엌으로 온기가 흘러들어 간다. 그런데 그런 공기의 흐름은 느껴지지 않는다. 차가운 공기가 두 사람 사이의 서먹함을 더했다.

"몇 시쯤 왔어?" 봉창은 선 채로 신발을 벗으면서 태연한 척 물었다.

"30분쯤 전인가?" 책을 읽는 듯한 말투로 대답했다.

봉창은 싱크대 옆에 있던 주전자에 물을 받으면서 순자의 표정을 살폈다. 한쪽에만 빛을 받은 그녀의 반듯한 옆얼굴은 창백해 보였고 쌍꺼풀이 없는 얇은 눈은 촉촉하게 빛이 나서 거실의 불이 반사되었다.

"녹차나 커피, 뭐 안 마실래?"

"안 마셔."

뿌리치는 듯한 대답을 들은 봉창이 주전자를 들고 거실로 갔다. 그러자 순자는 먼저 방으로 들어가서 당연하다는 듯 중앙 테이블 반대편으로 가더니 침대에 등을 기대고 앉았다. 거기가 언제나 그녀의 자리였다. 봉창은 스토브에 주전자를 올려놓고 불을 붙였다. 타다닥 불이 붙는 소리가 나고 등유 타는 냄새가 번졌다. 봉창도 언제나처럼 침대 반대편에 앉아 드디어 정면으로 순자를 봤다. 그녀가 봉창을 쏘아본다. 거실에 들어서면서부터 계속해서 자신의 행동 하나하나를 주시하고 있었던 것 같다.

"있잖아, 아까 전화 말인데…… 미안했어."

"뭐가 미안했는데?"

"뭐라니…… 내 걱정을 해서 신오쿠보까지 왔는데, 너 때문에 일이 커졌다는 둥 마음에도 없는 말을 했잖아……."

"마음에 없는 말이 입 밖으로 나올까? 마음속 어딘가에 그런 생각이 없으면 입 밖으로 나올 리가 없지. 하긴 나도 똑같아. 혼자 뛰어 들어가서 뭐가 해결됐는데? 라고 말한 거. ZT그룹을 어떻게든 하고 싶다는 너의 생각을 완전히 부정하는 말이었잖아."

"……"

“그렇긴 하지만 나는 네가 생각하는 방식에는 찬성할 수 없어.”

“내가 생각하는 방식이라니?”

“너 기쿠하나 모리노부를 겨냥하고 있잖아.”

“그게 무슨 말이야.” 움찔 턱이 떨렸다. “내가 그놈을 상대로 테러라도 저지를 거라는 얘기야?”

“그렇지 않아? 나는 네가 하는 말 한 마디 한 마디에서, 또 신오쿠보에서 했던 행동에서도 상당히 위험한 냄새를 맡았어. 아까 전화를 했던 게 오히려 좋은 기회라는 생각이 들어서 용기를 내서 여기까지 온 거야. 오늘은 네가 무슨 생각을 하고 있는지 분명히 들을 거야. 적당히 둘러대는 건 용서 못 해.”

“용서 못 한다고?” 봉창은 그 말에 기분이 상했다. “내가 하는 행동을 용서한다든가 용서 못 한다든가 너한테 그럴 권리가 있나?”

순자의 얼굴이 순식간에 슬픔으로 위축되었다. 또 상처를 줬구나 하고 깨달은 바로 그 순간, 순자의 몸을 감싸고 있던 의미 없는 장막이 벗겨졌다. 그녀는 야무진 의지로 온몸의 윤곽을 바로 하려는 듯 등을 꼿꼿하게 세웠다.

“흠, 그러네.” 오른쪽 입꼬리를 살짝 올리며 조소하는 듯한 목소리를 냈다. “그래, 내가 너를 용서한다든가 용서 못 한다든가, 그럴 자격도 권리도 없어. 내가 말을 잘못했네. 미안해. 그러면 철저하게 토론을 해보는 건 어때? ZT그룹의 언어폭력과 증오로 인한 범죄를 어떻게든 막을 방법은 없을까 하고 진지하게 생각하고 있는 사람들끼리. 그들의 폭력으로 상처받고 공포 속에서 살고 있는 당사자로서 말이야.”

"아니……, 나는 아무것도" 또 다시 상처를 줬다는 후회 때문에 말하기가 조심스러웠다. "그, 그래."

"나는 경찰이나 언론의 자유 따위로 보호받고 있는 ZT그룹의 일상적인 박해를 막기 위해서 어떻게 하면 좋을지 너하고 같이 생각하고 싶어. 혼자 다 끌어안지 말고. 나도 본격적으로 할 거야. 작년에 우리가 우에노 데모에 갔을 때는 인식도 부족했고 결심도 모자랐어. 너는 계획서에 정면으로 항의하는 데 의의가 있다고 썼어. 저항운동이라고도 표현했었지. 그런데 이제 항의나 저항 수준으로는 안 돼. 게다가 검은 별빛의 투쟁을 모른 척하고 맥없이 도망쳐 왔으니까 이중으로 죄가 깊은 거지. 상황은 더 악화됐어. 너도 그래서 괴로워하고 있는 거잖아? 그러니까 생각하고 있는 걸 숨김없이 꺼내서 얘기해 보자는 거야."

봉창은 더 이상 도망칠 수 없겠다고 체념했다. 예리하게 파고드는 순자의 추궁을 피할 수가 없다. 어쩌면 순자와 얘기를 하고 나면 내 생각이 유효한지 무의미한지를 판단할 수 있을지도 모른다. 똑바로 이쪽을 쳐다보는 순자의 눈빛이 강렬했다.

"……그래. 서로의 생각을 조율할 필요가 있지."

"그럼, 먼저 네 생각부터 들려주지 않을래? 그러고 나서 내 생각을 말할게. 내 감이 그렇게 무디지 않다는 건 알고 있지? 나는 불길한 예감을 피해서 다른 방향으로 방법을 찾았어."

봉창이 어디서부터 어떻게 얘기를 하면 좋을지 궁리를 하느라 순자의 눈을 피해 시선을 돌렸을 때 스토브에 올려놓은 주전자가 치익치익 소리를 내면서 끓어오르고 있었다. 이제 방 안에 온기가 돈다. 입고 있던 더플코트를 그제서야 벗었다. 그러자 순자도 파란색 다운재킷을 벗어 침대 위에 올려놓았다. 안에 입은 가로줄무늬가 그러데이션된 스웨터가 몹시 잘 어울렸다. 주전자를 스토브 가장자리로 옮겼더니 소리가 꽤 조용해졌다. 순자의 기세에 압도된 봉창은 갈증을 느꼈다.

다시 한 번 순자에게 "뭐 안 마실래?" 하고 묻자, 녹차를 달라고 했다. 주방으로 가서 같은 머그잔에 녹차 티백을 넣어 와서는 뜨거운 물을 부었다. 녹차 향이 경직된 방 안 공기를 이완시키는 기분이 들었다. 순자는 티백을 넣은 채로 머그잔에 입술을 대고 후후 불며 차를 마신다. 봉창도 똑같이 차를 마셨다. 떫은맛이 좋았다. 코에 향을 남기고 마른 목을 촉촉하게 적신 뜨거운 액체가 위로 내려가서 퍼진다. 녹차와 함께 들이마신 뜨거운 숨을, 두 사람이 동시에 탄식처럼 내뱉었다. 무의식중에 둘은 서로의 얼굴을 봤다. 봉창은 살짝 누그러진 분위기를 타서 아무렇지도 않은 듯 말했다.

"응, 나는 기쿠하나를 겨냥하고 있어. 그놈에게 타격을 입혀서 놈의 권위를 갈기갈기 찢고, 그래서 그 추종자들을 떼어내고 싶어."

살짝 움직인 순자의 입 모양이 '역시' 하고 발음하는 것 같았다. 그녀의 눈빛이 한층 빛났다. 봉창은 그녀의 변화를 모른 척하고 잔을 테이블 위에 올린 후 얘기를 계속했다.

"그냥 앉아서 당하기만 할 수는 없잖아. 우리는 우에노 데모에 갔다 와서 침묵의 나락으로 떨어졌어. 너는 계속 잠을 잤고. 심한 무력감에 사로잡혀서 더 이상 관여하고 싶지 않은 기분이 들기도 했어. 하지만, 그래, 아까 네가 말한 것처럼 항의나 저항수준으로는 이제 안 돼. 선을 넘기 시작한 기쿠하나에게 직접적인 타격을 줄 필요가 있어. 이제는 그놈들을 침묵하게 할 투쟁—."

"잠깐, 잠깐만. 너 어떻게 할 셈이야?"

"아니, 좀 더 들어. 기쿠하나와 그 무리들은 보복을 당하지 않을 거라고 굳게 믿고 있어. 조선인 출신이라는, 자기 의지로는 어떻게도 할 수 없는 속성. 거기다 대고 나가라! 라든가, 죽여! 라고 외치며 인간 취급을 안 해. 그놈들한테 조선인은 인간이 아닌 거야. 궁극적으로는 죽여도 된다는 게 그놈들 논리지. 결국 식민지주의지. 식민지주의는 침략과 차별이야. 안신 마스조 정권의 속셈이자 이 사회의 토양인 식민지주의에 올라타는 거지. 그놈들은 마조리티가 힘을 실어주는 암묵적인 지지를 잘 알고 있어. 그 유리한 입장을 이용해서 마이너리티를 공포로 몰아넣고 침묵시키고 있는 거야. 그렇잖아."

"그래, 네 말이 맞아. 그렇긴 하지만……."

"아니, 아직 끝나지 않았어. 우에노 데모나 기쿠하나 산책 현장에서 실제로 들었던 조선인을 향한 존재 부정. 인터넷 동영상이나 게시판에 무수히 올라오는 비방처럼 조선인, 중국인, 재일아시아인, 장애인, 연금생활자에 대한 유언비어와 증오. 그놈들 마음대로 유언비어를 유포하고 날조해서 누군가를 위험한 존재로 지명하고, 그들이 일본의 안전을 위협한다는 식으로 상황을 몰아가서 안전보장의 탈을 쓰고 공격하지. 공격당하는 쪽은 생존을 전제로 정의도 세상도 송두리째 빼앗겨버려. 도저히 살 수가 없는 거지. K시에서 습격당한 조선학교 아이들이 어머니한테 '조선인은 나쁜 거야?'라고 물었대."

"……" 순자의 얼굴은 고통스러운 듯 일그러졌다.

"증오를 방류하는 레이시스트의 가두선전과 데모를 공안위원회가 허가하고, 경찰이 지켜주고 가세해. 아무도 우리들을 지켜주지 않아. 그 누구도 불합리한 공격을 막아주지 않고. 그런 사회에서 마이너리티가 존엄을 지키려면 어떻게 해야 하지? 정당한 방법만으로 저 비열한 놈들과 맞설 수 있을까? 반격하지 않으면 앞으로도 이 상황이 계속될 거야. 어떻게 해야 돼?"

"……" 순자의 얼굴이 붉어졌다. 그러나 입술은 굳게 다물고 있었다.

"무슨 말이라도 해봐." 마음이 조급해져서 가시 돋친 말투가 튀어나왔다.

"……계속 얘기해봐. 내 생각은 네가 전부 다 얘기한 다음에 말할 테니까. 그래서 어떻게 할 거야?" 순자는 침통한 눈빛으로 딱딱하게 말했다.

"방치된 상태에는 충격이 필요해. 반격을 안 하니까 놈들이 한없이 기세등등해지고 있어. 놈들한테 일격을 가해서 이대로 무사할 수는 없다는 걸 알려줘야 해."

봉창은 얘기를 중단했다. 순자가 입술을 깨물었다. 불길한 예감이 모두 적중한 것을 안타까워하는 것 같았다. 봉창은 저려오는 가슴을 억누르며 말을 이어갔다.

"타깃은 반드시 기쿠하나 모리노부여야 해. 기쿠하나는 자타가 공인하는 레이시스트 세력의 카리스마야. 인정하고 싶지 않지만, 그놈은 대단한 능력자야. 실제로 그놈이 내키는 대로 공격대상을 정하면 그게 안전보장화되고, 그리고 공격이 가해지는 거지. 명백한 차별주의자 · 기쿠하나는 어떤 비판도 무시하고, 역사와 사실을 유언비어로 날조하며 죽을 때까지 차별주의자로 살 거야. 아니야? 스케일이 달라서 비교가 안 될지도 모르지만 히틀러 없이는 나치도 존재할 수 없었던 것처럼 기쿠하나가 없었으면 ZT그룹도 없었을 거야. 아니아니, 히틀러도 처음에는 유대인을 반대하는 그룹의 하찮은 우두머리에 지나지 않았어. 그런데 서구사회에 반유대주의 토양이 퇴적해 있었기 때문에 나치 제국의 총통이 된 거야. 어쩌면 기쿠하나도 조선을 싫어하는 일본 식민지주의의 토양에서 작은 히틀러 정도로 둔갑할지도 몰라. 그럴 가능성은 충분해. 그러니까 그렇게 되기 전에 그놈을 쳐낼 필요가 있어."

"그러니까 그놈을 상대로 테러를 저지르겠다는 얘기네. 맨손으로? 쇠파이프로? 아니면 칼로? 한두 번 패주는 정도? 팔이라도 하나 부러뜨릴 생각이야? 아니면 죽일 셈이야?" 순자는 나지막한 목소리로 말했다. 봉창을 응시하는 그녀의 눈빛에 분노가 비쳤다. "그렇게 해서 그놈들과 똑같은 수준으로 타락할 생각이야? 테러를 저지르면 피해자인 네가 가해자가 되는 거라고. 그놈들이랑 같아지는 거야."

"나는 테러를 저지를 생각은 없어."

"방금 기쿠하나를 친다고 했잖아. 너는 도대체 어느 정도로 진지하게 생각하는 거야? 다른 사람들도 마음속으로는 다 너처럼 생각해. 나 역시 그래. 그게 가능하다면 얼마나 후련할까……. 하지만 일을 저지르는 순간, 경찰은 이때다 하고 우리를 잡으러 올 거야. 격분한 레이시스트들도 그냥 있지는 않을 거고. 예를 들면 한 자라든가 기쿠하나 옆에서 조선인을 모두 죽이라고 떠들어대던 애송이를 공안이 부추겨서 조선인 사냥을 할지도 모른다고."

"그런 일은 없어."

"네가 어떻게 알아?"

"그냥 알아. 걱정 안 해도 돼."

봉창은 냉정함을 되찾았다. 순자와 대화를 하다 보니 자신의 계획이 의외로 효과적일지도 모른다는 생각이 들었기 때문이다. 그 여유가 표정에도 드러났나? 이쪽을 바라보는 순자가 조바심을 내는 것이 조금 이상했다.

"기쿠하나를 친다는 내 생각을 얘기했어. 그럼 이제 네 생각을 들려줘."

"너 아직 얘기 다 안 했잖아. 구체적으로 어떻게 할 건지, 어떤 계획을 갖고 있는지도."

"……"

"말 안 할 거야? 아니면 네가 기쿠하나를 치겠다는 건 망상, 몽상 같은 거야?" 순자는 후우 하고 크게 숨을 내뱉고 입술을 깨물고는 허공을 바라보았다. "그래 좋아, 얘기할게. 내 생각……."

순자는 봉창을 똑바로 바라보고 낮은 목소리로 천천히 얘기를 시작했다.

"예전에 오키나와 사람들이 했던 반기지 투쟁, 알지? 섬 전체가 대규모로 투쟁했던 거. 요즘말로 하면 〈올 오키나와〉. 올 오키나와에 대한 비판이 있는 것도 알고 있지만, 올 오키나와가 아니었으면 기지를 철거할 수 없었을 거야. 미국의 뜻을 받아 기지를 증설하라는 일본 정부의 압력이 있었고, 우리도 포함해서 야마토 주민들은 무관심했으니까. 거기서 힌트를 얻었어. 〈올 민족〉이 다 같이 호소해서 차별금지법이라든가 헤이트 스피치를 위법으로 하는 법률을 만드는 서명운동을 벌이는 거야. 물론 서명의 대상은 이 사회 주민 모두. 국적도 민족도 관계없이. 현행 형법에는 불특정 집단을 향한 헤이트 스피치나 증오선동을 처벌하는 규정이 없으니까 레이시스트의 가두선전과 데모에 대처할 수가 없어. 그런 단체도 규제할 수 없고. 법률은 일단 사회규범이잖아. 증오선동은 법에 위배되는 범죄 행위고, 법을 어기면 벌을 받는다는 규범을 만드는 거야. 헤이트는 제노사이드로 이어지니까 제노사이드를 일으키지 않기 위해서 헤이트 스피치를 범죄화하는 거지. 헤이트를 멈추게 하는 가장 빠른 방법은 그거야."

여기까지 말을 하고 순자는 머그잔을 들어 차를 한 모금 마셨다. 그리고는 어때? 라고 묻는 듯한 눈짓을 보냈다. 봉창은 설득당하지 않았다는 것을 알려주려고 말없이 강렬한 눈빛으로 순자를 응대했다. 눈치를 챈 순자는 입을 굳게 다물고 코로 흠 하고 숨을 내쉬고는 말을 이어갔다.

"그리고 이 서명운동은 그저 맥없이 당하고만 있는 걸 괴로워하는 많은 동포와 동포 청년들이 쉽게 참여할 수 있는 반격 행동이 될 거야. 서명운동을 통해서 같은 처지인 사람들을 만날 수 있고,

결과물이 쌓이면 상처받은 마음을 회복할 수도 있지 않을까? 나는 그게 제일 중요하다고 생각해. 법률 내용은 전문가와 상담하는 걸로 하고 헤이트 문제를 출발점으로 해서 차별금지법을 제정하는 여론형성을 노려보는 거야. 사실 문제의 출발점은 ZT그룹이나 기쿠하나가 아니야. 그놈들이 돌출되어 있어서 거기서 문제가 야기된 것처럼 느껴지지만, 실은 안신 마스조나 지방자치단체의 수장들이 조선고교의 무상화 제외라든가 보조금 폐지 같은 노골적인 방법으로 차별을 하고 있어. 그것을 공격할 수 있는 건 차별금지법이야. 진짜는 이쪽이고, 이 사람들과 겨룰 수 있는 대형을 만들어야 ZT그룹을 극소화할 수 있어……."

순자는 봉창의 동의를 구하려는 듯 여기서 얘기를 중단했다. 봉창은 침묵을 지켰다. 자신의 얼굴에 불만과 더불어 동의할 수 없다는 표정이 드러나 있는 것을 느끼고 있었다. 순자는 봉창의 표정을 정확히 간파한 듯이 한껏 힘을 주어 이야기하기 시작했다.

"나도 알아. '올 민족'이라고 해도 민단, 조총련, 한통련(재일한국민주통일연합) 기타 등등, 민족 내부에는 갈등이 있고 대립도 심해. 조선고교의 무상화 제외는 일본 정부의 명백한 민족차별인데, 이 문제에 대해서 민단은 사실상 무상화 제외를 인정하는 의견을 일본 정부에 전하고 있으니까 말이야. 그 이유가 조선전쟁과 납치문제에 관한 조선학교의 교육내용이 이상하기 때문이라고 했고. 일본 정부나 지자체가 어떻게든 기회만 되면 개입하려고 하는 민족교육의 내용을 민단이 먼저 문제 삼은 거지. 일본 정부 입장에서 보면 재일조선인 일각에서 자신들의 입장에 찬성하고 나선 거니까 더 이상 바랄 게 없지. 결국은 나쁜 조선인은 죽여도 되지만 좋은 한국인은 죽이지 말아달라는 애원이나 마찬가지야. 하지만 그것은 앞으로 행정부가 보조금을 방패로 해서 한국학교 교육 내용에 개입할 수 있는 상황을 본인들이 자처한 셈이지. 예를 들면 한일병합은 합법이었다, 식민지조선에서 일본이 좋은 일도 했다, 일본이 다케시마라고 부르는 독도 영유권을 일본 정부가 주장한다, 그것을 교과서에 실으라고 한다든가…….”

봉창이 〈올 민족〉의 불가능성에 대해서 추궁할 것을 미리 막으려는 듯한 얘기였다.

“그것까지 알면서 왜 올 민족이야?”

봉창은 숨 가쁘게 말하는 순자에게 물었다. 순자가 눈에 힘을 주고 봉창을 쳐다봤다.

“그래, 알아. 어른들 조직은 과거의 일도 있고, 지금도 대립이 너무 심해서 어렵지. 그러니까 청년학생조직이 반 헤이트를 전면에 내세워서 입법화를 요구하는 진형을 형성하자는 거야.”

“청년학생조직……?”

〈올 민족〉이라는 발상은 나쁘지 않다. 피해 당사자들의 하나 된 목소리는 헤이트 문제에 대한 관심을 높이고, 일본인의 대처를 뒤에서 선동할 수 있을 것이다. 하지만 청년학생조직을 조직한다고 해도 기존의 조직은 대립의 뿌리가 깊어 어려울 거라고 봉창은 생각했다. 순자의 뜨거운 시선을 피해서 머그잔에 남아있는 식은 차를 다 마셔버리고 주전자의 뜨거운 물을 부었다. 순자는 봉창이 자신을 쳐다볼 때까지 기다렸다가 얘기를 계속했다.

"민단 계열의 청년회와 학생회, 조총련 계열 조청과 유학동, 한통련 계열의 한청과 학생협, 독립 계열의 KEY. 거기에 나나 너 같은 운동권 외의 개인. 의외로 우리가 좋은 역할을 할 수 있을지도 몰라. 우선은 반 헤이트라는 한 가지 문제에 집중하고 이후에는 국제 연합의 인종차별 철폐위원회의 권고나 국제인권기준에 맞는 차별금지법 입법도 시야에 넣고. 그렇게 토대를 만들면서 반(反)역사수정주의를 병행하는 거야. 그래서 조선학교에 대한 차별을 철폐하고 민족교육에 대한 권리를 확립하는 방향으로 나아가는 거지. 그렇게 해서 일본 민족주의의 벽을 깨고 ZT그룹 같은 배외주의단체를 규제하는 거야. 이론적으로는……. 좀 알아봤는데, 내 조고(朝高) 동창생이 조청(朝青) 중앙 일꾼으로 활동하고 있거든. 그곳을 거점으로 움직여보면 어떨까 해. 너랑 같이 말이야."

"그런데 순자야, 내 생각에는 아무래도 올 민족 진형은 어려울 것 같아. 아무리 청년학생조직을 전면으로 내세운다고 해도 상부의 의견을 거스를 수 없는 게 청년조직이잖아." 내뱉는 듯한 말투가 되었다. "민족 단결이라는 문제는 말이지, 지금까지도 그랬고 앞으로도 조선반도의 남북 대립이 해결되지 않는 한 실현 불가능해. 그렇잖아. 솔직히 나는 되지도 않을 일에 쓸데없이 시간과 에너지를 낭비하고 싶지 않아."

"그렇지만 봉창아, 올 민족이라는 발상과 방향이 틀렸어? 틀리지 않으니까 실현시키기 위해서 애써봐야 하잖아. ZT그룹과 안신정권에게 당하고만 있지 않기 위해서는 그렇게 해야 하잖아. 조국이 남북으로 분열되어 대립하고 있고 기존 조직이 움직이지 않는다는 이유로 모른 척하면 아무것도 안 돼. 어떻게 하면 민단, 조총련, 한통련을 움직이게 할지를 생각해야 하잖아."

"흠. 만약에 그게 가능하다고 치자. 그렇다고 해도 시간이 걸려. 반년이 뭐야, 1년 이상은 걸려. 문제는 지금, 현재라고. 그놈들이 크게 움직이려는 지금, 바로 기선 제압을 할 필요가 있어. 지금 쳐야 해."

"너 진짜 뭘 어떻게 하려는 거야? 분명하게 말해. 기쿠하나를 공격하면 상황은 더 나빠져. 헤이트를 반대하는 동정 여론마저 사라지게 된다고." 순자는 무겁고 침울한 눈빛으로 봉창을 쳐다봤다. "……무엇보다 나는 네가 범죄자가 되는 건 도저히 참을 수가 없어. 싫어……."

순자의 굳어진 표정에는 당장에라도 무너져 내릴 것 같은 위태로움이 묻어났다. 눈가가 촉촉해지기 시작했다. '말을 하면 안 된다. 말을 해서는 안 된다. 입을 다물자. 끝까지 입을 다물어야 한다.' 봉창은 말을 하려고 들이킨 숨을 조용히 내뱉으며 침묵했다.

"봉창아……, 하지 마……, 응?"

"순자야, 난 범죄자 따위 되지 않아."

순자가 한쪽 무릎을 세우고 테이블을 돌아서 가까이 다가왔다. 가녀린 어깨를 봉창의 가슴에 묻고 양손으로 목을 감싸며 힘껏 끌어안았다. 봉창의 오른쪽 귀에 대고 "절대 안 돼" 하고 속삭였다. 그 말이 봉창의 가슴을 쥐어뜯었다. 아까 하려던 말이 머릿속에 맴돈다.

내가 기쿠하나를 찌르는 게 아니야. 내가 기쿠하나한테 찔리려는 거야. 그러니까 범죄자가 되지 않아…….

21

도모다 히로키는 집 앞 전철역 계단을 꼭대기까지 올라갔다. 구름다리를 겸하고 있는 계단 위에서 자신이 사는 고층 공단주택지를 돌아봤다. 구름 없는 자줏빛 하늘을 양쪽으로 가른 주택지가 어슴푸레하게 보였다. 집을 나선 게 과연 잘한 일일까 하는 망설임으로 마음이 복잡했다.

집을 나오기 전, 샤워를 마치고 몸을 닦고 있는데 엄마가 "아침부터 아무것도 안 먹었잖아, 밥은 어떻게 할래?" 하고 물었다. 바로 나갈 거니까 신경 쓰지 말라고 하자, 어디를 가느냐고 못마땅하게 물었다. 가시 돋친 말투에서 외출을 경계하고 있다는 것이 느껴졌다. 아버지한테 무슨 얘기를 들었는지, 아버지가 뭘 보여줬는지 묻고 싶은 충동을 간신히 억눌렀다. "친구가 만나자고 연락이 와서"라고 애써 침착하게 말했다. "친구 누구?" 말투에 초조함이 배어 나온다. "누군들 어때! 상관없잖아." 목소리가 거칠어졌다. 큰일 났다! 엄마의 표정이 창백하게 굳었다. 얼굴을 보고 확신했다. 아버지가 엄마한테 〈기쿠하나 산책〉 동영상을 보여줬구나, 하고.

"너 지금 엄마한테……."

"아니, 그러니까 대학 친구 야마시타. 예전에 여러 번 우리 집에 와서 잤던, 그 야마시타가 이 근처로 출장을 왔어."

급하게 둘러댄 거짓말 치고는 꽤 괜찮았다. 몇 명 안 되는 친구 중에서 나고야 회사에 취직을 한 것을 알고 있는 야마시타를 팔았다.

"아, 야마시타 군. 처음부터 그렇게 말을 하면 좋았잖아……."

뭔가 할 말이 더 있는 듯이 입을 우물거렸다. 오늘은 ZT그룹 일로 나가는 게 아니구나, 하고 납득을 한 것 같았다.

엄마의 말투와 굳어진 표정을 떠올리면서 역으로 향한 히로키는 어째서 아버지가 다시 나를 쫓아오지 않았을까 하는 의문이 들었다. 일일이 잔소리를 하는 엄마가 왜 ZT그룹에 참가하냐고 추궁하지 않았던 것은 분명 아버지가 입을 막았기 때문일 것이다. 본인이 말할 테니까 잠자코 있으라고 일러둔 걸까? 아니면 그냥 내버려 두라고 한 걸까?

요즘 매사에 무기력한 아버지는 오늘같이 돌발적인 충돌에도 그저 성가신 일을 피하고 싶었던 것일까? 오늘 한자가 부르지 않아서 만일 내가 집에 있었으면 밤에라도 얘기를 했을까? 아니, 그러지 않았을 것 같다…….

석연치 않은 생각이 히로키를 돌려세웠다. 플랫폼에서 상행선 전차가 곧 도착한다는 안내방송이 흘러나왔다. 역으로 향하려는 순간, 고층 공단주택 복도에 일제히 불이 켜졌다. 아무리 봐도 백목요괴 같이 보이는 빌딩을 향해 빌어먹을, 알게 뭐야, 하고 욕을 하고는 개찰구를 향해 황급히 발걸음을 재촉했다.

일요일 저녁의 상행선 전차는 한산했다. 히로키는 문 옆 자리에 앉아 수지 재질의 칸막이에 머리를 기대고 진정되지 않는 마음을 가라앉히려고 눈을 감았다. 바깥 빛을 차단한 머릿속에 여러 가지 상념이 반딧불처럼 명멸한다. 한자가 나를 왜 불렀는지 짐작이 가지 않는다. 한자가 직접 전화한 것이 당황스러웠다. 한국인의 피가 흐른다는 것을 고백하고 나서 그에 대한 감정이 한층 더 복잡해졌다.

고백을 하고 나서 처음으로 한자를 만난 것은 한일단교와 아사히신문사에 대한 항의 데모 때였다. 그날은 미즈타니바시 공원을 출발하여 긴자를 통과하는 코스였다. 히로키는 출발 집회가 시작되기 30분 전에 공원에 도착했다. 한자는 이미 도착해 있었다. 간부들과 일찍 도착한 멤버들에게 출발 집회 준비를 지시하면서 검은색 밴에서 ZT그룹 깃발을 꺼내오고 있었다. 히로키는 가까이 다가가서 "저도 도울게요." 하고 말을 걸었다. 이쪽을 본 한자는 "아아 도모히로 씨"라고만 하고 깃발 몇 개를 넘겨주었다. 그의 태도는 고백을 하기 전과 조금도 달라지지 않았고, 다른 사람을 대하는 태도와도 똑같았다. 한자는 누구한테도, 심지어 기쿠하나에게도 어느 선 이상의 친밀함을 보이지 않는다. 그러니까 히로키에 대한 대응도 이상할 것이 없다. 하지만 그것이 히로키의 마음을 술렁이게 했다. 비밀을 나눈 사이니까 다른 사람을 대할 때와는 다른 반응을 보여야 하지 않을까 하는 바람 비슷한 마음이 들었다. 그런 바람이 깨진 것에 대한 적지 않은 충격. 자이니치였다는 것을 알았기 때문에 차갑고 매정하게 대하는 거라는 왜곡에 가까운 소외감. 아니다. 그건 아무 일도 아니니까 여느 때와 똑같이 대하는 거라는 기만에 가까운 납득. 여러 방향으로 물결치며 넘실대는 감정. 히로키는 한자에게 넘겨받은 깃발을 빈손으로 온 참가자들에게 다 나눠주고도 한자 옆에 다가가지 못했다. 한자의 눈초리가 무서웠다. 데모의 종착지인 히비야 공원 집회에서 늘 그랬듯 기쿠하나가 짧은 연설을 하고 해산했다.

히로키가 건네준 것을 기억하고 있던 청년과 중년여성이 깃발을 돌려주러 왔지만, "차에 갖다 주세요."라고 하고는 한자를 피해 자리를 빠져나왔다. 히로키는 비밀을 알고 있는 한자를 겁내고 있다. 겁이 나서 도망칠 수가 없다. 아니 도망치고 싶은 게 아니다. 사모하고 있다. 사모하고 있기 때문에 버림받고 싶지 않다……. 그렇게 생각한 순간, 남을 차별하는 인간으로 키우려고 귀화한 게 아니라고 했던 아버지의 얼굴이 머릿속 한켠에 번뜩 떠올랐다.

히로키는 아키하바라 역 쇼와 거리 출구 쪽으로 가려고 야마노테 선 플랫폼에서 에스컬레이터를 타고 소부 선 플랫폼으로 올라갔다. 오차노미즈 역 방향을 보니 빌딩 사이로 노을의 흔적이 보였다. 노을, 자줏빛 바람. 아버지와 손을 잡고 집 근처 구름다리에서 질리지도 않고 바라봤던 특급전차, 쾌속전차, 완행전차, 전기기관차, 컨테이너차, 탱크차, 지붕이 있는 화물차, 지붕 없는 화물차 등……. 지바행 전차가 들어와 시야를 가로막는다. 히로키는 발걸음을 재촉해서 플랫폼 끝에 있는 개찰구와 통하는 엘리베이터를 향해 갔다.

소부 선 고가도로를 따라 골목을 걸어가서 ZT그룹 사무실로 향한다. 골목에는 밤의 어둠이 밀도를 높여 띄엄띄엄 서있는 가로등의 희미한 불빛을 포위하려 했다. 세 번째 골목을 왼쪽으로 돌아

좀 더 좁은 골목에서 우회전을 하면 그 안쪽에 있는 좁다란 4층짜리 건물. 오늘은 닫혀있는 셔터 옆의 검은 알루미늄 문을 바로 찾았다.

문을 당겼더니 쓱 하고 열린다. 한자는 벌써 와있는 것 같았다. 문 안쪽에서 밤보다 어두운 칠흑 같은 어둠이 쏟아져 나오는 듯하다. 전에 가이아가 했던 대로, 입구 근처 벽을 더듬었더니 스위치 같은 것이 만져졌다. 눌러 보니 통로 정중앙 천정에 40와트쯤 되는 전구가 희미하게 켜져, 사방으로 약하게 어둠을 쫓아주었다. 전에 왔을 때는 전등이 꺼져있었는데 갈아 끼운 모양이다. 계단을 올라 3층 가까이까지 갔을 때 ZT그룹 사무실의 불투명유리문에서 빛과 이야기 소리가 희미하게 새어나왔다. 히로키는 계단을 올라가면서 새된 목소리의 주인공이 기쿠하나 모리노부라는 것을 알아챘다. 히로키는 점점 더 자신을 왜 불렀는지 수상쩍었다. 층계참에서 이대로 그냥 돌아갈까 하는 생각이 맴돌았지만 손은 이미 문에 노크를 하고 있었다. 말소리가 끊겼다. 손잡이를 돌리며 실례합니다, 하고 문을 열었다. 철제 책상을 세 개 모아서 만들어놓은 회의테이블 정면에 기쿠하나가 앉아 있고 오른쪽에는 한자가 앉아 있었다.

“어서 와, 도모히로. 갑자기 불러서 미안.” 기쿠하나가 어색한 웃음을 지으며 말했다. “자, 이쪽으로 앉지.”

히로키는 기쿠하나가 가리킨 한자 맞은 편 철제 의자에 앉았다. 한자의 눈을 보고 가볍게 인사를 하자 한자도 마찬가지로 눈을 보며 인사를 했지만, 그의 차가운 눈빛이 히로키의 심장을 찔렀다.

히로키는 한자를 계속 보기가 두려워서 기쿠하나 쪽으로 시선을 돌렸다. 긴장하고 있던 기쿠하나의 입가가 누그러진다. 억지웃음. 히로키는 먼저 얘기를 시작해야 할지 상대의 말을 기다려야 할지 망설였다. 길지는 않은 시간이었지만 어쩔 줄을 몰라 안절부절못했다.

"그러니까" 하고 기쿠하나가 말하는 순간,

"저기" 하고 말한 히로키.

두 사람은 동시에 말을 꺼냈다.

"아아, 죄송합니다. 대표님, 말씀하세요."

"응, 나는 사무국장한테 왜 갑자기 도모히로 씨를 불렀는지 설명해주라고 하려던 참이었어. 사무국장, 설명 부탁해요."

"네." 무겁게 대답을 한 한자는 히로키를 쳐다보며 말을 이어갔다. "사실은 말이에요, 도모히로 씨. 하자마 씨한테 말이에요——"

"네? 하자마 씨요?"

히로키는 자기도 모르게 목소리를 높였다. 한자가 조심하라고 했던 하자마. ZT그룹 주변에서 모습을 감춘 지 오래된 그 사람?

"응, 하자마 씨가 대표님 앞으로 메일을 보냈어. ZT그룹 메일주소로 보낸 거니까 대표님, 부대표님, 그리고 내가 공유하는 거지만 메일 내용이 평범하지 않아서 대표님과 상의해서 도모히로 씨를 오라고 한 거야."

히로키는 마른 침을 삼키고 숨을 내쉰 다음 기쿠하나와 한자를 번갈아 봤다. 기쿠하나의 얼굴에는 옅은 미소가 사라졌고, 한자의 눈은 사나워졌다. 히로키는 하자마가 자신의 비밀을 폭로했다고 생각했다. 겨드랑이에서 식은땀이 흘러 옆구리를 타고 내려오는 감촉에 소름이 돋았다.

“하자마 씨가 보낸 메일에는 이런 얘기가 쓰여 있었어. 자신이 입수한 정보에 의하면 어떤 재일조선인이 기쿠하나 대표님을 상대로 테러를 계획하고 있는 것 같다고. 어디 사는 누군지는 아직 모르지만 조심하시라고. 새로운 정보를 입수하면 반드시 전하겠다고 하면서, 자신은 사정이 있어서 ZT그룹 활동에 나올 수 없지만 응원하고 있다고.”

한자가 얘기를 중단하고 기쿠하나를 봤다. 기쿠하나는 고개를 끄덕이며 한자에게 계속하라는 눈짓을 보냈다. 이번에는 한자가 고개를 끄덕이며 히로키를 쳐다봤다. 히로키는 두 사람의 무언의 대화를 보면서 메일 내용과 상관없는 자신이 왜 불려왔을까 하는 의문이 점점 커졌다.

“나는 바로 하자마 씨한테 직접 만나서 얘기하고 싶다고 메일을 보냈는데 답이 없었어. 하자마 씨가 메일을 보낸 곳은 인터넷카페인 것 같더라고. 그래서 이쪽에 등록된 주소로 다시 메일을 보냈는데 되돌아왔어. 휴대폰으로 전화를 걸어도 현재 사용하지 않은 번호라는 메시지가 나오고. 하자마 씨와는 연락이 두절된 상태야.”

한자는 여기서 말을 끊고 히로키를 응시했다. 드디어 이제 올 것이 왔구나, 하고 히로키는 마음의 준비를 했다.

“하자마 씨가 보낸 메일 내용과 그 뒷일은 지금 얘기한 것이 전부야. 그런데 그 연장선상에서 도모히로 씨와 관련된 일이 있어.”

“하아…….”

"우선은…… 시부야에서 저녁을 먹으면서 둘만의 비밀로 하겠다던 약속을 못 지킨 걸 사과하고 싶어. 미안해."

한자는 순순히 고개를 떨궜다. 항상 의기양양했던 한자가 고개를 숙이는 모습은 처음이었다. 히로키는 한자의 말의 진의를 추측했다.

"'그거' 말씀이세요?" 이가 덜덜 떨리고 목소리 톤이 높아졌다.

"응, '그거' 맞아. 대표님한테 그 얘기를 하지 않을 수가 없었어."

"……"

"왜 그랬냐면 하자마 씨가 보낸 메일을 처음 본 것은 나였어. 그래서 내가 하자마 씨한테 연락을 했고, 동시에 대표님한테도 연락을 했어. 그런데 대표님이 내 얘기에 상대를 안 해주는 거야. 지금까지도 테러 정보는 종종 있었지만 대개가 거짓이었고, 이제 회비도 안 내고 발을 끊은 하자마의 정보가 맞을 리가 없다고 말이야. 하지만 나는 하자마 씨의 정보가 신빙성이 있다고 판단했어. 왜냐하면 도모히로 씨 얘기가 있었으니까."

"제 얘기, 말씀이세요?"

"그래. 하자마 씨는 도모히로 씨가 자이니치, 아, 아니 귀화한 한국인의 아들이라는 걸 알고 있었어. 그 정보를 어디에서 어떻게 입수했는지에 대해서는 입을 열지 않았지만. 이번에 하자마 씨가 보낸 메일 말인데, 나는 그의 정보를 전적으로 부정할 수는 없다고 생각했어. 도모히로 씨에 관한 정보가 맞았으니까. 그래서 테러 정보가 거짓이 아닐 가능성이 높다는 것을 대표님한테 말씀드리기 위해서 그 얘기를 할 수밖에 없었어. 요전에 〈기쿠하나 산책

II〉가 있던 날, 육교에서 달려들었던 남녀 한 쌍 있었잖아. 그놈들을 동영상으로 찍었으면 인터넷에 올려서 쫓을 수 있었을 텐데, 그게 아쉽지."

"그래서 당신을 일부러 오라고 한 거야. 사무국장한테 얘기를 듣고, 그것은 당신한테 중요한 일이고, 또 사무국장도 당신과 한 약속을 나한테 발설한 것에 대해 용서를 구하고 싶다고 강력하게 얘기하기도 했고. 정 그렇다면 셋이 만나는 게 좋겠다고 판단한 거지."

히로키는 기쿠하나의 가벼운 말투가 싫었다. 그가 자신의 출신 성분을 듣고 어떤 생각을 하고 있는지 알고 싶었다. 하지만 물어보기가 두려웠다. 기쿠하나가 말할 때까지 기다릴 수밖에 없었다.

"도모히로, 나는 말이야, 당신이 남들보다 훨씬 더 열심히 활동하는 이유를 알고 감동했어. 진짜 일본인이 되려고 그랬더군. 높이 평가해. ZT그룹에서 당신 같은 사람을 받아들인 것은 그 자체로 우리를 배외주의자 레이시스트 단체라고 비난하는 좌익의 주장을 뒤집을 수 있는 요지부동한 반증이 되거든. 그리고 당신이야말로 재일특권과 맞서 싸울 수 있는 사람이라고 생각해. 봐, 도망갈 곳이 없잖아. 한국, 북조선, 자이니치와 맞서 싸움으로써 비로소 진정한 일본인이 되는 사람. 섣불리 도망가면 재일특권을 욕심내는 놈들과 같아지는 거지. 점점 타락하고 전락해 갈 수밖에 없는 거잖아? 당신 같은 사람이 나의 동지인 것이 자랑스러워."

도망갈 곳이 없다? 아버지는 차별로부터 나를 지키기 위해서 귀화했다고 말했다. 자이니치에게 특권이 있다면 왜 아버지는 특권을 버리고 일본으로 귀화했을까? 내가 도망갈 곳은 어디지? 여기인가? 히로키는 자신이 울먹이고 있는 건 아닌지 걱정이 됐다.

"……"

"대표님은 얘기를 들으시고 도모히로 씨의 부탁도 있었으니 도모히로 씨가 자이니치인 것은 세 사람만의 비밀로 해두자고 말씀하셨어." 한자가 중재를 하려는 듯 끼어들었다. "나도 그 의견에 대찬성이야. 그리고 대표님하고도 얘기했는데, 만약 도모히로 씨가 커밍아웃을 하려면 좌익 세력에게 타격을 주기에 가장 효과적일 때가 좋지 않을까?"

내가 자이니치라고? 가장 효과적일 때? 히로키는 시선을 한자에게서 기쿠하나에게로 돌렸다. 기쿠하나는 만족스럽다는 듯이 고개를 끄덕인다. 두 사람 사이에 뭔가 얘기가 오갔던 모양이었다.

"그럼, 도모히로 씨 몸에 한국인의 피가 흐른다는 것을 우리 세 사람의 비밀로 한다는 것으로 얘기를 마무리 지어도 될까? 도모히로 씨, 괜찮겠어?"

눈에 보이지 않는 뱀이 목구멍 안쪽을 휘감는다. 눈꺼풀이 없는 눈. 기쿠하나의 눈. 한자의 눈. 냉혈동물의 섬뜩한 감촉. 점점 목구멍이 조여온다. 히로키는 간신히 허스키한 목소리를 냈다.

"……네."

"그래, 그럼 그 다음 문제인데, 하자마가 메일로 보낸 정보에 대해서도 부대표를 포함해서 다섯 명만 알고 있는 것으로 해두고 싶어. 그렇다고는 해도 부대표 두 사람은 일이 바빠서 실질적으로는 여기 있는 세 명이 대처하게 될 거야."

"아, 그렇군요. 하자마 정보의 신빙성을 확인시켜 드리려고 도모히로 씨 얘기를 꺼낸 거고, 그래서 본의 아니게 도모히로 씨를 문제에 끌어들인 셈이 됐지만, 테러의 움직임을 근거 없는 얘기로 일축할 게 아니라 만일의 경우에 대비하자는 말씀이군요."

히로키는 갑자기 문이 닫히고 밖에서 열쇠가 채워진 듯한 착각이 들었다.

"저한테 뭘 하라는 말씀이세요?"

"도모히로 씨, 기쿠하나 대표님 비서 겸 보디가드를 해 보는 건 어때? 내가 하면 제일 좋지만, 일 때문에 도저히 무리야. 말하기가 조심스럽기는 한데, 지금 빵공장에서 파트타임으로 야간 근무를 하지? 대표님과도 얘기를 했는데, 내가 회사 경비를 변통해서 야간 파트근무보다는 조금 더 넉넉하게 시급을 줄 테니까 대표님 옆에 붙어있었으면 좋겠어. 대외활동이 집중되는 주말과 지방출장을 감안해서 주 3일로 계산하고, 그 외에는 유연하게 대처하면 돼. 물론 교통비와 숙박비 같은 경비도 부담할 거고."

"아아, 곁에 붙어있어 달라고 했지만 내가 당일 아침에 만날 장소를 지정해주면 거기서 합류해서 활동이 끝나면 안전한 장소에서 헤어지면 돼. 온종일 같이 있어야 한다는 뜻이 아니야. 나 기쿠하나도 프라이버시가 있으니까. 그럼 그게 어디 보디가드냐고 생각할 수도 있겠지만 말이야. 헤헤헷. 그냥 만일을 대비하는 거야."

"하지만 저는 보시는 것처럼 대표님을 향해 달려드는 놈들을 막아 낼 수가 없어요."

"그건 말이지, 일주일에 두 번 내가 다니는 가라테 도장에 같이 가서 단련을 하면 돼. 훈련 내용과 비용도 내가 책임을 질 거야. 전혀 훈련을 받지 않은 사람과 조금이라도 훈련을 받은 사람의 차이는 엄청나게 크거든. 강해질 수 있으니까 너한테도 나쁜 일은 아닐 것 같은데."

"어때 도모히로 씨. 진짜 일본인이 되고 싶은 당신한테 이만큼 좋은 조건의 일은 없지 않을까?"

기쿠하나의 말에 히로키는 고개를 숙여, 테이블 위에 깍지를 낀 손으로 시선을 옮겼다. 그리고 X자로 포개진 엄지손가락을 응시했다.

22

윤봉창은 석유스토브를 끄고 〈도구〉 만들기에 돌입했다. 춘분이 가까워진 요즘, 남동쪽으로 창이 난 봉창의 집 거실은 맑은 날이면 아침부터 대낮까지 계속 해가 든다. 오늘 아침 눈을 뜨자마자 창을 열어보니 시원하게 탁 트인 창공에 태양이 눈부셨다. 이런 날은 유리를 통해 들어오는 햇빛이 방 안쪽까지 빛과 온기를 들여놓는다. 그 덕분에 쾌청한 날의 석유스토브는 아침나절 잠시 동안만 자기의 역할을 하면 된다.

중앙에 놓인 타원형 나무탁자 위에는 인터넷으로 주문한 1,400엔짜리 미니 양날톱과 540엔짜리 사각뿔 송곳, 196엔짜리 사포 세트가 놓여 있다. 이것들은 어젯밤 아르바이트에서 돌아오는 길에 배송지로 지정했던 근처 편의점에서 찾아온 물건이었다. 여기에다 집에 있는 크고 작은 칼과 30센티 자. 이것으로 재료준비는 끝났다.

봉창은 사각뿔 형태의 긴 송곳을 들어 나무로 된 손잡이의 길이를 쟀다. 27센티. 송곳의 날은 6.5센티. 손잡이의 가장 두꺼운 부분의 직경은 2.2센티, 손잡이 끝 쪽은 1.8밀리. 손잡이 중간 부분을 자르면 이음새의 직경의 크기가 너무 달라서 눈치를 챌지도 모른다. 봉창은 직경이 2.1센티가 되는 13센티 부분에 표시를 하고 송곳과 톱을 들고 현관으로 갔다. 현관 문턱에 송곳을 놓고 발로 밟아 고정을 하고 톱으로 송곳의 손잡이를 돌려가며 신중하게 잘랐다. 현관 바닥에 톱밥이 약간 쌓였고, 송곳날이 붙어있는 손잡이 윗부분과 나무만 남은 손잡이 아랫부분으로 절단됐다. 싱겁게 첫 번째 공정이 끝났다. 봉창은 이제 쓸 일이 없는 양날톱을 빤히 보고는 1,400엔……이네, 하고 혼잣말을 했다. 거실로 돌아가서 절단한 송곳과 톱을 탁자에 놓고 벽장에서 다이슨 청소기를 꺼내서 거실과 주방을 대강 밀고, 마지막으로 현관 문턱에 떨어져 있는 톱밥을 치웠다.

자 이제 최대의 난관이다. 나무만 남은 아래쪽 손잡이를 집어서 잘려진 단면 중앙에 표시를 했다. 표시한 곳 위에 송곳날을 대고 천천히 구멍을 뚫는다. 송곳 끝이 나무에 약간 들어간 것을 확인한 후, 탁자 위에 뉘여 놓고 왼손으로 손잡이를 누르고 오른손으로 송곳을 돌리면서 본격적으로 구멍을 뚫는 작업에 돌입했다. 그런데 누르는 힘이 약해서 손잡이가 헛돌고, 옆으로 구멍을 뚫으려다 보니 힘이 실리지 않아서 좀처럼 송곳이 나무 안으로 더 이상

들어가지 않는다. 화가 치밀어 왼쪽다리로도 손잡이를 고정하려고 탁자에 발을 올려놓는 순간, 힘이 한쪽으로 기울어 탁자가 뒤집어지고 봉창은 앞으로 고꾸라졌다. 간신히 팔꿈치로 막아서 얼굴이 다치지는 않았지만 손등에 통증이 느껴졌다. 엄지손가락 밑에서부터 손목까지 5센티 정도가 베서 피가 맺혀 있었다. 넘어질 때 송곳 끝이 손등에 스친 모양이다. 송곳은 침대 밑까지 날아가 있었다.

빌어먹을, 이거 참. 바보 같고 요령 없는 자신에게 화가 나서, 누구를 탓할 수도 없는 억울함과 원통함이 치밀었다. 방 구석까지 날아간 티슈 상자에서 티슈를 뽑아 상처에 대고 눌렀다. 출혈이 심하지는 않았다. 상처 부위를 봤다. 엄지손가락 밑 부분의 상처는 좀 깊다. 욱신욱신하는 통증이 심장 박동과 같은 간격으로 느껴졌다.

살짝 피부가 찢긴 것뿐인데 심하게 아프다. 아픈 건 싫구나. 이제 어쩌지? 그래도 〈도구〉를 완성해야 한다. 내일 일을 위해서…….

봉창은 새 티슈로 상처를 눌러 지혈을 하면서 뒤집어진 테이블과 방 안 사방에 떨어져 있는 톱, 칼, 나무 손잡이를 어안이 벙벙해서 바라보았다. 이러고 있을 수만은 없다고 생각을 고쳐먹고 느릿느릿 일어섰다. 벽장에서 구급상자를 꺼내 와 반창고를 엄지손가락 밑에 붙였다. 테이블을 원래대로 해놓고 송곳, 손잡이, 톱, 칼, 줄자를 차례로 주워서 테이블 위에 놓았다. 나무 손잡이를 집어서 가만히 쳐다보았다. 이걸 단단히 고정할 수 있는 것, 그래, 바이스(기계 공작에서, 공작물을 끼워 고정하는 기구—옮긴이)가 있으면 되겠다. 어디 있지? 맞다, 거기 있겠다. 머릿속에 반짝하고 작은 자전거 가게가 떠올랐다. 봉창은 길이가 반으로 줄어든 송곳에 뚜껑을 씌우고, 나무만 남은 손잡이와 같이 비닐봉투에 넣어서 배낭에 쑤셔 넣고 아파트를 나왔다. 상처가 난 왼손을 감싸면서 자전거를 타고 국도 옆 단지 안에 있는, 할아버지가 혼자 하시는 자전거 가게로 향했다.

봉창이 찾아간 자전거 가게 주인은 그야말로 장인이었다. 펑크가 나서 수리를 맡기면 훌륭한 솜씨로 타이어를 빼서 튜브를 꺼내 물을 뿌리고 순식간에 구멍을 찾아 막고는 다시 끼워놓았다. 게다가 핸들, 브레이크, 체인까지 점검하고 적절한 처치를 한다. 그것은 타이어 펑크 수리비에 포함된 서비스였다. 스패너, 렌치 등의 공구류는 할아버지 주위에 어지럽게 놓여 있었지만, 항상 있어야 할 자리에 배치되어 있는 듯했다. 공구를 다루고 자전거를 수리하는 할아버지의 움직임은 군더더기가 없다. 물 흐르듯 자전거를 눕혀놓는가 하면 순식간에 반대로 뒤집어놓고 그리고 다시 반듯하게 세운다. 동작 사이사이에 할아버지는 혼잣말처럼 타이어의 바람은 적당한지 브레이크 와이어와 체인이 느슨한지 핸들은 틀어져 있는지 등을 설명하면서 자신이 지금 하고 있는 일의 의미를 알려준다.

몇 개월 전쯤 타이어를 수리하러 두 번째로 방문했을 때 할아버지는 봉창을 기억하고 있었다. 기억력이 대단하시다고 했더니 한 번 온 손님은 잊지 않는다고 했다. 먼저 자전거의 특징을 기억하면 자전거 주인도 생각이 난다고. 봉창은 오늘이 세 번째 방문이었다.

"안녕하세요."

가게 입구에서 새 자전거를 조립하던 할아버지는 기름에 절은 앞치마에 청바지 차림이었다. 할아버지는 일하던 손을 멈추고, 돋보기를 쓴 채 눈을 치켜뜨며 봉창을 맞아주었다.

"어서 와요. 윤 군. 펑크 났나? 뒷바퀴가 많이 닳아서 펑크가 자주 나게도 생겼어."

"아니에요. 오늘은 바이스를 좀 빌려 쓸 수 있을까 하고요……."

"바이스? 아, 그래. 저기 있으니까 마음껏 써. 아니 그런데 왼손은 다친 거야?"

"네, 집에서 작업을 하다가요……. 잘 안 돼서요. 할아버지 가게가 생각이 나서 왔어요."

가게 안쪽에 기계 기름에 절은, 길이 잘 든 작업대에 바이스가 설치되어 있었다. 어지럽게 공구가 널려있는 할아버지 주변과 달리 작업대는 잘 정돈되어 있었다. 봉창은 배낭에서 나무 손잡이를 꺼내서 핸들을 돌려 바이스를 벌리고 나무 손잡이를 끼워 넣으려고 다시 한 번 핸들을 조작하려던 참이었다.

"잠깐만! 그거 나무지? 그대로 끼우면 변형돼." 날카로운 목소리로 말했다. 봉창의 모습을 지켜보고 있던 할아버지가 작은 체구를 일으켜 이쪽으로 달려왔다. "그걸 어떻게 하려는 거야?"

"네, 저기" 봉창은 짧은 송곳을 꺼내 보였다. "여기에 뚜껑을 만들려고요."

"아, 송곳 손잡이를 반으로 잘라서, 잘린 손잡이로 뚜껑을 만든다는 거군?"

할아버지는 봉창으로부터 송곳과 손잡이를 건네받아 자세하게 관찰한 후, 선반 서랍에서 노기스(물체의 두께를 재거나 구멍의 지름 따위를 정밀하게 재는 금속제의 자–옮긴이)를 꺼내 송곳날과 뚜껑이 될 나무 부분의 직경을 재기 시작했다. 흠, 그렇구만 하고 혼잣말을 하면서 이음새의 지름은 맞추는 게 좋겠지? 하고 봉창에게 확인하고 다른 서랍에서 천을 꺼내 뚜껑이 될 부분에 두껍게 말고 바이스에 끼웠다.

"이렇게 하면 꽉 조여도 변형되지 않아."

봉창을 돌아보며 말했다. 다시 작업대로 몸을 돌린 할아버지는 발꿈치를 들어 벽에 걸려 있는 전동 드릴을 꺼내고, 다른 서랍에서 송곳날과 비슷한 두께의 얇은 드릴을 꺼내서 끼웠다. 모터가 돌아가는 소리가 들리고 드릴이 서서히 나무 안으로 들어간다. 톱밥이 표면 위로 솟아 올라온다. 모터가 멈춘다. 드릴을 뺀다. 송곳을 그 구멍에 넣고 양쪽에서 누르면서 송곳날을 천천히 돌린다.

"구멍이 커지면 쉽게 빠지니까 이 작업은 신중하게 해야 돼……."

혼잣말처럼 설명을 하는 것은 자전거 상태를 설명할 때와 똑같았다. 두세 번 구멍에 송곳날을 비틀어 넣고, 송곳날이 구멍에 잘 끼워지는지 확인하고는 바이스에서 손잡이를 빼냈다. 작업대 옆에 설치된 그라인더의 스위치를 켜고 뚜껑을 다듬기 시작했다. 톱밥이 날리고 나무 타는 냄새가 올라왔다. 5분 정도 작업을 하고 그라인더 모터 소리가 멈췄다. 할아버지는 서랍에서 사포를 꺼내 송곳과 뚜껑을 문지르기 시작했다. 할아버지는 규칙적인 리듬으로 손을 움직였다.

“자, 됐다.”

봉창에게 건네준 것은 그야말로 한 자루의 나무 막대기였다. 이음새의 지름은 조금도 어긋나지 않고 같은 두께로 정리되어 있었다. 송곳과 뚜껑의 이음새에는 가느다란 선이 그어져 있었고, 빠질 것 같으면서도 단단했고, 빠지지 않을 것 같으면서도 가뿐하게 빠졌다. 양쪽 끝도 둥글게 다듬어져 있다. 감탄했다.

“만들어 놓고 보니까 이건 위장 송곳 같구만. 윤 군, 이건 뭐하는 데 써?”

“아니요, 특별히…….” 돋보기를 쓴 할아버지는 눈을 가늘게 뜬다. 화제를 바꿔야겠다. “저기, 얼마를 드리면 될까요?”

“돈? 필요 없어. 내가 원래 관심이 있으면 하고 싶어져서 말이야. 재미있게 했으니까 내가 고맙다는 인사를 하고 싶은 걸. 그냥 멀리서 펑크가 나도 우리 가게까지 자전거를 끌고 와주면 돼. 온 김에 자전거도 점검을 좀 해줄까?”

약간 헐거웠던 브레이크 와이어를 조절해준 덕분에 브레이크 장력이 예민해진 자전거를 타고 아파트로 돌아오면서 봉창은 배낭 안에 있는 〈도구〉를 사용할 장면을 몇 번이고 떠올렸다. 여러 가지 장면이 떠올랐다가 사라졌다. 잘 될지 확신은 없었다. 잘못하면 목숨을 걸어야 하고 잘 되면 상대에게 타격을 줄 수 있다.

비극일까? 촌극일까?

다음 날 일요일 정오가 지난 시간에 봉창은 Y현 현청소재지 K

시 역에 있었다. 난방이 들어오던 전철에서 플랫폼으로 나오니 찬 바람에 몸이 떨렸다. 손님을 기다리는 택시가 줄지어 있는 로터리와 버스터미널이 있는 역 앞 광장에서 하늘을 올려다보니 잿빛으로 잔뜩 흐린 구름이 당장에라도 눈이 내릴 것 같았다. 대륙에서 한파가 몰려와 추운 날이 될 거라는 일기예보를 듣기는 했지만 도쿄와 비교해 봐도 이곳의 추위가 한층 더 심했다.

더플코트 안주머니에 감추어 둔 〈도구〉를 오른손 손바닥으로 코트 위에서 눌렀다.

틀림없이 있다. 아파트를 나서기 전 〈도구〉의 뚜껑 쪽에 빨간 테이프를 둘렀다. 자전거 가게 할아버지의 솜씨 덕분에 송곳과 뚜껑이 거의 같은 길이로 한 자루의 막대기가 되어서, 송곳과 뚜껑이 어느 쪽인지 분간할 수 없었다. 도구를 잘못 썼다가는 모든 게 물거품이 된다는 생각이 들어 고안한 방법이었다.

봉창은 사철선에서 조반 선으로 갈아탈 때도, 야마노테 선을 타고 신주쿠에서 내려 주오 선 쾌속전차로 갈아탈 때도 다카오에서 갈아타고 난 다음부터의 긴 거리를 가는 동안에도, 몇 번이고 오른쪽 손바닥을 왼쪽 가슴에 대고 〈도구〉를 확인했다. 몸에 지닌 것은 지갑과 정기권 케이스, 아이폰과 〈도구〉뿐이었다. 몸을 가볍게 하는 게 좋겠다는 판단에서였다. 흔히 출퇴근길이나 멀리 여행 갈 때처럼 전철에서 책을 보는 즐거움 따위는 포기했다. 멍하게 차창 밖 풍경을 보면서 Y현에 도착했다.

봉창이 가려는 종합시민회관까지는 걸어서 25분이 걸린다고 했다. 그곳 회의실에서 ZT그룹의 〈Y현 지부 설립 1주년 기념 강연회〉가 있다. 강사는 기쿠하나 모리노부이고, 강연 제목은 〈재일특권이라는 일본인 차별〉이다. 열흘쯤 전에 ZT그룹의 홈페이지에서 알게 됐다. 봉창은 바로 K시로 가기로 결정했다. 오후 1시 30분부터 입장을 하고 2시에 강연이 시작된다. 비디오 촬영이 있으므로 '특공복 등은 삼가주세요. 얼굴이 찍히는 게 싫으신 분은 마스크 등을 준비하세요.'라는 주의사항이 있었다.

지방 중소도시에서 열리는 ZT그룹의 강연회는 아무리 기쿠하나가 강연자로 나온다고 하더라도 참가 인원은 열 명이 조금 넘는 정도다. 그 사실을 봉창은 유튜브 동영상에서 확인했다. 기쿠하나 무리가 의식하고 있는 사람들은 인터넷 중계와 동영상을 컴퓨터로 보는 인터넷 유저이기 때문에 현장 인원수는 많든 적든 문제 삼지 않는 것 같다. 어떤 장소에서든 차별과 증오를 선동하고 왜곡된 역사와 현실을 퍼뜨리면 그만이라는 식이다. 봉창은 바로 이 점을 노렸다. 지방이라면 기쿠하나 옆에 한자나 가이아와 같은 측근이 없다. 인원이 적기 때문에 기쿠하나의 행동을 가까이서 볼 수 있다.

나무로 중앙이 분리된 한쪽이 3차선인 헤이와 거리를 따라 남쪽으로 간다. 일요일인 탓인지 차도 없고, 넓은 인도에도 사람이 적다. 상점가 아케이드가 끝나는 지점부터는 느티나무가 줄지어 서 있었다. 도쿄와는 달리 새싹이 돋을 기미조차 없는 벌거벗은 느티나무들. 때때로 강하게 불어오는 북풍이 가지를 흔들고 봉창의 등을 때린다.

어젯밤 전화로 나순자에게 거짓말을 했다. 그 생각을 하니 기세가 꺾이는 기분이었다. 몸이 반응을 하고 소름이 돋았다. 기분을 떨쳐버리려고 몸을 흔들고 발꿈치에 힘을 주고 걸음을 재촉했다.

"아, 봉창아, 자고 있었어?"

오늘 일을 대비해서 침대에 누웠는데 〈도구〉를 손에 쥔 흥분 탓에 잠이 오지 않았다.

한밤중 순자의 목소리는 취기가 묻어났지만 활기를 띠고 있었다. 순자의 목소리 뒤로 왁자지껄한 소리가 들린다. 술집에 있는 것 같았다.

"아, 아직 안 잤구나. 다행이다. 후후, 좋은 소식이 있어서 못 참고 전화했어. 뭐야, 그 김빠지는 대답은. 나 안 취했어. 멀쩡해. 응, 지금 말이야, 있잖아, 전에 얘기했었잖아, 조고 동창이 조청 중앙 일꾼을 하고 있다고. 이름은 김대승인데, 걔랑 같이 마시고 있어. 오늘 저녁에 대승이가 주선을 해줘서 조청 부위원장이랑 〈반헤이트·올 민족〉 구상에 대해서 얘기했어. 그랬더니 부위원장이 자기들도 뭐라도 할 참이었는데, 좋은 아이디어라면서 호응을 많이 해줬어. 바로 내일 한청 부위원장을 만나니까 타진해본다고 약속했어. 그리고 그 자리에서, 출장을 가 있는 조청위원장한테 연락해서 잠정적으로 허락도 받았으니까 〈올 민족〉의 첫걸음은 내딛을 수 있을 것 같아. 미리 축하하는 의미로 대승이랑 한잔하고 있는데 아까 부위원장한테 연락이 와서 한청이랑 얘기하는 자리에 오지 않겠냐고 묻는 거야. 그래서 내가 이 구상을 같이한 너도 같이 가도 되냐고 물어봤어. 그랬더니 좋대. 봉창아, 내일 오후 2시 우에노 르노아르에서 보기로 했는데, 올 수 있어? 뭐, 안 돼? 그래?

아침부터 저녁까지 아르바이트라고……? 그렇담, 할 수 없지 뭐."

나직하고 무겁게 처진 목소리에서 들떠있던 순자의 기분이 가라앉았음을 알 수 있었다. 나는 범죄자가 안 될 거라고 순자에게 단언했다. 하지만 그녀는 반신반의했다. 그래서 반 헤이트의 〈올 민족〉을 위해 열심히 움직였다. 나를 거기로 끌어들여서 꼼짝 못 하게 하려고. 하지만 순자야, 나는…….

종합시민회관에는 12시 반이 조금 지났을 때 도착했다. 홀과 다목적실, 체육관 등이 있는 큰 시설이었다. 봉창은 3층까지 뚫려 있는 근사한 입구 홀의 안내판에서 기쿠하나의 강연회장이 3층 제2회의실이고, 수용 인원은 18명인 것을 확인했다. 최대 인원이 18명이니까 10명 정도 올 거라고 생각했다. 엘리베이터를 타고 3층으로 갔다. 제2회의실은 엘리베이터 옆에 있었고, 계단은 제1회의실과 대회의실 사이에 있었다. 오전과 오후 사용시간대를 피해서 온 탓인지 회의실만 있는 3층에는 아무도 없었다. 계단으로 갔다. 과연 여기를 내 발로 내려갈 수 있을까……. 그렇게 생각하니 목이 메고, 계단을 내려갈 때마다 무릎이 덜덜 떨렸다. 1층까지 내려가니 약간 배가 고픈 것 같아서 오다가 본 소바집에서 점심을 먹으려고 출구로 향했다.

두꺼운 현관 유리문 너머로 마르고 키가 큰 은테 안경을 낀 기쿠하나 모리노부가 보였다. 봉창의 심장이 움찔하고 반응했다. 발길을 돌려 계단 그림자에 몸을 숨겼다. 기쿠하나의 새된 목소리가 들리더니 서서히 멀어져갔다. 계단 그늘에서 살짝 훔쳐봤더니 기쿠하나 무리는 3명이었고, 회관 식당으로 들어가는 옆얼굴이 보였다. 정장에 넥타이를 맨 남자는 처음 보는 사람이었고, 청바지 차림에 호리호리한 젊은 남자는 본 적이 있었다. 식욕이 없어진 봉창은 농구 드리블 소리가 입구 홀까지 들리는 체육관 2층 관중석에서 강연이 시작될 때까지 시간을 죽이기로 했다. 계단을 올라가면서 오른손 손바닥을 왼쪽 가슴에 댔다.

〈도구〉는 틀림없이 있다. 남은 것은 행동뿐이다…….

오후 1시 50분, 봉창은 체육관 관중석을 나와 3층까지 계단으로 올라갔다. 정면에 보이는 대회의실에는 상공회 관련 강연회가 열려 드나드는 사람이 많았다. 제2회의실 문은 열려 있었고, 여러 사람의 얘기 소리가 밖에까지 들렸다. 방망이질 치는 심장을 진정시키려고 다시 한 번 〈도구〉를 코트 위에서 만져본다. 분명 있다. 그래, 해보자.

회의실에는 세로로 긴 'ㅁ'자 형태로 책상이 배치되어 있었다. 안쪽 좁은 테이블에 기쿠하나가 혼자 앉아있고, 기쿠하나 측면 긴 테이블에 기쿠하나와 같이 식당에 들어가던 두 사람이 자리를 차지하고 있었다. 그 옆에 비디오카메라가 삼각대 위에 설치되어 있고, 카메라를 담당하는 남자와 그 외에 여섯 명의 남녀가 있었다. 연령대는 모두 봉창과 비슷해 보인다.

입구에서 제일 가까운 자리에 앉은 마스크를 쓴 젊은 여자가 자료비 천 엔을 청구했다. 돈을 건네자 호치키스로 고정한 A4용지 네 장을 건네주고 기쿠하나 양 옆자리를 제외하고 비어있는 자리에 앉으라고 했다. 접수는 그게 다였다. 거짓 이름도 생각해갔는데 이름을 쓰라고 하지 않아서 안도했다. 봉창은 기쿠하나와 가장 가까운 긴 테이블 안쪽 자리가 비어 있는 것을 보고 망설이지 않고 거기에 앉았다. 난방이 들어와서 더플코트의 단추를 풀었다. 〈도구〉가 들어있는 코트를 벗을 수는 없었다.

새된 목소리로 정장차림의 남자와 얘기하고 있는 기쿠하나가 힐끗 봉창을 보았다. 응? 하는 표정을 하고 고개를 갸웃거린다. 정장차림의 남자와 하던 얘기를 멈추고 청바지를 입는 남자를 보더니 눈짓을 했다. 봉창은 청바지가 〈기쿠하나 산책Ⅰ〉 동영상에서 "조선인을 모두 죽여라!"라고 외쳤던 애송이임을 알아챘다. 이 자식, 여기까지. 순간적으로 분노가 끌어올라 정면에 있는 사람을 바라보았다. 상대방은 봉창을 알아보는 듯한 눈빛을 하고 있었다. 큰일이다. 진정해야 한다. 봉창은 시선을 돌렸다. 기쿠하나가 계속해서 이쪽을 응시하고 있는 것이 느껴졌다.

"우리 본 적 있죠?"

기쿠하나가 말을 하자마자 청바지를 입은 녀석이 즉시 말을 했다.

"대표님, 이 놈 〈산책Ⅱ〉 때, 신오쿠보 육교에서 달려들었던 놈이에요."

"아, 그래, 그래. 한자한테 호되게 당하고 토한 사람 맞네. 너 여기 사람이야? 아니면 뭐 하러 여기까지 왔지? 우리 일에 동참하려고 여기 온 건 아니지?"

예상치 못한 상황이다. 나를 기억하고 있을 줄이야. 꾹 참고 강연을 다 듣고, 질의응답 때에 행동을 할 생각이었는데 기쿠하나의 망언을 안 들어도 된다면 뜻밖에 횡재다.

"맞아요, 동참하지 않아요. 하지만 당신이 바라는 것을 이루어 주려고 도구를 만들었거든요. 그걸 전해주러 왔어요. 그 전에 몇 가지 확인하고 싶은 게 있는데 지금 물어봐도 되나요?"

가슴이 심하게 방망이질을 쳐서 목소리도 조금 상기된 것이 느껴졌다.

"아니요, 이제 바로 강연회가 시작될 거고, 질문이 있으면 나중에 하세요. 질문 시간은 강연이 끝난 뒤에 준비되어 있으니까요."

정장을 입은 남자가 곤란하다는 듯이 끼어들었다.

"지부장, 괜찮아요. 이 사람은 바로 쫓아낼 거니까. 먼저 처리를 합시다. 이런 놈이 있으면 강연회 분위기가 나빠지잖아. 그래, 뭔데, 질문이. 그리고 도구라고?"

"당신이 '좋은 조선인도 나쁜 조선인도 없다. 조선인을 모두 죽여!'라고 말했지요? 그리고 '나는 말한 것은 반드시 실행에 옮긴다'고 가두선전에서 여러 번 이야기했지요? 그건 부정하지 않으시지요? 아니면 지금 여기서 그 말을 취소하시겠어요?"

"왜 취소해야 하지? 나는 언제나 진심이야. 가두선전과 데모에서 한 얘기에 추호도 거짓은 없어. 거짓말을 아주 싫어해!"

"하지만 당신은 아직 한 명의 조선인도 죽이지 않았죠? 맞죠?"

기쿠하나는 순간 말문이 막혔다.

"물론 당신들의 증오 선동으로 우리들 자이니치는 몇 번이나 살해를 당했지만요."

"역시, 너는 조선인이었군!"

"하지만 당신들은 그런 정신적인 죽음보다도 육체적으로 물리적으로 우리를 말살하고 싶은 거죠? 언제 죽일 거예요? 기쿠하나 씨!"

봉창은 방망이질치는 심장을 진정시키려고 애써 냉정하게 말하면서 자리에서 일어나 기쿠하나에게 다가갔다. 기쿠하나도 일어나 봉창에게 다가왔다.

"뭐야 좋고, 해보자는 거야? 이 자식아!"

기쿠하나는 허세를 부렸지만 목소리가 떨리고 있었다. 누군가가 말리러 오기를 기다리는 눈치였다. 봉창은 시선 끝으로 청바지 차림의 애송이가 일어서는 것을 알아챘다.

이때다! 봉창은 코트 안주머니에서 천천히 〈도구〉를 꺼냈다. 기쿠하나는 은테안경 너머로 일순 겁먹은 눈을 했지만, 가늘고 긴 막대기라는 것을 확인하고는 안도하는 기색이었다. 좋아, 빨간 테이프를 두른 쪽을 잡았다. 봉창은 기쿠하나의 가슴 쪽으로 천천히 〈도구〉를 들이밀었다.

"뭐야 이건? 이게 네가 말한 도구야? 이걸로는 네 이마에 혹이 생기기밖에 더하겠어?"

기쿠하나가 비웃듯 말하자 강연회장에 있던 몇몇이 따라 웃었다. 기쿠하나는 자신의 가슴을 향해있는 〈도구〉를 오른손으로 잡았다. 지금이다! 봉창은 송곳 뚜껑을 잡아당겼다. 가늘고 날카롭게 빛나는 송곳날이 기쿠하나의 손에 남았다.

"이제 그걸로 나를 죽여! 조선인을 죽인다며! 네가 말한 대로 실행에 옮기라고!"

기쿠하나는 얼어붙은 듯 꼼짝도 하지 않는다.

"빨리 해!" 봉창은 기쿠하나가 들고 있는 송곳날을 향해서 몸을 날렸다.

“꺄악! 살인마! 도와줘!”

기쿠하나는 비명을 지르고 봉창의 몸이 송곳날에 닫기 직전에 송곳을 내던졌다. 봉창은 기쿠하나를 들이받았다. 그 힘에 밀린 기쿠하나는 자기가 앉아있던 의자에 걸려 뒤로 넘어갔고, 바닥에 벌렁 나자빠졌다. 쓰러진 채로 기쿠하나가 소리쳤다.

“도모히로, 이놈 붙잡아. 경찰에 끌고 가!”

봉창은 붙잡으려는 도모히로의 손을 뿌리치고 출구를 빠져나와 계단을 쏜살같이 내려갔다.

23

도모다 히로키는 침대 옆 책상 위에서 진동하기 시작한 휴대폰을 뱀을 보는 기분으로 바라보았다. 분명 한자 전화다……. 오늘은 한자가 기다리는 가라테 도장에 가는 날인데 아무래도 갈 기분이 나지 않아 침대에서 괴로워하고 있었다. 진동이 멈췄다. 히로키는 안도하며 휴대폰에서 눈을 떼고, 다시 천장을 향해 똑바로 누워 눈을 감았다.

3일 전에 있었던 ZT그룹 Y현 지부 설립 1주년 기념 강연회. 개회 전에 회장으로 들어온 조선인이 기쿠하나 모리노부에게 송곳을 쥐어주고 본인이 찔리려고 했던 사건이 있었다. 보디가드 겸 비서직을 맡고 처음으로 기쿠하나를 수행했던 히로키는 상대가 〈기쿠하나 산책II〉 때 신오쿠보 코리아타운 입구에서 달려들었던 놈이 라는 것을 알아챈 것 말고는, 직책에 걸맞은 행동을 아무것도 하지 못했다.

하자마 미쓰오가 일러준 기쿠하나를 대상으로 한 테러 정보가 있기는 있었다. 하지만 그 조선인이 기쿠하나에게 건넨 얇은 막대기에서 송곳날이 나오고, 거기에 스스로 몸을 갖다 대서 기쿠하나를 살인 내지는 상해범을 만들려는 자폭 테러를 하리라고 누가 예상을 하고 말릴 수 있었을까? 히로키는 한자가 있었다고 해도 그 상황에서는 어쩔 도리가 없었을 거라고 생각했다.

사건 후에 히로키는 왜 보디가드를 맡았을까 하는 후회를 반복했다. 지금도 계속 후회가 된다. 가라테 도장을 빼먹으려는 것도 그 때문이었다. 히로키 입장에서는 조선인의 피가 흐르는 것을 비밀로 해주는 대신 기쿠하나의 보디가드를 맡으라는 제안을 받아들일 수밖에 없었다. 도저히 못하겠다고 확실하게 거절했으면 맡기지 않았을까? 하지만 히로키는 제안을 거절하면 '피의 비밀'을 익명으로 인터넷에 유포할까 두려웠다. 아마도 한자는 그렇게 하지는 않겠지만 히로키를 얕보는 기쿠하나의 태도에서 불온한 냄새를 맡았다. 물론 제빵공장 야간 근무보다 일이 편하고 보수가 좋은 것에 마음이 흔들리지 않았다고 하면 거짓말이다. 게다가 제안을 거절하면 ZT그룹에서 떠날 수밖에 없다는 두려움도 적지 않았다.

아니, 그것을 계기로 깨끗이 ZT그룹을 떠났으면 좋았을 것을. 아아, 나는 또 거절을 못하고 결국은 기쿠하나와 한자가 이끄는 대로 그들의 요구에 응하고 말았다…….

그러고 나서 기쿠하나 옆에 붙어있게 되고 보니 히로키는 자신이 상상한 것 이상으로 ZT그룹에 관여하고 있음을 깨닫고 당혹스러웠다. 한자가 다니는 가라테 도장에 처음으로 연습을 하러 갔던 날 준비운동으로 했던 팔 굽혀 펴기, 복근운동, 스트레칭, 그리고 찌르기와 차기 기초연습을 하고 녹초가 됐었다. 한자는 녹초가 된 히로키를 보고 어이가 없다는 표정으로 ZT그룹 간부, 그것도 대표님을 모셔야 할 사람이 이래서 어떻게 하냐고 내뱉듯이 말했다. 히로키는 어느새 ZT그룹에서 특별한 위치가 되었고, 자신이 대표를 잘 보필해 줄 거라고 사람들이 기대하고 있다는 것을 알았다.

그래서 기쿠하나는 습격을 당한 직후, 바닥에 자빠져 있다가 간신히 일어나서 허둥지둥하다가 범인을 놓친 히로키를 보고 강연장에 모인 사람들 앞에서 '도모히로 뭐하는 거야!' 하고 호통을 친 것 같다. 그 후에도 계속해서 쓸모없는 식충이라고 투덜투덜 떠들어댔다. 히로키는 그 자리에서는 그저 용서를 구할 수밖에 없었다. 그러나 돌아와서 그때 상황을 냉정하게 생각해보니 기쿠하나가 히로키에게 화를 낸 것은 자신의 꼴사나운 모습을 호도하기 위함이었다는 생각이 들었다.

그렇지 않나요, 기쿠하나 대표님, 아니 기쿠하나 씨. 평소에 "조선인을 모두 죽여"라고 하고, "말로 한 것은 반드시 실행에 옮긴다"고 자신만만하게 얘기하더니 조선인이 "죽여 봐!"라며 달려드니까 "살인마! 살려 줘!" 하고 도망갔잖아. 꼴사납게 벌렁 자빠져서 거북이처럼 손발을 버둥거린 것은 당신이었어.

당신은 일어나자마자 제일 먼저 비디오 촬영과 인터넷 생중계가 시작됐는지를 확인했지. 촬영 담당자가 아직 시작 전이라 "녹화버튼을 누르지 않았습니다." 하고 죄송하다는 듯이 말하자 "자, 방금 그놈은 촬영이 안 된 거로군. 녹화를 했었어야지! 그놈이 찍혔으면 인터넷에 올려서 잡을 수 있었을 텐데." 하고 정말 애석하다는 듯이 말했었지. 하지만 그때 나는 입꼬리가 올라간 당신 표정을 놓치지 않았어. 속으로 안도했던 거겠지. 그랬겠지요. 도망치려고 우왕좌왕하는 추태를 만천하에 드러낼 뻔한 순간을 모면했잖아. 하지만 회장에 있던 열 몇 명은 당신의 모순과 무기력함을 보고야 말았지. 당신 자신도 그것을 의식했는지 바로 Y현 지부장한테 강연회를 중지하도록 권고했지. 습격에 대한 대응이라는 명목이었지만 그 직후에 있었던 강연에서 평소처럼 "위안부는 없었다, 조선인은 거짓말쟁이다, 바퀴벌레다, 열등한 민족이다, 구제해야 한다." 하고 이야기를 해도 설득력이 없다는 것을 눈치 챘기 때문이 아닌지.

기쿠하나는 네? 중지한다고요? 라고 하는 Y현 지부장의 당혹감을 외면하고 아이폰을 꺼내 잽싸게 경찰에 신고를 했다.

"네, 강연회에 조선인이 들이닥쳐서 나더러 칼로 찌르라고 했어요, 아니아니 찌르려고 했어요. 다치지는 않았어요. 아니, 아니에요. 그놈이 기를 쓰고 덤벼서 자빠졌으니까 등과 팔꿈치에 타박상을 입었어요. 네, 장소는요, 여기를 어디라고 해야 되지? 아아, 종합시민회관이네요. 맞아요. 나를 겨냥했어요. 흉기요?"

도모히로, 흉기를 찾아 봐, 하고 지시를 하자 강연회에 온 사람

중 한 사람이 책상 밑에 쭈그리고 앉아 바닥에 떨어져 있던 것을 주워 "이거예요?" 하고 짧은 송곳을 히로키에게 건넸다. 기쿠하나는 히로키에게 "손잡이 잡지 마! 지문 없어지니까!" 하고 고함을 쳤다. 히로키는 날을 잡아 기쿠하나 앞에 있는 책상에 송곳을 올려놓았다.

기쿠하나는 "네, 그럼 조금 있다가 피해신고를 하러 갈게요." 하고 전화를 끊고 참가자들에게 이야기를 하기 시작했다.

"저기요, 여러분, 오늘 강연회는 중지하겠습니다. 여러분이 보신 것처럼 저 기쿠하나를 겨냥한 테러사건이 있었기 때문입니다. 사실은 조선인이 저를 해치려고 한다는 정보를 입수하고 있었습니다만 설마 그게 오늘 이런 식으로 현실이 되리라고는 생각지도 못했습니다. 그래서 거기에 대비해서 도모히로 씨가 요즘 저의 보디가드 겸 비서를 하고 있습니다만……."

기쿠하나는 경멸하는 눈빛으로 히로키를 보고 모두에게 들리도록 혀를 찼다. 히로키는 고개를 숙일 수밖에 없었다.

"뭐 그건 그렇다 치고, 이것은 중대한 일입니다. 지금 경찰에 알렸습니다만, 제 판단으로 강연회보다도 수사를 우선으로 하기로 했습니다. 놈은 도쿄사람입니다. 오늘 여기까지 나를 해치러 온 겁니다. 범인은 아직 K시에 있을지도 모르고 그러면 역에서 경찰이 검문을 할 수 있을지도 모르죠. 그런 이유니까 강연회를 중지하기로 한 저의 판단을 이해해주세요. 참가비는 돌려드릴 테니까요. 지부장님 그렇게 해주세요."

"네, 그렇게 하겠습니다. 그런데 강연회장 임대료는……."

"지금 그게 문제가 아니잖아요!"

기쿠하나가 언성을 높였기 때문에 지부장은 마지못해 입을 다물었다.

"나는 반드시 그 괘씸한 조선인을 체포시킬 겁니다. 그리고 이번 일은 경찰에게만 맡겨두지는 않을 겁니다. 우리 ZT그룹의 정보망을 이용해서 그 괘씸한 조선인을 적발하고, 필요하면 응징을 할 겁니다. 지금 경찰에 피해신고를 하러 갈 거니까 시간이 있으신 분들은 동행해주세요."

기쿠하나는 평정심을 되찾아 이야기했지만 참가자들의 반응은 신통치 않았다. 촬영을 담당한 남자가 "경찰서에 가서도 생방송으로 찍을까요?" 하고 물었다. 기쿠하나는 "그게 말이지, 경찰서 안에서는 촬영이 절대로 허용되지 않으니까 내가 가면서 사건 개요를 이야기하는 장면이랑 피해신고를 하고 나오는 장면만 찍을까?" 하고 대답했다. 그런 대화를 주고받은 후 대부분의 참가자가 회장을 빠져나갔다. 경찰에 관련된 귀찮은 일에 연루되고 싶지 않다는 태도와 기쿠하나에 대한 불신의 눈초리가 보였다. 기쿠하나와 히로키, Y현 지부장과 촬영 담당자, 이렇게 넷만 경찰서로 향했다.

기쿠하나는 K역으로 향하는 길목에 있는 경찰서까지 가는 15분 동안 조선인이 강연장에 일본인으로 가장해 잠입했고 강연 전에 트집을 잡아서 송곳으로 자신을 찌르려고 했는데 가까스로 몸을 피해 심각한 사태까지는 가지 않았지만 반드시 그 괘씸한 조선인을 적발하겠다고 강연장에 떨어졌던 송곳을 보이면서 지껄여댔다. 증거물인 송곳을 첨부해서 피해 신고서를 제출하고 경찰서를 나온 기쿠하나는 촬영 담당자에게 이 사건은 나를 겨냥한 거니까 홍보는 ZT그룹 본부가 책임지고 신속하게 해야 한다고 말하고, 오늘 찍은 비디오 메모리 카드를 넘겨받은 뒤, 새 메모리 카드를 사라고 3만 엔을 건네줬다. 기쿠하나는 이제부터 도쿄로 돌아가 바로 대대적인 홍보를 해서 괘씸한 조선인을 추적할 거라고 덧붙였다.

그러나 삼 일이 지났는데도 K시 사건은 ZT그룹 홈페이지에도, 기쿠하나의 블로그, 트위터에도 일절 언급이 없었다. 히로키는 그것을 의아하게 생각하고 있었다.

휴대폰 진동이 또 시작됐다. 히로키는 몸을 일으켜 전화를 봤다. 아니나 다를까 한자였다. 아까는 짧게 끊겼는데 이번에는 진동이 길게 계속된다. 마침내 음성사서함으로 연결중이라는 표시가 떴다. 한자가 음성사서함에 메시지를 남기는 것 같다. 휴대폰 액정에 불빛이 꺼졌다. 착신을 표시하는 파란별이 반짝인다. 히로키는 하는 수 없이 휴대폰을 들어서 음성메시지를 확인했다.

"도모히로 씨, 한자입니다. 오늘 연습은 쉬는 거예요? 아니 그것보다도 긴급사태가 발생했어요. 의논하고 싶은 일이 있으니까 꼭 연락주세요."

나지막하고 느긋한 평소와 다름없는 한자의 목소리였지만 초조함이 묻어나는 것을 감지했다. 긴급사태? 의논하고 싶다고? 음성사서함을 다시 한 번 들어봤다. 틀림없다. 한자가 초조해하고 있다. 한자의 초조함은 긴급사태 때문인가? 아니면 가라테 연습에 오지 않고 연락이 안 되는 나 때문인가? 히로키는 어떻게 대응을 해야 할지 생각에 잠겼다. 꾀를 부려 연습에 안 간 것을 어떻게 둘러댈까, 연락이 안 된 것을 어떻게 해명할까……. 아니면 그냥 이대로 관계를 끊을까?

K시에서 기쿠하나의 모습을 보고 관계를 끊고 싶은 마음이 조금씩 커져갔지만 완전히 끊을 결심은 아직 서지 않았다. 그리고 아직 보수를 받지 못했다. 돈을 못 받고 끝내고 싶지는 않다. 히로키는 그런 생각이 머리를 스쳤다는 사실에 놀랐다. 나는 사심 없이 애국활동을 하는 것 아니었던가? 하지만 만약 호출이 있으면 일전에 구두로 약속했던 3일 이외의 호출이니까 보수를 청구해야겠다, 하고 허황된 계산을 했다.

히로키는 결심하고 한자의 휴대폰으로 전화를 했다. 전화기를 잡기 전에 생각한 '감기가 걸렸는지 몸이 안 좋아서 잠을 자느라고 전화 온 걸 지금 봤어요.' 라는 핑계를 대기 전에 연락이 돼서 다행이라고 한자가 먼저 말했다. 그리고 내일 오후 6시, 시부야 〈도겐자카 나가세〉에서 기쿠하나 대표도 같이 셋이서 식사를 하면서 의논하고 싶다고 용건을 말했다.

한자는 히로키가 그 시간에 거기에 올 수 있다는 것을 확인하고 냉담하게 전화를 끊었다.

다음날 히로키가 집에서 나오려는데 파트타임 아르바이트를 마치고 돌아온 엄마와 현관에서 마주쳤다.

"어디 가?"

의심의 눈초리로 불쾌하게 묻는 엄마의 말에 히로키는 찔리는 마음이 싹 사라졌다.

"시부야에 친구 만나러 가."

퉁명스럽게 대답했다.

"너 요즘 빵공장에 아르바이트 안 가는 것 같던데, 괜찮은 거야? 언제까지 안정된 직장도 없이 아르바이트만 계속 할 셈이야?"

일부러 아픈 데를 찌르는 말을 한다. 히로키는 엄마가 늘 하는 걱정이라는 것을 알면서도, 외출을 하는데 굳이 현관에서 할 말은 아니지 않나 하고 확 짜증이 났다. 하지만 대꾸를 하면 말싸움이 되어 기분도 잡쳐 버린다. 말없이 신발을 신는다.

"설마 친구라는 게 ZT그룹과 관련된 사람은 아니지?"

움찔하고 몸이 반응할 뻔했다.

"……" 급소를 찔려 할 말이 없다.

"뭐라고 말을 해 봐, 히로야!"

험악하던 엄마의 눈빛이 물기를 머금고 무너져 내렸다. 신발을 신은 히로키는 현관을 가로막고 선 엄마를 너무 매몰차지 않게 천천히 밀어내고 문을 열어 밖으로 나왔다. 닫히는 문틈으로 아아, 정말! 하는 울음 섞인 신음 소리가 들렸다.

히로키가 〈도겐자카 나가세〉의 발을 젖히고 미닫이문을 열자, 기모노를 입은 여주인은 보자마자 한자의 손님이라는 것을 눈치채고 "일행분이 와계세요." 하고 전에 한자와 식사를 했던 그 방으로 안내를 했다. 여주인이 방문을 열자 식사를 시작한 기쿠하나와 한자가 보였다.

"어, 왔구만. 지난 일요일에는 고생이 많았어. 그것과 관련된 긴급사태가 발생해서 말이야. 일단 그 얘기는 한숨 돌리고 나서 하지. 자, 이쪽으로 와서 앉지."

기쿠하나는 살짝 취기가 배어나는 콧소리를 내며 말했다. 히로키는 상석에 앉은 기쿠하나의 대각선 쪽으로 한자 옆자리에 앉았다. 테이블에는 전채로 나오는 데친 야채와 계란말이, 참치, 광어, 도미, 오징어, 새우 등이 올라간 큼지막한 접시의 생선회와 농어 조림, 그리고 맥주잔이 있었다. 맥주잔은 거의 비어있었고 음식은 대부분 남아있었다.

식사를 시작한 지가 얼마 되지 않은 것 같았다.

"맥주 괜찮지? 전에 맛있다고 했었던 도단노모리로 시킬게."

한자가 여주인에게 맥주 세 잔을 주문하고 히로키가 먹을 전채와 생선 조림도 추가해달라고 덧붙였다. 히로키는 그러고 보니 기쿠하나와 술자리를 같이 하는 건 처음이구나, 하고 생각했다. 기쿠하나는 술을 마시면 어떻게 변하는지 궁금해졌다. 얼마 후 기모노를 입은 젊은 여종업원이 맥주와 히로키의 전채 요리를 가지고 왔다. 맛있다는 생각을 하면서도 한편으로 긴급사태가 신경이 쓰였다. 식사 먼저 하라는 기쿠하나의 말에, 볼이 미어지도록 계란말이를 입에 넣고, 여기서밖에 먹어 본 적이 없는 신선한 고급 생선회를 먹었다. 농어 조림이 나왔을 때 한자가 히다규 안심 스테이크 3인분을 주문했다.

"우선 음식은 이 정도면 되겠지요? 부족하시면 사양하지 마시고 주문하세요." 한자가 기쿠하나에게 말했다.

"아, 고마워. 벌써 배가 많이 불러서 스테이크를 먹으면 더는 못

먹을 것 같은데. 도모히로는 젊으니까 눈치 보지 말고 먹어. 여기는 우리 같은 가난한 사람들이 자주 올 수 있는 가게가 아니니까 말이야. 헤헤헷. 그런데 말이야, 사무국장. 이렇게 계속 먹기만 하고 있을 수는 없으니까 슬슬 본론으로 들어갈까?"

"그러시죠." 히로키 쪽으로 고개를 돌렸다. "도모히로 씨, 사실은 말이야, K시에서 대표님을 습격한 놈이 누군지 알 것 같아."

"네? 경찰서에서 연락 왔어요?"

"아니, 하자마 루트야. 이것 좀 읽어 봐."

한자는 테이블 귀퉁이에 포개놨던 태블릿과 클리어파일 중, 클리어파일에서 A4용지를 꺼내 히로키에게 건넸다. 어제 16시 7분에 수신한 인터넷카페 발신의 메일이었다.

"하자마 미쓰오입니다. 잘 지내십니까? 제가 어딘가에서 얻은 정보—그게 어디인지는 묻지 말아주세요—에 의하면, 기쿠하나 대표를 겨냥하는 그룹이나 개인은 하나가 아닌 것 같습니다. 크게는 반일 좌익 계열과 자이니치 계열로 나뉩니다. 그런데 양쪽 모두 겉으로는 비폭력을 내세우기 때문에 실제로 테러 행동을 하지는 않을 거라고 판단됩니다. 특히 자이니치 계열은 테러를 감행했을 때 그 후에 올 탄압을 두려워하고 있기 때문에 안심해도 좋을 것 같습니다. 그런데 문제는 기존 조직에 속해 있지 않은 개인입니다. 전에 우에노에서—그 데모에는 저도 참가했습니다—기쿠하나 대표를 습격한 검은 별빛, 즉 안삼열이 행동에 박차를 가할 조짐이 보인다고 합니다. 그는 지금 도쿄를 떠나서 부모가 살고 있는 나가노현에서 지내고 있는데 요주의인물입니다. 그리고 사실은 그 우에노 데모 때, 검은 별빛과 마찬가지로 항의를 준비하고 있던 자이니치 남녀 두 명이 있었다는 사실을 알게 됐습니다. 하지만 그때는 안삼열이 먼저 움직여서 큰 소란이 있었기 때문에 맥없이 물러섰다는 것 같습니다. 그 둘이 〈기쿠하나 산책II〉 때 달려든 남녀라는 것이 확인됐습니다. 그들이 어디 사는 누군지는 이제 조금 있으면 알 수 있습니다. 다시 연락드리겠습니다."

히로키는 메일을 읽으면서 우에노 데모와 〈산책II〉, K시 사건이 모두 연결되어 있다는 사실에 놀랐다. 거기에 자신도 같이 묶여있는 것이다. 세 사건을 엮은, 오른쪽 볼에 콩알만 한 점이 있는 하자마 미쓰오는 정체를 알 수 없는 인물이다. 펄떡펄떡 뛰는 맥박에 맞춰 온몸에 소름이 돋았다.

"이게 긴급 사태인가요?" 히로키는 감정의 변화가 겉으로 드러나지 않도록 조심하며 말했다. "이건 이미 우리가 알고 있던 거잖아요. 우에노 데모에 관한 건 처음 듣는 정보지만요."

"아니, 이건 긴급사태가 아니라 K시 테러범을 잡는 힌트에 지나지 않아. 물론 나는 하자마가 정보를 전부 내놓았다고는 생각하지 않아. 뭐 그거야 둘째 치고, 이제부터가 긴급사태야."

한자는 태블릿을 꺼내어 손가락으로 화면을 움직이더니 거대게시판인 2채널을 열어 기쿠하나를 검색어로 입력한 후, 히로키에게 태블릿을 건넸다.

'불령선인이 기쿠하나 대표를 습격'

'ZT그룹 기쿠하나 대표, 조선인의 죽여 봐! 라는 협박에 도망치려 우왕좌왕'

'조선인을 죽여라!'가 트레이드 마크인 기쿠하나 모리노부 대표, '나를 죽여 봐!'라며 칼을 건네자, '살려줘!' 하고 뒤로 나자빠짐'

게시판에 글들이 수두룩하다.

화면을 보고 있던 히로키가 한자를 쳐다보자, 한자가 태블릿에 검지를 올려 화면을 움직였다. 이번에는 ZT그룹을 계속해서 비판하며 가끔씩 데모에 항의를 하는, 헤이트 스피치를 용납하지 않는 모임 홈페이지를 열었다. 게시판에는 2채널의 게시글이 똑같이 올라와 있었다.

"이게 긴급사태야." 한자가 그렇게 말하고 맥주를 꿀꺽 마셨다. "일요일에 너를 집으로 보내고 대표님과 상의해서 테러가 있었다는 사실은 공개하지 않기로 했었어. 왜냐하면 모방범이 나오는 사태를 피해야 한다고 결론을 내렸거든."

"이 방침은 그날 Y현 지부장한테도 알렸고 양해도 구했어. 지부장은 그날 참가했던 사람들이 누군지 파악하고 있고 믿을만한 사람들이니까 걱정 말라고 하면서, 바로 함구령을 내리겠다고도 했어." 기쿠하나는 아까 한 잔 마셨을 때 기분 좋았던 말투와는 전혀 다른 심각한 어조로, 취해서 그런 건지 화가 나서 그런 건지 알 수 없지만 시뻘건 얼굴로 말했다. "그런데 이런 게시글이 무한 확산되기 시작했어. 자 그럼, 누가 K시 테러를 폭로했을까?"

"기쿠하나 대표 게시글이 올라온 것은 어제 저녁 시간인데, 하자마가 정보를 제공한 시간과 거의 같은 시간이야. 상황을 종합해보면 비밀을 누설한 자는 첫째, 습격자이거나, 둘째, 함구령을 무시한 K시 강연회에 왔던 사람. 셋째는 도모히로 씨. 아니면 피해

신고를 하러 간 경찰서에서 정보가 샜을 가능성……."

"저는 아니에요!"

"알아, 도모히로. 하지만 이렇게 된 이상 누가 누설했는지가 중요한 게 아니야. 다만 이 분위기를 틈타 나 기쿠하나를 해치려는 자가 없다고는 장담할 수 없으니까 대책을 세울 필요가 있다는 거지. 그리고 내가 습격자에게 살려달라고 하고 도망치려고 우왕좌왕했다는 유언비어에 대응할 필요가 있어."

"네?"

도모히로는 희한한 것이라도 보듯이 기쿠하나의 얼굴을 말똥말똥 쳐다봤다.

"그렇잖아, 도모히로. 나 기쿠하나가 조선인한테서 도망을 치다니." 험악한 표정으로 얼굴을 찌푸리고 턱을 치켜 올렸다. "나는 종코가 준 송곳을 내던지고 맨손으로 때려죽이려고 자세를 잡고 있었는데 몸으로 밀고 들어오는 바람에 의자에 걸려서 넘어진 것뿐이잖아. 그렇지? 도모히로. 그렇잖아?"

"……"

기쿠하나는 수상한 눈빛을 보냈다. 이것은 정신적 강간이다……. 히로키는 할 말을 잃었다.

"대표님이 말씀하신 대로 누가 누설했는지가 중요한 문제는 아니지만, 저는 하자마 씨를 주목하고 있어요. 하자마 씨는 분명 K시 사건을 알고 이번 메일과 같은 애매모호한 정보를 흘린 게 아닌가 생각합니다. 그리고 며칠 후에는 분명히 습격자가 누구였는지 정보를 보낼 거예요."

"왜 그렇게 생각하지?" 기쿠하나가 히로키를 압박하듯 응시하며 물었다.

"하자마는 틀림없이 공안한테 정보를 얻었을 거예요. 하자마 본인이 공안인지 아닌지는 모르지만 분명히 어떤 연대라고 할까? 관계가 있을 거예요. 그렇지 않으면 도모히로 씨의 출생의 비밀을 알 리가 없으니까요. 그리고 우에노 데모와 이번 사건과의 연관성을 밝힌 것도요."

"그럼, 내가 친하게 지내는 니시무라 형사한테 물어볼까?"

"니시무라 형사도 공안이니까 말 못할 거예요. 시치미를 떼겠죠. 잘못 접촉하면 우리 계획만 들통 나는 셈이 될 거예요."

"그런가? 그럼 하자마한테 다시 연락이 오는 걸 기다리는 수밖에 없겠군. 흠. 그럼 그건 그렇다 치고…… 도모히로, 나에 대한 비방과 중상에 대처해서 습격범과 앞으로 예상되는 모방범한테 결정적인 타격과 경고를 주려면 어떻게 해야 한다고 생각해?"

"……" 히로키는 기쿠하나의 시선에 기가 눌려 있었다. 그래서 어떻게 해야 하는지 생각할 수가 없었다.

"사무국장, 얘기해줘."

"네. 도모히로 씨—" 한자가 이쪽을 쳐다봤다. "대표님이 당황해서 도망을 쳤다는 유언비어와 습격범에 대한 타격, 모방범에 대한 경고에 대처할 유일한 수단은 보복이야."

"보복?" 히로키는 목이 메는 목소리로 되물었다.

"그래, 보복." 한자는 사냥감을 조준하듯 눈을 가늘게 떴다. "ZT 그룹과 행동하는 보수시민운동의 상징인 기쿠하나 대표님한테 손을 대는 놈은 어떻게 되는지 본때를 보여주고 우리한테 적대적인 행동을 하면 단호하게 대처한다는 사실을 알려주는 보복. K시에서 대표님을 습격한 놈을 붙잡아서 그에 상응하는 대가를 치르게 하고, 경찰서에 끌고 가야지. 구체적으로 어떻게 할지는 앞으로 검토해야겠지만. 행동의 기조는 어디까지나 보복이야. 미적지근한 대응을 하지는 않을 거야. 물론 도모히로 씨는 보디가드 겸 비서로서 그에 걸맞는 역할을 해줬으면 좋겠어. 기쿠하나 대표님을 지켜내는 것은 애국일본인의 의무야. 그렇잖아?"

히로키는 굳은 침을 삼켰다. 꿀꺽 소리가 자신의 귀에도 들렸다.

"도모히로 씨, 어떻게 생각해?"

한자가 다시 물었다.

"그것밖에 방법이 없네요……."

그 대답 말고 무슨 말을 할 수 있을까. 그 자리에서 그들이 원하는 대답은 그것밖에 없다. 히로키는 잘 알고 있었다. 기쿠하나는 히로키의 대답을 듣고 매우 좋아했다.

"그렇지? 도모히로. 사무국장하고 같이 도장에서 열심히 몸을 단련하고 실력을 키워두라고." 기쿠하나가 맥주잔을 내밀었다. 세 사람은 잔을 부딪치고 맥주를 마셨다. 안심 스테이크가 나오자 협의는 자연스럽게 끝났다. 화제는 기쿠하나의 취미인 애니메이션과 게임 이야기로 옮겨갔다.

기쿠하나는 취기가 오르자 한층 더 수다스러워졌다. 한 시간쯤 지나 기쿠하나가 이제 슬슬 식사자리를 끝내자고 했다. 본인은 사무국장과 조금 더 할 얘기가 남아있으니까 먼저 돌아가도 좋다고 해서 히로키는 인사를 하고 방에서 나왔다.

한자가 뒤따라 나와 봉투를 건넸다. 십만 엔을 넣었다는 말에 깜짝 놀라는 히로키에게 앞으로 일이 많아질 테니까 당분간 쓸 활동비와 보수라고 했다. 추가 경비는 청구하라는 말도 덧붙였다. 방으로 돌아가는 한자의 등에 대고 먼저 가보겠습니다, 하고 인사를 하자 뒤를 돌아보지 않은 채 오른손을 가볍게 들고 등 뒤로 미닫이문을 닫았다. 히로키는 안쪽에 있는 화장실에 갔다. 볼일을 보고 방 앞을 지나는데 기쿠하나의 새된 목소리가 들렸다.

"……그런 일은 없어. 조선인끼리 서로 죽이면 된다니까!"

무슨 얘기지? 나랑 관련 있는 얘긴가? 히로키는 무슨 일인지 물어보지 못한 채 어쩔 줄을 몰라 떨리는 무릎을 겨우 지탱하며 가게 밖으로 나왔다.

24

"비극인가, 촌극인가……." 나는 줄곧 그 생각을 하면서 〈도구〉를 더플코트 안주머니에 감춰 K시로 향했다. 분명 만에 하나 찔릴지도 모른다고 긴장했었다. 아니 찔리는 것보다도 강연을 들으러 온 사람들에게 뭇매질을 당하는 것이 현실적으로 와 닿는 위험이고 공포다. 기꺼이 당하겠다고 마음을 먹었다.

기쿠하나 모리노부에게 〈도구〉를 들게 하는 데 성공하고 나를 죽여 봐! 하고 바짝 다가섰다. 기쿠하나의 반응은 예상한 대로였다. 놈의 본성이 드러나니 분노가 끓어올랐고 그래서 나도 모르게 뛰어들었다. 나는 몹시 흥분해 있었던 것 같다. 기쿠하나가 비명을 지르며 벌렁 나자빠진 것은 큰 수확이었다. 한자를 비롯해 폭력을 행사하는 놈들이 없었던 K시를 선택한 것도 잘한 일이었다. 그 애송이는 갈팡질팡하기 바빴다. 큰 어려움도 없이 무사히 탈출할 수 있었던 것은 예상외였다. 어쨌든 이 모든 행동은 ZT그룹의 미디어 전략=인터넷 생중계를 전제로 했었다. 편집이 불가능한 생중계로 기쿠하나의 추태를 만천하에 폭로하는 것이 목적이었다. 그렇게 해서 놈의 '권위'를 갈기갈기 찢어놓아 추종자를 떼어내는 것이다. 비극이 되지도 촌극이 되지도 않고 틀림없이 소기의 목적을 달성했다.

윤봉창은 종합시민회관 현관을 뛰어나와 큰길로 향했다. 중앙우체국 앞 교차로에서 때마침 그 앞을 지나가던 택시를 잡았다. 순식간에 K역에 도착했다. 기쿠하나에게 〈도구〉를 들이밀고 10분 후에는 K역에서 출발하는 14시 29분발 특급열차에 탈 수 있었다. 맨 앞 칸 1호차, 자유석. 승객이 드문드문 앉아있는 열차, 좌석에 앉아서 심장 박동이 정상으로 돌아오고 있는 것을 확인했다. 열차 곧 출발합니다, 라는 안내방송이 나온 후 정각에 열차가 움직이기 시작했다. 더 이상 생각하지 않기로 했다.

봉창은 자리에 코트를 올려두고 맨 마지막 칸인 9호차까지 열차 안을 둘러보며 걸었다. 따라온 사람은 없는 것 같았다. 경찰이 탄 것 같지도 않다. 6호차인 그린차(자리가 넓고 가격이 비싼 칸—옮긴이)

에서 차장과 마주쳤으나 특별히 뭔가를 경계하는 듯한 낌새는 없었다. ZT그룹의 상투적인 수법은 폭력을 유발해서 사건을 만들고는 자신들이 먼저 경찰서에 '피해신고서'를 내는 것이다. 봉창은 이번에도 분명 기쿠하나는 주저 없이 경찰에 신고할 거라고 예상했다. 기쿠하나가 피해 내용을 어떻게 신고할지 진짜 궁금하네, 하고 득의의 미소를 짓다가 퍼뜩 생각이 났다. 그놈이 일어난 일을 그대로 신고할 리가 없다. 습격을 당했다. 〈도구〉로 찔릴 뻔했다. 맞고 쓰러졌다. 타박상을 입었다. 조선인에 의한 테러로 전치 1개월……. '피해신고서'가 아니라 한 단계 높은 '고소'로 대처를 할 수도 있다. 봉창은 코트 안주머니에 〈도구〉의 뚜껑이 들어있는 것이 생각나 급히 자리로 돌아갔다. 더플코트를 누가 만진 것 같은 흔적은 없었다. 안주머니에는 〈도구〉의 뚜껑이 그대로 있었다.

봉창이 열차 안을 다 둘러보고 자리로 돌아왔을 때, 열차는 온천지역에 정차했다. 꽤 많은 사람들이 타서 좌석의 반 정도가 찼다. 여행을 하고 돌아가는 사람들의 들뜬 기분과 웅성거림이 조용하던 열차 안을 메웠다. 봉창이 앉은 좌석의 통로 건너편에는 좌석의 방향을 바꿔 서로 마주앉은 초로의 여성 3명이 앉았다.

그녀들은 비닐봉지를 바스락거리며 마른안주에 맥주를 마셨고 계속 수다를 떨며 깔깔 웃었다. "어머나, 눈 와!" 옆자리에 앉은 아주머니가 기뻐하며 말했다. 봉창은 아주머니의 말에 창밖을 내다보았다. 가는 눈발이 드문드문 흩날리고 있었다. "때 늦은 눈이네. 뭔가 로맨틱하지 않아?" 다른 아주머니의 목소리가 들렸다. "때늦은 눈도 내릴 때를 알고……." 눈이 온다고 말했던 아주머니가 노래를 불렀고 "조오타" 하고 옆자리의 아주머니가 추임새를 넣자 세 사람이 동시에 웃음을 터뜨렸다.

봉창은 걷잡을 수 없는 소외감에 휩싸였다. 열차 안은 천연덕스러울 만큼 평화롭다. 여기에는 내 자리가 없다. 여기 있어서는 안 되는 존재가 여기에 몸을 두고 있으니 어디에도 마음을 의지할 곳이 없다. 이 사람들은 ZT그룹을 알까? 헤이트 때문에 괴로워하는 조선인이 있다는 건 알고 있을까? 조선학교 학생들은 정부와 행정기관에 공공연하게 차별을 받고 그 부모들은 아이들이 인질로 잡혀있어서 머리 위에 칼이 매달려 있는 것 같은 공포 속에서 매일 매일을 살아간다. 그런 조선인이 있다는 것을 어떻게 생각할까? 그런 것과는 아무런 관계도 없이, 아니 설령 관계가 있다고 하더라도 전혀 무관한 것처럼 살고 있는 사람들 속에서 살아가야만 하는 비통함…….

"그렇게 일본이 싫으면 나가!"

"불행한 조선인은 조선으로 돌아가!

"나가!"

"내쫓아!"

가이아의 탁한 목소리가 머릿속에 맴돈다. 눈이 점점 많이 내려 눈앞의 산과 나무의 풍경이 점묘화처럼 보인다. 계속해서 내리는 무수한 눈송이. 끊임없이 내려와서 마치 정지된 것처럼 보이는 하얀 점의 총체가 하나의 우주이고, 한 줌의 눈은 우주를 구성하는 은하이고, 항성이고, 혹성이고, 인간이고…… 시공 그 자체일까? 멍하게 눈을 바라보고 있던 봉창은 열차가 터널에 진입하여 시커

먼 거울이 된 창문 위로 의욕을 상실하고 얼이 빠진 눈을 하고 있는 자신을 보고는 "눈!" 하는 아주머니의 말에 샛길로 빠졌던 생각을 다시 원래의 위치로 돌려놨다. 맞다, 확인해 둘 것이 있다…….

봉창은 아이폰을 꺼내서 ZT그룹이 늘 사용하는 생중계 동영상 사이트를 열었다. 기쿠하나가 '고소'를 하더라도 생중계만 되고 있으면 극단적인 유언비어는 피할 수 있다. 동영상 때문에 내가 누군지 밝혀지고 체포된다고 해도 말이다.

'ZT그룹 Y현 지부 설립 1주년'을 검색어로 입력했다. 아무것도 검색되지 않는다. 어? 다시 한 번 검색한다. 없다! 혹시 하고 다른 동영상 사이트를 열었지만 결과는 마찬가지였다. 설마? 분명히 강연회장에는 생중계용 비디오가 세팅되어 있었다. 담당자로 보이는 남자가 비디오 앞에 앉아 있었다. 강연회가 시작되기 전에 작전을 실행에 옮겨서 녹화가 안 됐나? 아니 그건 그렇다 치더라도 기쿠하나 강연회 자체가 생중계되지 않았다……. 십수 명의 목격자가 있었다. 그때 기쿠하나의 모습은 누가 봐도 우스꽝스럽고 꼴사나웠을 것이다. 하지만 생중계 동영상이 없으면 내 행동의 전제가 없어진 셈이다. 결정적인 결함, 전제의 상실……이다. 봉창은 이번 행동이 〈촌극〉으로 끝났다는 답답함이 마음을 옥죄어 낙담과 패배감으로 괴로워하며 아파트로 돌아왔다.

K시에서 돌아와 3일 째가 되던 날 저녁이었다. 봉창이 신오쿠보 대형 할인점에서 아르바이트를 마치고 아이폰을 확인하자 나순자로부터 '너희 집에 가려고 하는데 가도 돼?'라는 문자가 와있었다. 그

날 이후로 순자는 몇 번이나 비슷한 문자를 보냈는데 봉창은 순자를 만나지 않으려고 답장을 하지 않거나 구실을 만들어서 못 오게 했다.

하지만 이번 문자에는 '나를 피하는 거구나? 이유가 있어서 그런 거겠지만 언제까지 피할 생각이야? 진짜 화내기 전에 그만 둬. 내가 너희 집 열쇠를 갖고 있다는 사실을 잊지 마!'라고 써서 보냈다. 봉창은 순자가 말한 대로 더 이상 피하지 않기로 마음을 먹고 '7시 이후에는 괜찮아.'라고 답장을 보냈다.

봉창이 순자한테 처음 그런 문자를 받은 것은 K시에서 특급열차를 타고 신주쿠까지 온 후, 신주쿠에서 야마노테 선으로 갈아타려던 때였다. 봉창은 그때 기쿠하나를 상대로 벌인 자신의 행동이 결국은 〈촌극〉으로 끝났다는 생각에 끝없는 나락으로 추락하는 기분에 휩싸여 있었다. 봉창은 순자한테 온 문자를 읽으면서 내가 K시에서 기쿠하나에게 〈도구〉를 들이밀던 그 시간에, 순자는 우에노에 있는 카페 르노아르에서 조청과 한청의 부위원장이 〈반 헤이트 · 올 민족〉 문제를 놓고 서로 협의하는 자리에 동석하고 있었겠구나, 하고 마치 다른 세상 일인 양 생각하고 있었다.

"봉창아, 아르바이트는 어때? 바빠? 실수는 안 했어? 오늘 얘기 너무 좋았어. 보고도 하고 축하도 할 겸 전골 요리로 파티하자. 재료랑 맥주를 사서 너희 집으로 갈게. 오늘은 내가 한턱내는 거야. 너 아르바이트 끝나고 오는 시간을 감안해서 7시쯤 갈게. 괜찮아?"

협의가 끝나자마자 바로 문자를 보냈다는 것을 문면에서 알 수 있었다. 하지만 봉창은 아무래도 순자를 만날 기분이 아니었다.

〈촌극〉으로 끝나버린 자신의 행동과, 〈올 민족〉의 착실한 전진. 그 낙차를 견딜 수 없을 것 같았다. 봉창은 '아르바이트생이 갑자기 아파서 못 온대. 모리카와 총괄매니저가 3시간만 더 해달라고 애걸을 해서 오늘밤은 안 될 것 같아. 다른 날 하자.' 하고 문자를 보냈다.

봉창은 도쿄에 돌아와서 ZT그룹 홈페이지와 기쿠하나 블로그를 계속 체크했다. K시에서 있었던 일이 어떤 식으로든 발신되는 것을 놓치지 않기 위해서였다. 비열한 헤이트와 무의미한 요설이 넘쳐나는 그곳에 'ZT그룹 Y현 본부 설립 1주년 기념 강연회'에 대해서는 아무런 기사도 어떤 보고도 없었다. 활동 행사 일정표에 해당 날짜는 공란으로 되어 있었다. 있었던 일이 없었던 일로 되어 있었다. 봉창은 체크를 할 때마다 WEB 게시판 어딘가에 K시에서 자신이 기쿠하나에게 했던 행동을 상세하게 적어서 올리고 싶은 충동을 억눌렀다. 글을 올리더라도 기쿠하나와 ZT그룹이 어떻게 발신하는가를 지켜본 다음에 해야 한다고 생각했기 때문이었다. 3일이 지나도 글이 하나도 올라오지 않아서 내가 올려야겠다고 결심했다.

봉창은 순자에게 답장을 한 후, 신오쿠보 역으로 걸어가면서 더는 기다리지 않겠다고 마음을 먹었다. 그리고 자신이 기쿠하나에게 한 행동이 없었던 일이 된 의미에 대해서 깊이 생각했다. 기쿠하나와 ZT그룹이 K시에서 일어난 일을, 그것도 나로서는 〈촌극〉으로 끝났다고 생각한 일을, 완전히 없었던 일로 하려고 한다. 놈들은, 특히 기쿠하나는, 이상하게 떠들었다가는 기쿠하나가 허식과 허상의 남자였다는 사실, 그리고 거짓 유언비어를 퍼뜨리는 놈이라는 사실을 스스로 확산시키게 된다고 판단했을 것이다. 그래서 삭제한 게 틀림없다. 그러나 이것은 내 입장에서는 좋은 기회가 아닌가, 나로서는 놈들이 〈촌극〉을 삭제해줬으니까, 그걸로 됐다. 다음에는 제대로 〈비극〉을 만들면 된다. 그렇다, 그렇게 하면 된다. 어쩌면 자신의 추태를 감추기 위해서 기쿠하나는 경찰서에 '피해신고서'조차 내지 않았을지도 모른다. 생중계 동영상이 없는 〈촌극〉이라도 기쿠하나는 타격을 입을 것이다. 물론 글을 올려도 동영상이라는 결정적인 증거가 없는 웹 게시판에 글을 올리면 기쿠하나 쪽에서 유언비어라고 난리를 칠 위험이 있다.

그것보다 더 주의해야 할 것은 ZT그룹과 공안의 밀월 관계다. 경찰은 ZT그룹에게는 '공범으로서의 관용'을 베풀고, 레이시스트에게 대항하고 반대하는 쪽에는 항상 엄격하고 집요하다. '피해신고서'를 제출하지 않았을 가능성도 있는데, 일부러 공안에게 정보를 제공할 필요는 없다. 비호의 대상인 기쿠하나를 직접 공격하면 공안이 움직인다는 것은 충분히 예상 가능하다. 인터넷카페에서 글을 올려도 IP주소를 추적해서 카페의 CCTV를 확인하면 바로 내가 한 짓이라는 게 들통난다. 그런 위험을 무릅쓸 필요는 없다…….

봉창은 신오쿠보 역 개찰구를 통과하면서 K시에서 있었던 일을 인터넷 게시판에 올리려던 결심을 포기했다.

봉창이 조반 선에서 사철선으로 갈아타려고 지하도를 걷고 있을 때 '집에 도착해서, 전골을 만들 준비도 끝냈다'는 순자의 문자를 받았다. 그래, 순자한테도 아무 말 말아야지. 기쿠하나를 상대로 일을 저지르는 것을 강력하게 반대했었으니까 글은 올리지 않는 게 좋겠다. 앞으로 얼마간은 기쿠하나가 어떻게 움직이는지 지켜보자. 그리고 다시 한 번 기회를 노려보자. 준비에 만전을 기해서…….

아파트 문을 열자 김치찌개인 것 같은, 식욕을 당기는 냄새가 코를 간지럽혔다. 현관 바닥에는 순자의 스니커즈가 가지런히 놓여있다. 주방 조리대에는 도마와 칼이 쓰던 채로 놓여있고, 싱크대에는 야채나 버섯의 자투리, 두부를 담았던 팩이 어지럽게 놓여 있다. 순자는 무슨 일이든 실수가 없지만, 부엌일을 할 때만은 불만스러웠다. 치워가면서 음식 준비를 하는 게 뭐가 어려운 일이라고, 봉창은 매번 하는 생각을 오늘도 했다. 거실 미닫이문이 열리고, 봉창의 집에 갖다 놓은 추리닝으로 갈아입은 순자가 얼굴을 내밀었다. 순자는 "다녀왔습니다." 하고 인사하는 봉창을 날카로운 눈빛과 굳은 표정으로 맞이했다.

"너야? K시에서 기쿠하나한테 "나를 죽여 봐!"라며 달려든 게?"

"응?"

"그러니까 지금 너냐고 묻고 있잖아!"

봉창은 불시에 치고 들어온 공격에 입이 얼어붙었다. 어떻게 된 거지? 아까 인터넷에서 확인했을 때는 K시 일은 어디에도 올라와 있지 않았다……. 뚫어지게 순자의 얼굴을 봤다. 화가 나서 얼굴이 창백해지고 표정은 사라졌다. 꽉 다문 입술이 미세하게 떨린다. 봉창은 준비가 안 된 상태에서 이야기를 해봤자 좋을 게 없겠다고 생각하고, 입을 꾹 다물고 거실 문틀에 서있는 순자에게 다가갔다. 순자는 홱 돌아서 등을 보이고 거실 안쪽으로 들어갔다. 탁자에는 휴대용 가스버너가 놓여 있고 그 위에는 전골냄비가 올려져 있었다. 가스버너의 불은 꺼져 있었지만 냄비에서 올라오는 열기가 느껴졌다. 김치와 해산물이 섞여 시큰하고 달짝지근한 맛있는 냄새가 났다. 바로 먹을 수 있게 준비가 다 된 것 같았다. 앞 접시와 젓가락, 숟가락과 컵이 두 세트씩. 먹다가 추가로 넣을 삼겹살, 배추, 파, 버섯, 쑥갓을 담은 큼지막한 접시와 김치가 준비되어 있다.

순자는 음식에는 눈길도 주지 않고, 늘 앉던 자리가 아니라 침대 옆 컴퓨터 책상에 앉아 노트북을 가리켰다.

"조금 전에 조청 김대승한테 기쿠하나가 습격을 당한 것 같다고 연락이 왔어. 2채널을 확인해봤더니 이런 게 올라와 있었어."

봉창은 순자가 자리를 내준 의자에 앉아서 게시글을 확인했다.

'ZT그룹 기쿠하나 대표, 조선인의 죽여 봐! 라는 협박에 도망치려 우왕좌왕'

'조선인을 죽여라!'가 트레이드 마크인 기쿠하나 모리노부 대표, '나를 죽여 봐!'라며 칼을 건네자, '살려줘!' 하고 뒤로 나자빠짐'

댓글에는 '유언비어에 주의할 것' '강연회가 없었는데 어떻게 기쿠하나 대표가 습격을 당하는가'라는 것부터 '역시 허세였다' '울면서 도망을 갔단다'라는 것까지 다양한 의견이 있었다. 보고 있는 도중에도 게시글과 댓글이 계속 올라왔다.

"너지? 일요일에 〈올 민족〉을 협의하는 자리에 같이 가자고 했을 때 아르바이트가 있다고 했지만 사실은 K시에 간 거지? 그래서 나를 피한 거였어. 아니야? 네가 말한 기쿠하나를 겨냥한다는 게 이거였어?"

"……"

봉창은 순자의 추궁에 대답하기 위해서라도 우선 상황을 정리하려고 머리를 굴렸다. K시의 기쿠하나 사건을 알고 있는 사람은 자신을 포함해서 십수 명. 그중에서 자신과 기쿠하나, 기쿠하나를 따라왔던 애송이는 게시글에 관여하지 않았음이 틀림없다. 그러면 그 자리에 있던 누군가인가? 마우스를 화면을 내리며 게시글과 댓글을 읽으면서 다양한 가능성에 대해서 이리저리 생각해봤다.

"야, 너 왜 말 안 해! 대답하라고!"

순자는 울먹이며 말했다. 화면을 보고 있던 봉창은 깜짝 놀라 순자를 봤다. 고여 있던 눈물이 양 볼을 타고 흘러내려 눈물자국이 빛에 반짝였다. 가냘픈 몸은 앞뒤로 휘청거려 당장에라도 쓰러질 것 같았다.

"저, 저기……."

"네가 한 거지?"

"……내가, 했어."

"안 다쳤어?"

"괜찮아. 봐봐, 다친 데 없이 집에 왔어."

순자는 쓰러지듯 그 자리에 주저앉았다. 이제 전부 다 얘기할 수밖에 없다. 봉창은 침대 시트 밑에서 〈도구〉의 뚜껑을 꺼내 순자에게 건넸다. 그리고 순자 앞에 앉아서 기쿠하나를 상대로 벌인 사건의 전말을 준비 과정부터 상세하게 이야기했다.

내가 그놈한테 찔릴 리가 없다고 생각했다. 혹여나 찔리더라도 상관없었다. 나를 찌른 기쿠하나는 증오범죄로 처벌을 받는다. 무엇보다 내 작전은 ZT그룹의 인터넷 전략을 역으로 이용해서 수정이 불가능한 생중계를 통해 기쿠하나의 추태를 만천하에 폭로하는 것이었다. 그렇게 해서 놈의 '권위'를 갈기갈기 찢어버리고 추종자들을 떼어내는 것…….

"그런데 강연회장에 들어선 순간, 기쿠하나는 내가 신오쿠보 〈기쿠하나 산책 II〉 때 항의했던 사람이라는 걸 알아챘고, 그래서 생중계가 시작되기 전에 일을 벌일 수밖에 없었어. 그래서 기쿠하나가 살인마, 살려 줘! 하고 도망치다 나자빠진 장면은 영상으로 남지 않은 거고. 제일 중요한 생중계가 안 돼서 결국은 촌극으로 끝나버린 거지."

"그게 문제가 아니야. 너의 그런 생각과 행동 자체가 촌극이야. 알아? 그런데 네가 말하는 걸 들어 보니까 너는 네가 한 짓의 진짜 의미도 모르고, 무시무시한 비극이 일어날 가능성이 높아졌다는 것도 모르네."

순자는 양쪽 소매로 눈물을 닦았지만 또 다시 눈물이 차올랐다. 봉창은 순자가 자신의 부상을 걱정해서 눈물을 흘린다고 생각했다. 그러나 이내 그 생각은 오만에 지나지 않았다는 것을 깨달았다.

순자는 억울한 눈으로 이쪽을 노려보고 있다. 걱정, 분노, 슬픔이 뒤섞인 표정. 순자의 진의를 파악할 수가 없었다.

"내가 한 일의 진짜 의미라니……?"

"너 기쿠하나한테 '조선인을 죽여 봐!' '말한 대로 실행에 옮겨!' 라고 말하고 달려들었지?"

"응, 그렇게 말했어. 그건, 그놈이 하지도 못할 일을……."

"멍청이! 너는, 너는……." 순자는 잔뜩 겁을 먹어 목소리가 떨렸다. "기쿠하나와 ZT그룹한테 조선인의 살인을 교사하고 선동한 거야."

"뭐?"

막혀있던 구멍이 뚫리는 기분이었다. 봉창은 순자의 비통한 표정과 말의 진의를 확실히 파악했다. 입 안에 목욕탕 배구수와 같은 악취가 가득 찼다. 위장 깊숙한 곳에서부터 수치심이 밀려 올라왔다.

"너는 기쿠하나가 말로만 떠드는 놈이라고 정곡을 찌르고 모욕해서 그놈을 도발한 거야. 게다가 수치심을 줬어. 이제 그놈들이 어떻게 할 것 같아? 너한테 모욕을 당한 원한을 풀려고 하지 않겠어? 어떻게? 진짜로 조선인을 죽이는 것으로……. 대상은 얼마든지 있어. 조선학교 학생들, 총련이나 민단 본부나 지부, 조선인 가게, 파친코, 신오쿠보 한류가게. 돌을 던지고, 때려 부수고, 불을 지르고……. 무슨 일이든 일어날 수 있어. 너, 그런 일이 일어나지 않을 거라고 장담할 수 있어?"

"……"

봉창은 가슴을 에고 온몸을 관통하는 자기혐오에 휩싸였다. ……맞다. 분명히 있을 수 있는 일이다. 기쿠하나는 내 도발로 인해 폭로된 추태를 만회하기 위해서 무슨 짓이든 할 수 있는 심리 상태일 것이다. K시 강연회를 없었던 일로 한 진짜 의미도 바로 그것이다. 그런데 K시 사건이 유출되어 인터넷에서 무한증식하고 있다. 이제 지울 수가 없다. 그렇다면, 그렇다면. 기쿠하나는 그 사실을 지우고 단번에 만회하기 위해서 조선인을 죽일 수 있다는 것을 보여주려고 할 것이다. 내가 만약 기쿠하나라면 그렇게 생각하고 실행에 옮길 것이다……. 봉창은 고개를 떨궜다. 돌이킬 수 없는 일을 저질렀다. 자신의 행동이 초래한 결과에 대해서 어떻게 책임을 지면 좋을지 알 수 없었다……. 어마어마한 죄책감이 바이스처럼 봉창을 조여 왔다.

"이제야 겨우 이해한 모양이네. 어째서 너는 K시에 가기 전에 거기까지 생각을 안 했어? 아아, 이제 와서 그런 말이 다 무슨 소용이야. 내가 조금 더……."

순자는 북받치는 눈물에 목이 메인 소리로 말했다.

그래, 나는 어째서 거기까지 생각하지 않았을까? 오로지 ZT그룹을 어떻게든 해보겠다는 집념에 빠져 있었다. 그 결과, 기쿠하나로 하여금 나를 찌르게 해야 한다는 역발상에만 몰두했다. 찔릴 리가 없다는 판단, 찔려도 할 수 없다는 자포자기의 감정에 취해 있었다……. 순자가 나를 비난한다. 나 때문에……. 그녀의 안타까운 심정이 내 마음으로 파고 들어온다. 어떻게 하면 내 행동이 초래한 결과에 책임을 질 수 있을까? 〈비극〉이 일어나기 전에 …….

봉창은 정신을 집중했다. 침묵의 소리마저 들릴 듯이 무겁고 긴장된 시간이 흘렀다. 그러나 그 시간은 그리 길지 않았다. 봉창의 머릿속에 퍼뜩 불이 들어왔다. 그래, 이 방법밖에 없다.

"저기, 순자야……."

봉창이 떨궜던 고개를 들며 잠긴 목소리로 부르자, 순자는 세운 무릎 위에 파묻은 얼굴을 들고 뺨을 덮은 머리카락을 양손으로 넘기며 봉창을 쳐다봤다. 눈물은 아직 마르지 않았다. 그렇다고 눈물이 마구 쏟아지는 것은 아니었다.

"왜 네가 자책을 해. 잘못은 내가 했고, 경거망동한 내가 책임을 져야지. 위험하니까 너는 이 일에 관여하지 않는 게 좋겠어."

"너를 꽉 붙잡아 두지 못한 나한테도 책임이 있어. 나는 내 행동에 대해서 책임을 질 생각이야."

"아니, 그런 문제가 아니잖아. 물론 그놈들의 증오 때문에 심적으로 한없이 상처를 받고 있지만, 적어도 내가 한 행동 때문에 누군가가 육체적으로 상처를 입고 물건이 부서지는 건 막아야 돼. 하루라도 빨리."

"너 또 엉뚱한 생각을 하는 거 같네."

"아니, 엉뚱한 생각이 아니야. 지극히 실질적인 방지책이야. 이 방법밖에 없어."

"뭘 한다는 거야? 뭘 하든 하기 전에 한다고 얘기라도 해."

"아니다. 아무것도 안 해. 지금 뭘 하면 오히려 역효과야. 게다가 한자라든가 공안이라든가, 그 사람들이 기쿠하나의 보호태세를 강화하고 있을 테니까 뭘 하든 성공할 리가 없고, 한다고 해도 의미가 없어."

"그런 것쯤은 나도 알아. 하지만 너는 K시의 전과가 있잖아."

"그게 아니라, 최소한 조선학교 학생들이나 또 다른 사람들, 그리고 시설에 피해가 가지 않게 하려면 기쿠하나가 자신이 당한 수치를 불식했다고 만족할 만큼 내가 그놈들한테 당해주는 거야. 그 방법밖에 없어. 그 방법밖에 없다고. 그렇지 않아? 그러니까 내가 K시 사건을 일으킨 장본인이라고 밝히고……."

"너 정말! 너는……."

비통함으로 순자의 눈매가 일그러지고 목소리가 거칠게 높아진 바로 그 순간, 누군가 현관문을 두 번 세게 두드렸다. 둘은 흠칫 놀라 주방 미닫이문 쪽을 쳐다봤다.

봉창은 조심스럽게 일어나서 소리가 나지 않게 미닫이문을 열고 현관문 가까이까지 가서 문밖을 살폈다. 아뿔싸, 현관문에 체인을 걸어놓지 않았다. 봉창은 살짝 체인을 걸었다. 등 뒤로 기척이 느껴져 돌아보니 순자가 걱정스러운 듯이 거실 문턱까지 와 있었다. 봉창은 고개를 끄덕이고 다시 현관문 밖의 동태를 살폈다. 틀림없이 사람이 있다. 누구지? ZT그룹인가? 쿵쿵, 또 다시 문을 두드렸다. 그러나 이번에는 처음보다 약했다.

"실례합니다. 윤봉창 씨 계신가요?"

남자 목소리였다. 밖에 있는 남자는 봉창이 문 가까이에 와 있는 것을 감지하고, 그 상황에 맞추어 행동하고 있다는 생각이 들었다. 봉창은 대답을 해야 할지 말아야 할지 망설였다. 순자를 쳐다보고 눈짓과 표정으로 어떻게 할까? 하고 물었다. 순자는 양쪽 검지로 ×표를 했다. 봉창은 고개를 끄덕이고 다시 현관문 쪽으로 몸을 틀었다.

“댁에 계신 거 알아요. 들어가시는 거 봤습니다.”

문 밖에서 말소리가 들렸다. 관자놀이가 뜨겁게 화끈거리고 등줄기를 타고 한기가 올라왔다. 봉창은 각오를 하고 물었다.

“누구세요?”

“이상한 사람 아니에요. 현관문에 체인을 거셨죠? 체인을 건채로 조금만 열어도 되니까 안심하시고 문 좀 열어보세요. 집 안까지 들어갈 생각은 없으니까요.”

순자가 옆으로 다가왔다. 봉창은 천천히 잠금장치를 풀고 곧바로 문을 닫을 수 있도록 손잡이를 쥔 채 문을 열었다. 5센티쯤 되는 문틈 너머로 검은 테 안경을 끼고 정장에 넥타이를 매지 않은, 적당한 키에 적당히 살집이 있는 서른 살쯤 돼 보이는 남자가 서 있었다. 그 남자의 오른쪽 뺨에는 콩알만 한 점이 있었다.

“안녕하세요. 저는 마나카 와타루라고 합니다. 굉장히 경계하시는 것 같은데요, 안심하세요. 저 혼자 왔으니까요. 이것에 대해서 좀 여쭙고 싶어서 왔어요.”

마나카라고 자신을 소개한 남자는 정장 주머니에서 비닐봉지에 들어있는 나무토막 같은 것을 꺼내서 봉창의 눈앞에 내밀었다.

“……!”

〈도구〉였다. 침을 삼켰다. 봉창이 기쿠하나에게 쥐어준 송곳. 기쿠하나가 던져버린 〈도구〉의 본체. 반쪽짜리 뚜껑은 거실에 있다. 놀란 봉창의 표정을 읽었는지, 역시 맞게 찾아왔구나 하는 표정으로 남자의 눈이 가늘어졌다.

"이거 설마 모른다고는 못하겠죠? 뭐, 부정하셔도 할 수 없지만 잠깐 얘기할 수 있을까요? 같이 이야기를 좀 하고 싶어요. 역 앞에 썬로얄이라는 오래된 찻집이 있잖아요? 아세요? 아아 잘됐네요. 그럼 거기서 뵙죠. 거기까지 같이 걸어가는 건 좀 어색할 수도 있으니까 제가 먼저 가서 기다릴게요. 15분 후에 나오셔서 찻집으로 오세요. 미리 말씀드리는 건데요, 이번에 저랑 얘기를 안 하시면 다음에는 조금 더 힘들어지실 거예요."

자신도 같이 가겠다고 우기는 순자를, 공안한테 굳이 모습을 보여줄 필요는 없다고 설득했다. 봉창이 자전거를 타고 썬로얄에 도착한 것은 마나카라는 남자와 현관 앞에서 헤어지고 나서 정확히 20분 후였다. 나무로 된 낡은 문을 열자 딸랑딸랑 방울소리가 났다. 그 소리에 문 쪽을 바라본 마나카는 입구 바로 앞 L자형 너머에 배치된 네 개의 칸막이 자리 중 제일 안쪽 칸막이 자리에 앉아 있었다. 봉창은 이 가게가 처음이었다.

흰 셔츠에 나비넥타이를 매고 검은 조끼를 입은 가게 주인인 것 같은 노인과 밝은 꽃무늬 앞치마를 한 노년의 여성이 카운터 안에서 경쾌한 말투로 어서 오세요, 하고 맞아주었다. 분위기는 나쁘지 않다. 낡은 외관과 마찬가지로 가게 안도 오래된 느낌이 났지만, 가게 전체가 청결했고 조용하게 클래식 음악이 흐르고 있었다.

브람스 바이올린 소나타 제1번이네…….

카운터에 설치되어 있는 세 개의 커피 사이펀 중 한 군데에서 나는 커피 향, 그리고 여덟 자리쯤 되는 카운터석에서 손님 두 명이 먹고 있는 나포리탄 스파게티의 케첩 냄새가 섞여 봉창은 가슴이 두근거렸고 아랫배 주변이 출렁였다. 맛있는 냄새가 났던 김치찌개를 못 먹은 공복감 탓에 위장이 오그라들었다. 하지만 봉창은 위장의 불규칙적인 운동이 오롯이 공복 때문만은 아니라는 것을 알고 있었다. 태어나서 처음으로 공안경찰인 것 같은 남자와 대면한다. 내장이 불규칙적으로 수축되는 것은 그 긴장감 탓도 있었다.

봉창이 입구를 등지고 마나카 앞에 앉자, 등 뒤에서 걸어온 노년의 여성이 커피를 마나카 앞에 놓고 봉창에게는 물을 내밀며 "뭘로 하시겠어요?"라고 물었다.

나포리탄 스파게티 주세요, 라고 말하고 싶은 마음을 억누르고 따뜻한 우유 주세요, 라고 대답했다. 알겠습니다, 하고 여성이 돌아서자 커피 한 모금을 블랙으로 마신 마나카가 휴우 하고 숨을 내쉬고는 잔을 내려놓고 입을 열었다.

"이 집 커피 아주 맛있네. 당신도 커피를 시키지 그랬어."

봉창은 상대의 예의 없는 말투에 발끈했다. 나이도 엇비슷한 놈이 잘난 척은! 안색이 변했겠구나, 라고 생각하면서 말을 내뱉었다.

"저는 커피를 안 마시는 주의입니다."

"아아, 그래? 그런 주의가 있구나."

하마터면 '이 자식!'이라는 말이 튀어나올 뻔해서 뜨끔했다. 이 놈은 나를 도발하고 있다. 진정하자. 점잖게 응수하는 게 좋다. 약점을 잡혔으니까……. 봉창은 마나카의 말에 대꾸를 하지 않고 물을 한 모금 마신 후 상대방을 지켜봤다. 입은 웃고 있었지만 검은

테 안경 너머로 눈 사이가 조금 먼 동그란 눈은 웃고 있지 않았다. 밝은 곳에서 보니 오른쪽 뺨의 점이 더 눈에 띈다. 놈도 나를 관찰하는 듯이 눈동자를 위아래, 양옆으로 움직인다.

오래 기다리셨습니다, 하고 주문을 받아간 노년의 여성이 따뜻한 우유를 가지고 왔다. 봉창은 감사합니다, 라고 말하고 마나카를 보고 있던 시선을 돌려 테이블에 올려놓은 우유를 한 모금 마셨다. 상대가 먼저 얘기할 때까지 기다리자. 이쪽 패를 보여줄 필요는 없다. 뜨거운 우유가 기분 좋게 식도를 자극하며 코에 우유 냄새를 남기고 위로 내려갔다. 굶주렸던 위가 곧바로 반응을 하며 요동쳤다. 마음이 조금 안정되었다. 상대방도 커피를 마시고 있다. 서로 마주보며 시간을 잰 듯이 동시에 잔을 내려놓았다. 입을 꾹 다물고 있는 봉창을 보고 속이 탔는지 마나카는 정장 주머니를 뒤적거려 비닐봉투에 든 〈도구〉를 꺼내 테이블 위에 놓았다. 입을 살짝 벌려 억지웃음을 지은 채 말을 꺼냈다.

"이거, 당신 거지?"

"저기, 그런데 당신은 누구세요? 그리고, 그 짧은 건, 송곳입니까? 그건 제 것이 아닙니다."

"후훗" 코웃음을 쳤다. "내가 누구냐고요? 나는 마나카 와타루라고 밝혔습니다."

"아니, 그런 말이 아니라 어디서 오신 누구시냐고요. 무슨 일을 하는 분입니까? 명함이나 신분증 가지고 계시죠?"

"그럼 먼저, 당신 외국인등록증을 꺼내 봐요."

"누구인지도 모르는 당신한테 왜 보여줘야 하죠? 관청에서 제시를 하라면 제시할 의무가 있겠지만요."

"오호, 아, 됐어요. 서로 암묵적으로 이해했다고 치고 얘기합시다. 뭐, 당신도 눈치를 챘으니까 여기까지 왔잖아요?"

"……"

"물어보고 싶은 건 두 가지예요. 하나는 이 송곳이 당신 게 맞는지, 또 하나는 다음에는 뭘 할 생각인지를 묻고 싶어요."

마나카의 얼굴에서 엷은 웃음기가 사라졌다.

"다시 말씀드리지만 그건 내 것이 아닙니다. 그리고 뭘 할 생각인지, 라는 건 무슨 말씀이세요?"

설사 꼭 필요한 경우일지라도 거짓말을 하면 몸과 마음 어딘가가 뒤틀리는 기분이 든다. 잘 얘기하고 있는지, 표정이나 몸의 움직임에 쓸데없는 변화가 드러나지는 않는지 걱정이 된다.

"후훗, 역시 대학원생이구만. 머리가 좋아. 실수 없이 대답을 잘하는군."

"……" 이놈은 나에 대해서 모든 걸 알아본 모양이다. 봉창은 필사적으로 태연한 척을 했다.

"물론 결정적인 증거가 없으니까 당신 것이라고 단정할 수는 없죠. 지문은 기쿠하나 모리노부 씨 것과 또 한 사람의 것밖에 검출되지 않았고. 기쿠하나 씨는 그 송곳으로 이름도 주소도 알 수 없는 재일조선인이 자신을 찌르려고 했다, 라고 신고를 했는데, 사실은 기쿠하나 씨한테 송곳을 들게 해서 찌르게 했다고 할까, 본인이 찔리려고 했다는 것 같던데. 스케일은 아주 작지만 이슬람 과격파의 자폭공격 같은 거라고 볼 수 있어요. 그렇죠?"

“……”

“하지만 증거가 하나 있더라고요. 당신 신오쿠보에서 ZT그룹하고 옥신각신했었죠? 그날 일을 자세히 추적해봤어요. 사복경찰이 역까지 따라갔었죠? 개찰구 안까지는 미행하지 않았지만 말이에요. 그뿐만이 아니에요. K역 CCTV에 당신이 찍혔어요. K역은 타고 내리는 손님이 많지 않아서 제대로 찍혔더군요. 그날 K시에 갔었죠?”

이런, CCTV가 있었구나……. 어설펐다, CCTV에 찍힌다는 걸 생각하지 못하고 맨얼굴을 드러냈다. 제길. 봉창은 표정이 일그러지지 않게 필사적으로 태연함을 유지하려고 노력했지만 자신이 없었다.

“……”

“신오쿠보와 K시가 연결이 됐어요. 경찰을 우습게보면 안 되죠. 신오쿠보 역에도 CCTV는 있으니까요. 여자와 둘이 가는 걸 확인했습니다.”

“……”

“하지만 안심하세요. 기쿠하나 씨가 피해신고를 취하했어요. 고발이 무효가 됐어요. 물론 경찰에서 사건으로 삼을 수도 있지만 관할서도 그렇게 한가하지 않아요. 글쎄요, 재판으로 가면 기쿠하나 씨의 민망하고 보기 흉한 모습이 재판기록에 남는 게 두려워서 그런 걸까요?

“……”

“묵비권을 행사하겠다, 이겁니까? 그래도 상관없어요. 다만 윤봉창 씨 당신은 요주의인물로 감시당하고 있어요. 왜 이런 얘기를 해주는지, 이상하다고 생각하고 있죠? 경고예요. 다시 말해서 두 번째 질문과 관련이 있는데요, 다음에는 뭘 하려고 합니까? 라는 질문이요. 뭔가를 또 하려고 계획하고 있다면 그만 두라는 거예요.

"……"

"나도 ZT그룹 때문에 애를 먹고 있어요. 도가 너무 지나쳐서 조마조마해요. 기쿠하나는 허풍쟁이라 별거 아니에요. 손안에 있어요. 하지만 무서운 건 그놈이 들쑤셔놓은 바보 같은 놈이 기쿠하나의 얘기에 솔깃해서 관서지방 K시에 있는 조선학교를 습격한 사건, 아니 더 심각한 O부 I시 초등학교에서 있었던 대량살인과 같은 범죄를 저지를지도 모른다는 겁니다. 그렇게 되면 ZT그룹을 지금까지 방치했다, 라고 정부와 경찰에게 책임을 묻는 여론이 끓어오를 거예요. 여론의 방향이 바뀌겠지요. 그건 곤란하죠. ZT그룹은 지금 수준의 데모와 가두선전이 적당해요. 그들이 우익의 분위기를 만들어줍니다. 그걸로 족해요. 언론의 자유 범위 안에서 말이죠. 그것을 뛰어넘는 협박, 강요, 기물파손, 상해, 나아가서 살인까지 가면 더 엄중하게 단속을 할 수밖에 없어요. 헤이트를 단속하는 법률을 만들 필요가 있다고 떠들어대겠죠. 그러니까 당신이 기쿠하나나 ZT그룹을 자극하거나 도발하지 않았으면 좋겠어요. 당신 같은 독불 장군, 아나키스트가 제일 곤혹스럽고 위험해요. 그러니까 이렇게 경고하는 겁니다. 앞으로 아무 짓도 안하겠다고만 하면 돼요. 이게 상부의 뜻이자 생각입니다."

"……"

"어때요? 내 질문에 대답을 해주시지 않겠어요?"

봉창은 어떻게 말을 하면 좋을지 망설였다. 앞으로 아무 짓도 안하겠다고 하면 〈도구〉를 기쿠하나에게 건네고 찔리려고 했던 것이 자신이라고 인정하는 꼴이 된다. 순자의 얘기를 듣고 기쿠하나를 상대로 뭔가를 해야겠다는 생각은 이미 버렸다. 기쿠하나에게 뭔가를 하는 게 아니라 기쿠하나에게 하게 해서 그놈의 복수를 받아준다. 그것이 다른 조선인들에게 일어날 수 있는 위해를 막고 자신의 경거망동을 책임지는 방법이라고 결론을 내렸다. 이것도 뭔가를 한다고 할 수 있을까? 어쨌든 꼬투리를 잡히고 싶지 않다. 마나카는 분명 이 대화를 녹음하고 있을 것이다. 내가 지금 안주머니에 있는 아이폰으로 녹음을 하고 있는 것처럼. 그건 그렇다 치고, 이놈 참 잘도 떠든다——.

봉창은 침묵했다. 마나카의 표정이 초조해지기 시작했다. 지금이 기회인가…….

"……저, 묵비권을 행사는 걸로 하겠습니다. 다만 말씀하신 얘기는 잘 이해했습니다, 라고 해두죠. 한마디만 덧붙이면 나는 기쿠하나 씨와 ZT그룹의 모든 언행을 부정하지만 기쿠하나 씨에 대한 개인적인 항의, 그에 대한 언행은 신오쿠보를 끝으로 포기했다, 라는 걸로 어떻습니까?"

"오호, 이번에도 훌륭한 대답이네. 짧은 시간에 잘도 생각해서 절묘하게 대답을 하는군요. 뭐, 좋아요. 마지막 말을 그대로 받아두죠. 그런 걸로 해 둡시다. 참고삼아 얘기합니다만, 당신이 지금 녹음하고 있는 것처럼 나도 녹음하고 있어요. 후훗, 상부에서는 나더러 말이 너무 많다고 하지만 오늘은 뭐 그런대로 쓸데없는 얘기는 안 한 것 같네요."

이놈, 진짜 공안인가? 봉창은 의심이 부풀어 오르는 것을 억누를 수가 없었다. 정보도 정확하고 어쨌든 얘기도 일리가 있다. 무엇보다 〈도구〉를 가지고 왔다. 하지만 공안이 피의자인 나에게 일부러 이런 말을 하러 올까? 공안은 어떤 사소한 일이라도 구실을 삼아서 체포한다고 관련 서적에서 읽은 적이 있다. 용의 따위는 아무래도 상관없다. 어쨌든 피의자를 찾아내면 공무집행방해로 잡으면 된다, 라고 쓰여 있었다. 나를 잡지 않은 것은 왜일까…….

마나카의 얼굴을 훔쳐보니 머리만 공중에 떠있는 것처럼 보였다. 헛 하고 몸서리를 쳤다. 고개를 가로 젓고 이번에는 뚫어지게 봤다. 벽의 간접조명 탓에 마나카의 목덜미 아래로 검은 그림자가 드리워져 있었다. 몸통이 없는 머리. 검은 그림자. 엷은 웃음. 정체를 알 수 없는 권력이 덮쳐와서 자신도 모르게 진저리가 쳐졌다.

마나카는 남은 커피를 마시고는 "당신도 다 마셔요. 밤도 늦었으니까 나는 이제 가야죠."라고 말하고 〈도구〉를 주머니에 넣고 계산서를 가지고 일어섰다. 봉창은 남은 우유를 그냥 두고 일어나서 마나카의 뒤를 따랐다. 썬로얄에서 역까지는 50미터가 채 안 된다. 마나카는 자 그럼 윤 씨, 다음에 언제 또, 라고 말을 했고, 봉창은 아니요 됐어요, 하고 대답했다. 그러자 그렇게 될까요? 하고 가벼운 미소로 응대하고는 역 방향으로 걷기 시작했다.

"아아, 맞다." 자전거 열쇠를 풀고 있던 봉창 옆으로 마나카가 다가왔다. "얘기한다는 걸 잊어버렸어요."

"또 하실 말씀이 있나요?" 구부정한 자세를 한 채 지긋지긋한 심정으로 마나카를 올려다보았다.

"최근에 보디가드처럼 기쿠하나한테 붙어 다니는 청년 알죠? K시에서 당신도 분명히 봤을 거예요. 동영상에서도 눈에 띄는 청년이요."

봉창은 엉거주춤한 자세를 바로 세우며 마나카를 마주봤다. 흥미가 있었지만 애써 무관심한 척하고 마나카의 다음 말을 기다렸다.

"그 사람 자이니치예요. 그 사람이 태어나기 전에 부모와 형이 귀화했어요. 흠, 이런 경우에는 뭐라고 해야 하지? 전(前) 자이니치? 아니, 자이니치? 아무튼 피는 순수한 조선……."

"뭣 때문에 그런 얘기를 하시죠?" 무심결에 목소리가 높아졌다.

"글쎄요. 왜일까요?"

비웃는 말투로 말한 마나카는 뱅그르르 방향을 바꿔서 역으로 걸어갔다.

"그 애송이가, 자이니치……."

봉창은 멍하니, 작아지는 마나카의 등을 꼼짝 않고 바라봤다.

25

초여름이 되었다. 낮에는 벌써 긴팔이 더워져서 소매를 걷어 올리고 걷는 남성, 7부 소매의 여성이 눈에 띄었다. 산뜻하게 맑은 날 저녁이 되면 하늘은 파란색 위에 주황의 그러데이션을 그리면서 천천히 보랏빛 남색으로 변하고, 서서히 짙은 남색으로 바뀌다가 검은 색이 된다. 밤하늘에 금성이 반짝이기 시작할 때면 마르고 상쾌한 바람이 불었다. 날마다 해가 길어지는 것을 실감할 수 있었다.

토요일 오후 ZT그룹의 가두선전에 나가기 전에 도모다 히로키는 초봄에 한자한테 받은 10만 엔이 들어있는 봉투를 책상 서랍에서 꺼냈다. 돈은 그대로 있었다. 봉투를 꺼내보는 일이 도대체 벌써 몇 번째일까……. 기쿠하나를 수행하는 날에도 한자가 기다리는 가라테 도장에 갈 때도 ZT그룹의 가두선전이나 데모에 나가기 전에도 히로키는 수도 없이 봉투를 꺼내 책상 위에 놓고 바라보았다.

"……그런 일은 없어. 조선인끼리 서로 죽이면 돼!"

시부야에서 식사를 한 날 우연히 엿듣게 된 기쿠하나의 말. 도대체 어떤 맥락에서 한 말일까? 그때의 대화는 내가 집에 갔다고 생각하고 내가 없는 자리에서 한 말이었다. 그런 상황에서 자연스럽게 도출되는 결론은 K시에서 자신을 습격한 조선인을 '조선인'인 내가 죽이면 된다는 말이 아닐까?

그 말에 한자는 어떻게 반응했을까? 히로키는 몹시 신경이 쓰였다. 시부야에서 만나 앞으로의 방침이 보복이라는 것을 알려준 다음부터 한자는 히로키에게 친절해졌다. 가라테 연습을 끝낸 후에는 매번 술집에서 식사를 겸해 술을 한잔했다. 가두선전에서 만나면 다른 멤버들을 대할 때와는 달리 미소를 지었다. ZT그룹 멤버들은 한자가 친밀함을 표하자 기쿠하나의 보디가드 겸 비서인 히로키를 인정해주었다. 히로키는 일반 참가자들 앞에서 우월감을 갖게 되었다. 그래서 한자에게 지나치게 경도되었다.

그와는 달리 기쿠하나한테는 경멸에 가까운 감정이 들기 시작했다. K시에서의 추태. 그런데도 추태 따위는 없었다고 억지 주장을 하고 거짓말을 거짓말로 덮는 언행. 그래서 더욱 그 말이 머리에서 떠나지 않았다. 그렇다고 자신이 엿들은 말이 무슨 뜻이었냐고 한자에게 따져 물을 수도 없는 노릇이었다. 아니, 그날 우연히 들었는데, 라고 얘기를 꺼내 물어보면 된다. 기쿠하나 대표의 말은 무슨 말이죠? K시에서 달려든 조선인과 내가 서로 죽이면 된다는 얘기를 들었는데, 아닙니까? 그러면 나는 일본인이 아닙니까? 라고. 글렀다. 이미 때를 놓쳤다…….

아까 한자에게 온 문자에는 긴자에서 가두선전이 끝난 후에 아키하바라 사무실에서 내일 데모에 대한 최종 회의를 한다고 적혀 있었다. 최근에 한자는 히로키의 사정을 묻지 않고 호출을 했다. 히로키가 주 3회 기쿠하나를 수행하는 것 말고는 아르바이트를 하지 않는다는 것을 알고 있기 때문이지만 그 이상으로 상의하달의 냄새가 나서 결코 좋기만 한 기분은 아니었다. 그것이 한자에 대한 유일한 불만이었다.

회의를 하기로 한 아키하바라 사무실에 어쩐 일로 기쿠하나가 참석했다. 데모나 가두선전 등 실무에 관한 회의에는 보통 기쿠하나는 오지 않고 한자가 회의를 주재해 왔다. 이번 회의도 한자가 중심이 되어 가이아를 비롯한 여섯 명의 실무 자원 봉사자를 상대로 가두선전의 절차와 운전사 확보, 비디오 촬영 준비, 선두에 세울 현수막이나 깃발, 메가폰 준비, 단체 구호 사이사이에 읽을 원고 등을 확인했다.

기쿠하나는 회의 끝에 발언기회를 요청해서, 내일 데모는 우리 ZT그룹 운동이 한 단계 비약하는 첫 번째 신오쿠보 데모이니만큼 반드시 성공시켜야 한다, K시 때와 같은 불령선인의 데모, 습격도 예상되기 때문에 정신을 바짝 차리고 준비해서 참가하길 바란다고 강한 어조로 훈시했다.

회의는 한 시간이 채 못 되어 끝났다. 사무실 빌딩 앞에 검은색 밴을 대고 데모용품이나 메가폰 등의 기재를 실은 후에 기쿠하나, 한자, 히로키를 제외한 사람들은 해산했다. 작업을 끝낸 사무실로 돌아오자 기쿠하나와 한자는 심각한 얼굴로 이야기에 열중했다. 히로키는 한자 가까이에 있는 의자에 앉아서 이야기에 귀를 기울였다.

"그 후에 하자마한테 다시 연락은 없었지?"

"네, 메일에 다시 정보를 주겠다는 하고는 감감무소식이네요."

"그래서 내가 하자마는 믿을 수 없다고 했잖아. 그날 나한테 달려든 조선인에 대해서는 다른 새로운 정보는 없나?"

"별다른 건 없습니다."

"그놈한테 확실하게 책임을 물어야지, 안 그러면 찜찜해서. 안심할 수가 없어. 왠지 불길한 예감이 들어."

"불길한 예감이요?"

"내일 데모에 그놈이 또 올 것 같은 예감……."

"내일은 괜찮아요. 어느 누가 온다고 해도 저도 있고 도모히로도 있고, 인원도 많으니까요. 그놈이 나타나는 건 오히려 바라는 바예요."

"그렇겠지? 도모히로, 내일 확실하게 부탁해. 놈의 얼굴을 똑똑히 기억하는 건 나하고 너밖에 없으니까. 그놈이 오면 지금까지 훈련한 가라테 솜씨를 발휘해서 때려죽일 기세로 해보라고."

'조선인끼리 서로 죽이면 돼!'라는 말인가! 히로키는 간신히 고개만 끄덕이고 아무 말도 하지 않았다.

"그리고 내일, 신오쿠보 K박물관에서 반 헤이트 · 올 민족인가 뭔가가 기자회견을 한다며? 들었어?"

"네, 들었습니다. 민단, 조총련, 한통련인가 뭔가의 산하에 있는 청년단체와 학생단체 대표가 모이는 것 같습니다. 우리 데모에 맞서서 계획한 모양입니다. 헤이트 스피치를 규제하는 법률 제정을 촉구하는 공동성명을 발표한다는 것 같은데요, 자세한 내용은 모릅니다. 우리 데모대가 오쿠보 공원을 나와서 쇼쿠안 거리로 진입하는 시간에 딱 맞춰서 회견을 하려는 것 같습니다."

"그게 무슨 말이야! 외국인이 더군다나 조선인이 일본 법률을 만들어라 말아라 하는 건 내정간섭이잖아! 게다가 언론의 자유를 규제해서 조선인 비판을 봉쇄하려는 속셈이군."

"그런 거죠."

"그래서 회견 장소는 신오쿠보 어디래?"

"쇼쿠안 거리에 있는 대형 할인점 근처 빌딩이에요."

"흠, 그래서 대책은?"

"기자회견장이 건물 안이라 회견장까지 들어갈 수는 없어서, 빌딩 앞에 서서 단체로 구호를 외치려고 합니다."

"그렇지, 내정간섭을 하지 마라! 언론의 자유를 막지 마라! 여기에 중점을 맞춰서 말이야. 나도 문제점을 정리해서 연설을 하지."

"꼭 그렇게 하세요."

"아, 이건 어때? 도모히로, 자네가 그 회견장에 들어가서 때려 부수는 거야."

또다시 '조선인끼리 서로 죽이면 돼!'라는 말인가……. 히로키는 도움을 요청하는 눈빛으로 한자를 봤다.

"글쎄요, 좀 더 생각해보죠."

히로키는 한자의 말에 고개를 숙였다.

26

메트로 히비야 선 아키하바라 역 개찰구에서 나순자와 헤어지고 나서 벌써 한 시간이 되어간다. 모자를 쓰고 마스크를 한 윤봉창은 일본 최대의 면적을 자랑하는 가전제품 판매점 7층에 있는 서점에서 책을 보면서 아이폰을 손에 들고 순자의 연락을 기다리고 있었다. 철학·사상, 사회, 조선·한국·자이니치, 문학 분야의 서가를 대강 훑어보고 마음이 끌리는 책을 집어 들었다가 바로 서가에 다시 꽂기를 반복했다. 순자의 연락을 기다리느라 책에 집중할 수가 없었다. 건물 안에는 약하게 냉방이 들어왔다. 여기 도착했을 때 살짝 배어났던 땀이 식어서 으스스 추워졌다.

봉창은 가전제품점을 나와서 JR 아키하바라 역 앞에 있는 공원 벤치에 앉았다. 추위 때문에 감각을 잃어버린 피부가 초여름 저녁의 적당한 더위로 점점 감각이 되살아나는 느낌이 좋았다. 하늘에는 구름이 없고 저녁 기운이 감돌기 시작했다. 남보라빛으로 변해가는 하늘을 쳐다보다 아이폰으로 시선을 돌렸다. 순자한테 전화도 문자도 오지 않았다. 봉창은 번쩍이는 네온사인을 멍하게 보면서 상가빌딩에 있는 술집 점원의 호객 소리, 오가는 자동차의 엔진 소리, 타이어가 바닥을 박차며 내는 소리, 자동차 경적, 때때로 들리는 행인들의 토막 난 얘기를 아무 생각 없이 들으면서 내가 왜 여기 있을까를 확인하듯 반추했다.

내일 오후 ZT그룹은 신오쿠보를 일주하며 〈한류 사형! 반일 한국을 때려잡는 국민대행진 in 신오쿠보〉를 강행한다. 봉창은 그 사실을 한 달 전에 알았다. 결국 ZT그룹이 선을 넘는다. 그전에 무슨 수를 써서라도 마나카 와타루가 자이니치라고 했던 그 애송이를 만날 수 있기를 바랐다.

만나서 어떻게 할 거냐고? 물론 스스로를 죽이는 헤이트 활동을 그만두라고 말해주려고 한다. 그 말을 들을지는 모르겠다. 아니 듣지 않겠지. 하지만 어떻게든 만나고 싶다. 왜 ZT그룹에 들어갔는지 알고 싶다. 다른 길이 있다고 얘기해주고 싶다. 썩은 냄새를 풍기는 레이시스트 집단에 이용당하다 버림받기 전에 ZT그룹에서 나오라고 설득하고 싶다. 그놈이 자이니치니까…….

일본과 조선의 불행한 역사의 끝에서 지금 그놈과 나는 '적'이 되어 서로를 마주 보고 있다. 그래서 얘기를 해보고 싶다.

순자도 그를 만나 얘기할 수 있기를 열망했다. 그 바람은 어쨌든 만나서 얘기해보고 싶다는 봉창의 막연한 입장과는 좀 달랐다. 순자는 그가 '조선인을 모두 죽여라!'라는 말로, 그리고 그 후로도 계속한 헤이트 활동으로 인해 자신을 포함해서 얼마나 많은 조선인들에게 상처를 주고 불안에 떨게 했는지 알려주고 싶다고 했다. 그리고 사과를 받고 싶다고도 했다. 인간으로서 해서는 안 될 일을 했으니 피해자에게 사과하라고 하고, 그가 잘못을 뉘우치고 갱생하도록 돕고 싶다고도 했다.

"나는 지금은 그를 용서할 수 없어. 하지만 그를 포기하지 않을 거야. 그래야 그와 같은 사람들을 ZT그룹에서 떼어 낼 수 있어. 멀리 돌아가는 것 같지만 그게 분명 지름길 길이니까……."

봉창은 순자의 결심에 한방 얻어맞은 것 같았다. 길이 보이는 것 같은 기분이 들었다.

그러나 그놈은 K시 사건 후에도 변함없이 기쿠하나한테 붙어 다니고 있다. 만나도 소용없을지도 모른다. 순자가 바라는 제대로 된 대화가 과연 가능하기는 할까? 그리고 진짜 그놈이 자이니치일까? 공안인 마나카가 한 말이니까 틀림은 없겠지만……. 왜 마나카는 일부러, 그것도 별일 아닌 체하며 나한테 그것을 얘기했을까? 마나카 와타루의 계략에 넘어가는 건 아닐까?

아니, 상관없다. 모든 건 그를 만나고 나서부터다. 어쨌든 그놈을 만나서 얘기하고 싶다…….

ZT그룹이 신오쿠보에서 데모를 한다는 것을 알았을 무렵, 순자가 동분서주한 〈반 헤이트 · 올 민족 청년 학생 모임〉은 우여곡절 끝에 드디어 궤도에 오르기 시작했다. 나의 예상보다 빨리 진행되었다. 나는 시간이 더 걸릴 거라고 생각했었다…….

순자는 봉창에게 〈반 헤이트 · 올 민족〉의 행보와 난관을 일일이 얘기하고 항상 의견을 구했다. 하지만 봉창은 듣기만 하고, 의견을 물어도 제안은 하지 않았다. 〈올 민족〉에 대해 회의적이었고 자신이 생각하는 것쯤은 이미 순자가 생각하고 어렴풋하게나마 극복할 방법도 구상하고 있었기 때문이다.

순자의 말에 의하면 〈반 헤이트 · 올 민족 청년 학생 모임〉에서 난관으로 떠오른 문제는 두 가지였다. 하나는 투쟁의 범위를 반 헤이트로만 제한하자는 입장과 헤이트의 근원에는 일본 정부가 고교 무상화에서 조선고등학교를 배제하는 등 제도적인 차별이 있기 때문에 조선학교에 대한 차별 철폐도 시야에 넣어야 한다는 입장의 대립. 또 하나는 헤이트 스피치를 규제하는 법률을 제정하자는 서명운동은 내정 간섭이 될지도 모르니 신중해야 한다는 의견과 대중 운동으로서 서명 운동은 추진해야 한다는 의견의 대립이었다. 민단, 총련을 상부에 두고 있는 청년 학생 조직은 격렬하게 대립하다 몇 번이나 결렬의 위기를 맞기도 한 모양이다. 그때마다 한통련 계열과 독립 계열의 단체, 순자와 인연이 있는 개인 참가자가 중간에 끼어서 결렬을 지연시키고 절충안을 제안했다. 그 결과 〈반 헤이트 · 올 민족 청년 학생 모임〉에서는 반 헤이트에만 초점을 맞춰서 공동성명을 발표하고, 그 이상의 방향성이나 서명 등의 대중 운동은 각각의 조직과 개인의 자율에 맡기자는 결론을 냈다. 순자는 차별 금지법 제정을 위한 공동성명이 무산되어 아쉽기는 하지만, 어쨌든 〈올 민족〉으로 반 헤이트에 대한 의사 표시를 할 수 있는 것은 의미 있는 시작이라고 평가했다. 이것을 출발점으로 하면 된다고.

그러던 중 ZT그룹이 신오쿠보에서 데모를 한다는 소식을 들었다. 순자가 ZT그룹 데모에 정면으로 맞서 기자회견을 열자고 제안하자, 〈반 헤이트 · 올 민족 청년 학생 모임〉은 기자들이 헤이트 데모 현장을 보고 난 후에 기자회견장에 오게 하는 것이 더욱 효과적이라는 데에 의견을 모았다고 한다. 순자는 공동성명의 문안을 작성하고 수정하는 실무를 담당하여 의욕적으로 일했고, 만반의 준비를 끝내고 내일이 오기만을 기다렸다.

"봉창아, 모레 기자회견에 올 수 있지?"

어젯밤 순자가 태연한 듯 물었다. 봉창이 "응. 꼭 갈게." 하고 대답하자 그녀의 얼굴에는 꽃이 피어나듯 미소가 번졌다. 하지만 사실은 딴생각을 하고 있었다.

봉창의 머릿속은 K시에서 자신이 저지른 경솔한 행동에 대해서 분명하게 책임을 져야겠다는 생각으로 가득 차 있었다. 다행히 아직 ZT그룹과 관련된 인물이 조선인을 상대로 상해사건을 일으키거나 기물파손을 하지는 않았다. 하지만 기쿠하나는 K시에서 자신을 공격한 조선인을 기필코 잡아서 보복하겠다고 몇 번이나 블로그에 글을 올렸다. 이번에는 지금까지 그가 일삼던 헛소리가 아니라 진짜로 실행해 보이겠다는 집념이 느껴졌다. 봉창은 ZT그룹이 신오쿠보에서 데모를 하는 날, 기쿠하나로 하여금 무언가를 하게 해야겠다고 벼르고 있었다. 그렇게 하면 K시 사건도 세상에 공개될 것이고 마나카 와타루의 계획을 엉망으로 만들 수도 있다고 판단했던 것이다.

어쨌든 나는 내일 신오쿠보로 간다. 그래서 더더욱 그전에 그를 만나고 싶다…….

며칠 전, ZT그룹이 내일 있을 신오쿠보 데모의 홍보를 겸해서 긴자에서 아사히신문을 배격하는 가두선전을 한다는 정보를 입수했다. 현장책임자는 기쿠하나 모리노부다. 그렇다면 그 애송이는 분명 참가할 것이다. 얼굴은 〈기쿠하나 산책〉 동영상에서 확인했다. 기쿠하나와 그놈도 내 얼굴을 알고 있다. 어젯밤 순자와 나는 끈기가 필요하고 시간이 걸리는 일이지만, 순자가 긴자의 가두선전 현장에서 그놈을 미행하고 내가 일정 거리를 두고 순자를 뒤따라가다가 그놈이 혼자 있는 순간에 말을 걸자는 계획을 세웠다. 계획대로 잘 될지 확신은 없었지만…….

긴자 스키야 다리에서 가두선전이 시작됐다. 나는 최소한의 방지책으로 모자와 마스크를 쓰고 건너편 빌딩 옆에 숨어서 그놈들이 내뱉는 욕설을 들었다. 순자는 마스크만 하고 스키야 다리 교차로에 서서 광경을 지켜봤다. 스무 명쯤 참가한 가두선전이 한 시간에 끝났다. 기쿠하나, 한자, 가이아와 그놈을 포함해서 열 명 정도가 같이 이동하기 시작했다. 메트로 히비야 선 입구로 몰려 들어간다고 순자한테 연락이 왔다. 맞다, 분명 ZT그룹 사무실이 아키하바라에 있다고 들었다. 나는 순자의 지시에 따라 JR 아키하바라 역 쇼와 거리로 나오는 출입구 부근에서 대기하고 있다…….

27

야마노테 선의 첫 번째 칸에 탄 도모다 히로키는 우에노 역에서 내렸다. 열차 앞 칸 쪽에서 가까운 계단을 올라가서, 전광판에서 제일 빨리 출발하는 조반 선 열차를 확인했다. '11번 플랫폼에서 17시 23분에 출발하는군. 출발하려면 아직 7분이나 남았다. 토요일이니까 분명히 자리가 있을 것이다. 지쳤다. 앉고 싶다. 앉아서 가고 싶다.' 히로키는 빠른 걸음으로 플랫폼을 향해 걸어갔다.

히로키보다 조금 늦게 계단을 올라온 순자는 히로키를 놓치지 않으려고 그와의 거리를 좁히면서 뒤를 돌아봤다. 계단을 올라오는 윤봉창의 빛바랜 남색 모자가 보였다. 봉창은 마스크와 모자 사이로 내놓은 눈을 깜빡이며 신호를 보냈다.

히로키는 성큼성큼 앞으로 걸어간다. 순자는 어? 하고 놀랐다. 조반 선을 타는 거야? 우리랑 가까운 곳에 사나?

히로키는 11번 플랫폼으로 가는 계단을 빠르게 내려간다. 그리고 늘 타는 9호차에 탔다. 예상대로 전철 안은 한산하다. 플랫폼을 등지고 문 바로 옆 자리, 수지로 된 칸막이가 있는 자리에 몸을 기대고 앉았다. 휴, 하는 한숨이 나왔다. 히로키는 내일 〈올 민족〉 어쩌고 하는 기자회견장에 잠입해서 장내를 휘저어놓으면 어떻겠냐는 기쿠하나의 제안에, 생각해보겠다던 한자의 대답을 떠올리면서 초점을 잃은 시선으로 천장에 매달린 차내 광고를 올려다봤다.

히로키보다 조금 늦게 같은 칸 전철을 탄 순자는 히로키가 잘 보이도록 문을 사이에 두고 대각선 쪽에 있는 긴 의자 한가운데에 앉았다. 히로키의 움직임을 주시해야 하지만 너무 노골적으로 보는 것은 꺼려져서 숄더백에서 문고판 책을 꺼내어 펼쳤다. 히로키는 남색 배낭을 무릎 위에 놓고 끌어안고 있다. 천장을 올려다보는, 방심한 듯한 그의 모습이 신경 쓰였다. 봉창이 플랫폼을 걸으면서 이쪽을 힐끗 보고 지나가 옆 칸에 타는 것이 보였다. 좌석이 6할 정도 찼을 때 열차가 출발했다. 히로키는 고개를 떨군 채 눈을 감고 있는 것 같았다. 순자의 눈에는 자는 것처럼 보였다.

현과 현의 경계에 있는 강을 지나 얼마쯤 갔을 때 쾌속선 정차역에 도착한다는 안내방송이 나왔고, 그 소리에 히로키가 고개를 들었다. 열차가 플랫폼으로 미끄러져 들어가자 자리에서 일어났다. 순자는 재빨리 내려, 하고 봉창에게 문자를 보냈다. 열차에서 내린 히로키는 계단을 올라갔다 내려갔다 하며 옆 플랫폼의 완행열차를 탔다. 조금 떨어져서 히로키를 따라가던 순자는 계단을 내려가면서 뒤를 돌아본다. 봉창이 따라오고 있다. 순자는 아까처럼 히로키가 탄 칸의 하나 옆 문으로 들어갔다. 열차 안은 혼잡하지 않았지만 자리는 찼다. 플랫폼을 보니 모자를 쓰고 마스크를 한 봉창이 순자에게 티 안 나게 신호를 보내고 옆 칸으로 걸어갔다.

구름다리를 겸하고 있는 것이 이 주변 역들의 공통된 구조인가 보다, 하고 봉창은 생각했다. 예전에는 건널목으로 연결되어 있었던 길에 쾌속선과 완행열차가 달리는 이중 복선이 놓이고 거기에 다시 갈라져 나가는 사철선이 생기고, 화물열차가 달리는 선로도 놓이면서 점점 넓어진 철로를 어떻게든 하나로 연결하려고 궁리한 결과일 것이다. 같은 구조의 역을 두 개 지나갔다. 왼쪽으로 공단 주택인 것 같은 고층 건물들이 보인다. 손에 쥐고 있는 아이폰에 진동이 온다. 내려, 라는 순자의 문자였다.

플랫폼에 내려선 것은 히로키, 순자, 봉창 외에 열 명 정도였다. 반대쪽 계단에서도 개찰구로 향하는 사람들이 있었고, 스무 명 정도가 흩어져서 자동개찰구를 통과해 나간다. 히로키는 개찰구를 빠져나와 왼쪽으로 걸어갔다. 그쪽은 역 앞 로터리와는 등진, 말하자면 역의 뒤쪽 방면이었다. 6개 선로 위를 건너서 계단을 내려가면 가로등이 드문드문 서 있는 조금 어두운 길로 연결되어 있었다.

봉창은 이제 괜찮다고 판단해 순자와 합류해서 곤색 배낭을 매고 청바지를 입은 히로키를 같이 미행하기로 했다. 불빛이 환한 역에서 빠져나오자 환상적인 파르스름한 달빛이 얇은 비단처럼 내려와 조금 떨어진 곳에 보이는 거대한 고층주택은 음영의 대비가 선명했다. 미세한 빛 알갱이가 보이는 듯한 월광의 현수막이 나지막한 민가의 지붕을 덮어씌워 좁고 그늘진 길을 한층 더 어둡게 만들었다. 히로키의 등을 쫓던 시선을 발밑으로 돌리자, 난쟁이가 되어버린 자신과 순자의 그림자가 선명하게 보였다. 그 형체는 두 사람의 걸음에 맞춰 섬뜩하게 움직인다. 하늘을 올려다보니 머리 위로 보름달이 떠 있다. 순자의 팔꿈치를 쿡쿡 찌르고는 검지로 하늘을 가리킨다. 손가락을 따라 순자의 시선이 하늘을 향했다. 달빛을 받은 그녀의 단정한 얼굴은 조선백자처럼 빛났고 은은하게 미소를 띠었다.

히로키와 같은 방향으로 가는 사람이 대여섯 있었다. 히로키의 걸음걸이는 아키하바라나 우에노 역에서처럼 기만하지 않았고 오히려 지나치게 느리다고 할 정도였다. 봉창이 계단 위에서 보니, 역에서부터 이어지는 길은 선로를 따라 우에노 방향으로 약간 거슬러 올라가다가 직각으로 방향을 틀어 선로에서 멀어지는 것 같았다. 사람과 자전거만 지나갈 수 있게 만들어진 길. 분명 저기 보이는 고층주택으로 이어지겠지. 폭은 5미터도 되지 않았다. 막다른 골목의 함석담은 달빛을 받아 투명한 막처럼 푸르스름하게 보였다. 봉창과 순자가 계단 중간에 있는 층계참으로 내려왔을 때, 전방에서 하행선 쾌속열차가 달려와 굉음을 내고 지나갔다. 순식간에 바람을 일으켜 순자의 머리카락이 날렸고, 그 끝자락이 봉창의 목덜미를 쓰다듬었다. 히로키는 계단을 다 내려와 길을 걷기 시작했다. 이제 그 길을 걸어가는 사람은 히로키와 봉창, 순자뿐이었다.

"녀석이 골목을 돌 때, 말을 걸자."

봉창이 순자에게 속삭였다.

"그래."

"네가 말을 거는 게 좋지 않을까?"

"응, 그렇겠네……."

순자는 히로키와의 거리를 좁혔다. 막다른 골목의 함석담이 가까워졌다. 히로키는 직각으로 난 골목을 돌아 모습을 감추었다. 순자는 잰걸음으로 히로키에게 다가갔다. 함석담에서 이어진 쪽은

가드레일이었고, 꽤 폭이 넓고 깊은 배수로가 어둡게 이어져 있었다. 반대쪽은 철망으로 된 울타리가 이어져 있다.

히로키는 빠른 걸음으로 다가오는 인기척을 눈치 채고 뒤를 돌아보았다.

마스크를 한 여자. 여자가 마스크를 벗었다. 나보다 연상이고, 미인이다. 그 뒤쪽으로 모자를 쓰고 마스크를 한 남자…….

"저기, 잠깐만요. ZT그룹에 참가하고 계시죠?"

"네?" 누구야, 이 사람?

"꼭 얘기하고 싶은 게 있어요. 잠깐만 시간 내주실 수 있나요?"

"당신 누구예요?"

남자가 다가왔다. 남자가 마스크를 벗었다.

뭐야! 이젠 나를 노리는 거야?

히로키는 천천히 배낭을 벗어 발밑에 내려놓았다. 남자가 더 가까이 다가왔다. 좋아! 경계 태세를 갖추고 한 발짝 들어가서 정권으로 상대의 명치를 찔렀다. 반응이 있었다. 여자의 비명이 들렸다. 훈련의 성과다. 상대가 고개를 숙였다. 지금이다!

생각지도 못하다가 제대로 당했다. 설마 이놈이……. 숨이 막혀 상체를 앞으로 숙인 봉창은 상대에게 머리를 붙잡혔다. 무릎으로 가격을 당했다. 스피드는 빠르지 않다. 정권은 빨랐지만 이 정도는 막을 수 있다. 팔꿈치로 막고 무릎을 붙잡았다. 어깨로 상대의 가슴팍을 있는 힘껏 밀었다. 히로키는 방어하지 못하고 아스팔트 위에 등과 후두부를 부딪치며 떨어졌다. 자연스럽게 그 위에 올라탔다. 이 자식, 한 번 더 본때를 보여주마.

"그만해! 자이니치끼리 뭐하는 거야!"

순자가 봉창을 몸으로 막았다. 봉창은 허를 찔려 옆으로 쓰러졌다.

"나는 자이니치가 아니야! 일본인이야!" 신음하듯 히로키가 말했다.

"아니, 너는 자이니치다. 자이니치인 일본인이다!"

조금 떨어진 곳에서 강렬한 목소리가 들렸다. 봉창은 히로키에게서 떨어져 일어섰고, 목소리의 주인을 봤다. 낯선 남자였다. 천천히 이쪽으로 다가왔다. 히로키도 뒷통수에 손을 대고 흐느적흐느적 일어섰다.

"아버지?"

"인터넷 생중계로 네가 오늘 ZT그룹 가두선전에 간 것을 확인했다. 돌아올 시간에 맞춰서 집 앞에서 기다리고 있었어. 초여름 밤은 달도 참 예쁘고 기다리는 건 괴롭지 않더라."

히로키의 아버지, 히로시였다. 그는 아들에게 말하려는 거였지만 봉창과 순자도 들으라고 이야기했다.

"네가 ZT그룹에 참가한다는 건 딱 한 번, 그것도 대충 얘기한 게 전부였어. 제대로 얘기를 해봐야겠다고 생각했는데……. 몸이 안 좋아서 계속 뒤로 미루고 있었지만 말이야. 내일 ZT그룹이 신오쿠보에서 대대적인 헤이트 데모를 한다잖아. 더 이상 미룰 수는 없다고 마음을 먹었다. 엄마한테는 양해를 구하고, 인간 대 인간으로 둘이서 술이라도 마시면서 찬찬히 얘기해야겠다고……."

히로시는 봉창과 순자에게 다가가서 물었다.

"당신들은 자이니치?"

"예, 윤봉창이라고 합니다."

"아, 나는 조선말을 모르니까 일본말로 해줘요."

"앗, 죄송합니다. 윤봉창입니다."

"나순자입니다."

"나는 도모다 히로시. 이 녀석은 아들 히로키예요. 어때요? 같이 얘기하지 않겠어요?"

조금 서쪽으로 기울어진 보름달의 푸르스름한 빛은 역 쪽으로 걸어가는 네 사람의 그림자를 아스팔트 위로 선명하게 드리웠다.

초출 및 참고문헌

• 초출

『コールサック〈石炭袋〉』

76号(2013年8月)、77号(2013年12月)、78号(2014年4月)、79号(2014年8月)、80号(2014年12月)、81号(2015年3月)

• 주요 인용·참고문헌

青木理『日本の公安警察』講談社現代新書、2000年

アジア女性資料センター『女たちの21世紀 78』特集「差別・煽動と女性 ヘイトスピーチを考える」2014年6月

石川逸子『日本軍「慰安婦」にされた少女たち』岩波ジュニア新書、2013年

鵜飼哲他『レイシズム・スタディーズ序説』以文社、2012年

外国人人権法連絡会『日本における外国人・民族的マイノリティ人権白書』2013年

加藤直樹『九月、東京の路上で』ころから、2014年 (가토 나오키, 『구월, 도쿄의 거리에서』, 서울리다리티역, 갈무리, 2015.)

韓国民団中央本部編『ヘイト・スピーチを許してはいけない』新幹社、2014年

関東大震災85周年シンポジウム実行委員会編『震災・戒厳令・虐殺』三一書房、2008年

金尚均編『ヘイト・スピーチの法的研究』法律文化社、2014年

栗原康『大杉栄伝』夜光社、2013年

栗原康『図書新聞』3146号インタビュー、「栗原康『大杉栄伝』」

在日コリアン青年連合『K-magazine』vol.31、2014年夏

在日コリアン青年連合『在日コリアンへのヘイトスピーチとインターネット利用などに関する在日コリアン青年差別実態アンケート調査報告書』2014年7月27日公表

在日本大韓民国民団「朝鮮高校に対する授業料無償化についての意見書」2010年9月

在日本大韓民国民団中央本部「朝鮮高級学校『高校授業料無償化・就学支援金支給制度』についての申し入れ書」2012年2月
E.M.シオラン『実存の誘惑』篠田知和基訳、国文社、1975年
『世界』862号、特集「ヘイトスピーチを許さない社会へ」2014年11月
徐京植『半難民の位置から』影書房、2002年
徐京植『植民地主義の暴力』高文研、2010年（서경식,『언어의 감옥에서』, 권혁태 역, 돌베개, 2011.）
高橋哲哉『デリダ』講談社、2003年
高橋哲哉「デリダと犠牲への問い」『季刊 前夜』2号、2005年冬
田中宏『在日外国人 第三版』岩波新書、2013年
趙景達『近代朝鮮と日本』岩波新書、2012年（조경달,『근대조선과 일본』, 최덕수 역, 열린책들, 2015.）
趙景達『植民地朝鮮と日本』岩波新書、2013年（조경달,『식민지조선과 일본』, 최혜주 역, 한양대학교출판부, 2015.）
朝鮮人学生に対する人権侵害調査委員会編『切られたチマ・チョゴリ』在日朝鮮人・人権セミナー、マスコミ市民、1994年
朝鮮人学生に対する人権侵害調査委員会編『再び狙われたチマ・チョゴリ』在日朝鮮人人権協会、1998年
鄭栄桓「日朝国交『正常化』と植民地支配責任」http://kscykscy.exblog.jp
寺島珠雄編著『釜ヶ崎語彙集1972―1973』新宿書房、2013年
ジャック・デリダ『生きることを学ぶ、終に』鵜飼哲訳、みすず書房、2005年
外村大『朝鮮人強制連行』岩波新書、2012年
中村一成『ルポ 京都朝鮮学校襲撃事件』岩波書店、2014年
中村一成『図書新聞』3159号インタビュー、中村一成『ルポ 京都朝鮮学校襲撃事件』
西野瑠美子『なぜ「従軍慰安婦」を記憶にきざむのか』明石書店、1997年
野間易通『「在日特権」の虚構』河出書房新社、2013年
原口剛『図書新聞』3030号インタビュー、寺島珠雄編著『釜ヶ崎語彙集』
韓東賢『チマ・チョゴリ制服の民族誌』双風社、2006年
樋口直人『日本型排外主義』名古屋大学出版会、2014年（히구치 나오토,『폭주하는 일본의 극우주의』, 김영숙 역, 미래를소유한사람들, 2015.）

黄英治『記憶の火葬』影書房、2007年
エリック・ブライシュ『ヘイトスピーチ』明戸隆弘他訳、明石書店、2014年
プラトン『プラトン全集11』岩波書店、1976年
『部落解放』684号、特集「『在特会』とヘイトスピーチ」2013年11月
『部落解放』684号、特集「ウリハッキョ」2014年1月
毎日新聞社『ホロコースト』1999年
前田朗『増補新版 ヘイト・クライム』三一書房、2013年
前田朗編『なぜ、いまヘイト・スピーチなのか』三一書房、2013年
松下竜一『その仕事17 ルイズ—父に貰いし名は』河出書房新社、2000年
松下竜一『その仕事18 久さん伝』河出書房新社、2000年
安田浩一『ネットと愛国』講談社、2012年 (야스다 고이치, 『거리로 나온 넷우익』, 김현욱역, 후마니타스, 2013.)
山田昭次『関東大震災時の朝鮮人虐殺』創史社、2003年 (야마다 쇼지, 『관동대지진 조선인 학살에 대한 일본 국가와 민중의 책임』, 이진희역, 논형, 2008.)
山田昭次『関東大震災時の朝鮮人虐殺とその後』創史社、2011年
山田昭次『関東大震災時の朝鮮人迫害』創史社、2014年
山田昭次『全国戦没追悼式批判』影書房、2014年
ラ・ロシュフコー『箴言集』二宮フサ訳、岩波文庫、1989年
李信恵『#鶴橋安寧』影書房、2015年
和田春樹『日本と朝鮮の一〇〇年史』平凡社新書、2010年

작가 후기

예술가를 카나리아에 비유한 커트 보네거트의 유명한 '탄광의 카나리아 이론'이 있다. 광부들은 새장에 넣은 카나리아를 앞줄에 세우고 갱내의 통로를 걸어간다. 카나리아는 공기 변화에 민감하여 극소량의 유독가스에도 정신을 잃고 목숨을 잃는다. 아름답게 노래하던 작은 새가 더 이상 노래를 부르지 않고 쓰러지면 광부들은 위기감을 느끼고 유독가스가 치명적인 수치까지 올라가기 전에 그 상황을 모면할 수 있다. 보네거트는 예술가가 사회에서 탄광의 카나리아 역할을 하는 존재라고 말한다. 그런데 그 누구도 쓰러진 예술가에게는 주의를 기울이지 않는 것이 현실이라고 비통해하며 경고했다.

그러고 보면 나(우리들)은 이미 오래 전부터 이 사회의 숨 막히는 공기를 느껴왔다. 숨이 막힌다는 것은 다시 말해 살기 어렵다는 뜻이다. 재일조선인을 비롯해 여러 사회적 마이너리티들은 이 사회에 퍼져있는 유독가스로 인해 번민하고 고통 받으며 비통한 비명을 지르고 있다. 극단적으로 말하자면 예술가들은 멸종의 위기에 처한 이 사회에서 간신히 호흡하고 있는 카나리아라고 할 수 있다. 재일조선인, 그리고 사회적 마이너리티의 단말마가 이 사회에 살고 있는 사람들의 눈에 보이지 않는 것은 결코 아니다. 누구나 목격하고 있는 일상이다.

하지만 물속에서 산소를 갈망하듯 번민하고 괴로워하며 서서히 죽어가는 카나리아—나(우리들)을 많은 사람들은 그저 방관하며, 어떤 사람들은 웃으며 쾌재를 부르기도 하고, 또 어떤 사람들은 더욱 더 채찍질을 가한다. 그래서 나(우리들)이 목숨을 잃게 될 위기 상황에 처해있음을 실감하고, 사회의 다양성은 상실된다. 그러나 다음은 당신들 차례다.

과연 〈절망적인 카나리아의 상황〉을 돌파할 희망은 있는 것인가.

소설을 쓰는 내내 질식할 듯한 공포에 휩싸여 있었다. 소설을 다 쓰고 난 지금도 숨이 막힐 것 같은 괴로움은 점점 더 심해진다. 유독가스의 농도는 계속 짙어지고 있다. 그렇기 때문에 이야기는 끝나지 않았다. 또 다시 내가 쓸 지도 모른다. 아니 카나리아가 된 누군가가 써주기를 진심으로 바란다.

끝으로 다시 한 번 보네거트의 말을 인용해 보겠다.

"막대기나 돌이라면/뼈라도 부러지겠지만/픽션으로 공격해봤자/어디 한 군데 상처라도 나겠는가."

1973년 국제 펜대회의 강연에서 이렇게 말한 그는, 작가가 픽션으로 미국 젊은이들에게 독을 쏟아 부은 덕분에, "부정한 전쟁"=베트남 전쟁에서 이들을 "도움이 안 되는 인간, 아니 더 쓸모없는 인간으로 만들었을"지도 모른다. 그것이 희망이라고 말을 이었다. 그러나 냉정한 풍자가이자 희망을 이야기하는 절망가 보네거트는 이런 말도 했다.

"유감스럽게도 여전히 미국에는 거의 책을 읽지 않거나 깊이 사고하지 않는 사람들이 많이 있습니다. 그들은 앞으로도 부정한 전쟁에서 유능함을 크게 발휘하겠죠."

그래서 나도 '유감스럽지만 일본에도……'라고 중얼거린다. 그러나 그래도 책을 내지 않으면 독자에게 전달되지 않는다. 콜사크사의 스즈키 히사오 씨는 유감스럽게도 이렇게 책이 팔리지 않는 시대에, 그럼에도 불구하고 〈희망의 독〉을 젊은이들의 마음에 쏟아 붓기 위해서 분투하고 있다. 이 책이 나오기까지 열의와 격려를 아끼지 않으셨던 스즈키 씨에게 진심으로 감사한 마음을 전한다.

2015년 4월 19일
(한국 4월 혁명 55주년 기념일에)
황영치

* カート・ヴォネガット『ヴォネガット、大いに語る』飛田茂雄訳、サンリオ文庫、1984年

〈작품 해설〉

현대 일본사회에 만연한 민족적 배타주의와 싸우며

저널리스트 야스다 고이치(安田浩一)

거리에는 일장기나 욱일기를 손에 든 데모대의 행렬이 이어진다. 시끄러운 욕설과 노성이 난무한다.

"죽어, 죽여" "목매달아" "일본에서 나가"――악의와 차별로 가득 말들이 거리에 메아리친다.

재일코리안이나 재일중국인 등 외국 국적을 지닌 주민들을 향해 퍼붓는 증오다.

지금까지 나는 이 책에 여러 번 등장하는 "차별의 현장"을 진저리가 날 정도로 보아 왔다. 바로 그 현장에 서 있었다. 신오쿠보(도쿄도)나 쓰루하시(오사카시) 등 재일코리안이 밀집한 지역에서, 또 일본 각지에서.

내가 헤이트 데모를 취재하기 시작한 것은 2007년이었다.

그 무렵 나는 외국인 노동자 문제를 취재하고 있었다. 일본계 남미인이나 중국인 실습생 등 외국인 노동자를 찾아다니며 실태를 취재했다.

그 해 중국인 남성이 경찰관에게 사살되는 사건이 있었다.

중국인 남성은 가혹한 노동현장에서 도망친 실습생이었다. 그는 허가받은 체류 기간을 넘긴 상태로 일본 각지를 전전하다가 도치기현에 간신히 자리를 잡았는데, 현지 경찰관에게 불심검문을 당했다. 남성은 그 자리에서 도주를 시도했으나 뒤쫓아 온 경찰관과 몸싸움을 벌이게 됐다. 젊은 경찰관은 흥분한 탓인지 위협사격 없이 남성을 향해 바로 총을 쏘았고 복부에 총알을 맞은 남성은 이송된 병원에서 사망했다.

유가족은 경찰관을 특별 공무원 폭행 학대 치사죄로 고소했고, 우쓰노미야 지방 법원에서 첫 번째 공판이 열렸다. 경찰관의 과도한 "방어"에 의문을 품은 나도 당연히 우쓰노미야로 갔다.

재판이 시작되기 전에 로비에서 지인과 잡담을 하고 있는데 밖에서 소란스러운 소리가 났다. 무슨 일이냐고 직원에서 물었더니 "우익이 왔다"고 했다. 중국인 유가족이 소송을 한 재판에 항의를 하는 모양이었다.

법원 밖으로 나가보니 "우익"의 이미지와는 상당히 거리가 먼 수십 명의 사람들이 몰려 있었다. 청바지에 폴로셔츠 차림을 한 청년, 일을 마치고 온 회사원으로 보이는 젊은 여성과 중년 남성, 주부인 것 같은 중년 여성, 연금생활자일 듯한 노인의 모습이 눈에 들어왔다.

우익의 가두선전에서 흔히 볼 수 있는 무서운 전투복 차림이 아니었다. 검은 색 대형 가두선전차도 없었다.

그들은 어디서든 쉽게 볼 수 있는 "보통" 사람들이었지만, 이상하고 비정상적인 말들을 쏟아냈다.

"불령 중국인을 쫓아 내!"

"사살되는 게 당연하다!"

그들은 주먹을 쳐들며 연신 구호를 외쳤다.

나는 "중국인을 사살해"라고 큰 소리로 외치는 청년에게 말을 걸었다.

——어느 단체에서 오셨어요?

"우리는 일반 시민들이에요."

——왜 여기 모였습니까? 누가 소집한 거죠?

"인터넷을 보고 오늘 재판이 있다는 걸 알았어요. 대부분 인터넷을 보고 왔을 거라고 생각합니다."

청년은 경계를 하는 것 같지도 않았고 대답도 정중했다. 아마 지금이라면 말을 거는 순간 "나가" "죽어"라고 화를 내며 달려들겠지만 그 당시는 아직 나의 존재가 그들에게 알려져 있지 않았다.

나중에 알았지만 '2채널(인터넷 익명 게시판으로 넷우익들이 주로 활동하는 사이트-옮긴이)' 같은 인터넷 게시판과 보수 성향의 블로거가 운영하는 여러 사이트에 "불령 중국인으로부터 일본을 지키자"라는 제목의 글이 올라왔고, 그들이 법원 앞에서 항의의 목소리를 내자고 선동을 했던 것이었다. 우쓰노미야 법원 앞에 모인 사람들은 그 선동에 응한 사람들이었다.

나는 이들이 인터넷 정보에 휘둘리는, 인터넷에서 드디어 "진실"을 알았다고 생각하는, 인터넷에서 동원된——소위 "넷우익"이라는 것을 안다. 현재 미국에서 백인 내셔널리즘 우익운동 "얼트 라이트(얼터너티브 우익)"에 참가하는 사람들도 같은 성향을 보인다.

공포나 분노 때문이라기보다 기자로서의 흥미와 관심이 나를 움직이게 했다. 그 정도로 나는 경박한 기자였다.

이 사람들은 도대체 누구일까. 뭘 하려는 것일까. 그것을 알아내기 위해서 그날 이후로 나는 그들을 뒤쫓기로 했다.

후일, 참가자들의 리더를 찾아갔다. 단카이 세대(1948년을 전후로 한 베이비붐 시기에 태어난 세대-옮긴이)의 남성이었다.

그는 열의에 찬 말투로 나에게 호소했다.

"기존 보수파는 믿을 수가 없습니다. 그저 지식을 액세서리처럼 과시할 뿐 실제로는 아무런 도움도 안 됩니다. 일본을 구하기 위해서 필요한 것은 오로지 행동뿐입니다."

운동 단체들에게 흔히 볼 수 있는 "예정조화"를 배제하고 "적"의 급소를 적나라한 노성으로 공격한다. 말을 고르지 않는다. 참가 조건도 두지 않는다. 극단적으로 말하면 정치사상조차 묻지 않는다. 자신들은 교조주의와 경험주의를 넘어 무조건 행동하는 것으로 "배외"를 주장한다고 했다.

도대체 누구의 영향을 받은 운동이냐고 묻자 남성은 "모택동"이라고 대답했다.

학창시절 모택동 사상에 공명하여 문화대혁명을 지원하기 위해 중국에 간 적도 있다고 했다. 그 후 사회주의에 대한 의심과 실망을 품고 우파로 돌아섰다고 했는데, 이런 스토리는 그다지 특이한 일도 아니다. 주목할 점은 여전히 사회변혁을 향한 열정만은 잃지 않았던 남성이 모택동 사상을 환골탈태시켜 외국 국적 주민에 대한 차별과 편견을 토대로 한 배외적인 보수운동="행동하는 보수운동"을 만들어냈다는 사실이다.

평소와 다름없는 옷차림으로 한자리에 모여 솔직하게 증오를 쏟아낸다. 이것이 인터넷에 둥지를 튼 자칭·애국자 넷우익에게는 먹힌다. 논리나 이론 또는 역사적인 사실이 아니라 오로지 감정에 충실한 운동이라는 이유가 보수계 넷유저의 지지를 모은 것이었다.

초창기에는 "공격적인 은둔형 외톨이"라고 야유를 받기도 했던 넷우익들은 변하기 시작했다. 키보드를 두드리는 것에 만족하지 말고 현실에서 단결과 연대를 하자는 움직임이 일었다. 그러한 움직임이 이 남성이 주도한 "행동하는 보수운동"과 맞물린 것이다. 내가 우쓰노미야 법원 앞에서 목격한 것이 바로 이 두 가지 움직임이 막 합류한 시점의 풍경이었다.

이런 움직임에 동참한 사람들 중에 사쿠라이 마코토라는 남성이 있었다. 그 또한 인터넷 게시판을 무대로 "반(反) 한국" "반(反) 재일"에 관한 글을 계속해서 올리던 넷우익 중 한 명에 지나지 않았는데, "행동하는 보수운동" 진영으로 들어옴으로써 독자적인 "성공"을 이루었다. 공격성과 요설로 무장한 사쿠라이는 무리 중에 톱이 되었고 "재일특권을 용납하지 않는 시민 모임"(재특회)를 발족했다. 이 책에 등장하는 "ZT그룹"의 모델이 된 단체다(ZT그룹의 대표로 그려진 기쿠하나 모리노부도 사쿠라이를 의식한 존재라고 생각된다).

재특회는 그 명칭에서 알 수 있듯이 재일코리안을 주된 타도의 대상으로 삼는다. 그때까지 일본사회 내부에 유포되어 온 재일코리안에 대한 비하와 편견을 토대로, "특권"이라는 말을 새롭게 덧붙여서 일본인이야말로 "피해자"라는 도착(倒錯)된, 아니 말도 안 되는 논리를 전개한다. 다시 말해 위에서 내려다보는 차별의 시선으로 재일코리안을 향해 떠들면서 한편에서는 재일코리안을 "지배"와 "강탈"의 주체로 상정하고 "올려다보는" 듯한 차별도 만들어 내는 것이다.

재특회는 인터넷에서 그리고 거리에서 일장기를 흔들며 절규했다. "재일코리안은 특권을 사용해서 일본인을 괴롭히고 있다" "일본을 지배하려 한다" "쫓아내야 한다".

사실 나는 아직도 그들이 말하는 "특권"의 내실을 알지 못한다. 이 책에도 나와 있는 것처럼 "재일코리안은 세금을 내지 않는다" "광열비가 무료다" 등 금방 거짓으로 밝혀질 것이 뻔한 사실을 믿는 사람도 있기는 하지만, 그것은 사람을 끌어 모으기 위해 필요한 유아등에 지나지 않는다.

그들은 "통명"이나 "특별영주자격"도 "특권"인 것처럼 주장하는데, 그것은 그저 외국 국적을 지닌 주민의 존재 자체가 마음에 들지 않기 때문에 만든 말들이다. 게다가 공격 대상은 중국과 한반도와 같이 바로 옆에 있는 아시아 국가 출신 사람들이고 서양 국적의 외국인을 공격하는 경우는 거의 없다. 이런 현상은 일찍이 종주국으로서 지녔던 왜곡된 우월의식에 기초한 차별사상이라고 밖에는 설명할 수가 없다. 그들이 말하는 "특권"이라는 것은 차별과 편견을 정당화하기 위해서 자기들 멋대로 쓰는 '마법의 말'인 것이다. 일본 땅에서 일본 국적을 지닌 일본인보다 우월적 권리를 가진 외국인은 있을 수 없다. 이때 제일 먼저 떠오르는 것이 "재일미군"이지만, 재특회를 비롯한 넷우익은 기지 반대 운동을 폄하하는 일에는 열심이지만 미군의 존재에 관심을 보이는 일은 없다. 사실대로 말하면 한국이나 북한, 중국이 싫을 뿐인 것이다.

하지만 그 "싫다"는 감정 또한 인터넷의 거짓 정보에 선동된 결과에 지나지 않는다. 예를 들면 재특회 회원이나 넷우익은 한일관계도 북일관계도 역사적 맥락에 기초해서 이야기하지 않으며, 애초에 역사적 사실을 모르는 경우도 적지 않다. 왜 한국과 북한이 싫은지 물으면 "반일이니까"라는 대답이 돌아오고, 왜 그렇게 생각하는지 근거를 물으면 "일본을 항상 적대시하니까"라고 똑같이 반응한다. 무엇보다 자기감정이 우선인 것이다. 그야말로 "얼터너티브 팩트"다.

나는 2010년에 처음으로 재특회 본부 사무실(도쿄도 지요다구)을 찾아가서 홍보담당자를 취재했다. 다시 말하지만 그 무렵에는 아직 취재를 할 수 있었다. 취재는커녕 "적"으로 몰려 위협을 받고, 집 사진이 찍혀서 인터넷에 돌아다니는 지금은 생각할 수도 없는 일이다.

홍보담당자를 취재한 내용은 다음과 같았다.

──왜 재일코리안을 적대시하는가?

"재일코리안은 권리만 주장하고 일본인의 생활을 위협하고 있다."

──구체적으로는?

"외국 국적이면서 복지의 혜택을 받고 있다. 그 여파는 일본인에게 돌아온다. 생활보호를 받지 못해서 자살한 일본인은 있지만 재일코리안은 자살 같은 건 하지 않는다. 자신들의 권리는 다 챙기고, 그러면서 일본을 욕하고 있지 않은가."

—그런 사실은 어떠한 매체를 통해서 알았나. 아니면 본인의 경험인가?

"인터넷이다. 인터넷에는 진실이 나와 있다. 당신들 같은 미디어는 진실을 알려주지 않는다. 재일코리안이 미디어에 깊숙이 관여하고 있기 때문이다."

—당신이 "혐한"의 사고방식을 갖게 된 것은 언제부터인가?

"2002년경이다. 2002년에 월드컵 한일공동개최가 있었다. 그때 처음으로 한국에 대한 혐오감을 느꼈다. 난폭한 플레이와 일본선수를 향한 야유가 화가 날 정도로 심했다. 실제로 내 주변과 인터넷에서 "한국에 실망했다"라는 사람이 대다수였다. 또 같은 해 당시 고이즈미 준이치로 수상이 평양에 갔고 북한 정권은 납치사건을 인정했다. 조선인의 범죄가 분명해졌는데 호감을 갖는 것이 이상하다."

전반부는 말 그대로 거짓선전에 세뇌를 당했다고 밖에 설명할 수 없다. 처음부터 갖고 있던 차별과 편견의 시선이 인터넷에 의해 증폭된 것이다.

월드컵에 대한 견해는 흥미롭다. 넷우익 중에도 "월드컵 때 알게 됐다"는 사람은 드물지 않다. 자세한 분석은 평론가들의 몫이겠지만, 적지 않은 사람들이 그때 처음으로 "한국"이라는 나라를 "발견"한 것이다. 그때까지 마음에 둔 적도 의식한 적도 없는 이웃나라를 의식했다. 더 정확히는 이웃나라의 내셔널리즘을 목도했다. "혐한"의 시초가 우호와 교류의 장이 되었어야 할 한일공동개최 월드컵이었다는 사실은 상당히 아이러니한 일이다.

"재일"도 역시 그런 문맥 속에서 "발견"된 존재다. 존재를 몰랐다기 보다는 보지 않았고, 보려고도 하지 않았었다. 그래서 당연히 "재일"의 내부 사정에 무지했고, 적이라는 기호를 부여한 것이었다.

그렇다고는 해도 차별을 하는 사람이 갖다 붙이는 이유에 귀를 기울일 필요는 없다. 차별에 이유를 갖다 붙여서는 안 된다. 아무리 타당해 보이는 이유가 있더라도 그것을 인정해버리면 세상의 모든 차별은 긍정된다.

재특회는 경박하고 추악한 차별을 일부러 전면에 내세워 활동 범위를 전국으로 넓혀갔다.

사쿠라이를 선두로 하는 재특회는 각지에서 활동을 이어갔다. 조선학교에 우르르 몰려가서 "김치냄새 난다"라고 아우성을 치고, 한국민단 앞에서 "일본에서 나가라"라고 절규했다. 남한이든 북한이든 상관없었다. 차별하는 사람들에게는 한국국적, 조선적 뿐만 아니라 일본에 귀화한 사람이더라도 "재일"이라는 카테고리에 들어가면 바로 "적"이 된다. 또한 "재일"을 적대시하지 않는 사람도 모두 "반일"의 낙인이 찍혀 공격대상이 되었다.

씁쓸한 일이지만 일본사회의 일부는 재특회에 동조했다. 정치가나 경제인들 중에도 재특회에 공감한다는 사람이 있었다. 2007년 설립 당시에는 회원수가 500명에 불과했던 재특회가 2013년에는 15,000명을 넘었다.

미디어도 처음에는 무관심으로 일관했다. 취재를 계속했던 나는 많은 편집자와 기자에게 기사를 내자고 제의했지만 반응은 언제나 똑같았다.

"소수의 이상한 사람들이 난리를 치는 것뿐이잖아요. 그러다 말 거예요."

과소평가한 것이 아니다. 애초에 관심이 없었던 것이다. 후일 재특회의 활동이 과격해지자 미디어는 당황하며 취재를 시작했지만, 그때는 이미 때가 늦었었다. 차별과 편견은 재특회 뿐만 아니라 어느새 일본사회 구석구석에 까지 퍼졌던 것이다.

미디어는 또, 아무 것도 보지 않았다. 아니 보기는 했지만 사태의 본질을 이해하려 하지 않았다. 그것은 나도 마찬가지다.

재일코리안들이 밀집한 지역인 쓰루하시(오사카시)에서 재특회 데모가 있던 날이었다. 데모 대열은 언제나처럼 "죽어" "죽여" "강간해"라고 구호를 외치며 거리를 누볐다.

그날 나는 전부터 알고 지내던 여기자와 같이 데모대를 뒤쫓았다. 그녀는 쓰루하시에 사는 재일코리안이었다.

추악한 데모가 끝이 났을 때 나는 그녀를 위로했다. 아니 그럴 생각이었다. 어쨌든 다치지 않고, 재일코리안인 그녀가 무사히 취재를 마친 것에 안도를 한 나는

"어쨌든 (데모가) 끝나서 다행이다."라고 말을 걸었다.

그녀의 얼굴은 굳어있었다. 휘둥그레진 눈 안에는 분노와 슬픔이 서려있었다.

"어째서……?"

잠긴 목소리로 대답했다.

"어째서, 다행이지? 뭐가 다행이라는 거야?"

그리고 그녀는 울기 시작했다. 눈물을 터뜨리며 그녀는 나에게 심하게 따지고 들었다.

"나, 계속 공격당했던 거지? '죽어'라고 했잖아. '죽인다'고 했고. 그런 말들 전부 나한테 한 말이잖아. 뭐가 다행이라는 거야!"

그녀가 말한 그대로였다. '무사히 데모가 끝난' 것이 아닌 것이다. 재일코리안인 그녀는 계속 협박을 당하고 있었던 것이다. 계속해서 공격을 당하고 있었던 것이다. 철두철미하게 상처를 받고 있었던 것이다.

나는 그때서야 헤이트 스피치의 진정한 '무서움'을 알게 되었다.

단순히 언어의 폭력으로 그치는 것이 아니다. 폭력 그 자체다. 인간의 마음 깊숙이 칼을 꽂아 도려내는 것이다. 그칠 줄 모르고 울고 있는 그녀를 보면서 나는 그렇게 확신했다.

헤이트 스피치는 인간을 망가뜨린다. 지역을 망가뜨린다. 결국은 일본사회 자체를 망가뜨린다.

이 책에도 헤이트 스피치의 본질을 정확하게 표현한 장면이 있다. 순자의 대사다.

"말……. 말이라서 더 상처를 받고 상처를 주는 거지. 누군가를 때리면 때린 사람 손도 아프잖아. 폭언은 기껏해야 말하는 사람의 목이 쉬는 정도지. 하지만 들은 사람은 회복할 수 없는 상처로 마음에 남아." "쉽고 단순한 말. 그래서 더 잔혹한 상처를 입혀. 피해자는 그 자리에 멈춰 설 수밖에 없어. 조선인을 미워하고, 폄하하고, 굴욕을 주고, 멸시하고, 살인을 예고하는 말. '불령선인(不逞鮮人)'이라는 식민지 시대의 말이 되살아나서 다시 살아 움직이고 있어. 인간이 인간한테 '너는 인간이 아니야'라는 말을 해서 칼로 찌르는 거야……."

그리고 용서할 수 없는 사실은 헤이트 스피치를 "내뱉는 쪽"은 가해자라는 의식이 전혀 없다는 점이다.

인간을, 지역을, 사회를 망가뜨린다는 생각이 조금도 없다.

참고로 말하자면 나도 재특회 안에 재일코리안 회원이 있다는 사실을 확인했다. 실제로 재특회의 초대 부회장은 재일코리안이었고, 일장기를 메고 조선학교를 습격한 사람 중 한 명도 재일코리안이었다. 그들은 왜 그 입장에 섰을까. 그 이유는 이 책에 그려진 '도모다 히로키'의 심리를 통해서 추측할 수 있다. 도모다 히로키를 통해 그들 눈에 비친 풍경을 엿볼 수 있다. 고립, 고독, 초조함, 그리고 절망이 있었다. 뿌리를 부정해야 자신을 지킬 수 있는 사회가 존재했다.

잊어서는 안 되는 것은 동화를 강요하고 분단과 균열을 조장한 것은 항상 '일본'이었다는 사실이다.

이 책은 '전야'라는 제목이 가리키듯 일종의 징조를 독자에게 느끼게 하면서 끝을 맺고 있다. 뭔가가 바뀔 것인가, 아니면 아무 것도 바뀌지 않을 것인가. 소설의 결말은 이런 여운을 남긴다. 그리고 독자는 '전야' 이후의 세상을 상상하게 된다.

마지막으로 추악한 데모가 끝난 이후의 현실 세계에 대해서 이야기하고 싶다.

폭주를 계속했던 재특회 회장 사쿠라이는 2014년 말 돌연 재특회 회장을 그만뒀다. "조직의 신진대사를 촉진시키기 위해서"라는 이유였다.

그것이 진짜 이유인지 아닌지는 큰 의미가 없다. 매너리즘에 빠진 활동은 일부 회원들을 질리게 했고 미디어의 비판도 잇따르고 있었다.

이제 '헤이트 스피치도 한물갔다'라는 견해를 피력한 사람도 있었지만 그것은 전혀 틀린 말일 것이다.

재특회의 활동은 정점에 달했던 2013년 여름 이후 점차 데모의 횟수도 모이는 사람들의 숫자도 줄고 있다. 그런 의미에서 열기가 수그러든 것은 틀림없다.

하지만 그 사실이 일본에서 헤이트 스피치나 차별이 줄었다는 것을 의미하지는 않는다.

조금 거친 표현일 지도 모르지만, 이제 재특회를 필요로 하지 않을 만큼 차별이 일상화된 것은 아닐까.

이제 데모나 가두선전을 하지 않아도 재일코리안을 적대시하고 멸시하는 언설은 사회 곳곳에 굴러다니고 있다. 거리를 활보하던 재트회의 데모가 잦아들었을 뿐, 오히려 사회가 "재특회화"된 것 같은 기분이 든다. 다시 말해 재특회는 차별의 수위를 내리는 일에 일정 부분 성공을 거둔 것이다.

인터넷에는 여전히 헤이트 스피치가 횡행하고, 집요하게 이웃나라의 위협을 부채질하는 일부 미디어가 존재하며, 특정 민족을 멸시하는 서적이 서점에 진열되고, 그것들을 근거로 사회에는 차별과 편견이 한층 더 양산된다.

재특회의 '난폭한 언어 사용'을 혐오하면서도 '차별을 받는 쪽도 나름대로 문제가 있다'라고 의기양양한 얼굴로 논평을 하는 사람들이 내 주변에도 드물지 않다.

나는 차별을 부채질하는 주체는 재특회가 아니라 이런 사람들이라고 생각한다.

재특회를 '은퇴'한 사쿠라이도 일본 제1당인 정치단체를 결성하고, 주된 활동 무대를 재특회에서 '정치의 장'으로 이행하겠다고 선언했다. 데모나 가두선전이 아니라 의회를 헤이트 활동의 거점으로 삼고 싶은 것이다. 2016년 도지사 선거에 입후보한 사쿠라이는 비록 낙선하기는 했지만 도쿄도 내에서 10만 표를 획득했다. 결코 '거품'이라고 묵살할 수 있는 숫자가 아니다.

한편, 이런 흐름에 항의하는 움직임도 활발해졌다. 차별단체의 시위활동에 대항하고 현장에서 항의의 목소리를 내는 '카운터' 운동도 전국 각지에서 일어났다.

이런 '카운터' 운동 참가자나 피해 당사자의 활동이 계기가 되어 2016년 6월에는 '일본 외 출신자에 대한 부당한 차별적 언동 해소를 위한 대처법'(통칭 · 헤이트 스피치 해소법)이 국회 본회의에서 통과되었다. 외국 국적의 주민과 그 자손에 대한 헤이트 스피치 해소를 위한 법률이다.

국회 심의 과정에서 가와사키시(가나가와현)에 사는 재일코리안 여성이 참고인으로 출석했다. 그녀는 국회에서 다음과 같이 호소했다.

"차별 문제에 중립이나 방치라는 입장은 있을 수 없습니다. 차별을 하느냐 하지 않느냐 입니다. 국가는 차별을 금지시키지 않습니다. 그것은 매우 유감스럽게도 차별에 가담하는 것이 됩니다. 국가와 지방 공공단체가 차별을 철폐하겠다는 책임감을 가지고 법안을 반드시 통과시켜 주시기 바랍니다."

법안의 문언을 둘러싸고 여당과 야당 사이에 의견 차를 보이긴 했지만 일본에서 처음으로 외국 국적 주민 · 외국인의 인권에 관한 법률이 탄생한 것이다.

헤이트 스피치 해소법은 부당한 차별적 언동은 허용되지 않는다는 사실을 선언하고, 국가나 지자체에서 상담, 인권교육, 계몽 등의 시책을 마련할 것을 요구하는 내용이다. 금지 규정도 없고 벌칙 또한 없는 이념법이다.

그렇기 때문에 실효성을 의심하는 목소리도 적지 않다. 또, 보호의 대상이 '적법하게 거주하는 국외 출신자와 그 자손'으로 되어있기 때문에 아이누 민족, 또는 난민신청자 등 비정규 체류의 외국인에 대한 차별은 용인되는 것 아니냐는 오해도 불러일으키기 쉽다. 그런 지적을 받아 여야당은 '보호 대상 이외의 자에게는 차별적 언동을 허용한다는 것은 오해다'라는 부대 결의안도 가결했다.

간신히 각 당의 주장을 수렴하여 급조한 법률인 것은 틀림없다.

그래도 10년 가까이 차별단체의 활동과 그 피해 실태를 지켜본 내 입장에서는 '일보 전진'을 확신할 수 있다. 그저 명분뿐이라도 차별이 금지되어야 한다고 국회에서 선언한 것은 의미가 있다.

문제는 일본사회가 이러한 법률에 영혼을 불어넣을 각오가 되어 있는가 하는 것이다.

아직 바뀐 것은 없다.

지금이 '전야'라면 과연 어둠은 걷힐 것인가. 이야기에 끝은 있는 것일까.

이 책을 덮었을 때 누군가의 목소리가 귓가에 속삭이는 듯 했다. 희망은 스스로 만들어내는 것이라고.

그래서 카나리아는 죽지 않는다. 죽임을 당하지 않는다.

우리들은 오늘도 "전야"를 달린다. 살아가기 위해서.

옮긴이의 말

헤이트 스피치에 관한 뉴스를 종종 접했지만 그에 대해서는 잘 알지 못했다. 뉴스에 나오는 데모 현장을 보며 터무니없는 악의와 증오로 가득 찬 인종차별주의자들이 존재한다는 현실을 다시금 개탄했을 뿐, 기사 너머에서 들려오는 절박한 아우성에는 귀를 기울이지 않았다.

소설은 한국인들이 터전을 잡은 도쿄 신오쿠보 거리에서 버젓이 욱일기를 등에 메고 한국인은 당장 나가라고, 죽으라고 고함을 질러대는 헤이트 데모 현장을 예민한 감각으로 묘사한다. 재특회가 쏟아내는 폭언과 차별, 이를 묵인하는 일본사회의 배외주의, 그리고 그런 참기 힘든 현실에 직면하면서도 견디어 낼 수밖에 없는 자이니치의 간고한 삶을 빈틈없이 조명한다. 이를 통해 작품은 귀가 먹먹한 하울링 소리에 묻혀있는 자이니치의 내상을 정면에서 겨냥한다. 소설에 등장하는 세 명의 주인공들은 한국, 조선, 일본이라는 서로 다른 국적을 가진 자이니치이지만 태어나 자란 곳은 모두 일본이다. 작품은 서로 다른 감촉으로 인식하는 일본사회에서 제각각 무엇을 소중히 여기고, 무엇을 갈망하는지를 차곡차곡 집적한다. 거기에는 현재와 과거가 종횡으로 연결되어있다. 헤이트 데모가 진행되는 현재와 등장인물들이 안고 있는 과거의 트라우마, 그리고 비극의 뿌리가 묻힌 식민지시기의 대과거까지를 길어 올려, 한반도와 일본의 불행한 역사의 끝에서 자이니치가 감내해야 하는 고된 삶의 현장을 극적으로 독자들 앞에 펼쳐 보인다. 이 소설을 꼭 번역하고 싶다고 생각한 것은 소설에 서린 혹독한 한기가 내 마음 속 가장 깊숙한 곳의 어떤 감정 하나를 끌어냈기 때문이었다.

번역을 하는 내내 지금 이 시대에 소설을 읽어야 하는 이유에 대해 생각했다. 소설은 세상의 절망을 직접 해결해 주지는 못한다. 다만 절망을 개선하려는 태도를 유지시킬 수 있는 것은 분명하다. 그리고 우리들은 소설을 읽음으로써 비로소 생의 부조리한 단면을 응시할 수 있는 용기를 얻게 되기도 한다. 그런 점에서 이 소설에는 실질적이며 강력한 힘이 내재해 있다. 또한 자이니치라는 소수자의 삶을 다룬 이 소설은 일본만큼이나 배외주의와 민족주의가 팽배한 현재의 한국사회에도 진지한 성찰을 유도하기에 충분하다고 믿는다. 이 작품은 자이니치에 관한 이야기이자, 민족과 국가를 초월한 인간의 보편성에 관한 이야기이기 때문이다.

이 책이 한국에 나올 수 있도록 지원과 격려를 아끼지 않았던 김종태 선생님과 동국대학교 일본학연구소의 김환기 교수님께 감사의 마음을 전한다.

2017년 4월

한정선

저자 황영치(黃英治)

1957년 일본 기후현 출생
2004년 소설 「기억의 화장(記憶の火葬)」으로 노동자문학상 2004 수상
2015년 소설 「마맛자국(あばた)」으로 제41회 부락해방문학상(部落解放文學賞) 수상

저서

『記憶の火葬-在日を生きる-いまは、かつての〈戰前〉の地で』(影書房, 2007)
『あの壁まで』(影書房, 2013)
『前夜』(コールサック社, 2015)

공저

『在日二世の記憶』(集英社新書, 2016)

역자 한정선

한양대학교 일어일문학과 졸업. 도쿄대학 총합문화연구과 비교문학·비교문화 코스에서 석사·박사 학위 취득. 역서로는 『일본의 혐한파는 무엇을 주장하는가』(오구라 기조, 제이앤씨, 2015)가 있다.